二見文庫

# 獣たちの墓

ローレンス・ブロック／田口俊樹＝訳

**A WALK AMONG THE TOMBSTONES**

**by**

**Lawrence Block**

リンに

本作品の下準備を行なった「作家の部屋（ライターズ・ルーム）」及び本作品の執筆場所となったラグデイル財団の多大なご協力に対し、謹んで謝意を表したい。また、ジョージ・ギャバナス、エディ・ラーマ、ジャック・ヒット、コングズを紹介してくれたポール・タフにも感謝の意を捧げたい。そして最後にセアラ・エリザベス・マイルズに。彼女は本書に自分の名前が載るのなら、なんでも——なんでも！——すると誓ってくれた。

赤ちゃん、赤ちゃん、いけない赤ちゃん
泣くのはおやめ、泣き虫赤ちゃん
今すぐ静かに泣きやまないと
ボナパルトが　ほら　やってくる

赤ちゃん、赤ちゃん、巨人の彼は真っ黒で
マンマスのとんがり屋根ほど背が高い
毎日いつも　朝、昼、晩と
いけない子供を食べている

赤ちゃん、赤ちゃん、彼に泣き声聞かれたら
家まで飛んでやってきて　おまえの手足を
あっというまにちぎるでしょう
仔猫が鼠をちぎるよに

そしておまえを叩くでしょう　叩いて叩いて
お粥のようになるまで叩いて
そしておまえを食べるでしょう
一口ごとにぱくぱくぱく！

——イギリスの子守り歌

# 獣たちの墓

## 登　場　人　物　紹　介

| | |
|---|---|
| マット・スカダー | 許可証を持たない私立探偵 |
| エレイン・マーデル | 高級娼婦 |
| キーナン・クーリー | レバノン系の麻薬ディーラー |
| ピーター・クーリー | キーナンの兄 |
| TJ | 黒人の少年 |
| ジョー・ダーキン | ミッドタウン・ノース署の刑事 |
| ジョン・ケリー | ブルックリン殺人課の刑事 |
| ジミー・ホング<br>デイヴィッド・キング | ハッカーの若者 |
| パム・キャシディ | レイプ事件の被害者 |
| ドルー・キャプラン | 弁護士 |
| ユーリ・ランドー | ロシア系の麻薬ディーラー |

# 1

三月最後の木曜日、午前十時半から十一時にかけてのことだ。フランシーン・クーリーは、しばらく出かけてくる、と夫に言った。買いものだった。

「だったらおれの車を使うといい」と彼女の夫は言った。「今日はどこへも出かけないから」

「あなたのは大きすぎるわ」と彼女は言った。「あなたの車を運転してると、船かなんかを操縦してるような気分になる」

「だったらお好きに」と彼女の夫は言った。

ふたりの車――彼女の夫のビュイック・パーク・アヴェニューと、彼女のトヨタ・カムリは、二台とも家の裏手のガレージにはいっていた。チューダー様式を模した漆喰(しっくい)造りの彼らの家は、ブルックリン・ベイリッジ、コロニアル・ロードに面して、七十八丁目通りと七十九丁目通りのあいだに建っていた。彼女はカムリのエンジンをかけ、バックでガレージを出ると、リモコン装置でガレージのドアを閉めて、バックのまま通りへ出た。そして、最初の赤信号でクラシックのカセットテープをかけた。ベートーヴェンの後期の四重奏曲。彼女の夫、キーナンはジャズが好きだった。だから彼女も家ではジャズを聞いたが、車で出かけるときにはたいていクラシックの室内楽をかけた。

彼女は身長五フィート六インチ、体重百十五ポンド、胸が大きく腰がきゅっとしまった魅力的な女性だった。うしろに梳いた光沢のある黒い髪、黒い眼、鉤鼻、そしてふっくらとした豊かな唇。

その唇は、写真ではいつも真一文字に閉じられていた。私の知るかぎり、それは反っ歯のせいだった。そのために彼女は口を開けて笑うことが少なかった。結婚式の写真でも、満面にこぼれるような笑みを浮かべながら、口から歯がのぞいているものは一枚もなかった。

彼女の肌の色はもともと褐色がかっていたが、すでにもう陽焼けをしていた。すでに夏の陽射しを吸収していた。それは二月の最後の週をジャマイカのネグリルで過ごしたからだ。彼女はもっと黒くなっていたかもしれない。が、キーナンがそれを許さなかった。彼は彼女に陽焼け止めを使わせ、陽にあたる時間も制限した。「あんまり焼くのはよくないよ。焼きすぎはかえって興冷めだ。太陽の下に長くいると、プラムが干しプラムになっちまう」どうしてプラムがいいの？　と彼女は尋ねた。それは熟れていて汁気たっぷりだからさ、と彼は答えた。

彼女が半ブロックばかり走り、七十八丁目通りとコロニアル・ロードの交差点に差しかかったところで、ブルーのワゴン車に乗っていた男がエンジンをかけた。男はさらに半ブロックほど彼女を先に行かせてから、車を出し、彼女のあとを尾け始めた。

彼女はコロニアル・ロードを右に曲がってベイリッジ・アヴェニューにはいり、さらに四番街を左に曲がって北に向かった。そして、六十三丁目の角のスーパーマーケット、ダゴスティーノに近づいたところでスピードを落とし、そこから半ブロックばかり先のパーキング・エリアにカムリを停めた。

ブルーのワゴン車の運転手は、カムリの横を走り過ぎると、ブロックを一周してからスーパーマーケットのまえ、消火栓の脇に車を停めた。

フランシーン・クーリーが家を出た頃、私はまだ朝食を食べていた。

前夜が遅かったのだ。まえの晩、エレインと私は東六丁目のインド料理店で夕食を食べたあと、ラファイエット・ストリートのパブリック・シアターで、『マザー・カレッジ』を見ていた。あまりいい席とは言えず、役者の台詞もところどころ聞こえなくなるような按配だったので、途中で帰ってもよかったのだが、エレインの隣人のボーイフレンドが出演しており、芝居がはねたあと私たちは彼の楽屋を訪ねたかったのだ。で、結局、近くのバーで一杯やるところまでつき合った。そのバーは何故かわからないが、おそろしく混み合っていた。「すばらしい体験をしたよ」と私はそのバーを出るとエレインに言った。「最初の三時間は舞台に立ってる彼の声が聞こえなかった。今の一時間はテーブルの向かい側に坐ってる彼の声が聞こえなかった。彼にはそもそも声があるんだろうか？」

「お芝居は三時間もなかったわ」とエレインは言った。「二時間半ってところよ」

「私には三時間ぐらいに感じられたよ」

「わたしには五時間。さあ、早く帰りましょう」

　エレインのアパートメントで、彼女は私にはコーヒーを、自分には紅茶をいれ、私たちはコマーシャルのあいだに駄弁(だべ)ったりしながら、ＣＮＮを三十分ばかり見て、そのあとベッドにはいった。が、一時間ほど経って私は起きだし、暗闇の中で服を着た。そうして寝室を出ようとすると、どこへ行くのかと彼女に呼びとめられた。

「すまん。起こさないようにしたつもりだったんだけど」

「それはかまわないけど、眠れないの？」

「ああ。なんだか神経が昂(たかぶ)ってる。何故かわからないけど」

「だったら居間で本でも読んでたら？　それともテレビを見るか。わたしはかまわないから」

「いや、なんだかじっとしていたくない気分なんだ。少し歩けばよくなると思う」

　エレインのアパートメントは、五十一丁目通りに面して一番街と二番街のあいだにある。私の住まい、ノースウェスタン・ホテルは、五十七丁目通りに面して八番街と九番街のあいだだ。外はまだ寒く、タクシーを拾おうかとも思ったが、半ブロックばかり歩くと、それほど寒くはなくなった。

　信号待ちをしているときに、ビルとビルの谷間に月が顔をのぞかせているのに気づいた。ほぼ満月だった。それを見て私は、どうりで、と思った。その夜は満月の気分だったのだ。血が騒いでいた。何かしたい。が、その何かが私にはわからなかった。

　ミック・バルーがニューヨークにいたら、私はたぶん彼を探しに彼の酒場に足を向けていただろう。しかし、彼は今アメリカにはいなかった。彼の酒場を除くと、どんな酒場も私に適した店とは言えない。どれほど落ち着かない気分であれ。私はホテルに戻り、四時近くまで本を読んでから、ようやくベッドにもぐり込んだ。

　そして、翌朝十時には近所のコーヒー・ショップ、フレイムにいた。そこで軽い朝食を摂り、新聞を読んだ。地元の犯罪記事とスポーツ欄に眼を通した。グローバルな視点に立つと、我々は今危機と危機のあいだにいる。だから私はより大きな問題にはあまり注意を払わないことにしている。国内的にも国際的にもより大きな問題というのは、私が関心を向ける頃にはとことん悪化していることだろう。しかし、とりあえず無関心を装えば、それらははるか彼方の問題であり、そのために心を苛まれる心配もない。

　もちろん、読もうと思えば、記事も求人欄も弁護士の広告も、新聞を隅から隅まで読む時間が私にはあった。フラットアイアン・ビルにオフィスを構える大きな探偵社の雇われ仕事を、先週三日ほどして以来、私は何もしていなかった。依頼人に直接頼まれた仕事を最後にしたのは、それよりもずっとまえのことだ。金にはとりあえず困っていないので、どうしても仕事をしなければならないわけではない。また、時間の過ごし方がわからないというのでもない。それでも、何かすることがあればいいのに、と私は思った。ゆうべの落ち着かない気持ちは、月が沈んでも私の心から去ってはいなかった。それは微熱を帯びて血の底に沈んでいた。それは痒(かゆ)くても掻くことのできない、皮膚の奥底にひそむ痒みに似ていた。

フランシーン・クーリーは、ダゴスティーノで三十分ばかり食料品などの買いものをして、代金はキャッシュで払った。買物袋は三つになった。アルバイトの男の子がそれをまたカートに戻し、彼女が車を停めたところまでカートを押してついて来た。

ブルーのワゴン車はまだ消火栓の脇に停まっていた。うしろのドアを開けて、車から降りたふたりの男が歩道に立っていた。ふたりのうちのひとりが持つクリップボードを見ながら、なにやら話し合っているふうに見えた。フランシーンとアルバイトの男の子が脇を通ると、ふたりはフランシーンをちらっと見やった。そして、フランシーンがカムリのトランクを開けたときには、もうワゴン車に乗ってドアを閉めていた。

アルバイトの男の子は、カムリのトランクの中に買物袋を入れた。フランシーンは男の子に二ドル手渡した。それは普通の二倍のチップだった。チップなど一セントもくれない客も少なくないのに。チップはこっそりと気前よく、というのが常日頃彼女がキーナンから言われていることだった。「おれたちはいつだって気前よくなれるんだから」

男の子はカートを押して店に戻り、彼女は運転席についてエンジンをかけ、四番街を北に向かった。

ブルーのワゴン車も半ブロックあいだをあけて彼女に続いた。

ダゴスティーノからアトランティック・アヴェニューの輸入食料品店まで、彼女がどのような経路をたどったか、正確にはわからない。アトランティック・アヴェニューまでずっと四番街を走ったかもしれないし、ゴワナス・エクスプレスウェイを使ってサウス・ブルックリンにはいったのかもしれない。それを知るすべはないが、しかしそれはどうでもいいことだ。いずれにしろ、彼女はアトランティック・アヴェニューとクリントン・ストリートの交差点まで、カムリを走らせた。その交差点の南西の角にアレッポというシリア料理店があり、その隣に、アトランティック・アヴェニューに面して、アラビアン・グルメという名の大きなデリカテッセンがある（もっとも、フランシーンはその店をそんなふうには呼んでいなかったが。たいていの客と同じようにアユブの店と呼んでいた。アユブというのは、十年まえに店を売ってサン・ディエゴへ引っ越していった、その店の先代のオーナーの名だった）。

フランシーンは、アトランティック・アヴェニューの北側の、メーター付きパーキング・エリアに、アラビアン・グルメのほぼ真向かいに車を停めた。そして、角まで歩き、信号が変わるのを待って通りを渡り、店にはいった。そのときには、ブルーのワゴン車はすでにアレッポのまえ、アラビアン・グルメの斜めまえのトラック用ゾーンに停まっていた。

フランシーンはあまり長くは店にいなかった。買いものは少しで、手伝いを頼むまでもなく、十二時二十分ちょうどに店を出た。彼女が着ていたものは、キャメル・ヘアのコート、チャコール・グレイのスラックスにチョコレート色のタートルネック、その上にベージュの縄編みのカーディガン。肩にハンドバッグをかけ、片手にビニール製の買物袋、もう一方の手に車のキーを持っていた。

ワゴン車のうしろのドアを開けたまま、ふたりの男はまた歩道に出ていた。フランシーンが店から現われると、ふたりはすかさず彼女の両脇に進み出た。と同時に、ワゴン車のエンジンがかかった。

ふたりのうちのひとりが言った。「クーリーさんですね?」彼女が振り向くと、男は札入れをすばやく広げてまた閉じた。刑事がバッジをちらつかせる仕種で。もうひとりが言った。

「ご同行願います」

「なんですって? 誰なの、あなたたちは?」と彼女は言った。「どういうことなの、これは?」

ふたりは両脇から彼女の腕を取った。彼女にはいったい何がどうなっているのかもわからなかった。ふたりは彼女をワゴン車のところまで連れていって中に押し込み、ドアを閉め、自分たちも車に乗り込んだ。ワゴン車はすぐに縁石を離れて、通りを行き交う車の中にまぎれた。

白昼堂々と商業地区で起こった出来事でありながら、その誘拐の顚末(てんまつ)を目撃した者はほとんどいなかった。また、目撃した者もいったい何が起こったのかわかっていなかった。すべてがきわめて敏速に行なわれたのにちがいない。

もしフランシーンが、ふたりが近づいてきた時点で助けを求めて叫んでいたら……

しかし、彼女はそうはしなかった。どんな行動も起こすまえに、もう車の中に閉じ込められていた。そこで彼女は叫んだかもしれない。なんらかの抵抗を示したかもしれない。しかしそのときにはもう遅かった。

彼女が誘拐されたとき私はどこにいたか、それは正確に覚えている。ＡＡ（アルコール自主治療会）のグループのひとつ、ファイアサイドが平日十二時半から一時半まで、西六十三丁目のＹＭＣＡで開いている昼の集会に出ていた。開始時刻より少し早く着いたので、ふたりの男がフランシーンをワゴン車に押し込んだ頃、私は椅子に坐ってコーヒーを飲んでいた。それにまずまちがいない。

集会の内容についてはまるで覚えていない。ここ何年か、私は自分でも驚くほど規則正しくＡＡの集会に出ている。さすがに禁酒し始めたばかりの頃の勤勉さはなくなったが、それでも平均して週に五回は足を運んでいる。その日の集会は、ひとりの話し手が十五分から二十分ばかり身の上話をしたあと、フリー・ディスカッションに移るという、ファイアサイド・グループのいつもの集会だった。ディスカッションで私は何も発言しなかったと思う。何か発言していたら、たぶんそのことを覚えているだろう。興味をそそられるような、あるいは笑いを誘うような発言もあったことだろう。AAの集会はいつもそうだから。しかし、私の記憶に特別なものは何も残っていない。

集会のあと昼食を食べ、昼食のあとエレインに電話した。留守番電話が出た。ということは、彼女は外出中か、あるいは客が来ているか、そのどちらかということだ。エレインはいわゆる高級娼婦だ。客を取ること――それが生活のために彼女のしていることだ。

彼女と出逢ったのはもう何年もまえのことだ。当時、私は金のバッジを手にしたばかりの呑んだくれ刑事だった。ロング・アイランドには妻とふたりの息子がいた。出逢って何年か、私とエレインは互いに便宜をはかり合う関係を保った。私は彼女の便利な友達で、彼女の厄介事を処理した。一度など、彼女のベッドで死んだ客の死体を、金融街の路地まで運んだりもした。一方、彼女はまさに理想的な愛人だった。美人で、頭がよくて、一緒にいて愉しくて、そしてもちろん床上手で、男に決して無理を言わない。そういう女には娼婦しかなれない。それ以上何を望む?

が、私が家庭と仕事を捨てたあとは、互いに行き来がとだえた。しかし、ふたりが共有する過去から一匹の怪物が現われ、私たちの生命を脅(おびや)かすという事件が起こり、私たちはまた一緒になった。そして、不思議なことにそれがまだ続いているのだ。

彼女にはアパートメントがあり、私は今でも安ホテル住まいをしている。会うのは週に二晩か三晩か四晩、会ったときはたいてい彼女のアパートメントに泊まることになる。週末はたまに遠出をすることもある。会わない日はほとんどいつも電話をする。日に二度以上電話することも珍しくない。

だから、お互い口にこそ出さないが、ほかとのつき合いは事実上捨てている。彼女以外につき合っている女は私にはひとりもいない。彼女のほうもそうだ――〝客〟を除けば。時折、彼女は客に呼ばれてホテルに出向いたり、客をアパートメントに招き入れたりしている。初めの頃、そのことは少しも気にならなかった。いや、正直に言えば、それが彼女の魅力の一部にさえなっていた。それが今はどうして気になるようになったのだろう？

気になるなら、もう客を取るのはやめてほしいと私は頼んでもいいのだ。彼女は長年にわたって働いて得た金を貯めて、今では不動産収入まである身だ。やめようと思えば、今の生活水準を落とすことなくいつでもやめられる。

しかし、何かが妨げになって私はそのことを口に出せないでいた。たぶん気になっていることそれ自体認めたくないのだろう。また今の関係を変えたくないという思いも働いているのだと思う。どこも悪くないのに修繕をすることはない。

それでも人も物も変わるものだ。この世に変わらぬものなど何もない。変わらぬものがもしあったとしても、まわりが変わればその関係が変わる。

私たちはLで始まることばを使うのを避けていた。私が彼女に感じているのも、彼女が私に感じているのも、それはまさに愛(ラヴ)としかほかに言いようがないのだが。私たちはまた結婚の可能性について話し合うことも避けていた。心の中では私も彼女もそのことを大いに考えていながら、実際に話し合ったことは一度もない。それは愛や彼女の商売同様、ふたりのあいだの禁句だった。

もちろん、遅かれ早かれ、これらのことについて考え、話し合い、さらに対処しなければならないときは必ずやって来るだろう。しかし、そのときまでは一日一日こつこつとやっていくほかかない。一日一日こつこつと——それは、蒸留されるよりもすばやくウィスキーを飲むのをやめて以来、私が大いに学んだことだ。誰かが言ったように、我々はみな一日一日こつこつとその日の仕事をこなしていけばいいのだ。所詮、世界もまたそのように我々に仕事を与えているのだから。

その木曜日の午後四時十五分まえ、コロニアル・ロードのクーリーの家の電話が鳴った。キーナンが出ると、男の声がした。「よお、クーリー。彼女、なかなか帰ってこないな、ええ？」

「誰だ、おまえは？」

「よけいなことを訊くんじゃねえ。女房を預かってる。おい、アラブのくそ野郎、おまえ、女房を返してほしいか？」

「家内はどこにいる？　家内と話させてくれ」

「死ね、ばか」と男は言って電話は切れた。

キーナン・クーリーは〝もしもし、もしもし〟と繰り返し、しばらく受話器を握ったまま佇んで、これからどうすべきか考えた。そして外に出て、ガレージの中をのぞいた。ビュイックはあったが、カムリはなかった。彼は通りまでドライヴウェイを走り、左右を見渡し、また家に戻って受話器を取り上げ、機械音を聞きながら、どこにかけようか考えた。

「くそっ」彼はそうつぶやき、受話器を置いて叫んだ。「フランシーン」

それからさらに彼女の名を呼びながら、二階の寝室に駆け込んだ。もちろん彼女はそんなところにはいなかった。しかし彼はじっとしていられなかった。一部屋一部屋調べてまわらないわけにはいかなかった。かなり大きな家で部屋はいくつもあり、彼は彼女の名を呼びながら、出たりはいったりを繰り返し、そこでやっと自分のしていることに気づいた。最後に居間に戻ると、受話器が架台からはずれていた。なんと賢明なことか。連絡したくても犯人は彼に連絡できないのだから。彼は受話器をもとに戻すと、鳴ってくれと心で念じた。そのとたん、電話が鳴った。

最初の男とは別の男の声だった。最初の男よりおだやかで、また教養もありそうな男の声だった。「クーリーさん、さっきからかけてたのに、ずっとお話し中だった。誰と話してたんだい？」

「誰とも。受話器がはずれてたんだ」

「警察には知らせてないだろうな」

「誰にも知らせてない。受話器を置いたつもりで、ちゃんと架台にのってなかっただけのことだ。家内はどこだ？　家内と話させてくれ」

「受話器はちゃんと架台にのっけておくことだ。それから誰にも知らせないことだ」

「誰にも知らせてない」

「特に警察へはな」

「望みはなんだ？」

「あんたの女房を取り返す手伝いをしたい。それが望みだ。もっとも、そりゃあんたが女房を取り返したがってればの話だが。そこのところはどうなんだ？」

「いったい、おまえは――」

「質問に答えろよ、クーリーさん」

「女房を返してくれ。頼む」

「おれはその手伝いをするだけだ。それじゃ、クーリーさん、電話はあけとくように。また連絡する」

「もしもし？　もしもし？」

もう電話は切れていた。

十分間キーナンは電話が鳴るのを待って部屋の中を歩きまわった。そのうち少し落ち着き、歩きまわるのをやめて、電話の脇の椅子に坐った。また電話が鳴った。しかし今度は彼のほうからは何も言わなかった。

「クーリーか？」粗野な最初の男の声だった。

「何が望みだ？」

「何が望みだと？　何が望みだと思う？」

彼は答えなかった。

「金だよ」と男はややあってから言った。「金が欲しい」

「いくら？」

「おまえはあれこれ訊くのが好きだな、ええ？　いくらか言ってほしいか、砂漠の黒ちゃんよ」

彼は待った。

「百万だ。それでどうだ、くそったれ」

「ばかばかしい」と彼は言った。「すまんが、おまえさんとは話ができない。おまえの友達にもう一度かけ直すように言ってくれ。彼と話すから」

「おい、生意気言うんじゃねえよ、このターバン野郎が。おい――」

今度はクーリーのほうから電話を切った。


どちらが主導権を握るか、それが問題だ、と彼は思ったのだ。

このような状況で主導権を取ろうなどと思うのは、それこそ狂気の沙汰だ。そんなチャンスなど毛ほどもないのだから。切札を持っているのは誘拐犯のほうなのだから。それでも、少しでも自己主張することで、芸を仕込まれたブルガリア・サーカスの熊のように、相手の音楽に合わせて踊らされることからだけは免れられる。

彼はキッチンへ行って、長い柄のついた真鍮のポットで、濃くて甘いコーヒーをつくった。そして、それがほどよく冷めるのを待ちながら、フリーザーからウォッカを取り出し、二オンスばかりグラスに注いで一気に呷った。その氷のような冷たさが心の昂りをいくらか鎮めてくれた。それからコーヒーを持って居間に戻ると、ほぼコーヒーを飲み終えたところでまた電話が鳴った。

二番目の男、いくらかはましな男の声だった。「クーリーさん、あんたはおれの友達を怒らせちまった。おれの友達は怒ると手がつけられなくなるんだよ」

「これからはあんたが電話してくれ。そのほうがいい」

「そりゃまたどういう――」

「そのほうが話が早いからだ。彼は百万ドルと言った。そんなのは問題外だ」

「あんたの女房にはそれだけの値打ちはないってわけだ」

「家内にはもっと値打ちがあるさ。だけど――」

「女房の体重はどれぐらいだ、クーリーさん？　百十ポンド？　百二十？　その辺か？」

「それがいったい――」

「だいたい五十キロってところだろう」

あたっていた。

「ヘロインだって一キロ二万はするんだぜ。それで五十キロだといくらになる、クーリーさん？　百万だ。ちがうか？」

「だからなんなんだ？」

「女房がブツならあんたは百万払うだろうってことさ、クーリーさん。女房が白い粉ならあんたはそれぐらい喜んで払うのに、でも、女房は血と肉だからそんなに価値はないってわけだ」

「ないものは出せない」

「金持ちがよく言うよ」

「百万はない」

「いくらならある？」

キーナンは少し考えてから答えた。「四十ならある」

「四十万？」

「そうだ」

「それは百万の半分より少ない額だ」

「そりゃ四十万より多い額も少ない額もあるだろう。だけど、おれが今持ってるのはそれだけだ」

「残りもかき集めりゃなんとかなるだろうが」

「どうやって？　確かにあちこち電話をかけて借りまくれば、少しは増やせるだろう。しかし、それでも大した額にはならない。それにかき集めるのに少なくとも二、三日はかかるだろう。いや、一週間ぐらいかかるかもしれない」

「おれたちが急いでると思うか？」

「急いでるのはこっちだ！　今すぐ女房を返して、おれの人生から消えてくれ。そのふたつのことを今すぐしてくれ」

「五十万ドル」

ほら見たことか。相手の言いなりにならずとも対処のしかたはいくらでもある。「それは駄目だ」と彼は言った。「いいか、おれは家内のことであんたと取引きをしてるんじゃないんだ。四十万というのは精一杯の額なんだよ」

間ができ、そのあとに溜息が聞こえた。「ああ、わかった。おたくみたいな商売をしてるやつと取引きしようなんて思ったおれが馬鹿だったぜ。こういうことをおまえらは何百年もやってきてるんだものな。おまえらアラブもユダ公とおんなじくらいの悪だ」

キーナンはなんと答えていいかわからなかったので、そのことばは聞き流した。

「よかろう、四十万だ。用意するのにどれくらいかかる？」

十五分、とキーナンは思った。「二、三時間」

「じゃあ、取引きは今夜だ」

「わかった」

「それまでに金を用意して、あとは誰にも電話するな」

「誰に電話できる？」

三十分後、彼はキッチン・テーブルについて坐り、四十万ドルという額の札束を見つめていた。彼の家には地下室に金庫があった。重さ一トン以上もある、警報装置つきの旧型のモズラー金庫で、壁に埋め込まれ、その上に松材のパネルを張ってカムフラージュしてあった。札はみな百ドル札で、それぞれ五十枚ずつ五千ドルの束が八十束。彼はそれらを数えて、一度に三束か四束まとめて、フランシーンが洗濯物入れに使っているプラスティックのバケツに放り込んだところだった。

フランシーンは洗濯などしなくてもよかったのに――と彼は思った。家事はすべて人に任せてもよかったのに。彼は彼女に何度そう言ったか知れなかった。が、彼女は家事が好きだったのだ。古風なタイプで、料理も掃除もその他もろもろ彼女は好んでやっていた。

彼は受話器を取り、腕をいっぱいに伸ばして持ち直してからまた架台に戻した。誰にも電話するな、と男は言った。誰に電話できる？

いったい誰がこんなことをしたんだ？　女房を誘拐して身代金を要求するなど、いったい誰にこんな真似ができる？

いや、これぐらいのことは多くの人間にできるだろう。誰にだってできるだろう、身代金を奪って逃げおおせると思ったら。

彼はまた受話器を取り上げた。その電話は誰にも盗聴されていない〝きれいな〟電話だった。そのことについて言えば、彼の家の電話はすべてそうだったが。彼は二種類の盗聴防止装置を取り付けていた。ともに最高水準のものだった。それらにかかった費用を考えれば、そうでなくては割りに合わない。そのひとつは電話線に取り付けられた警報装置で、電圧にしろ抵抗にしろ電気容量にしろ、少しでも変化すればわかるしくみになっていた。もうひとつは、盗聴マイクを無線周波スペクトルで自動的に探査するトラック・ロックだった。そのふたつの装置には五千から六千ドルもかかっていたが、プライヴァシーを守るというのは、彼にはそれだけ値打ちのあることだった。

が、それが今はうらめしかった。もし警察がここ数時間この電話を盗聴していてくれたなら――逆探知して、犯人を突き止め、フランシーンを取り戻してくれていたかも――

いいや、警察になど用はない。警察というのは何もかも台なしにしてくれるところだ。金はある。ただそれを払えばいいだけのことだ。しかし、それでフランシーンを取り戻せるかどうか。物事には対処できることとできないことがある。身代金の額を決めることについては対処できた。無理のない額に落ち着かせることができた。しかし、その後のことには対処のしようがない。

〝誰にも電話するな〟

〝誰に電話できる？〟

彼は受話器を取り上げ、いちいち確かめなくてもすむ番号を押した。三度目のコールで彼の兄が出た。

「ピート、今すぐ来てくれ。タクシーを拾って。タクシー代はおれが出すから。とにかく今すぐ来てくれ。おい、聞いてるのか？」

やや間があってから声がした。「おまえのためならなんでもするよ、キーナン。わかってると思うが――」

「だったら今すぐタクシーを拾うんだよ！」

「――でも、おまえの商売にかかわるわけにはいかない。それはどうしても駄目だ」

「商売のことじゃない」

「だったら？」

「フランシーンのことだ」

「なんだって？　フランシーンがどうしたんだ？　いや、そっちに着いたら話してくれ。今、家にいるんだな？」

「そうだ」

「タクシーを飛ばしてすぐに行く」


　ピーター・クーリーが、ブルックリンの彼の弟の家まで行ってくれそうなタクシーを探している頃、私はテレビを見ていた。スポーツ専門ケーブル・ネットのＥＳＰＮ局で、プロ野球選手の年俸が上乗せされる可能性について記者たちが論じ合うのを聞いていた。そこへ電話が鳴った。テレビを見るのを妨げられても私としては一向にかまわなかった。電話はミック・バルーからだった。彼はアイルランド北西部のマイオ州キャッスルバーという町からかけていた。が、音はとてもきれいで、まるでグローガンの店の奥の部屋からかけているみたいだった。

「こっちはすばらしい」と彼は言った。「ニューヨークのアイルランド人はいかれ頭ばかりだと思うなら、ホームグラウンドの彼らに会うべきだな。一軒おきにパブがあってな、看板まで誰ひとり店を出ようとしないんだ」

「でも、そっちは店が早く閉まるんだろ？」

「クソ早く閉まりやがる。だけど、ホテルじゃ何時でも飲める。宿泊客にはそういうサーヴィスをしなきゃいけないことになってるんだ。どうだい、アイルランドもなかなか文化的な国だろうが、ええ？」

「そうだな」

「ただ煙草はみんなよく吸いやがる。年がら年じゅう火をつけてて、年がら年じゅう人にも勧めてる。それでもフランス人に比べりゃましかな。親爺の親戚や友達に会いにフランスにも寄ったんだが、やつらと来た日にゃ、おれが煙草を吸わないんで怒るんだぜ。アメリカ人は、煙草をやめるだけの分別を持ってる世界で唯一の国民だよ」

「アメリカにも喫煙者はまだいるよ」

「彼らも気の毒にな。飛行機でも禁煙、映画館でも禁煙、公の場所で吸ったら罰則まであるんだから」彼は何日かまえにあった、ある男と女の話を長々とした。それは傑作な話で、私たちは声をあげて笑い合った。そのあと彼はこっちの様子を訊いてきた。変わりない、と私は答えた。「だったらいいが」と彼は言った。

「正直言うと、ちょっと気持ちが落ち着かなくてね。このところ時間がありすぎるのと、満月のせいだ」

「こっちも満月だ」

「それは奇遇だね」

「もっとも、アイルランドじゃいつも満月だがな。こっちじゃ年じゅう雨が降ってるけど、いいこったよ。それで年がら年じゅう満月を見なくてすむんだから。マット、ちょっと思ったんだがな、飛行機でこっちへ来ないか？」

「なんだって？」

「アイルランドに来たことはないんだろ？」

「私はアメリカを出たことがなくてね」と私は言った。「いや、そうでもないか。カナダへは何度か、それにメキシコへは一度行ったことがある。でも——」

「ヨーロッパは一度もない」

「ああ」

「だったら後生だ。こっちへ来てくれ。なんなら彼女も一緒に」——エレインのことだ——「あんたひとりでも、どっちでもいい。弁護士のローゼンスタインとさっき話したんだが、おれはもうしばらく国外にいたほうがいいようなのさ。面倒なことは何もないそうだが、それでも国の特別調査委員会が頑張ってるあいだは、やっぱりおれはアメリカにいないほうがいいってことなんだよ。だからとりあえずことが落ち着くまで、おれはこんなクソ溜めみたいなところにひと月、いや、それ以上ひっこんでなきゃならなくなるかもしれないんだ。何が可笑(おか)しい？」

「そっちが気に入ってるんだと思ってたよ。それがクソ溜めとはね」

「友達がいなきゃどこもクソ溜めだ。なあ、マット、来いよ。来てくれよ」

ピーター・クーリーが弟の家に着いたのは、キーナンが誘拐犯のましなほうとさらにもう一度電話でやりとりをした直後だった。それまではあたりの柔らかかった誘拐犯も、そのときはかなり荒っぽくなっていた。フランシーンが無事である証拠をキーナンが最後に求めたときには、特に語気が荒くなった。そのときのやりとりはおよそ次のようなものだ。

クーリー——家内と話させてくれ。

誘拐犯——それは不可能だ。あんたの女房は家にいて、おれは今公衆電話からかけてるんだから。

クーリー——家内が無事であることをおれはどうやって確かめればいい？

誘拐犯——彼女を大事にしなきゃならない理由がおれたちには山ほどある。彼女の値打ちを考えてもみろよ。

クーリー——そもそもあんたらが家内を誘拐したこと自体、おれには確かめようがないんだぜ。

誘拐犯——あんたは女房のおっぱいを覚えてるか？
クーリー——えっ？
誘拐犯——おっぱいを見れば、それが女房のだかどうだか見分けがつくかい？　それが一番簡単な方法だ。女房のおっぱいを一個切り取って、玄関のまえに置いといてやるよ。それを見りゃあんたも安心できるだろう。
クーリー——なんてことを言うんだ。そんなこと口に出すのもやめてくれ。
誘拐犯——だったら生きてる証拠がどうのこうのなんて話はやめようじゃないか、ええ？　おれたちはお互いに信じ合わなきゃ、クーリーさん。この商売じゃ信用がすべてだ。

そこで電話は切れた、とキーナンはピーターに言った。信用するしかない。だけど、どうやって信用する？　相手が誰かもわからないのに。

「誰に電話できるだろうっておれは考えたんだ」と彼は続けて言った。「仕事仲間で誰に助けを求められるだろうってね。だけど、思いつく相手はみんな誘拐でもなんでもやりかねないやつらだ。どこで線引きをすりゃいい？　今度のことは誰かが仕組んだことだ」

「しかしどうやって——」

「わからない。なんにもわからない。わかってるのは、フランシーンが買いものに出かけていったきりいまだに帰ってこないということだけだ。あいつが車で出かけて、五時間ぐらいしたら電話があったんだ」

「五時間？」

「わからない。たぶんそれぐらいだと思う。ピート、自分がここで何をしてるのかもおれにはわからない。こんな経験は初めてだ」

「取引きなら始終やってるじゃないか」

「ヤクの取引きとこれとは別だ。ヤクの取引きなら自分でシナリオが書ける。それで誰も怪我をしないですむ。だけど、こういうのは――」

「ヤクの取引きじゃ年じゅう誰かが死んでる」

「ああ、だけど、それにはたいてい理由がある。まずひとつ、知らない相手と取引きした場合だ。それが命取りになる。うまい話が悪夢に変わる。第二に――いや、これは一・五だな――知ってると思ってたけど、実はよく知らなかった相手と取引きした場合だ。そして最後が――第二でも第三でもなんでも好きな番号をつけてくれ――こっちから相手を騙そうとした場合だ。金を払わずにブツを手に入れて、それでうまくいくと思うやつらがたまに現われる。で、実際、それがうまくいくのさ。しかしそんなことは長続きはしない。そういうことをするのはどんなやつらかわかるかい？　十中八九、自分もヤクに溺れちまって、まともな判断力をなくしちまったやつらだ」

「こんな場合もあるんじゃないか、お互いきちんと取引きをしたのに、そこへジャマイカ人が六人ばかりドアを蹴破ってはいって来て、皆殺しにしてしまうというのも」

「ああ、そういうこともあるよ」とキーナンは認めて言った。「それはジャマイカ野郎とはかぎらない。こないだ読んだ新聞じゃ、ラオス人が同じことをやってた。毎週新たな民族の人殺し集団が現われてる」彼は首を振った。「だけど、いいかい、まっとうなヤクの取引きじゃ、そういうやつらとは一切かかわりを持たないでいられるのさ。そういうやつらとは取引きしなきゃいいんだから。金がありゃほかでつかえばいい。ブツがありゃ誰かほかのやつに売ればいい。うまくいくからおれはこの商売をしてるのさ。自分で自分を守れるから続けてるのさ。相手がどんなやつか、信用できるかできないか、端(はな)からわかってるからやってるのさ」

「だけど、この件じゃ――」

「こっちの手持ちはなんにもない。あるのはケツに突っ込む自分の親指ぐらいだ。おれは、金を持っていくから、おまえらはフランシーンを連れてこいって言ったんだ。そうしたら、それは駄目だと言われた。それじゃうまくないって言うのさ。こっちはなんと答えりゃいい？　それじゃ女房を取っといてくれってか？　誰かほかのやつに売ってくれってか？　おれの取引きのやり方が気に入らないのなら。取引きなんて、くそっ、冗談じゃない」

「ああ」

「ところが、おれは取引きをしたのさ。やつらは最初百万って言ってきた。それをおれは四十万に値切ったんだ。百万なんて冗談じゃない、四十万しかないと言ってね。そうしたら、やつらもそれで納得した。あのときもしおれが――」

電話が鳴った。キーナンは電話の応対をしながらメモ帳に走り書きをした。そして言った。「おれはひとりじゃ行かない。今ここに兄貴がいるが、その兄貴とふたりで行く。それだけは譲れない」そのあとしばらく受話器に耳を傾けてから、彼は何かを言いかけた。が、そこで電話は切れた。

「今から出かける」と彼は言った。「やつらはゴミ袋ふたつに金を入れて持ってこいと言ってる。そんなことは造作もないが、でも、なんでふたつなんだ？　四十万の札束がどれだけのかさになるかわからないからかな？」

「あるいは、重いものを持たないように医者から言われてるか」

「かもな。オーシャン・アヴェニューとファラガット・ロードの角まで行かなきゃならない」

「ということは、フラットブッシュか？」

「ああ、たぶん」

「いや、まちがいない。ファラガット・ロードというのは、ブルックリン大学から二、三ブロックの通りだ。そこに何があるんだ？」

「公衆電話」ふたつのゴミ袋に札束を入れ終えると、キーナンはピーターに九ミリ口径のオートマティックを渡した。「持っててくれ。丸腰で敵地に足を踏み入れたくない」

「丸腰であろうとなかろうと、敵地になんか足を踏み入れたくないよ。こんなものを持っていって何になる？」

「わからない。でも、とにかく持っててくれ」

家を出るときにピーターが弟の腕をつかんで言った。「防犯装置をオンにするのを忘れてる」

「だから？　フランシーンはおらず、金を持って出るんだぜ。あと何が残ってる？」

「防犯装置があるんだから、オンにして損はないだろうが。銃なんかよりずっと役に立つ」

「ああ、そうだな」キーナンはいったん家の中に戻り、また出てくると言った。「最新式の防犯装置だ。家に押し入ることも、電話を盗聴することも、盗聴マイクを家の中にしかけることもできない。できるのはただ女房を誘拐して、おれに四十万ドルゴミ袋に詰めさせ、市じゅうを走りまわらせることだけってわけだ」

「どうやって行く？　ベイリッジ・パークウェイからキングズ・ハイウェイにはいって、オーシャン・アヴェニューに出るのがいいんじゃないかな」

「そうだな。行き方はいくらでもあるけど、それが一番よさそうだ。運転してくれるかい、ピート？」

「おれが？」

「ああ、こんな心理状態でおれが運転したら、パトカーにおカマを掘っちまうか、尼さんでも轢きかねない」

ふたりはファラガット・ロードの角の公衆電話に、八時半までに着かなければならなかった。ピーターの腕時計が合っていたとすれば、実際にはそれより三分早く着いた。ピーターは車に乗ったままで、キーナンがひとりで電話ボックスにはいって電話が鳴るのを待った。ピーターは、ズボンのベルトのうしろ側に差した銃——運転中ずっとそれが気になっていた——を抜くと、膝の上に置いて持った。

電話が鳴り、キーナンが出た。ピーターの時計で八時半きっかり。誘拐犯はきわめて時間に正確なやつなのか、それとも通りの反対側の建物の窓から見張ってでもいるのか。

キーナンが小走りになって戻ってきて、車にもたれて言った。「ヴェテランズ・アヴェニューだ」

「聞いたことのない通りだな」

「フラットランドとミル・ベイスンのあいだにあるんだそうだ。行き方を教えてくれた。ファラガット・ロードをフラットブッシュ・アヴェニューまで行って、アヴェニューNにはいると、その通りがそのうちヴェテランズ・アヴェニューになるんだそうだ」

「それで？」

「ヴェテランズ・アヴェニューと東六十六丁目通りの角にまた公衆電話があるってことだ」

「なんでこんなあちこち走りまわらなきゃならないんだ？　どう思う？」

「おれたちをただトチ狂わせたいのか、おれたちのうしろには誰もいないことを確かめたいのか、知らんよ、ピート。しかしこれにはまいる」

「ああ」キーナンは助手席側にまわって車に乗り込んだ。ピーターが言った。「ファラガットからフラットブッシュ、フラットブッシュからアヴェニューN。フラットブッシュは右に曲がってアヴェニューNは左に曲がるんだな？」

「そうだ。フラットブッシュを右、アヴェニューNを左だ」

「与えられた時間は？」

「それは何も言わなかった。言われなかったと思う。ただ急げとだけ言われた」

「だったらコーヒーを飲みにどこかに寄ったりするのはやめよう」

「ああ。そうだな」


ヴェテランズ・アヴェニュー六十六丁目でも同じようにやった。ピーターが車で待機し、キーナンが電話ボックスまで歩いた。そのとたん、はかったように電話が鳴った。

誘拐犯は言った。「なかなか優秀だ。早かったな」

「今度はどうするんだ？」

「金はどこだ？」

「車の後部座席にある。言われたとおりふたつのゴミ袋に詰めてある」

「よし。それじゃそこから兄貴とふたりで、アヴェニューMと六十六丁目通りの角まで歩いてもらおう」

「歩く？」

「そうだ」

「金を持ってか？」

「いや、金は置いていけ」

「車の後部座席に」

「そうだ。車はロックしないでな」

「ロックしない車に金を置いて、ひとブロック歩けと言う――」

「正確には二ブロックだ」

「それから？」

「アヴェニューMの角で五分待て。そうしたら車に戻って家へ帰れ」

「家内は？」

「女房は元気だ」

「どうやって家内は――」

「車に戻ったら、車の中で待ってるだろう」

「待っててほしいもんだ」

「なんだって？」

「なんでもない。ひとつ気になることがある。ロックもしないで車に金を置いといて、あんたらが来るまえに誰かに盗まれたらどうする？」

「そんな心配は無用だ。この辺は上品なところだからな」

ふたりは車に金を残して、短いブロックと長いブロックをひとつずつアヴェニューMまで歩いた。そしてピーターの時計で五分待ってまたビュイックに戻った。

ふたりの容貌についてはまだ触れていなかったと思うが、ピーターとキーナンはいかにも兄弟という見てくれをしていた。キーナンの身長は五フィート十インチで、ピーターよりほんの一インチばかり高く、ピーターのほうが少しだけウェストが太かったが、ふたりとも肥ってもおらず痩せてもおらず、手足が長く、肌はオリーヴ色で、左に分け目をつけて直毛の黒い髪をきれいにうしろに梳いていた。キーナンは三十三歳で、髪の生えぎわが少しずつ後退しかけていた。一方、二歳年上のピーターの髪はまだ黒々としていた。

すじの通った長い鼻、くっきりとした眉、その下の黒い眼、ふたりともなかなかハンサムな男で、キーナンには髭はなかったが、ピーターはこざっぱりとした口髭を生やしていた。

ふたりのどちらかと一戦を交えなければならなくなったら、外見から判断するかぎり、誰でもピーターのほうを選ぶだろう。少なくとも選ぼうとするだろう。ふたりを比べれば、キーナンのほうが危険そうに見えた。反応がより俊敏でより確実そうに見えた。

ふたりは足早に、しかし小走りにならないように気をつけて、車を停めた角まで戻った。車はロックされずにまだそこにあった。金を詰めた袋は後部座席からなくなっていた。フランシーン・クーリーは――いなかった。

キーナンが言った。「やられたな、くそっ」

「トランクは？」

キーナンはグラヴ・コンパートメントを開けると、トランクの鍵をはずした。そして車のうしろにまわってトランクの蓋を開けた。スペア・タイアとジャッキ以外、何もなかった。彼はトランクの蓋を閉めた。それと同時だった。十ヤードばかり離れたところで公衆電話が鳴った。

キーナンは駆け寄って受話器を取った。

男の声がした。「家に帰れ。たぶん彼女のほうがさきに着いてるだろう」

私は、ホテルの近くの使徒セント・ポール教会で開かれるいつもの集会に出ていた。が、休憩時間に辞去し、ホテルに戻ってエレインに電話をかけ、ミックの申し出について彼女に話した。

「行けばいいじゃないの」と彼女は言った。「なかなかいいアイディアだと思うけど」

「きみとふたりで行くというのは？」

「そうねえ。行ったら授業に出られなくなっちゃうでしょ？」

彼女はニューヨーク市立大学ハンター・カレッジの、木曜日の夜間講座を取っていて、その日もちょうど講義を受けて帰ってきたところだった。講座の名は〈ムガル帝国時代のインド美術および建築〉。「行くとしても一週間か十日ぐらいだから、クラスには一回出られなくなるだけのことだよ」

「講義一回ぐらいは大した問題じゃないわね」

「だったら――」

「正直に言えば、あまり行きたくないってことね。わたしが行ったら、わたしは五番目の車輪ってことにならない？　あなたとミックがアイルランドの田舎めぐりをして、行く先々でアイルランド人にどんちゃん騒ぎのやり方を教えてる――そんなイメージが浮かぶわ」

「そりゃまたすごいイメージだな」

「わたしが言いたいのは、結局、女なんて要らない男だけの夜になるんじゃないかってことよ。ちがう？　そういうところへはあまり行きたくないわ。でも、このところ情緒不安定になってるあなたにはとってもいいことだと思う。ヨーロッパには行ったことがないんでしょ？」

「ああ」

「ミックはもうどれぐらい行ってるのかしら。ひと月？」

「それぐらいだ」

「あなたは行ったほうがいいと思う」

「かもしれない。もうちょっと考えてみよう」


彼女はいなかった。

家のどこにもいなかった。しかし、無意味なこととわかりながらも——彼女には防犯装置を解除することも壊すこともできなかっただろうから——キーナンはひと部屋ずつ確かめないわけにはいかなかった。すべての部屋を調べ尽くし、ピーターがコーヒーをいれているキッチンに戻ると彼は言った。

「くそっ、へどが出そうだ」

「わかるよ」

「コーヒーをいれてるのか？　コーヒーは飲みたくないな。おれが酒を飲んだら、兄貴の気にさわるかい？」

「自分で飲んだらそういうことにもなるだろうけど、おまえが飲むぶんには、気にさわるということはないよ」

「たぶんおれは——いや、忘れてくれ。おれも別に飲みたいわけじゃないんだ」

「おれはおまえのようには酒を飲むことができないわけだが」

「ああ」キーナンは振り向いて言った。「でもどうしてやつらはこんな真似をするんだ、ピート？　フランシーンは車にいると言っておきながら、車にはいなかった。次には家にいると言っておきながら、家にもいなかった。いったいこれはなんの真似だ？」

「もしかしたら交通渋滞にひっかかってるのかもしれない」

「いったいどうなってるんだ？　おれたちはここでじっと待ってるしかないのか？　何を待ってるのかもわからずに。やつらに金を渡しておれたちには何が得られた？　なんにも得られなかった。やつらが誰で、どこにいるのかもわからない。なんにもわからない。ピート、おれたちゃどうすりゃいいんだ？」

「わからない」

「もう彼女は死んでるんだよ」

ピーターは何も言わなかった。

「だってそうだろうが、ええ？　フランシーンには犯人がわかる。やつらにしてみりゃ、生かして返すより殺したほうがずっと得策だ。殺して埋めて、それでおしまい。一件落着。おれならそうする、おれがやつらなら」

「いや、おまえはそんなことをする人間じゃない」

「おれがやつらならって言っただろ？　おれはやつらじゃないから、女を誘拐なんかしないよ、そもそも。誰に対しても優しかった、人に意地悪をしたことさえない、なんの罪もない女を誘拐するなんて――」

「落ち着けよ、キーナン」

ふたりは押し黙ったり、また話し合ったりということを繰り返した。ほかに何ができる？　すると三十分ほど経って電話が鳴った。キーナンはそれに飛びついた。

「クーリーさんか？」

「家内はどこだ？」

「すまん。ちょっと予定が変更になってな」

「家内はどこだ？」

「あんたの家のすぐ近くにいる。七十九丁目通りだ。その南側。角から三、四軒はいったところに――」

「なんだって？」

「消火栓のまえに車が一台違法駐車して停まってるはずだ。グレイのフォード・テンポ。その中にいる」

「その車の中に？」

「トランクの中に」

「トランクの中に押し込んだのか？」

「窒息することはないよ。ただ今夜は冷えるからな。今からすぐ行け」

「車のキーは？　どうやって――」

「鍵が壊れてるからキーは要らない」

通りを走り、角を曲がってキーナンはピーターに言った。「鍵が壊れてるというのはどういうことだ？　鍵が壊れてるのなら、どうしてフランシーンは自分で這い出さないんだ？どういうことなんだ？」

「わからない」

「縛られてるんだ、きっと。猿ぐつわをされて手錠をかけられて、それで動けないんだ」

「かもしれない」

「ああ、あったぞ、ピート」

車は言われたところに停まっていた。フロントガラスにはひびがはいり、助手席側のドアが見事にへこんでいる、何年かまえの年式のテンポが消火栓のまえに停まっていた。トランクの鍵は根こそぎなくなっていた。キーナンは息せき切ってトランクを開けた。

中には誰もいなかった。何かの包みがいくつかあるだけだった。ガム・テープで封をした、それぞれ大きさのちがう、黒いビニールの包みがいくつか並べられているだけだった。

「まさか」

キーナンはその場に凍りつき、繰り返した。「まさか、まさか」ピーターが包みのひとつをトランクから取り出し、持っていたジャックナイフでテープを切った。そしてビニールの包みを広げた――それはふたりが金を詰めたようなゴミ袋ではなかった――足首から数インチのところで切断された人間の足が出てきた。その三本の指には赤いペディキュアが塗られていた。あとの二本はなくなっていた。

それを見てキーナンは天を仰ぎ、犬のように吠えた。

# 2

それが木曜日のことだ。翌週の月曜日、昼食を食べてホテルに戻ると、フロントに伝言があった。ピーター・クアリーに電話されたし。七一八局の番号がメモされていた。七一八と言えば、ブルックリンかクウィーンズだが、そのどちらにも、いや、それがどこであろうと、ピーター・クアリーという名に思いあたる人物はいなかった。しかし、知らない人間から電話をもらうというのは、私にはそう珍しいことではない。自室にあがり、メモに書かれている番号をまわすと、男が出た。

「クアリーさん？」

「そうですけど」

「おたくへ電話するように伝言を受けた、マシュウ・スカダーという者だが」

「うちに電話をするようにって？」

「そうだ。メモによれば、おたくから十二時十五分に電話があったことになってる」

「名前をもう一度言ってもらえないかな？」私はもう一度名乗った。彼は言った。「ああ、わかった。あんたは探偵さんだね？　おれの兄貴が電話したんだ。兄貴のピーターが」

「メモにはピーター・クアリーと書いてある」

「ちょっと待ってくれ」

待っていると、ややあって別な男の声がした。最初の男の声と似ていたが、それよりいくぶん低くてやわらかい男の声だった。「マット、ピートだよ」

「ピート？　どこかで会ったっけ？」

「ああ、おれのことはあんたも知ってるはずだ。ただ、名前までは知らなかったと思うけど。おれもセント・ポール教会の常連だ。かよい始めてまだ五週間か六週間しか経ってないけど」

「ピーター・クアリー」

「クーリーだ。レバノン系なんだ。おれがどういう人間か話せば、あんたも思い出すと思う。禁酒したのは一年半まえで、五十五丁目通りの西のはずれの下宿に住んでて、今はメッセンジャー・ボーイとか配達夫をやってる。本職は映画の編集だけど、またもとの仕事に戻れるかどうかは――」

「あんたの話には麻薬もいっぱい出てきた」

「そうだ。でも、おれが一番こっぴどくやられたのは酒だ。思い出してくれたかい？」

「ああ。あんたが話し手になった夜、私も集会に出てたから。しかし、苗字は知らなかった」

「そこがＡＡのいいところだ」

「で、私に用件というのは？」

「話があるんだ。よかったら、こっちまで来てくれないか。あんたは探偵だろ？　話というのはそれに関したことだ」

「どういう話か今言うわけにはいかないのか？」

「それは——」

「電話じゃしたくない？」

「そうだな。頼みたいのは探偵仕事で、とても大切なことなんだ。金ならいくらでも出す」

「実を言うと、ピート、頼まれてもすぐに引き受けられるかどうかわからない。旅行を計画してててね。この週末に海外へ行こうと思ってるんだよ」

「どこへ行くんだね？」

「アイルランドだ」

「それはいいね。でも、マット、来るだけ来て、おれと弟の話を聞くだけ聞いてくれないか？　聞いてみて、何もできないと思うようなら、あるいはやりたくないと思うようなら、それでいい。あんたの手間賃とここまでの行き帰りのタクシー代は払うよ」電話の向こうで弟らしき人物がなにやら言っていた。が、なんと言っているのかはわからなかった。またピートの声がした。「わかった、キーナン。マット、キーナンはあんたを車で迎えに行ってもいいって言ってるんだけど、それだとおれたちは行ってまた戻ってこなきゃならない。あんたがタクシーを飛ばしてくれたほうが早いだろ？」

メッセンジャー・ボーイや配達夫をやっている男のわりには、やけにタクシーということばを連発するな、と私は思った。が、彼の弟の名前にふと思いあたった。「ピーター、あんたには兄弟が何人かいるのか？」

「いや、弟がひとりだけだ」

「集会でのあんたの話の中に、弟さんのやってる商売のことが出てきたように思うんだが」

やや間を置いてから彼は言った。「おれはただ話を聞いてくれと頼んでるだけだよ、マット」

「今どこにいる？」

「ブルックリンはよく知ってるかい？」

「よく知るためには死ななきゃならない」

「なんだって？」

「いや、なんでもない。頭の中で思ったことが口をついて出たまでのことだ。〝死人だけがブルックリンを知っている〟というトマス・ウルフの有名な短篇小説があるんだよ。ブルックリンならよく知ってる。ブルックリンのどこだね？」

「ベイリッジ、コロニアル・ロード」
「それならわけはない」
彼は所番地を言った。私はそれを書き取った。

R線——別名BMTのブロードウェイ線は、クウィーンズのジャマイカ地区百七十九丁目から、ブルックリン南西部に架かっているヴェラザーノ・ブリッジの数ブロック手前まで、延々と走っている線だ。私はその線に七番街五十七丁目で乗り、終点のふたつ手前で降りた。マンハッタンを出ると、もう市外に出たものと思う人がいるが、それはまちがいだ。ブルックリンもまた市の一部だ。しかし、そのちがいは歴然としている。それは眼を閉じていてもわかる。エネルギーのレベルがちがう。流れている時間の速さも勢いもちがう。

私は、中国料理店や、韓国人の経営する八百屋や、場外馬券売場や、アイリッシュ・バーのまえを通り、四番街をコロニアル・ロードまで歩いた。キーナン・クーリーの家はすぐに見つかった。二度の世界大戦のあいだに建てられたものと思われる、四角ばった一戸建ての一群の中にあった。狭い芝生のあいだを抜けて、木の階段を半階分昇ったところに玄関があった。私はその階段を昇って呼び鈴を押した。

ピーターが私を出迎え、キッチンへ案内して弟を私に紹介した。キーナンは立ち上がって私と握手を交わすと、自分は立ったまま私に椅子を勧めた。そうしてレンジのところまで歩くと振り向いて言った。

「よく来てくれた。でも、スカダーさん、二、三質問をしてもいいかな？　話を始めるまえに」

「いいとも」

「まずは何か飲みものでもどう？　飲みものと言っても、アルコールのないやつだ。あんたとピートとはAA仲間なんだろ？　コーヒーもあるしソフト・ドリンクもある。コーヒーはレバノン風のやつだ。まあ、トルコ・コーヒーかアルメニア・コーヒーと同じものと思ってくれればいい。とても濃くて強いコーヒーだ。なんならユーバンのインスタント・コーヒーもあるけど」

「レバノン風のをもらおう」

なかなかうまかった。私がもうひとくち口に含むと、キーナンは言った。「あんたは探偵なんだよね？」

「許可証はないが」

「というと？」

「私にはなんの資格もないということだ。ある大きな探偵社の雇われ仕事も時々してるんで、そのときはその探偵社の一員ということになるわけだが、それ以外はなんの資格もなく個人的にやってるだけだ」

「でも、以前はお巡りだった」

「ああ、昔はね」

「巡査だったのか、それとも刑事かなんかだったのかい？」

「刑事だった」

「だったら金のバッジを持ってたわけだ」

「ああ。ヴィレッジの六分署に何年かいたけど、そのまえはブルックリンだった。七八分署。パーク・スロープとそのちょっと北側までが管轄だった。ボウラム・ヒルと呼ばれるあたりだ」

「ああ、知ってるよ。おれは七八分署の管轄区で生まれ育ったのさ。だったらバーゲン・ストリートはわかるかい？　ボンド・ストリートとネヴィンズ・ストリートのあいだの」

「もちろん」

「あそこがおれたち、おれとピートの生まれ育ったところだ。あそこには中東の人間がいっぱい住んでる。コート・ストリートとアトランティック・アヴェニューのあたりだ。レバノン人、シリア人、イエメン人、パレスティナ人。おれの女房はパレスティナ人で、彼女の親はヘンリー・ストリートからちょっとはずれたプレジデント・ストリートに住んでた。サウス・ブルックリン。今はあそこをキャロル・ガーデンズなんて呼ぶそうだ。コーヒー、どうだい？」

「なかなかうまいよ」

「もっと欲しけりゃ、言ってくれな」そのあと彼は何かを言いかけたが、途中で気が変わったらしく兄のほうに顔を向けた。「やっぱり駄目だよ、ピート、こんなことをしたってしようがない」

「とにかく話せよ、キーナン」

「ああ、わかったよ」彼は私のほうを向くと、椅子を反対側に向け、またがるように坐って言った。「気になってるのはこういうことなんだ、マット。マットと呼んでもいいかな？」

かまわない、と私は答えた。「気になってるのはこういうことだ、おれの話をあんたが別の誰かにまた話しちまうなんてことは、おれは心配しなくてもいいのかどうか。つまりおれが知りたいのは、あんたがまだどの程度お巡りなのかということだ」

それはいい質問だった。私自身そのことを時々考えることがある。私は言った。「私は長いことお巡りだった。しかし、警察を辞めてからは、毎年少しずつお巡りでなくなっているように思う。あんたが知りたいのは、私に秘密が守れるかどうかということだが、法的に言えば、私は弁護士じゃないから法廷で証言拒否はできない。が、同時に、私は裁判所に勤めてるわけでもない。だから、自分の知り得た情報をいちいち報告する義務もない」

「結局、どういうことだ？」

「どういうことか。結論は言えないということだ。秘密は守ると安請け合いはできないということだ、あんたの話がどういう話なのか私にはわからないんだから。私がここまではるばるやって来たのは、電話じゃ話せないとピーターが言ったからだ。で、来てみると、今度はあんたが話しづらそうにしている。どうやら私は帰ったほうがよさそうだな」

「ああ、そのようだ」

「キーナン――」とピーターが言った。

「いや、もういい」と言って彼は立ち上がった。「いい考えにも思えたけど、やはりうまくないよ。自分たちだけでなんとかするしかない」彼はポケットから札束を取り出し、その中から百ドル札を一枚引き抜いてテーブルの上に放った。「タクシー代とあんたの日当だ、スカダーさん。無駄足を踏ませてすまなかった」私がその百ドル札に手を伸ばそうとしないのを見て彼は言った。「あんたの日当はそれより高いってことか。じゃあ、これで勘弁してくれ」彼は最初の百ドル札にさらにもう一枚百ドル札を加えた。それでも私は手を伸ばさなかった。

私は椅子をうしろに押しやり、立ち上がって言った。「金は要らない。自分の日当がいくらなのか自分でもわからないから。コーヒーをごちそうになったということでチャラにしよう」

「いいから受け取ってくれ。タクシー代だけでも片道二十五ドルはかかるだろうが」

「地下鉄で来た」

彼は私をまじまじと見つめた。「地下鉄で来た？　兄貴はあんたにタクシーを使うように言わなかったか？　なんでそんなところでけちけちしなきゃならない？　タクシー代はこっちで持つと言ってるのに」

「とにかく金はしまってくれ。地下鉄を使ったのは、そのほうが簡単でしかも早いからだ。どういう交通機関を使おうと、クーリーさん、それは私の勝手だ。私は自分のやりたいように仕事をしてる。街なかを移動するのにどうやればいいかなんて、いちいち教えてくれなくてもいい。私のほうも、どうやって小学生にクラックを売ればいいか、あんたに教えようとは思わないから。だろ？」

「なんとね」

私はピーターに向かって言った。「結局、お互い時間の無駄づかいになってしまったのは残念だけど、でも、私のことを思い出してくれてありがとう」彼は、私のホテルまで、少なくとも近くの地下鉄の駅まで送ろうかと言った。「いや、結構だ。ベイリッジへは久しぶりで来たんで、ちょっとこのあたりを歩いてみたくなった。以前、事件の調査でこの近くまで来たことがあってね。ここからだと少し北になると思うんだけど、やはりコロニアル・ロードに面しているところだ。公園の向かい側だった。アウルズ・ヘッド・パークといったかな」

「アウルズ・ヘッド・パークなら、ここから八ブロックから十ブロックといったところだ」

とキーナン・クーリーが言った。

「ああ、そんなものだろう。妻殺しで訴えられた男に雇われて、起訴を取り下げさせる手伝いをしたんだ」

「そいつは無実だったのかい?」

「いや、その男が犯人だった」私は当時を思い出して言った。「しかし、それはあとでわかったことだ」

「わかったときにはもう遅かったってわけだ」

「いや、そうでもない」と私は言った。「トミー・ティラリー。それがそいつの名前だ。女房の名前は忘れたけど、そいつの愛人の名前は覚えてる。キャロリン・チータム。その愛人も死んで、結局、ティラリーはそのために刑務所送りになった」

「愛人まで殺しちまったのか?」

「いや、キャロリンは自殺したのさ。それを私が殺人に見せかけて、ティラリーを刑務所に送り込んだんだ。私は救うべきではない窮地から彼を救ってしまった。だから窮地をもうひとつ別に用意してやったというわけだ」

「で、そいつは何年服役したんだね?」

「死ぬまで。刑務所の中で死んだのさ。誰かにナイフを突き刺されてね」私は溜息をついた。「その男の家のまえを歩いてみて、当時のことをこと細かに思い出すかどうか、試してみようと思ったんだが、もうすでにまざまざと記憶に甦ってきたよ」

「やはり気が咎めるのか？」

「彼をはめたことを思い出すと？　いや、そうでもない。もっと気の咎めることがほかにもいっぱいあるからね」私はコートを探してあたりを見まわし、そもそもコートを着てこなかったことを思い出した。夜になると四、五度に下がるものの、日中は春の、スポーツ・ジャケットの陽気だった。

　私が玄関のほうへ行きかけると、キーナンが言った。「ちょっと待ってくれないか、スカダーさん？」

　私は彼を見やった。

「さっきは失礼なことをした。謝るよ」と彼は言った。

「謝ることはない」

「いや、あるよ。生意気なことをした。でも、悪気はないんだ。今日は電話を壊しちまってね。電話をかけたら、話し中だったもんだから、それだけで頭に来て、プラスティックが粉々になるまで受話器で壁をぶっ叩いちまったんだ」彼は首を振った。「こんなことは初めてだ。自制心をなくすというのは」

「別に珍しいことじゃない」

「ああ。先週のことだ。女房が誘拐されたんだ。そして、バラバラ死体になって、ビニールに包まれ、車のトランクに入れられて帰ってきたのさ。こういうのもまた珍しいことじゃないんだろう。みんなこういう試練に耐えてるんだろうよ」

ピーターが言った。「キーナン――」

「ああ、大丈夫だ」とキーナンは言った。「マット、坐ってくれないか。全部話させてくれ、初めから終わりまで。頼みを聞くか聞かないかはそのあとで決めてくれ。さっき言ったことは忘れてくれ。あんたがこの話を誰にしゃべろうと、それはあんたの勝手だ。またあのときのことを思い出しちまうんで、話すのは容易じゃないけど、話すまえからもうまざまざと思い出してきたよ」

彼は事件の一部始終を私に話した。その内容はすでに書いたとおりだ。あとからの調査でわかったこともつけ足したが、おおよそクーリー兄弟が話してくれたことをまとめて書いた。金曜日、彼らは、アトランティック・アヴェニューに停められたままになっていたトヨタ・カムリを見つけ、それでフランシーンがアラビアン・グルメに行ったことがわかったのだ。また、そのまえにダゴスティーノにも寄っていたことがわかったのは、ダゴスティーノで買ったものがトランクに入れられたままになっていたからだ。

ひととおり話が終わったところで、私はもう一杯勧められたコーヒーを断わり、かわりにクラブ・ソーダをもらった。そして言った。「いくつか訊きたいことがある」

「なんでも訊いてくれ」

「奥さんの死体はどうした？」

ふたりは顔を見合わせ、ピーターがキーナンに、話すように身振りで示した。キーナンは深々とひとつ息を吸い込んで言った。「従兄に獣医がいてね。犬猫病院を——いや、場所はどこでもいいか。古くから中東人のいるところだ。その従兄に電話して、個人的な頼みがあると持ちかけたんだ」

「それはいつのことだ？」

「その従兄に電話をしたのが金曜日の午後で、その従兄に鍵をもらって犬猫病院へ行ったのがその日の夜だ。そこには、そう、大きなオーヴンみたいなものがあって、従兄は安楽死させたペットをそれで焼いているのさ。おれたちは……おれたちは……」

「落ち着けよ、キーナン」

キーナンはいらだたしげに首を振った。「落ち着いてるよ、ピート。ただなんと言えばいいのかわからないだけだ。なんと言えばいい？　おれたちは、フランシーンのバラバラ死体を持っていって、そこで焼いたんだ」

「包みから出して——」

「いや。どうして？　テープもビニールもみんな一緒にまとめて焼いた」

「しかし、それが奥さんの遺体であったことはまちがいないんだね？」

「ああ、そういうことか。それは焼くまえにちゃんと確かめたよ」

「そういうことも訊かなきゃならない」

「わかった」

「いずれにしろ、奥さんの遺体はどこにも残ってないということだ」

彼はうなずいて言った。「灰しかね。灰と骨のかけらだけだ、残ったものは。火葬にすると焼却炉で焼いたみたいに何もかも灰になっちまうと思いがちだが、実際はそうでもない。でも、従兄のところには骨を粉々にする装置もあったんで、結局はみんな灰みたいになった」彼は顔を起こして私と眼を合わせた。「まだ高校生だったとき、おれはそのルーの病院でアルバイトをしたことがあるんだよ。くそっ、従兄の名前まで言うつもりはなかったんだがな。まあ、どうでもいいか、そんなこと。おれの親爺はおれを医者にならせたがってた。で、病院で働くのはいい経験になるだろうと思ったわけだ。いい経験になったかどうか、それはわからないが、いずれにしろ、その病院にそういう設備があることを知ってたのはそのためだ」

「あんたがどういう目的で病院の設備を使ったのか、従兄は知ってるのか？」

「人は自分の知りたいことを知るものさ。夜中に病院の設備を使って、こっそり狂犬病の予防注射を打つのが目的だったなどとは、ルーも思っちゃいないだろう。いずれにしろ、作業はひと晩じゅうかかった。ペット・サイズの火葬炉で、ひとつ焼くたびに炉を冷まさなきゃならなかったんだ。ひとつ、またひとつと——くそっ、なんでこんなことまでしゃべらなきゃならないんだ」

「すまない」

「いや、あんたが悪いんじゃない。おれが火葬炉を使ったことをルーは知ってるかどうか。たぶん知ってると思う。おれがどういう商売をしてるかってこともよく知ってるから、たぶんおれが商売仇を殺しちまって、その証拠湮滅をはかったぐらいに思ってるんじゃないかな。そういうことをテレビじゃしょっちゅうやってるからな。みんなあれが世の中だと思っちまうのさ」

「しかし、彼はあんたの頼みを断わらなかった」

「そりゃおれたちは同じ一族の人間だもの。それが緊急の用件で、また互いに話し合ったりしないほうがいいってこともすんなりわかってくれたよ。実は金も払ったんだ。最初は受け取りたがらなかったけど、ルーには大学へ行ってる子供がふたりいてね。金はいくらあっても困らない。もっとも大した額じゃないが」

「いくら払ったんだね？」

「二千ドル。葬式の費用としちゃ格安だ。棺ひとつでもいいものはそれ以上する」彼は首を振った。「灰はブリキの缶に入れて地下室の金庫にしまってある。このあとそれをどうしたものかまだ決めていない。フランシーンはどうしてほしいと思っていたか、わからないから。

そんなこと話したこともなかったよ。だって女房はまだ二十四だったんだぜ。おれより九歳、正確には八歳十一カ月若かった。おれたちは結婚してまだ二年しか経ってなかった」

「子供はいないんだね？」

「ああ。もう一年ぐらい待ってから――くそっ、何を言ってもむなしくなる。酒を飲んでもかまわないか？」

「ああ、かまわない」

「ピートも同じことを言う。だけど、おれは一滴も飲んでないんだよ。犯人と木曜日に電話で話したときに一杯飲んだきり、そのあとは一滴も飲んでない。飲みたくないわけじゃないんだが、飲まないようにしているのさ。何故だかわかるかい？」

「何故だね？」

「今の気持ちをはっきりと感じていたいからだ。おれのやったことはまちがいだったと思うか？　ルーの病院で女房を火葬したことだが。それはまちがいだったと思うかい？」

「違法行為ではあったと思う」

「ああ、そうだ。しかし、そういうことは少しも気にならなかった」

「だろうね。あんたとしては奥さんを弔いたい気持ちでいっぱいだった。しかし、弔う過程で証拠を湮滅してしまった。見るべき人間が見れば、死体というのは情報の宝庫だ。あんたが奥さんの遺体を焼いたときに、それらの情報はすべて消滅してしまった」

「それは重要なことか？」

「遺体が残っていれば、奥さんがどんなふうに死んだか、それを調べる手がかりになる」

「彼女がどんなふうに死んだかなんておれにはどうでもいいことだ。おれが知りたいのは誰がやったのかということだ」

「ひとつわかればまたひとつ別なことがわかるということもある」

「要するに、おれのやったことはまちがいだったとあんたは思うわけだ。でも、いいかい、警察になんかとても知らせる気にはなれなかった。連中に骨と肉の塊を渡して、〝これが私の家内です。どうぞよしなにしてください〟なんて言えるかよ、ええ？　だいたいおれは何かあっても警察に知らせたりしない。商売が商売だからな。それでも、テンポのトランクを開けて、その中に女房がいたなら、たとえ死んでたとしてもこま切れになんかされてなかったら、たぶん、そう、たぶん知らせてたと思う。でも、同じ殺されるにしても、こんなふうに——」

「わかるよ」

「でも、おれのしたことはまちがいだったと思うんだね？」

「おまえはやるべきことをしただけだ」とピーターが言った。

　それは誰もがいつもやっていることではないだろうか？　私は言った。「何が正しくて何がまちがいか、そういうことは私にはよくわからない。私にも火葬炉を持っている従兄がいたら、あんたと同じことをしていたかもしれない。しかし、私ならどうしていたかなどというのは、この際問題じゃない。あんたはやるべきと思ったことをした。問題はこれからどうするかだ」

「これからどうするか」

「それを訊きたい」

訊きたいのはそれだけではなかった。ほかにも山ほどあった。私は同じ質問をたいてい二度以上行きつ戻りつ繰り返し、手帳に全部書き取った。その結果わかったことは、結局手がかりと呼べるものはフランシーン・クーリーのバラバラ死体だけで、それも今は灰に帰してしまったということだった。

私は手帳を閉じ、私の意見を聞こうと身を乗り出しているクーリー兄弟に言った。「見るかぎり、犯人にまんまとしてやられたという感じだね。犯人は一切手がかりを残さず、意のままに誘拐劇を演じた。探せばどこかに手がかりが隠されてるのかもしれないが、話を聞いたかぎりじゃそれも望み薄だ。スーパーマーケットにいた誰かが、あるいはアトランティク・アヴェニューの店にいた誰かが、犯人か犯人の車のナンバーを見ていた可能性はないとは言えないから、そういった目撃者を探す価値は大いにあるけど、それも今の段階では仮定の話だ。それに正直なところ、そういう目撃者が見つかる可能性は少ないし、たとえ見つかってもそれが有力な手がかりになるかどうかはなんとも言えない」

「おれたちにチャンスはないってことか」

「いや、そうは言ってない。調査するとなれば、調べるところは現場だけとはかぎらないと言ってるのさ。まずひとつ、犯人は四十万ドルという大金を奪って逃げた。その金を犯人はどうするか。やることはふたつだ。その両方とも犯人を特定する手がかりになる」

　少し考えてからキーナンが言った。「ひとつは金をつかうってことか。もうひとつは？」

「その金についてしゃべるってことだ。犯罪者というのは思いのほかおしゃべりな連中でね。特に人に自慢できるような件を踏んだときにはよくしゃべる。そうした情報を売ることを生業にしているような相手にさえ。だからそういったたれ込み屋に、情報の買い手が誰かということを教えてやるのもひとつの手だ」

「要するに調査はできるってことだね？」

「ああ、思いつくことはいくらもある」と私は認めて言った。「さっきあんたは私がまだどの程度お巡りでいるのか知りたがった。それは自分でもよくわからないが、バッジを持っていた頃も今も同じやり方をしているというのは確かだな。それは何か手がかりが得られるまで、ただ単に試行錯誤を繰り返すということだが。やるべきことは今すぐにもいくつか思いつくよ。無駄な努力に終わるってことももちろんある。でも、まあ、試してみるだけの価値のあることはいくつかある」

「だったらそれをやってくれないか?」

私は手帳に眼を落としてから言った。「問題がふたつある。ひとつはピーターに電話で言ったことだ。この週末、私はアイルランドに行く予定があるんだ」

「仕事で?」

「いや、遊びで。実は今朝切符の手配をしたばかりなんだ」

「それはキャンセルできないのか?」

「いや、できなくはない」

「キャンセル料を取られても、それぐらいおれが出す報酬で楽にカヴァーできるよ。もうひとつの問題というのは?」

「犯人を突き止めることができたとして、それでどうなるのかということだ」

「その答はわかってるんだろ?」

私はうなずいて言った。「ああ、だからそれが問題だ」

「犯人を訴えても裁判にはならない。殺人が行なわれた証拠が残ってないんだから。ただひとりの女がいなくなったというだけで」

「そうだ」

「でも、おれがなんでこんなことをあんたに頼むのかはわかってるんだろ? それをいちいち口に出して言ったほうがいいのか?」

「言ってみてくれ」

「おれは犯人を死なせたい。おれは犯人が死ぬ場面に立ち会いたい。犯人が死ぬところを見届けたい。この手で地獄に送ってやりたい」彼はそれだけのことをなんの抑揚もなく、感情も一切まじえずに言った。「それがおれの望みだ。今はもうそれ以外の望みは何もない。ほかには何も要らない。おれの望みはあんたの想像していたとおりだったか？」

「ああ」

「こんな真似を、なんの罪もない女をこま切れにするような真似をするやつらでも、そいつらの身に何か起きたら、あんたにはそのことが気になるか？」

私は少し考えた。が、答を出すのに時間はかからなかった。「いや、気にはならない」

「やるべきことはおれたちがやる、おれと兄貴が。あんたはそこのところはかかわらなくていい」

「私は犯人に死刑の宣告をするだけでいいというわけだ」

キーナンは首を振った。「犯人は自分たちのしたことで、もうすでに自分で自分に死刑の宣告をしたのさ。あんたはその死刑の執行にほんのちょいと手を貸すだけのことだ。そうは思わないか？」

私は迷った。

「あんたには気になることがもうひとつある。おれの商売のことだ。ちがうか？」

「そう、まったく気にならないと言えば嘘になる」

「あんたはさっき小学生にクラックを売るとかなんとか言ったけど、おれはそんな真似はしてないよ」

「してるとは思ってない」

「正確に言えば、おれはディーラーでもない。いわゆる不正取引商(トラフィッカー)というやつだ。ディーラーと不正取引商のちがいはわかるか？」

「もちろん。あんたはいつでも網の外にいられる大きな魚というわけだ」

彼は声をあげて笑った。「おれは特に大きな魚とは言えないよ。大物は卸しをやってる連中だ。おれはただまとめて買ったり売ったりしてるだけだ。密輸したり、密輸したやつから買って、小商(こあきな)いをしてるやつらに転売してるだけのことだ。おれのお得意さんはたぶんおれよりずっと稼いでるだろう。年じゅうブツを売ったり買ったりしてるから。おれのほうはせいぜい年に二度か三度、そんなところだ」

「でもそれでうまくやれてるわけだ」

「ああ。危険はいつでもついてまわるがな。おれたちはお巡りだけじゃなく、おれたちの上前をはねようとするやつらのことも警戒しなきゃならない。しかし、リスクが大きけりゃ儲けもでかい。それが商売というものだ。ブツの需要があるかぎりこの商売はすたれない」

「ブツというのはコカインのことか？」

「コカインはあんまりやってない。だいたいはヘロイン。ハッシシも少し扱っているが、ここ何年かはほとんどヘロインだ。だけど、はっきり言っておこう、おれは悪いことをやってるとは思ってない。ヤク中になったやつがおふくろの財布の中身をくすねたり、強盗に押し入ったり、やりすぎて注射針を腕に刺したまま死んじまったり、注射針を共有してエイズになったりといった話は腐るほどある。それぐらいおれだって知ってるよ。だけど、世の中には銃をつくってるやつがいる。酒を醸造してるやつがいる。煙草を栽培してるやつがいる。ヤクで死ぬやつに比較して、酒や煙草が原因でいったい一年に何人の人間が死んでると思う？」

「アルコールも煙草も合法的なものだ」

「合法か非合法か、そんなことにどれだけのちがいがある？」

「そりゃ少しはちがうだろう。どれぐらいちがうかはわからないが」

「ああ、おれもわからない。しかし、いずれにしろ、どっちも汚いブツだ。それでもって人が死ぬんだから。人が自分で命をちぢめたり、互いに殺し合ったりする災いの種になるんだから。だけど、おれは自分の商品を宣伝したり、議会でロビー活動をしたり、おれのブツは体にいいなんてでたらめを広報担当に言わせたりしちゃいないぜ。その点について言えば、こっちのほうがまともじゃないか、ええ？　人がヤクを欲しがらない日が来たら、おれは商売替えをするよ。補助金をくれなんて政府に泣きついたりしないでな」

ピーターが言った。「それでもおまえは飴玉を売ってるわけじゃない」

「ああ、ちがう。おれのブツは汚いブツさ。きれいだなんて言っちゃいないよ。だけど、商売それ自体について言えば、おれはきれいな商売をしてるつもりだ。おれは人を騙したりはしない。殺したりもしない。取引相手も慎重に選んでる。だからおれは今でも生きていられて、刑務所にもはいらないですんでるのさ」

「はいったことは?」

「一度もない。逮捕されたこともない。だからもしそのことが気になってるのなら、ヤクのディーラトとわかってる人間のために手を貸すことが気になってるのなら――」

「別に気になってるわけじゃない」

「それならいいが、いずれにしろ、おれは公的にはヤクのディーラーでもなんでもないということだ。そりゃ麻薬捜査班にも麻薬取締局にもおれのことを知ってるやつはひとりもいない、とは言わないが、とにかくおれには前科はない。知るかぎり何かの捜査の対象になったこともない。ここには盗聴マイクもしかけられてなけりゃ、電話も盗聴されてない。もしそういうことがされてるようなら、すぐにわかるしくみになってる。そのことはもう話したね」

「ああ」

「ちょっと待っててくれ。見せたいものがある」そう言って彼は別の部屋に行き、五インチ

×七インチのカラー写真のはいった、銀の写真立てを持って戻ってきた。「結婚式のときの写真だ。二年まえ、いや、正確にはまだ二年は経ってない。この五月でまる二年になる」

キーナンはタキシード、フランシーンは純白のウェディング・ドレス。彼は特大の笑みを浮かべていた。まえに述べたと思うが、彼女のほうは口を開けて笑ってはいない。しかし、笑みを浮かべて、幸福に輝いていた。

その写真を見てなんと言えばいいのか、私にはわからなかった。

「犯人がフランシーンに何をしたのか」とキーナンは言った。「それはわからないし、そんなことは考えたくもない。しかし、やつらは彼女を殺し、切り刻んだ。彼女を弄(もてあそ)んだ。そのことに対しておれは何かをしなきゃならない。何故なら何もしないでいたらおれは死んじまうからだ。やれるものなら、全部自分ひとりでやるよ。実際、やろうとはしてみたんだ、おれとピートで。でも、何をどうすればいいのかもわからなかった。こういうのにおれたちはなんの心得もないんだからな。やるべきことはいくらもあるってさっきあんたに言われて、おれにもよくわかったよ、世の中にはおれの知らないことがいっぱいあるんだってな。頼む、力を貸してくれ。金ならいくらでも出す。金なんか問題じゃない。いくらだってあるんだから。いくらだって払うよ。あんたにもしノーと言われても、また誰かほかの人間を探すか、あるいは自分でまたやろうとするまでのことだ。だってほかにどうすりゃいい?」彼はテーブルに手を伸ばし、私のまえから写真立てを取り上げてそれを見つめた。「この日はおれにとって完璧な日だった。いや、この日以来ついこないだまでおれの人生は完璧だった。それが今はドブの中だ」彼は私を見た。「ああ、確かにおれは悪徳商人だ、ヤクのディーラーだ、なんでも好きに呼んでくれ。ああ、そうとも、おれの目的は犯人を殺すことだ。おれはあんたに隠しごとをしようとは思わない。どうだい、やってくれるか？」

私の親友、私がアイルランドに訪ねようと思っていた相手は、プロの犯罪者だ。その昔、ボウリングのボール・バッグをさげてヘルズ・キチンを歩きまわり、その中から男の首を取り出して見せたという伝説の持ち主だ。その真偽のほどはわからない。が、もっと最近になって彼がマスペスのある建物の一室で、ある男の手を肉切り包丁で断ち切るところは私もこの眼で見た。そのときは私も銃を持っており、それを使ったわけだが。

だから、私にはまだお巡りである部分があるにしても、同時に、お巡りを辞めて以来大いに変わった部分もあるのだろう。大事を見過ごしておいてどうして小事にこだわらなければならない？

「やってみよう」と私は言った。

# 3

ホテルに戻ったときにはもう九時をまわっていたから、かなり長いことクーリー兄弟の話を聞いていたことになる。その間、彼らの友人や知り合いや親戚の名前をたくさん手帳に書き取った。また、ガレージへも行って、フランシーンのトヨタを調べたりもした。が、そこでわかったのは、彼女はベートーヴェンのカセットテープを聞いていたということだけだった。ほかに何か手がかりが残されていたとしても、私にはそれを見つけることはできなかった。

犯人がフランシーンのバラバラ死体を運ぶのに使ったグレイのテンポは、調べることができなかった。犯人はそれを違法駐車していたので、週末にすでにレッカー車が運び去ってしまっていたのだ。もちろんそれがどこへ運ばれたか調べられなくはない。しかし、そんなことを調べるのにどれだけの意味がある？　その車は百パーセント盗難車だろう。それも盗まれるまえからもう廃車寸前のような。警察の鑑識なら、トランクの中にしろ車の中にしろ、しみや繊維や埃（ほこり）といったものを見つけるかもしれない。そしてそれが捜査の方向を決めるかもしれない。しかし、私には科学捜査はできない。結局、何も語らない車を探して、ブルックリンを駆けずりまわるだけのことだ。

ビュイックで、私たち三人はフランシーンが移動した場所と、クーリー兄弟が移動させられた場所をまわってみた。まずダゴスティーノのまえを通り、アトランティック・アヴェニューのアラビア食料品店に行き、それからオーシャン・ストリートとファラガット・ロードの角の最初の電話ボックスまで南へ下り、フラットブッシュ・アヴェニューをさらに南へ、アヴェニューNを東へ向かい、ヴェテランズ・アヴェニューの二番目の電話ボックスも見た。別にいちいち見る必要はなかった。公衆電話をひと目見たら、得がたい情報が天から降ってくるといったものでもない。それでも現場というのは足を運ぶだけの価値のあるところだ。歩道を歩くにしろ階段を昇るにしろ、まず現場を見る。それで少なくとも事件がよりリアルに感じられるようになる。

また、現場を再訪することはクーリー兄弟にとっても無意味なことではなかった。警察捜査で、事件の目撃者は毎回異なる相手に同じ話を何度も繰り返しさせられることについて、たいてい不平をもらす。確かに一見それは意味のないことに見える。しかし、これが案外重要なのだ。同じ話を繰り返すことで、最初は思い出さなかったことをあとで思い出したりする場合があるからだ。また、聞く側についても、ある者が聞きすごしたことを別の者が聞き咎(とが)めるということがある。

小旅行の途中で、私たちはフラットブッシュ・アヴェニューのコーヒー・ショップ、アポロに寄って、みんなでスールヴァーキ（ギリシア風シシカバブ）を注文した。なかなかうまかったが、キーナンは自分の皿にほとんど手をつけなかった。そしてあとで車に戻ったときに言った。
「卵料理か何かにすればよかった。あの夜以来肉が食えないんだよ。まったく食えないんだ。食うともどしそうになる。いつまでもこのままじゃないだろうが、ここしばらくは肉以外のものを頼むようにしないとな。注文しときながら食えないなんて、馬鹿みたいだものな」

ピーターがトヨタ・カムリでホテルまで送ってくれた。事件以来、彼はコロニアル・ロードのキーナンの家に泊まり込んで、居間のソファで寝起きしており、彼自身も自宅に戻って身のまわりのものを取ってくるついでがあったのだ。

そうでなければ、私はタクシーを呼んでいただろう。地下鉄を不便に思ったこともなければ、地下鉄に乗って身の危険を感じることもめったにない。それでもやはり一万ドルの札束をポケットに入れてタクシー代を節約するのは、なんだか愚かしく思われる。おまけに地下鉄で車中強盗に襲われたりしたら、もっと愚かしく思われたことだろう。

そう、それが私の報酬だった。百ドル札五十枚の束がふたつ。フランシーン・クーリーの身代金、四十万ドルに比べたら微々たるものだ。私は自分の報酬を決めるのにいつも難儀をするが、今回については面倒がなかった。札束をテーブルの上に放ったキーナンに、それで充分かとさきに尋ねられたのだ。充分すぎると私は答えた。

「それぐらいなんでもない」と彼は言った。「金ならまだいくらでもある。犯人に払ったぐらい屁でもない」

「だったら払おうと思えば百万でも払えたのか？」

「いや、国を出ないことにはそいつは無理だったな。ジャマイカのケイマン諸島の銀行に五十万ドル預けてあるんだ。地下の金庫には七十万足らず。三十万ぐらいはあちこち電話をかけまくれば、なんとかなったかもしれない。そのことがちょっと気になってる」

「と言うと？」

「馬鹿げたことさ、もし百万払ってたら、やつらはフランシーンを生かして返してくれたんじゃないだろうか。もしおれのほうから電話を切ったりせず、とことんやつらの言いなりになってたら——」

「どっちみち犯人は殺してたよ」

「おれも自分にそう言い聞かせてる。でも、どこまでそうと断言できる？　何か自分にできることがあったんじゃないのか？　そう思わずにはいられないんだよ。さっき言ったこととは逆に、最後まで強気を通して、フランシーンが無事な証拠が得られるまで一セントも払わなかったら——」

「犯人が電話してきたときには、おそらく奥さんはもう死んでたんじゃないだろうか」

「ああ、あんたのそのことばが正しいことを祈りたい。だけど、わからない。どこかにフランシーンの命を救う道があったんじゃないのか。どうしてもそう思わないではいられないんだよ。どこかで自分がヘマをしたんじゃないのか。どうしてもそんなふうに思えちまうんだよな」

私たちはショア・パークウェイ、ゴワナス・エクスプレスウェイと高速道路を乗り継ぎ、トンネルを抜けてマンハッタンに戻った。その時間、道路はすいていたが、ピーターはめったに時速四十マイルを超すことなく、ゆっくりとカムリを走らせた。最初、私たちはあまりことばを交わさず、沈黙が続いた。

が、ようやく彼が口を開いた。「あの夜以来さんざんな日が続いてる」かなりまいっているみたいだね、と私は言った。「いや、おれは大丈夫だけど」

「集会には？」

「なるべく欠かさないようにしてるけど」そこで少し間をあけてつけ加えた。「事件以来行くチャンスがなくてね。まあ、その、忙しかったもんだから」

「あんたがここでまた酒を始めてしまうと、それはキーナンにとってもよくないことになるんじゃないかな」

「わかってる」

「ベイリッジでも集会はやってる。何もマンハッタンに戻らなくても」

「知ってるよ。ゆうべは近くの集会に出てみようと思ったんだけど、でも、行かなかった」彼は指でハンドルを軽く叩いた。「今夜はセント・ポール教会の集会に間に合うんじゃないかと思ったんだが、これじゃ無理だな。あのあたりに着く頃にはもう九時をまわってるだろうから」

「ハウストン・ストリートで十時からの集会がある」

「どうかな、家に帰って身のまわりのものを取ってからだと――」

「それが駄目なら、深夜の集会がある、同じところで。ハウストン・ストリートに面して六番街とヴァリック・ストリートのあいだだ」

「場所は知ってるよ」

彼の口調は、それ以上の招待は無用だと言っていた。ややあって彼は言った。「集会をさぼるのはいいことじゃない。十時からの集会には出るようにするよ。深夜のはたぶん行かないと思うけど。あんまり長いことキーナンをひとりにしておきたくないから」

「明日はブルックリンの昼間の集会に出るといい」

「ああ」

「仕事は？　仕事にも行ってないのか？」

「ここのところはね。金曜日に病気だと電話をかけて以来行ってない。でも、それで馘（くび）になってもどうってことはないよ。見つけるのが困難な仕事でもなんでもないから」

「メッセンジャー・ボーイだっけ?」

「実際にはランチの出前だ。九番街五十七丁目にあるデリカテッセンのね」

「あんたはそういう仕事で、一方、キーナンは荒稼ぎ。お互いやりにくいこともあるんじゃないか?」

彼はしばらく考えてから答えた。「そういったことは完璧に分けて考えるようにしてる。あいつはおれにも仕事を——どう呼ぼうとあんたの勝手だが——手伝わせたがった。だけど、ああいう仕事をしたら、おれはきっと素面(しらふ)じゃいられないだろう。それは始終ヤクに接しているからじゃない。いや、実際のところ、ああいう商売をしててもあんまりヤクに手を触れることはないのさ。そうじゃなくて、なんと言うか、心の問題だ。わかるだろう?」

「ああ、もちろん」

「集会のことだけど、あんたが思ってるとおりだよ。事件以来ずっと飲みたくてならない。事件と言ったのは、犯人がフランシーンにあんなことをしたことじゃなくて、彼女が誘拐されて以来ということだ。酒に手を伸ばすところまでは行ってないが、酒のことを頭から閉め出すのがだんだん困難になってきてる。追い出すとまたすぐ戻ってきちまうのさ」

「助言者(スポンサー)には連絡したかい?」

「おれにはちゃんとした助言者がいないんだよ。禁酒を始めたとき、ＡＡが仮りの助言者を紹介してくれて、その頃はよく電話をしたもんだけど、そのうち疎遠になっちゃってね。そもそもなかなか捕まりにくい人だった。だからほんとは誰か探せばいいんだけど、どういうわけかそれができないでいるんだ」

「でも、そのうち——」

「ああ。あんたには助言者がいるのかい？」

私はうなずいて言った。「ゆうべも会った。土曜日にはだいたい一緒に夕食を食べて、その週の出来事を話し合ったりしてる」

「その人はあんたに忠告なんかするのかい？」

「たまにね。でも、その忠告には従わないことのほうが多いな」


ホテルに戻ってまず最初に私が電話をした相手は、ジム・フェイバーだった。「ついさっきまであんたの話をしてたところだ」と私は言った。「ある男に私の助言者は私に忠告をするかどうか訊かれたんで、いつもあんたの忠告どおりにしてるって答えといたよ」

「そこで即座に天罰が下らなかったとは、つくづくあんたはラッキーな男だ」

「ああ、そうだ。でも、アイルランドに行くのはやめたよ」

「どうして？　行くことに決めたのはつい昨日のことじゃなかったっけ？　ひと晩寝たらアイルランドに対する考えが変わったのか？」

「いや、変わっちゃいない。今朝は旅行代理店へ行って、金曜日の夜に発つ安い切符の手配はあんたに知らせておかないといけないんじゃないかと思うんだ。たいてい、それを引き受けたのさ。あんたまでしてきたくらいなんだから」

「だったら？」

「ところが、午後になって仕事の依頼が舞い込んできてね。それを引き受けたのさ。あんたは三週間アイルランドに行く気はないかい？　もう切符のキャンセルは効かないと思うんだ」

「ほんとに？　キャンセルできないってことはないんじゃないかな」

「それが払い戻し不可能な切符とやらでね。金はもう払っちまってるのさ。でも、今度の仕事は二百ドルぐらい帳消しにできる仕事だから、金のことはいいんだ。ただ、もうソドムとベゴラ（アイルランド語で、〝いやはや、まったく〟の意。ソドムとゴモラにひっかけた駄洒落）の島へは行かなくなったことを、あんたに知らせておきたくてね」

「アイルランド行きの話を聞いたときには、なんだかあんたが自分で自分の首を絞めようとしているみたいに思えたからね。だから心配したんだよ。彼の酒場で彼と一緒にいて、それで素面でいられたとしても――」

「彼は彼と私のために飲んでいるのさ」

「まあ、今のところそれでうまくいってるみたいだけど、海の向こう側で、普段あんたの禁酒の助けになってるものから千マイルも離れて、しかもそもそも落ち着かない気分だというんだから――」

「ああ、言いたいことはよくわかるよ。でも、これでもう心配は無用だ」

「偶然のなりゆきではあるけど」

「いや、わからないぜ」と私は言った。「もしかしたらあんたの思いが通じたのかもしれない。神様は時々人智の及ばぬことをするからね。これもまた神のなせる業だったのかもしれない」

「ああ、かもしれない」


アイルランドに行けなくなったのは残念ね、とエレインは言った。「でも、仕事をあとまわしにするわけにはいかなかったのね」

「ああ」

「金曜日までに仕事が終わってるということは？」

「金曜日にはまだほとんど手つかずの状態だろう」

「ほんとに残念ね。でも、声を聞くかぎり、あなたはそれほど残念がってもいないみたいだけど」

「ああ。ミックにはまだ電話してなかったからね。電話をかけ直して、予定が変わったことを知らせる手間がいらない。それに正直なところ、また仕事ができることが嬉しいんだ」

「嚙みつく対象ができたことが、ね」

「そうだ。そのほうが休暇より私には必要なことだ」

「で、どんな事件なの？」

事件のことはまだ何も話していなかった。私はしばらく考えてから言った。「ひどい事件だ」

「どんなふうに？」

「人が互いに始終やり合っているふうに。私ももう慣れてもいいのに、こういうことは慣れるということがない」

「話して」

「会ったときにね。明日の夜会えるかい？」

「あなたの仕事が邪魔をしなければ」

「そんなことにはならないだろう。七時頃そっちへ行くよ。遅くなるようなら電話する」

熱い風呂にはいり、ぐっすりと眠って、翌朝銀行に行き、百ドル札七十枚を貸金庫に納め、口座に二千ドル入れ、残りの千ドルは尻のポケットに入れた。

以前はその千ドルをすぐに誰かにやってしまいたくなったものだ。その頃は人気（ひとけ）のない教会でいたずらに時を過ごすことが多く、私はいわゆる十分の一教区税というものを納めていた。得られた報酬のきっかり十パーセントを、たまたま出くわした慈善箱に放り込むのだ。

自分でも不可解なこの習慣は、酒とともに消えた。何故やめたのか、それは自分でもわからない。が、そもそも何故始めたのか、それも答は出てこない。

アイルランド航空のチケットをどこかの慈善箱に入れてもよかった。それでどれだけの善行をしたことになるのかはわからないが。私は旅行代理店に寄って、すでにわかっていること、私の航空券は払い戻しが効かないことを確かめた。「普段なら、健康上の理由で行けなくなったと、医者に診断書を書いてもらうことを勧めるんですが」と係の男は言った。「それでもこのチケットは駄目なんですよ。交渉相手が航空会社じゃないから。航空会社からまとめて買って安売りしてる仲買い会社ですからね」彼はそれでも、もし売れるようなら誰かに売ってみましょうと申し出てくれたので、私はチケットを預けて店を出て、地下鉄の駅に向かった。

そしてその日一日をブルックリンで過ごした。コロニアル・ロードのキーナンのところから借りてきたフランシーン・クーリーの写真を、四番街のダゴスティーノとアトランティック・アヴェニューのアラビアン・グルメで見せてまわった。追っているのは新しい足跡とは言えなかった——事件があったのは木曜日で、今日は火曜日だ——それでも追ってみるしかほかに手はなかった。週末を迎えるまえに、金曜日にすぐピーターから電話があればよかったのだが、彼らは彼らでその間にやるべきことがあったわけだ。

写真と一緒に、私は私の名前が書かれたリライアブル探偵社の名刺を見せた。そして、これは保険にかかわる調査だと説明した。被保険者の車にあて逃げをした車を見つけられれば、それだけ保険の手続きが早くすむのだと言った。

ダゴスティーノではレジにいた女と話をした。その女は、フランシーンのことをいつも現金で買いものをする常連客としてよく覚えていた。麻薬取引きの世界ではなく、我らが健全な社会における印象深い人物として。「これは想像だけど、賭けてもいいわ」と彼女は言った。「あの人は絶対料理が上手よ」怪訝(けげん)そうな顔を私がしたのだろう。「出来合いの料理なんか一回も買ったことないもの。冷凍なんかは絶対に買わないのよね。買うのはいつも新鮮なものよ。まだ若いのに、珍しい人よね。彼女のカートにTVディナーなんか乗っているのなんて見たことないわ」

アルバイトの少年も覚えていた。自分のほうから、彼女が二ドルチップをくれるお得意だったことを話してくれた。私はワゴン車のことを訊いてみた。それも覚えており、店のまえに停まっていたブルーのワゴン車が、彼女のあとを追うように出ていったという返事が返ってきた。ワゴン車の種類、ナンバーまでは覚えていなかったが、色についてはまちがいないと断言した。また、そのワゴン車の側面には、テレビ修理とかなんとか書かれていたようにに思うとも言った。

アトランティック・アヴェニューではもっと動きがあったので、店員もそのぶんよく覚えていた。写真を見せるなり、レジの女にはフランシーンがわかり、彼女が何を買ったかも覚えていた——オリーヴ・オイル、セサミ・タヒニ、ファウル・マダマス、ほかにも私の知らない食品名を並べた。次の客の相手をしていたので誘拐劇そのものは見ていなかったが、通りでちょっと奇妙な動きがあったことは知っていた。ちょうど店にはいって来た客がそんな話をしたのだ。男ふたりと女ひとりが店から飛び出してきて、あわててワゴン車に乗り込んだ。それを見てその客は三人組の強盗かと思ったということだった。

午までにあと何人かの話を聞いて、午になったら隣の店で昼食を食べようと思っていた。が、そこで自分がピーター・クーリーにした忠告を思い出した。私自身土曜日から集会に出ていなかった。今日は火曜日。夜はエレインと会う予定だから、今夜も出られない。AAのオフィスに電話をかけると、そこから歩いて十分ばかりのブルックリン・ハイツで、十二時半からの集会があることがわかった。話し手は小柄な女性だった。とても身なりのいい老婦人だった。が、昔からそういうなりをしていたわけではないことがその話からわかった。建物の戸口で寝起きをし、風呂にもはいらず着替えもしないバッグレディ。それがかつての彼女だった。自分がどれだけ不潔だったか、悪臭芬々たるものだったか、彼女は話の中で何度も強調した。その話と彼女を結びつけることが私には最後までできなかった。

集会のあとアトランティック・アヴェニューに戻り、中断したところからまた始めた。デリカテッセンでサンドウィッチと缶入りのクリーム・ソーダを買い、そのついでに店主に対する訊き込みもした。店の外で立ったまま昼食をすませ、角のニューススタンドの売子や客とも話をした。そのあとアレッポにはいり、会計係とふたりのウェイターの話を聞いてから、またアユブの店に戻った。誰もがアラビアン・グルメをそう呼ぶので、私の頭の中でもいつのまにかその名前が定着していた。最初に行ってからもう一度行くまでのあいだに、レジの女が、三人組の強盗かと勘ちがいした客の名前を思い出してくれていた。私はその客の名を電話帳で探し、電話をかけてみた。が、誰も出なかった。

アトランティック・アヴェニューでは、誰かが目撃したかもしれない出来事と合致するように思えなかったので、私は保険に関する調査というつくり話はしなかった。しかし、一方、誘拐および殺人に関する調査だとあからさまに言うのもはばかられた。市民の義務遂行意識に燃える誰かが警察によけいな電話をしないともかぎらなかったから。相手によって少しずつ脚色を変えたが、私がアトランティック・アヴェニューでしたのはおよそ次のような話だ。

依頼人は女性で、彼女には不法入国者との擬装結婚を考えている妹がいる。が、その不法入国者には恋人がおり、その恋人の家族は擬装結婚に強く反対している。で、その恋人の一族の男ふたりが、妹に結婚をさせないよう私の依頼人のところに頼みにくる。私の依頼人は相手に同情はするが、かかわりにはなりたくないと思う。

ところが、その男ふたりは木曜日彼女のあとをつけまわし、アユブの店までつけてきたところで、無理やりワゴン車に連れ込み、街じゅうを乗りまわして彼女を説得しようとする。

最後にはどうにか解放されるものの、その際彼女は食料品（オリーヴ・オイルやタヒニなど）だけでなく、高価なブレスレットのはいったハンドバッグも車の中に置き忘れてきてしまう。彼女には男ふたりの名前もわからない。どうすれば相手と連絡が取れるかもわからない。それで――

あまりよくできた話とも思えなかったが、私はこの話をテレビ局に売り込もうとしているわけではなかった。ただ、健全な市民が私に協力しても別に厄介なことにはならないと思ってくれれば、それでよかった。その結果、親切な忠告がいくつも得られた。たとえば――〝そういう結婚はやはりよくないよ。あんたの依頼人は妹さんに、そんなことはしちゃいけないって言うべきだよ〟。同時に情報もまたたくさん得られた。

四時すぎに仕事を切り上げ、数分の差でラッシュ・アワーをかわして、コロンバス・サークルまで地下鉄で戻った。ホテルのフロントには郵便物が何通か届いていたが、そのほとんどがダイレクト・メールだった。以前に一度だけカタログ販売の商品を買ったことがあるのだが、それ以来月に十通も新しいカタログが届くようになってしまった。私の部屋はカタログそのものさえ収まりきらないような小さな部屋だ。カタログに載っている商品など言うに及ばず。

階上（うえ）にあがり、電話会社の請求書と二枚の伝言メモを残して、ほかは全部捨てた。メモは二枚とも〝ゲン・クアリー〟から電話があったというものだった。最初は二時半に、次は三時四十五分に。しかし、すぐに折り返し電話する気にはなれなかった。私は疲れていた。

一日仕事で疲労困憊(こんぱい)していた。肉体的にはたいしたことはしていない。八時間セメント袋をかついでいたというわけではない。しかし人と話をするというのは、それはそれで疲れるものだ。ましてやこっちがつくり話をしているときには気が抜けない。病的な嘘つきでないかぎり、真実を話すより虚偽を語ることのほうが骨が折れる。嘘発見器の原理はここにあり、私自身の経験もそれを実証している。一日じゅう嘘をつき、架空の役割を演じるというのは重労働だ。それをずっと立ってやらなければならない場合は特に。

シャワーを浴び、髭をあたり、テレビをつけ、足をテーブルにのせて眼を閉じて十五分ばかりニュースを聞いた。そして、五時半頃キーナン・クーリーに電話し、捜査はいくらか進展したが、特に報告しなければならないようなことはまだない、と伝えた。何か自分にできることはないかと彼は訊いてきた。

「今のところはまだない」と私は答えた。「アトランティック・アヴェニューへは明日もう一度行って、もうひと押ししようと思ってる。そのあとあんたのところへ寄るよ。明日は家にいるかい?」

「いるとも」と彼は言った。「どこへ行くと言うんだ?」

私は眼覚まし時計をセットしてまた眼を閉じた。眼覚まし時計は六時半に私を夢から引きずり出してくれた。ネクタイをしめ、スーツに着替えて、私はエレインのアパートメントまで行った。彼女は私にはコーヒーをいれてくれ、自分にはペリエを注いだ。それから私たちは、アップタウン方向に走っているタクシーを捕まえて、アジア協会へ行った。そこではタージ・マハル展をやっていて、エレインがハンター・カレッジで受講している夜間講座に持ってこいの展覧会というわけだった。それぞれ批評めいたことを言い合いながら、展示室を三部屋まわってから、私たちはほかの入場者の一団のあとについてまた別な部屋にはいった。そして、折りたたみ椅子に坐ってシタールの独奏を聞いた。が、その奏者がうまいのか下手なのか私には皆目わからなかった。弦のチューニングが合っているのか狂っているのか、どうやればわかるのだろう？　奏者自身わかっているのだろうか。

そのあとワインとチーズのレセプションがあった。「ワインとチーズじゃわたしを引きとめることはできないわね」とエレインは囁いた。私たちはほんの数分笑みを向けたり、小声で話し合ったりしただけで通りに出た。「うしろ髪を引かれる思いでしょ？」と彼女は言った。

「そんなに悪くはなかったよ」

「嘘ばっかり。女と寝るためにはこれも耐えなければならない試練だって顔に書いてあったわよ」

「おいおい、ほんとにそんなに悪くなかったよ。インド料理屋でもああいう音楽が流れてるじゃないか」

「でも、レストランでは別に音楽に耳を傾けなくてもいいものね」

「さっき誰か聞いてたやつがいるんだろうか？」

イタリア料理店へ行き、エスプレッソを飲みながら、私はキーナン・クーリーの妻の身に起きたことをエレインに話した。ひととおり話が終わると、彼女は眼を伏せてしばらくじっとテーブル・クロスを凝視し続けた。まるでそこに何か書かれてでもいるかのように。それから顔を起こして私と眼を合わせた。エレインは世故に長けた女だ。少しのことでは動じない女だ。それでもそのときの彼女は痛々しいくらいかよわそうに見えた。

「なんとね」と彼女は言った。

「よくあることさ」

「終わりはないの？　こういうことに終わりはないの？」彼女は水をひとくち口にふくんだ。「残酷なんてことばじゃ足りないわね。徹底的なサディズムね。どうしてそんなことが人に――どうして〝どうして〟って訊きたくなるのかしら」

「犯人は愉しんでるのさ。面白がってやってるのさ。キーナンを苦しめ、あちこち駆けずりまわらせ、女房は車にいると言い、そこまで行かせておいて、今度は家にいると言い、そのあげく、フォードのトランクの中でバラバラ死体になっているのを見つけさせる。犯人はただ人質を殺しただけじゃ飽き足りなかったんだろう。人質を殺すというのはサディストでなくてもすることだ。人質を生かしておいて手がかりを残すより、そのほうがずっと安全だからね。しかし、人質の死体を切り刻むなどというのはなんの意味もないことだ。むしろ死体をバラバラにするなんてよけいな手間だ。すまん。なんともすばらしい食卓の話題になってしまった」

「これは食卓の話題というより寝物語向きの話ね」

「それで気分が出る？」

「もうこれだけでパンティがぐしょぐしょに濡れちゃう。嘘よ。でも、気にしないで。わたしなら平気よ。いいえ、もちろんそりゃ平気じゃないわ。でも、わたしは吐きやすい性質じゃないから。人の体を切り刻む。それはひどいことよ。でも、ひどさのほんの一部でしかない、ちがう？　ほんとうにショックなのは、そういう邪悪な人間がこの世にいて、いつなんどきなんの理由もなくわたしたちがその犠牲にならないともかぎらない、ということよ。それが一番怖ろしいことよ。その怖ろしさは満腹だろうと空腹だろうと関係ない」

私たちはエレインのアパートメントに戻った。互いに好みのシダー・ウォルトンのソロ・ピアノ・アルバムを彼女がかけ、私たちはソファに坐った。ふたりともあまりしゃべらなかった。そのうちレコードが終わり、彼女が裏返したB面の途中で、私たちは寝室に移動した。そして妙に激しく愛し合った。行為のあと、ふたりとも長いこと黙りこくり、最後に彼女が道化て言った。「きみ、ひとついいことを教えてあげよう。この調子で頑張れば、いつかきっとぼくたちはうまくなるよ」

「ほんとうに？」

「ほんとうに。マット、今夜は泊まって」

私は彼女にキスをして言った。「初めからそのつもりだ」

「んんん。よかったわ。今夜はひとりになりたくない気分」

それは私も同じだった。

# 4

朝食を食べてエレインのアパートメントを出たので、アトランティック・アヴェニューに着いたときには十一時近くになっていた。その界隈で——通りや店で訊き込みをしたり、また図書館で調べものをしたり、電話をかけたりするのに五時間ほど費やしてから、二ブロック歩いてベイリッジ行きのバスに乗った。

初めて会ったときのキーナンは、不精髭を生やし、着ているものも垢じみていたが、あらためて会う彼は髭もきれいに剃って、グレイのギャバジンのスラックスに、落ち着いた格子縞のシャツというこざっぱりとした身なりをしていた。彼のあとについてキッチンにはいると、彼は、ピーターは今朝はマンハッタンへ仕事に出かけた、と言った。「兄貴はここにいるって言ったんだけどね。仕事なんかどうでもいいって。でも、同じ話を何度繰り返していてもしようがないだろ？ で、トヨタに乗っていけって言ったんだ。車があれば楽に行き来ができるだろ？ あんたのほうはどんな具合いだ？ 何か進展はあったかい？」

私は言った。「私と同じぐらいの背丈の男ふたりが、アラビアン・グルメのまえで、奥さんをダーク・ブルーのヴァンかワゴン車に無理やり押し込んだ。同じような車が――たぶん同じ車だろう――ダゴスティーノのまえでも奥さんを待っていた。その車にはドアのところに、TVセールス&サーヴィスというレタリングが施されていた。あるひとりの目撃者の証言によれば、色は白。イニシアルだけだが、会社の名前ははっきりしない。B&LだったかH&Mだったか、見た人間によって食いちがっている。しかし、ふたりの目撃者がその会社の住所はクウィーンズだったと言っている。そのうちひとりはロング・アイランド・シティというところまで覚えていた」

「で、実際、そんな会社があったのか？」

「そもそもあやふやなところがあるわけだが、それらの証言にあてはまる会社は十社ばかり、いや、それ以上あった。社名がイニシアルふたつで、テレビの修理をやっていて、クウィーンズにある会社だ。そのうちの六社から八社に電話をしてみたけれど、ダーク・ブルーのワゴン車かヴァンを持っていて、その車を最近盗まれたという会社はひとつもなかった。思ったとおりだ」

「どうして？」

「車は盗難車だとは思えないからさ。犯人は木曜日の朝からこの家を見張っていて、あんたの奥さんがひとりで出てくるのを待ちかまえていた。そしてあとを尾けた。しかし、それは犯人にとって初めてのことじゃなかったと思う。チャンスを何度かうかがっていたんだと思う。そのたびに車を盗んだとは思えない。いつ盗難車リストに載るかもしれないような車を、一日じゅう乗りまわしていたとは思えない」

「つまり車は犯人自身のものということか？」

「おそらく。その車にインチキ会社の名前を書いて、用がすんだらその古い名前を消して新しい名前を書く。実際、今頃はもう車全体の色がブルー以外の色に塗り替えられてるんじゃないだろうか」

「プレート・ナンバーは？」

「たぶん偽物と取り替えてあったと思うけど、どっちみちナンバーまで覚えていた目撃者はいなかった。奥さんと犯人を三人組の強盗と勘ちがいした目撃者がいるんだが、その男がまずとっさにしたことは店にはいって、店内に異常はないかどうか確かめることだった。また別な男は路上での不審な出来事に気づいて、車のナンバーを見届けたものの、覚えていたのはナンバーに9が混ざっていたということだけだった」

「それはなんとも頼もしい証言だ」

「ああ。それから犯人はふたりとも同じようななりをしていた。黒っぽいズボン、揃いのワーク・シャツ、それにブルーのウィンドブレイカー。制服のように見えたそうだ。商用車両に制服。それでもってふたりはいかにももっともらしく見えた。これは大昔に学んだことだが、人はクリップボードを抱えてると、だいたいどんなところへでもはいれる。いかにも真面目に仕事をしているふうに見えるんだな。クリップボードや制服にはそういう魔力がある。実際、移民帰化局の覆面捜査官が不法入国者の取締まりをしてるんじゃないかと思った人間がふたりもいる。それが誰も犯人の行動を阻止しようとしなかった理由のひとつ。もうひとつは、阻止しようにも人が気づいたときには、もう誘拐劇は終わっていたということだ」

「犯人はきわめて手ぎわがよかったってことか」

「制服にはまだほかにも利点がある。それは、制服というのは着ている者を透明人間にしてしまうということだ。目撃者はみんな犯人の服装しか見ていない。で、ふたりとも同じように見えたということになるのさ。犯人はふたりとも帽子をかぶっていたということはもう話したっけ？　目撃者が覚えているのは帽子と上着。どちらもそのときだけ身につけ、あとで捨て去ることのできるものだ」

「ということは、なんにもならないということか」

「そうでもない」と私は言った。「確かに直接犯人に結びつく手がかりはまだ何も得られていないが、少なくとも犯人が奥さんをどんなふうに誘拐したかということは、これではっきりした。また犯人は用意周到であったこと、計画的犯行であったということもね。犯人は何故あんたを狙ったと思う？」

彼は肩をすくめて言った。「やつらはおれがヤクのディーラーだということを知っていた。

向こうからそう言ってきたのさ。やつらにしてみりゃ、おれはもうそれだけで持ってこいのカモだったんだろう。まず金があることがわかっていて、それに警察に知らせないこともわかってるんだから」

「あんたについて犯人はほかにどんなことを知っていた？」

「おれが何系か知ってた。最初に電話をかけてきたやつがおれを蔑称で呼んだ」

「ああ、そうだった」

「ターバン野郎(ラグヘッド)、砂漠の黒ちゃん(サンド・ニガー)。これはなかなかいいじゃないか、サンド・ニガーというのは。ラクダ乗り(キャメル・ジョッキー)というのは言わなかったな。セント・イグナシアス小学校に行ってた頃は、イタリア系のガキによく呼ばれたものさ。〝おい、クーリー、このキャメル・ジョッキー！〟ってな。ラクダなんておれは煙草のパックでしか見たことがないよ」

「アラブ人であるということで狙われたとは思わないか？」

「それは考えてもみなかったな。アラブ人に偏見があるのはわかってるが、それはもうまちがいないが、そのことをあまり意識したことはない。フランシーンはパレスティナ人だった。そのことはもう言ったっけ？」

「ああ」

「彼らの場合はおれたちより大変だ。よけいないざこざを避けるために、自分はレバノン人だとかシリア人だと偽っているパレスティナ人を何人か知ってるよ。〝あっ、あんた、パレスティナ人なのかい？　だったらテロリストなのか〟なんてね。そういう無知蒙昧なことを言うやつはいくらでもいる。アラブ人というのはこれこれこういう人間だって思い込んでるやつもね」彼はあきれたように眼をぐるっとまわした。「おれの親爺がそうだった」

「あんたの親爺さんが？」

「アンチ・アラブというほどじゃないけど、親爺は自分の一族をほんとうはアラブ人とは思っていなかった。実際、うちはクリスチャンだったしね」

「セント・イグナシアス小学校でいったい何をしていたのかとさっきは思ったよ」

「おれ自身何をしてるのかとよく思ったもんだ。でも、実際、おれたちはマロン派教徒なんだ。それから親爺の説に従えば、フェニキア人でもある。フェニキア人って知ってるかい？」

「紀元前の頃の民族だろ？　商人でもあり冒険家でもあった古代の民族。ちがったかな？」

「いや、ちがわない。彼らは偉大な船乗りだった。アフリカ沿岸を旅し、スペインに植民地をつくり、たぶんイギリスへも行ったんじゃないだろうか。彼らは北アフリカに植民市カルタゴをつくったんだが、カルタゴの貨幣がイギリスから出土してるんだよ。また、彼らはポラリス、北極星を世界で初めて発見した民族だ。今〝発見〟といったのは、北極星がいつも同じ位置にあって、航海に役立つことに気づいたという意味だが、さらにギリシア語のアルファベットのもとになるアルファベットを発達させた」そこで彼は急に口をつぐみ、どことなく決まり悪そうな顔をした。「親爺からしょっちゅうこんな話を聞かされたもんだから、いつのまにかおれも覚えちまったようだ」

「そのようだね」

「親爺はフェニキア狂いというわけでもなかったが、今おれが話したようなことはよく知っていた。おれの名前もそこから来ているのさ。フェニキア人は自分たちのことを、ケナアニ、またはカナンと呼んでいた。だからおれの名前はほんとうはケーナーンと発音しなくちゃいけないんだ。フロントのメモにはキーナン以外の名で呼ぶやつは誰もいないけど」

「フロントのメモには〝ケン・クアリー〟と書かれていた」

「ああ、よくそんなふうに聞きまちがえられるよ。以前テレフォン・ショッピングというやつをやったら、届いた商品の小包みの宛て名がキーン&クアリーになってたことがあった。なんだかアイルランド系の弁護士事務所みたいな名前にね。いずれにしろ、親爺によれば、フェニキア人とアラブ人とはまったくちがうんだそうだ。フェニキア人はカナンであって、アブラハムの時代にはもうすでにひとつの立派な民族になっていたというのさ。アラブ人というのはアブラハムの子孫なわけだろ?」

「私はユダヤ人がアブラハムの子孫だと思ってたが」

「そうだ、ユダヤ人はアブラハムとサラの嫡男、イサクの子孫だからな。でも、アラブ人もまたアブラハムがハガル（サラの侍女）に産ませたイシマエルの子孫だからね。長いこと思い出しもしなかったことを今思い出したよ。まだガキの頃のことだ。親爺はディーン・ストリートのある食料品店の主人と仲が悪くて、その男のことをよくこう呼んでた。〝イシマエルのくそ子孫が〟ってね。まったく、大した人だったよ」

「もう亡くなられたのか？」

「ああ、亡くなってもう三年になる。糖尿病を長く患(わずら)ってて、結局、それで心臓(ハート)を悪くして死んだんだ。気分が落ち込んだときなんか、おれは今でも親爺は心(ハート)を病んで死んだんじゃないかって気がする。おれとピートがこんなふうになっちまったってことでね。親爺はヤクのディーラーやアル中じゃなくて、おれたちを建築家と医者にしたがってたんだ。でも、糖尿病のくせに食事にはあんまり気を配ってなかったな、親爺は。それで死んだんだよ。糖尿でしかも五十ポンドは体重オーヴァーだったんだから。だから、おれとピートはジョナス・ソーク（医学者。ポリオのワクチンの開発で有名）とフランク・ロイド・ライト（著名なアメリカの建築家）みたいになっててもよかったわけだけど、そうなってても親爺にはなんの役にも立たなかっただろう」

六時頃、ふたりで打ち合わせをしたあとの最初の電話をキーナンがかけた。ある番号にかけ、応答音を聞いてから自分の番号のボタンを叩いて受話器を置いた。「しばらく待とう」

しかし長くはかからなかった。五分足らずで電話が鳴った。

彼は言った。「やあ、フィル。調子はどうだい？　そりゃいい。ちょっと伝えておきたいことがあって電話したんだが、あんたはおれの女房と面識はなかったっけ？　それはどうでもいいんだが、実は誘拐の脅迫状が舞い込んできたんだ。しかたないから、女房はとりあえず外国にやったよ。はっきりしたことはまだ何もわかってないけど、これはどうやらおれたちの商売と何かしら関係があるんじゃないだろうか？　わかるかい？　で、おれは今プロの探偵を雇って調べさせてるんだけど、とにかくこのことをあんたに伝えとこうと思ってね。これはいたずらじゃない。脅迫してきたやつは頭のいかれた殺人鬼のような気がする。そうだ。ああ、そのとおりだ。おれたちは持ってこいの獲物だ。金を持ってて法に訴えることのできない人種なんだからな。誘拐にしろ強盗にしろ、おれたちみたいなたやすい獲物はないよ。そうだ、そのとおりだ——あんたも気をつけるといい。眼と耳をよく開いてな。そのことを言いたくて電話したんだ。それから伝えたほうがいいという相手がいたら、あんたからもこの話を伝えてやってくれ。もしなんか妙なことがあったら、おれに知らせてくれ。いいかい？　そうだ」

彼は受話器を置くと、私のほうを向いて言った。「どれだけ信じてくれたかな？　ただおれがノイローゼになってるってことしか信じてくれなかったんじゃないか？　〝なんで女房を外国なんかやったんだい？　番犬でも飼えばいいじゃないか。ボディガードを雇えばいいじゃないか〟。そんなことをしてもしようがないんだよ、もう女房は死んじまったんだから、このまぬけ、とは言えないものな。そんなことがみんなに知れ渡ったら、面倒なことになる。

くそっ」

「どうした？」

「フランシーンの一族にはなんと言えばいい？　電話が鳴るたびに、フランシーンの従兄弟じゃないかってびくびくしてる。彼女の両親は離婚してて、おふくろさんはもうヨルダンに帰っちまってるんだが、親爺さんのほうはまだこっちにいてね。女房にはブルックリンじゅうに親戚がいるのさ。彼らにはなんて言えばいい？」

「さあ」

「真実は遅かれ早かれ話さなきゃならないが、とりあえずフランシーンは旅行に行ってることにしておこう。だけど、それだとみんなどう思うと思う？」

「結婚生活に問題あり、と思うだろうね」

「そうだ。おれたちはついこないだネグリルから帰ってきたばかりだ。なのになんでまた旅行しなきゃならない？　こりゃ離婚もまぢかかもしれないってな。いいさ。彼らには思いたいように思わせてやろう。でも、おれとフランシーンは口喧嘩ひとつしなかったよ。結婚して以来、いやな日なんて一日もなかった。くそっ」彼は受話器を取り上げ、ボタンを叩き、応答音を聞いてから自分の番号を打ち込んだ。そして受話器を置き、落ち着かなげにテーブルを指で叩きながら待ち、電話が鳴るとそれに出て言った。「やあ、どうだい、調子は？　えっ？　ほんとに？　嘘だろう？　実はちょっと伝えておきたいことがあってね……」

# 5

私はセント・ポール教会の八時半の集会に出た。行く途中、ピーター・クーリーも来るかもしれないと思ったが、彼は姿を見せなかった。集会の後片づけを手伝ってから、何人かとフレイムにコーヒーを飲みに行った。が、そこに長くはいなかった。十一時には、西七十二丁目のプーギャンズ・パブにいた。そこは、午後九時から午前四時までのあいだに、ダニー・ボーイ・ベルが必ず顔を見せるふたつの店のひとつだ。それ以外の時間帯に彼を見つけるというのは至難の業だ。

彼の行きつけのもうひとつの店は、アムステルダム・アヴェニューにあるマザー・グースというジャズ・クラブだが、プーギャンズ・パブのほうが近かった。で、さきにのぞいてみたのだが、ダニー・ボーイはいつもの奥のテーブルで、団子鼻にとがった顎をした黒人と何やら話し込んでいた。その黒人はミラー・レンズの広角サングラスをかけ、やたらと肩パッドの詰まったパウダー・ブルーのスーツを着て、フラミンゴ・ピンクのリボンを巻いた、ココア色の麦わら帽をかぶっていた。

私はカウンターについてコーラを頼み、ふたりの話が終わるのを待った。すると五分ほどで黒人が立ち上がり、ダニー・ボーイの肩を叩いて屈託がなさそうに大声で笑い、店を出ていった。私はカウンターの上の釣り銭を取って、ダニー・ボーイのほうへ行きかけた。が、振り向いたときには、もうすでに別な男が今まで黒人の坐っていた椅子に坐っていた。ばかでかい口髭を生やし、腹の突き出た禿頭の白人だった。最初の黒人は私の知らない男だったが、その白人には見覚えがあった。名前はセリグ・ウルフ。ふたつの駐車場のオーナーで、スポーツ賭博のノミ屋をやっている。何年もまえに暴行容疑で一度私が逮捕した男だ。途中で告訴が取り下げられて起訴するまでにはいたらなかったが。

ウルフが立ち去るのを待って、私は二杯目のコーラを持ってダニー・ボーイのまえに坐った。「忙しそうだね」

「ああ」とダニー・ボーイは言った。「番号札を取ってお待ちくださいってか。ゼイバーズ（ブロードウェイ八十丁目にある人気の老舗食料品店）みたいだったな。とにかくまた会えて嬉しいよ、マシュウ。あんたが来てることにはちょっとまえから気づいてたんだが、ウルフとの先約があったもんでな。セリグ・ウルフは、あんた、知ってたよな？」

「ああ。でも、もうひとりのほうは知らない男だった。見たかぎり、全米黒人大学基金の募金委員長という感じだったけど。ちがうかね？」

「心というのは浪費するものじゃない」とダニー・ボーイは言った。「外見だけで人を判断したりしちゃいけないよ。彼が着てたのはズート・スーツ（肩の張った丈の長い派手なスーツ）というやつだ。クラシックな仕立て服だ。だぶだぶみたいに見えて折り目はぴちっとついている。おれの親爺も昔、遊びまくった若い頃の記念として一着持ってた。時々、そいつをクロゼットから取り出して着ようとしてたけど、そのたびにおふくろに睨まれてた」

「それはおふくろさんはいいことをしたね」

「さっきの男の名前はニコルスン・ジェイムズ。ほんとうはジェイムズ・ニコルスンなんだけど、役所がまちがえて名前が逆になっちまって以来、そのほうがいかしてるってんでそれで通してるのさ。そういうセンスと彼のレトロ趣味はどこかでつながっているのかもしれない。ちなみにミスター・ジェイムズはヒモだ」

「ほう、ヒモとは思いもよらなかった」

ダニー・ボーイは自分のグラスにウォッカを注いだ。彼自身の服装の趣味はシックでエレガントなものだった。誂（あつら）えたダーク・スーツにネクタイ、赤と黒の大胆な柄のヴェスト。彼はとても背が低く、きゃしゃな体つきで、アフリカ系アメリカ人の白子だ――彼を黒人とは呼びにくい。彼は少しも黒くなかったから。毎晩たいてい酒場で過ごし、ほの暗さと静かさに異様に固執する男だった。日中出歩かないことにかけてはドラキュラ並みに頑（かたく）なで、その時間電話をかけてもドアをノックしてもまず応じることがない。ただ夜は毎晩、プーギャンズ・パブかマザー・グースにいて、人の話を聞くか人に話をすることで暮らしを立てている。

「エレインは一緒じゃないんだね」と彼は言った。

「今夜はね」

「彼女によろしく言っといてくれ」

「ああ。ちょっと話があるんだが、ダニー・ボーイ」

「話？」

私は彼に百ドル札を二枚握らせた。彼はさりげなくその金を見てから、眉を吊り上げて私を見た。

「今度の依頼人は金持ちでね」と私は言った。「捜査はタクシーを使ってやれなんて言われてる」

「じゃあ、この金でタクシーを呼んでほしいのか？」

「いや、依頼人のおアシは少しつかったほうがいいんじゃないかと思ったまでだ。あんたにやってほしいのは噂を広めることだ」

「どんな噂を？」

キーナン・クーリーの名前を出さずに、私はキーナンと打ち合わせたとおりの話をした。ダニー・ボーイは時折眉をひそめたりしながら、話に聞き入った。そして私がひととおり話し終えると、煙草を一本取り出し、それをしばらく見つめてからまたパックに戻して言った。

「ひとつ質問がある」

「言ってくれ」

「あんたの依頼人の女房は今外国にいて、とりあえず身の危険はない。で、犯人は今度は別な獲物を狙うんじゃないかと、まあ、あんたの依頼人は思ってるわけだ」

「そうだ」

「なんであんたの依頼人はそんなことを気にする？　公徳心にあふれるヤクのディーラーってのはなかなか悪くない。アース・ファースト（過激な環境保護団体）やほかの環境保護団体に莫大なヤミ献金をしてる、オレゴンのマリファナ栽培農家みたいで気に入ったよ。まあ、そういうことで言えば、ガキの頃おれはロビン・フッドなんかも好きだった。だけど、どこかの悪党が誰かの可愛い女房を誘拐したからって、それがあんたの依頼人にどれだけの関係があるんだね？　犯人が身代金を手に入れて、それだけ商売仲間の懐が寒くなるってだけのことじゃないか。犯人が下手を打ちゃそれでおしまい。あんたの依頼人の女房にはなんの関係も——」

「なんとね。あんたに話すまえまではなかなかよくできた話だと思ってたんだがね」

「あいにくだったな」

「事実を話そう。依頼人の女房は国を出ることができなかった。実際に誘拐されて殺されてしまったんだ」

「犯人との交渉に失敗したのか？　身代金を出ししぶったのか？」

「私の依頼人は四十万ドル払った。それでも女房は殺されたんだ」ダニー・ボーイは眼をみはった。「でも、これはここだけの話だ」と私はつけ加えた。「女房が殺されたことは警察に届けてない。だからこの部分は省いて噂を広めてほしい」

「わかった。しかし、それなら話はわかる。あんたの依頼人は犯人に借りを返したいわけだ。犯人の目星は？」

「ない」

「でも、犯人はまたやるにちがいない。あんたはそう思ってるわけだ」

「勝ちが続いているのにどうしてやめなきゃならない？」

「そういうときにやめるやつはいないよな」彼はまたウォッカを注ぎ足した。この店でもマザー・グースでも、ウォッカはアイス・バケットに入れてボトルで出され、彼はそれをまるで水でも飲むように浴びるほど飲んで、けろっとしていた。いったいその酒はどこへいくのか、彼の体の構造はどうなっているのか、私にはいまだによくわからない。

「犯人は何人いるんだろう？」と彼が言った。

「少なくとも三人」

「三人で四十万を山分けか。今はどこへ行くにもタクシーを使ったりなんかしてるんだろうな、ええ？」

「そのことは私も考えた」

「やたらと金づかいの荒いやつの噂が耳にはいったら、それが有力な情報になるかもしれないな」

「ああ」

「でも、女房子供が誘拐の危機にさらされてるというのは、ヤクのディーラーには——特に大物には貴重な情報だよ。やつらほど誘拐するのに持ってこいの獲物はないもの。誘拐するのは別に女じゃなくたっていい」

「それはどうかな」

「と言うと？」

「犯人は殺しそのものを愉しんでる。殺しそのものが目的みたいなところがある。人質を犯し、いたぶり、飽きたところで殺したんじゃないか。私にはそんなふうに思える」

「死体にはそういう痕が残ってたのか？」

「死体はバラバラにされて二十か三十の包みになって戻ってきたんだ。これもここだけの話だ。ここまで話すつもりはなかった」

「はっきり言って、話してくれなくてもおよその見当はついたよ。マシュウ、それはおれが想像力の逞しい人間だからだろうか？　それとも世の中がどんどん悪くなってるからだろうか？」

「世の中がよくなってないことだけは確かだ」

「そのとおりだ。調和的集合（ハーモニック・コンヴァージェンス）というのを覚えてるかい、すべての惑星が兵隊みたいに一列に並ぶってやつ？　あれはニュー・エイジの夜明けを知らせるしるしかなんかじゃなかったのか？」

「私としては特に固唾（かたず）を呑んで見守っているとは言えないね」

「でも、夜明けまえの闇が一番深いなんてことも言うぜ、あんたの言いたいこともわかるけど。いずれにしろ、殺しそのものが犯人の目的だとすりゃ――いたぶって犯すのがめあてだとすりゃ、毛むくじゃらのケツにビール腹に不精髭まで生やした、ヤクのディーラーが狙われることはないってわけだ。犯人にはホモって感じはないんだろ？」

「ああ、たぶん」

彼はしばらく考えてから言った。「そいつらはきっとまたやるな。こんなにうまくいって途中でやめるわけがない。そこでちょいと気になるのは――」

「犯人はまえにもやってるんじゃないか？　私も同じことを考えたよ」

「それで？」

「犯人は実に手ぎわがよかった。場数を踏んでる――そんな気がする」

翌朝、朝食を食べてすぐ西五十四丁目のミッドタウン・ノース署まで行った。そして、机に向かって仕事をしていたジョー・ダーキンに、服装に関して思いがけないことを言われた。

「最近いい恰好をしてるじゃないか。それは彼女のせいだな。エレイン、だっけ?」

「そうだ」

「彼女はあんたにいい影響を与えてる、とおれは思うね」

「ああ、それは私もそう思ってるけど、いい恰好というのはどういうことだね?」

「なかなかいい上着を着てるってことだ。他意はないよ」

「このブレザーのことか? これはもう十年も着てるよ」

「おれと会うときは一度も着てなかったんじゃないかな」

「年じゅう着てるブレザーだ」

「だったら、ネクタイのせいだ」

「このネクタイがどうした?」

「なんなんだよ、マット。あんたというのはどこまで気むずかしい男なんだね。今までにそんなふうに言われたことないかい? いい恰好してるって言っただけで、どうして証人席に坐らせられなきゃならないんだ? もう一回やり直すか。〝やあ、マット。会えて嬉しいよ。しかしよくそんなクソみたいな服を着てられるな。まあ、坐れよ〟これでどうだ?」

「そのほうがずっといい」

「こりゃどうも。まあ、坐れ。で、ご用の向きは?」

「重罪を犯したい衝動に駆られてね」

「その気持ち、わかるよ。おれのほうもそういう衝動を覚えずに過ぎる日は一日たりとてない。でも、重罪と言ってもいろいろあるが」

「私のは等級Dの重罪だ」

「それだっていくらもある。たとえば商標権侵害商品不法所持もD級重罪だ。それはもうたぶんすでにあんたは犯してしまってる。ポケットにペンはあるか？」

「ペンが二本に鉛筆が一本」

「そりゃひどい。今からあんたにミランダ告知をして、留置し、指紋も取ったほうがよさそうだ。でも、あんたが考えてるD級重罪はそれじゃない」

私は首を振って言った。「私が考えてるのは、刑法第二〇〇・〇〇項だ」

「二〇〇・〇〇項。それをおれに調べさせようってわけだ、ええ？」

「そういうこと」

彼は私を睨んでから、黒のルースリーフ式バインダーに手を伸ばしてページをめくった。

「ああ、あった、あった。二〇〇・〇〇項、第三級贈賄罪。公僕の評決、意見、判断、行為、裁量に影響を及ぼすという同意、あるいは理解のもとに、公僕に対するなんらかの利益に関し、協議、進言、協議の同意をした者は第三級贈賄罪に処す。なるほど、第三級贈賄罪はD級重罪だ」そのあと彼はしばらくそのページを黙読してから言った。「二〇〇・〇三項じゃ駄目かい？」

「なんだね、それは？」

「第二級贈賄罪だ。さっきのやつとだいたい変わらないんだけど、こいつはC級重罪だ。第二級贈賄罪が成立するためには贈与、あるいは提案、贈与の同意——すばらしいね、このことばづかい——によって生じる利益が一万ドルを超えなくてはならない」

「悪いけど、D級が私の限度だな」

「やっぱりな。ひとつ訊いてもいいか、あんたがD級重罪を犯すまえに。警察を辞めて、あんた、もう何年になる？」

「もうずいぶんになる」

「なのによく覚えてるね、重罪の等級なんか。刑法何条なんていうのも」

「私はそういうことについては記憶がよくてね」

「いい加減なことを言うなよ。刑法の条項の番号は昔と今じゃずいぶん変わってる。そう、半分は変わってる。なのになんであんたは覚えてたのか、おれは知りたいね」

「ほんとうに？」

「ああ」

「ここへ来る途中でアンドレオッティのバインダーを見たのさ」

「おれをびっくりさせるために？」

「いや、あんたの関心を惹くために」

「ああ、そういうのはおれの唯一の関心事だ」

「そうだね」私はあらかじめ分けてポケットに入れていた札を一枚取り出し、禁煙すると言って他人の煙草を吸っているとき以外は自分の煙草を入れている、彼の上着のポケットに忍ばせて言った。「まあ、スーツでも買ってくれ」

刑事部屋には私たちしかいなかったので、彼はポケットの中から札を取り出して額を調べた。「隠語も時代に合わせなきゃな。帽子は二十五ドル、スーツは百ドルだけど、今日び二十五ドルでどんな帽子が買える？　最後に帽子を買ったのがいつだったかも思い出せないけど。でも、百ドルじゃスーツは古着屋でしか買えないよ。〝百ドルだ、これでカミさんに夕食でもごちそうしてやってくれ〟ってのはどうだい？　それで用件というのは？」

「あんたの力を借りたい」

「どんな？」

「まえに新聞で読んだんだが」と私は言った。「半年か、そう、もしかしたらもう一年ぐらい経ってるかもしれない。二人組の男が通りを歩いていた女を捕まえ、ワゴン車に乗せて連れ去った。女は何日かあとで公園で発見された」

「死体となって、だろ？」

「そうだ」

「〝警察は殺人の可能性もあると見ている〟ってやつだ。しかしそう言われても思いあたらないな。それはうちの事件じゃないんだろ？」

「マンハッタンですらない。私の記憶じゃ、女の死体が見つかったのはクウィーンズのどこかのゴルフ場だったような気がするんだが、もしかしたらブルックリンだったかもしれない。そのときは特に注意を払ってなかったからね。二杯目のコーヒーを飲みながら読んでいたような事件だ」

「それでその事件がどうかしたのか？」

「その事件をもう少しはっきりと思い出したい」

彼は私を見た。「最近あんたはやけに金まわりがよくなったんだね。図書館へ行ってタイムズ・インデックスを調べりゃそれですむことなのに、なんでわざわざおれの服飾費の心配までしてくれるんだね？」

「調べるってどういう項目で調べりゃいい？　事件がいつどこで起きたことかも、被害者の名前もわからないんだぜ。去年一年の新聞を一枚一枚見ていかなきゃならない。何新聞かもわからないのに。タイムズに載ってるかどうかもわからないのに」

「おれが二、三件電話したほうがずっとことは簡単だってわけだ」

「そういうことだ」

「それじゃちょいと散歩でもして、コーヒーでも飲んで待っててくれ。八番街のあのギリシア人の店がいいな。今から一時間ぐらいしたらおれもそこへ行くよ。行っておれもコーヒーを飲んで、デニッシュでも食うよ」

四十分後、彼は八番街五十三丁目にあるコーヒー・ショップへやって来ると言った。「一年ちょっとまえの事件だった。被害者の名前はマリー・ゴテスキンド。どういう意味だ、こりゃ？　神様は親切（ゴッド・イズ・カインド）？」

「たぶん〝神の子〟という意味だと思う」

「そのほうがいい。だって神様はマリーにちっとも親切じゃなかったんだから。記録によれば、彼女はウッドヘイヴンのジャマイカ・アヴェニューで買いものをしてるときに誘拐されたってことだ。ふたりの男にワゴン車で連れ去られ、三日後、フォレスト・パーク・ゴルフ場の中を歩いてたふたりのガキが彼女の死体を見つけた。一〇四分署が最初に事件を担当し、彼女の身元が割れたあとは一一二分署に変わった。誘拐された場所が一一二分署の管轄だったから」

「で、捜査のほうは？」

ダーキンは首を振った。「おれが電話で話したやつは事件のことをよく覚えてはいたけどね。その事件は近隣の住民をしばらく恐怖のどん底におとしいれた。なんの罪もない女が通りを歩いていただけで、頭のいかれた二人組に襲われた。そんなのは雷に打たれるみたいなもんだ。だろ？　その女の身に起こったことは誰の身にも起こりうることだ。家にいても安全とは言えない。ワゴン車に乗ったレイプ魔はまた同じことを繰り返すにちがいない。殺人はまたきっと繰り返されるってわけだ。ロスアンジェルスで起こって、テレビのミニ・シリーズにもなった事件はなんて言ったっけ？」

「さあ、知らない」

「ふたりのイタ公が犯人ってやつ。確か犯人は従兄弟同士だったんじゃなかったかな。淫売を殺してその死体を丘に置き去りにするってやつだ。丘の絞殺魔——そうだ、それだ。ま、ほんとうは絞殺魔たちじゃなきゃいけないわけだが、マスコミが命名したのは複数犯ってことがわかるまえのことだからな」

「ウッドヘイヴンの女は？」

「話を戻せってか。みんな彼女が連続殺人の最初の犠牲者だと思った。ところが、そのあとは何も起こらなかったんだよ。で、みんなほっとしたってわけだ。向こうの連中も捜査にはかなり力を入れたようだが、犯人(ほし)を挙げるまでにはいたらず、今は未解決事件のファイルの中に入れられちまってる。犯人がもう一度犯行を繰り返すのを待って押さえるしかないというのが、向こうの連中の考えだ。だから何かこっちでその事件と関連のあるようなことがあったのかって訊かれたよ。何かあるのか？」

「いや。被害者の亭主はどうしてたんだろう？　わかるか？」

「被害者は独身だったと思う。確か小学校の先生だ。でも、どうして？」

「ひとり住まいだったのか？」

「ひとり住まいだったらどうだと言うんだ？」

「ジョー、事件の資料が見たい」

「見たい？　そうか。だったら、一一二分署まで出かけて行って、向こうの連中に見せてくれって頼めばいい」

「頼んでも見せてもらえるとは思えない」

「思えない？　そうか。つまり、自分の仕事をなげうって、私立探偵さんのために便宜をはかってくれるようなお巡りは、ニューヨークにはいないって言うのか？　ううん、そりゃショックだ」

「ジョー、頼むよ」

「電話を一本か二本かけるくらいはなんでもない。警察の服務規程にいちじるしく違反したってことにはならない。おれもクウィーンズのやつもな。しかし、機密文書の漏洩となるとちと話はちがってくる。ファイルは署から持ち出しちゃいけないことになっててね」

「別に持ち出さなくたっていい。五分もあればファックスで送ってもらえるだろうが」

「全部要るのか？　殺人事件の全捜査記録となると、二十ページから三十ページぐらいにはなるぜ」

「それぐらいのファックス代は警察だって払えるだろう」

「どうだかな。市はもうすぐ破産するって市長は年じゅう言ってるけど。でも、マット、そもそもあんたの狙いはなんなんだ？」

「それは言えない」

「おいおい、ちょっと待ってくれよ。何から何まで一方通行ってわけか、ええ？」

「依頼人の秘密は守らなきゃならない」

「たわごとを言うなよ。依頼人の秘密は守らなきゃならないけど、警察の機密は守らなくてもいいってか、ええ？」彼は煙草に火をつけ、咳込みながら言った。「まさかこれはあんたのお友達と関係のあることじゃあるまいな？」

「私の友達？」

「あんたの友達、ミック・バルーだ。これはやつと関係のあることなのか？」

「ちがうよ、もちろん」

「確かだな？」

「彼は今国外にいる」と私は言った。「もうひと月以上になる。いつ帰ってくるのかも私は知らない。それに彼は女を犯してフェアウェイの真ん中に捨てるような男じゃない」

「知ってるよ。彼は紳士だものな。芝生をひっぱがしちまったら、ちゃんともとどおりに戻してプレーする男さ。だけど、どういうわけか今は組織犯罪取締法（RICO）の適用を受けかけてる。あんたはもうそんなことはとっくに知ってると思うけど」

「そういう話を聞いたことはある」

「おれはなんとか立件できて、やつが二十年ばかり連邦刑務所にぶち込まれることを心から祈ってる。でも、あんたはまた別な感想を持ってることだろう」

「彼は私の友達だ」

「ああ、そうらしいな」

「いずれにしろ、彼はこの件とは無関係だ」ダーキンは私を見た。私は言った。「依頼人の女房が失踪したのさ。その手口がウッドへイヴンの一件と似てるんだよ」

「つまりその女房は誘拐されたってことか？」

「そうとしか考えられない」

「警察にはもう届けてあるのか？」

「いや」

「どうして届けない？」

「依頼人には依頼人なりの理由があるんだろう」

「おいおい、そんなのは答にもなんにもなってないぜ、マット」

「彼は不法入国者なのかもしれない」

「ニューヨークの人間の半分は不法入国者だよ。誘拐事件が起きてまず第一に警察のすることとは、被害者を移民帰化局に突き出すことだとあんたは思うわけだ。だいたいあんたの依頼人は何者なんだ？　グリーン・カードはなくっても私立探偵を雇うだけの金を持ってる御仁というのは、どんな男なんだね？　まあ、あんまりクリーンなやつじゃなさそうだな」

「そう思うなら」

「そう思うなら、か」彼は煙草の火を消して眉をひそめた。「女はもう死んでる。そうなんだろ？」

「そう考えざるをえない情勢だ。だからもし同一犯人の犯行なら――」

「ああ、だけどどうして同一犯だと思うんだ？　そのつながりは？　誘拐の手口か？」私が何も言わないのを確かめると、彼は勘定書きを取り上げて眺め、それを私のほうに放って言った。「あんたのおごりだ。電話番号は変わってないな？　今日の午後電話するよ」

「ありがとう、ジョー」

「いや、礼は言わんでくれ。あんたに便宜をはかって面倒なことにならないかどうか、まずは確かめるから。不都合がなきゃ電話するよ。電話がなければ、あきらめてくれ」


私はファイアサイドの昼の集会に出てからホテルに戻った。ダーキンから電話はなかった。が、ＴＪから電話のあったことを知らせる伝言メモがあった。しかし、メモはそれだけで、折り返しの電話番号は書かれていなかった。私はそのメモをまるめてくずかごに捨てた。

ＴＪというのは、一年半ぐらいまえにタイムズ・スクウェアでたまたま出逢った黒人の少年で、〝ＴＪ〟はいわゆる通り名（ストリート・ネーム）だ。ほかにちゃんとした名前があるのだろうが、それは彼の秘密だ。会うなり私は、彼のことを悪臭芬々たる四十二丁目の沼地に吹く一陣の涼風のように思った。彼は生意気で図々しくて、そして私にとって気のおけない相手だった。私たちは妙にウマが合った。で、私は出逢ったあとしばらくして、タイムズ・スクウェアにかかわる捜査の手伝いを頼んだのだが、それ以来彼はちょくちょく私に電話してくるようになった。だいたい二週間に一度、電話は一回だけのときもあれば、何回か続けてかけてくることもある。折り返しの電話番号を言い残すことはなく、私のほうから彼に連絡を取ることはできない。だから彼から電話があっても、私には彼が私のことを考えているということしかわからない。が、ほんとうに連絡をつけたいときには、彼は私を捕まえるまで何度も電話をしてきた。

そんなときには、二十五セントをつかいきるまでただ駄弁(だべ)るか、彼が私の縄張りで会って私が彼に食事をおごるのが、私たちの基本的パターンになっていた。私は彼にこれまで二度調査のちょっとした手伝いを頼んでいたが、彼は探偵仕事に大いに興味を持っているようだった。その熱意は私が払うわずかな謝礼ではとても説明がつかない。

私は階上(うえ)にあがってエレインに電話をした。「ダニー・ボーイがきみによろしくって。それから、きみは私にとてもいい影響を与えてるとジョー・ダーキンが言っていた」

「あたりまえでしょ。でも、どうしてそれが彼にわかったのかしら？」

「きみと会うようになってから、私は身なりがよくなったそうだ」

「わたしもあの新しいスーツは素敵だって言ったでしょ？」

「ところが、今日はあれを着てないんだ」

「ええ？」

「今日着てるのはブレザーだ。大昔から着てるやつだよ」

「ああ、あれも悪くないわ。下はグレーのスラックスでしょ？　シャツとネクタイは？」私はその色と柄を教えた。「なかなか素敵な取り合わせよ」

「ごく普通なんじゃないかね。ゆうべはズート・スーツを見た」

「ほんとに？」

「ダニー・ボーイによれば、だぶだぶみたいに見えて折り目はぴっちりついてるってやつだ」

「ダニー・ボーイはズート・スーツなんか着ないと思うけど」

「ああ、着てたのは彼の連れの男だ。名前は——どうでもいいね。その男はまたショッキング・ピンクのリボンを巻いた麦わら帽をかぶってた。もし私がそういう恰好をしてダーキンのところへ行ったら——」

「きっとびっくりしたでしょうね。でも、ダーキンがあなたに言ったのは、たぶんあなたの雰囲気とか物腰のことよ、きっと。何かもっともらしい感じがあなたに出てきたんじゃないの？」

「それは私の心が純粋だから」

「それよ、それ」

私たちはそのあともしばらく話した。その日は彼女の夜間講座のある日だったので、そのあとで会おうかという話もしたが、結局、その夜は見送ることにした。「明日のほうがいいわ」と彼女は言った。「映画でも見ない？　週末だからどこも混んでるのが難点だけど、午後映画を見てそのあとで夕食というのはどう？　それはもちろんあなたも明日は仕事を休むとしての話だけど」なかなかいいアイディアだと私は答えた。

受話器を置くと、すぐに電話が鳴り、話し中に別な電話があったとフロント係が言ってきた。私がノースウェスタン・ホテルに住みつくようになって以来、電話の交換システムは何度か変わっている。最初はどんな電話も交換台を通すというものだった。そのあとこちらからかける場合は部屋から直接外線につながり、かかってくる電話はすべて交換台が受けるというシステムになり、今は送信も受信も部屋からできるが、四回のコールでこちらが出ないときには自動的に交換台に切り換わるという形態になって、私はナイネックス社（ニューヨークの地方電話会社）から直接請求書を受け取っている。ホテルは一セントも手数料を取っていない。無料の電話応答サーヴィスというわけだ。

電話はダーキンからだった。私は折り返し彼に電話した。「あんた、忘れものをしたぜ」と彼は言った。「取りに来るかい、それともこっちから放ってやろうか？」

取りに行ったほうがよさそうだ、と私は答えた。

刑事部屋に行くと、彼は電話中だった。椅子を斜めうしろに傾げて坐り、煙草を吸いながら話していた。灰皿からはもう一本吸いかけの煙草の煙が立っていた。彼の隣の机では、ベラミーという刑事が眼鏡のふち越しにコンピューター画面を睨んでいた。

ダーキンが受話器の送話口を手で押さえて言った。「その封筒だ。あんたの名前が書いてある。今朝方来たときに、あんた、忘れたんだよ」

そう言って彼は私の返事を待たずにまた電話に戻った。私は彼の肩越しに手を伸ばし、私の名前が書かれた九インチ×十二インチのマニラ封筒を取り上げた。うしろでベラミーがコンピューターに向かって言っていた。「まるでわけがわからない」

その点に関して彼と議論しようとは思わなかった。

## 6

ホテルに戻り、私はファックスのコピーをベッドの上に広げて見た。どうやら資料はそれですべてのようで、全部で三十六ページあった。中にはただ数行しか書かれていないページもあったが、ぎっしりと情報の詰まったものもあった。

それを整理しながら、私がまだお巡りをしていた頃とのちがいがあらためて思われた。昔はコピーすらなかったのだ。ファックスなど言うに及ばず。これが昔なら、わざわざクウィーンズまで出向き、所轄署のお巡りに肩越しにのぞかれ、急かされて、いちいち書き写さなければならないところだ。

昨今はなんでもかんでもファックスに突っ込めば、突っ込んだものが五マイル先でも十マイル先でもたちどころに出てくる——そういうことを言えば、たとえ地球の裏側にさえ。オリジナル・コピーは保管されているところから一歩も外に出ない。部外者がオフィスにこっそり忍び込み、部内秘を盗み読みするわけではない。だからたとえ警備に遺漏があっても、誰もそれに気づかずにすむというわけだ。

私はたっぷり時間をかけてマリー・ゴテスキンドの捜査記録を吟味した。と言って、自分が何を探そうとしているのか、はっきりとしたあてがあったわけではないが。しかし、警察学校を出て以来、ひとつ変わらないものがあるとすれば、それはどんな捜査にもかなりの書類仕事がついてまわるということだ。どんなタイプのお巡りであれ、自分のしたことを記録するのに相当な時間をかける。それはいかにもお役人仕事のようでもあり、またのちのち自分の身を守るためにやっているようなところもあるが、捜査には不可欠のことなのだ。警察の仕事というのは、それがたとえどんなに単純な捜査であっても、さまざまな人々の恩恵に浴さねばできない仕事なのだから。それを記録しないでいたら、どこかで全体像をつかむことができなくなる。推理を働かせることができなくなる。

私はすべてのコピーに一度眼を通してから、その中から何枚かを抜き出して再度吟味した。それらを読んでひとつはっきりしたのは、ゴテスキンドの事件と、ブルックリンでフランシーン・クーリーが誘拐された事件には、明らかに共通点があるということだった。その共通点を私は紙に書き出してみた。

1　ふたりとも商業地区で誘拐されている。
2　ふたりとも近くに車を停めて、歩いて買いものに出ている。
3　ゴテスキンドもフランシーンもふたり、もしくは三人の男に連れ去られている。

4　ゴテスキンドの件でもフランシーンの件でも、ふたりの男は互いに体型が似ており、同じような服装をしている。ちなみにゴテスキンドの誘拐犯は、カーキ色のズボンにネイヴィー・ブルーのウィンドブレイカーという恰好だった。

5　ゴテスキンドもフランシーンもワゴン車で連れ去られている。目撃者の証言では、ウッド・ヘイヴンで使われたワゴン車の色はライト・ブルー。またひとりの目撃者はフォードのワゴンだったと言い、プレート・ナンバーも部分的に覚えていたが、結局、それは有益な手がかりにはならなかった。

6　何人かの目撃者が、車には電気工事会社のレタリングが施されていたと言っている。PJ家電とかB&J電気とか、その証言はさまざまだが。ただ会社名の下に書かれていたのが、セールス&サーヴィスだったという点はみな一致している。住所はなし。電話番号だけが書かれていたようだが、それを覚えていた者はいなかった。警察の捜査では、そういった目撃者の証言に該当する電気工事会社はなく、どうやら会社名も電話番号も偽のものだったように思われる。

7　マリー・ゴテスキンドは二十八歳で、ニューヨーク市立小学校の代用教員をしており、誘拐された日も含めて三日間、リッジウッドで四年生を受け持っていた。背はほぼフランシーンと同じで、体重もさほど変わらないが、フランシーンが黒い髪にオリーヴ色の肌であるのに対し、彼女のほうはブロンドで色白だった。フォレスト・パークの現場で撮られたもの以外、彼女の写真は資料の中になかったが、彼女の知人たちの証言では、なかなか魅力的な女性だったようだ。

もちろん相違点もあった。マリー・ゴテスキンドは独身だった。以前に勤めた小学校で知り合った男の教師と何度かデイトをしていたが、ふたりの関係は恋人同士というほどのものではなく、またその男の教師には完璧なアリバイがあった。

彼女は両親と一緒に住んでおり、彼女の父親は労災年金を受けている元スチーム配管工で、今は自宅で通信販売の小さな商売をしていた。彼女の母親はその父親の仕事を手伝いながら、近所のいくつかの会社の簿記係もパートタイムでこなしていた。マリーもマリーの両親も麻薬の密売などとはおよそ無縁の人々だ。また、彼らはアラブ人でもなければ、フェニキア人でもない。

検死解剖は入念に行なわれて、その結果、多くのことが判明していた。死因は胸部と下腹部に受けた無数の刺傷によるもので、その刺傷のどれが致命傷であってもおかしくはなかった。性的暴行が繰り返し行なわれたことは明白で、彼女の肛門からも膣からも口からも、さらに刃物による傷口からも精液が検出されていた。暴行に用いられた刃物は二種類、両方とも庖丁のようだが、一方のほうがもう一方より刃渡りが長く、また刃幅も広かった。残留精液からわかったのは、少なくともふたりの男が彼女に暴行を加えたということだった。

刺傷に加えて、彼女の体には、繰り返し殴打されたことを示す打撲の痕が無数に残っていた。

また、これは最初に読んだときには見落としたことだが、検死医の報告書によれば、マリーは左手の親指と人差し指を切断されていた。そしてその二本の指は——人差し指は膣から、親指は直腸の中から発見されていた。

すばらしい。

その資料には読む者の感覚を鈍磨(どんま)させる効果があった。最初に読んだときに親指と人差し指の項目を見落としたのは、そのせいかもしれなかった。彼女が受けた負傷から想像される彼女の最期は、思わず心の眼を閉じたくなるようなものだ。資料の中には彼女の両親や同僚の供述も含まれていて、彼女の人となりが知れたが、検死報告の中に現われる彼女はただの死体、いちじるしく損壊されたただの肉と骨にすぎなかった。

そんな資料を読んでしばらく何も考えられずぼんやりとしていると、電話が鳴った。私には声ですぐに相手が誰かわかった。「何やってんだい(ウエアズ・イット・アット)、マット?」

「やあ、TJ」

「調子はどう? あんたって、ほんと、捕まえにくい人だね。いつも外に出てて、どっか行ってて、何かしてる」

「きみの伝言は受け取ったけど、折り返しどこへかければいいかわからなかったんでね」

「そりゃおれのところには電話とかないからな。これでおれがヤクのディーラーかなんかだったら、ポケット・ベルでも持ってるところだろうけど。そのほうがいいかい？」

「きみがディーラーになったら、独房で個人専用電話か何か持つことになるんじゃないか」

「言ってくれるじゃん。それよか電話つきのながーい車を買ってくれよ。買ってくれたらそれに乗ってながーいこと考えて、ながーいことするから。でも、もう一回言わせてくれよ、ほんと、あんたって捕まえにくいんだ」

「電話したのは一度じゃなかったのか、TJ？　伝言はひとつしか受け取らなかったけど」

「そりゃおれだって二十五セントの無駄づかいとかしたくないからね」

「それはどういうことだね？」

「おれにもあんたのところの電話のしくみがわかったのさ。あんたのところは、三回か四回鳴ったら出る留守番電話みたいになってるだろ？　フロントのやつがいつも四回鳴ったあとで出てくる。だけど、あんたの部屋はたったのひと部屋だから、あんたが電話に出るときのコールはだいたい三回以下だ、風呂とかにはいったりしてないかぎり」

「なるほど。三回コールしても私が出ないときには電話を切るわけだ」

「それで二十五セントの節約になるってわけ。伝言の必要がないときはね。でも、もうすでに一回伝言してるのに、なんで何回もおんなじことをしなきゃならない？　そんなことをしたら、あんたはホテルに帰ってきて、伝言の山を見てきっとこう思うよ、〝このＴＪってやつはパーキング・メーター荒らしでもしてるにちがいない。それで二十五セントの始末に困ってるんだ〟ってね」

　私は笑った。

「あんたは今仕事をしてるんだ」

「ああ、そうだ」

「でかい仕事かい？」

「かなりね」

「その仕事にＴＪが割り込む隙は？」

「今のところはないね」

「なんか自信のない口ぶりだな。ほんとはあるんじゃない？　あんたに電話するのに無駄にした二十五セント玉を何個か取り返せるぐらいの仕事は。どんな仕事なんだい？　まさかマフィアに楯つくような仕事じゃないだろうね？」

「残念ながら」

「それを聞いてほっとしたよ。だってあいつらはほんとのワルだもの（ビコーズ・ゾーズ・キャッツ・アー・バッド）、タッド。『グッド・フェローズ』見たかい？　ほんと、汚ねえやつらだよな、あいつらって。くそっ、もう二十五セント分経っちゃった」

録音されたオペレーターの声が、一分間分の五セントをいれるよう指示してきた。

「そっちの番号を教えてくれ。こっちからかけ直そう」

「それはできない」

「今かけてる電話の番号を言ってくれればいいんだよ」

「それができないんだってば」と彼は繰り返した。「番号とか書いてないんだよ。ヤクのディーラーに公衆電話で商売させないために、電話会社が番号を書いたプレートを取りはずしちゃったのさ。でも、大丈夫。小銭はまだあるから」彼が硬貨を投入したことを示すチャイムが鳴った。「だけど、番号が示されていてもいなくても、ディーラーはみんな番号がわかってる公衆電話を使ってるからね。結局、連中にとっちゃそんなことしたって痛くも痒くもないのさ。ただあんたみたいな人がおれみたいな人に折り返し電話するときに困りまくるだけで」

「すばらしいシステムだ」

「それでいいじゃん。こうやってちゃんと話はできてんだから。おれたちはおれたちで好きにやってんだから。電話会社のやつらはただおれたちを世渡り上手にしてるだけさ」

「公衆電話に二十五セント玉を入れ続けることも、世渡り上手というんだとは知らなかった」

「言ってくれるじゃん。でも、おれは頭を使って生きている。そういうのを世渡り上手っていうんだよ」

「明日はどこにいる、ＴＪ？」

「明日おれはどこにいるか。さあね。もしかしたら、コンコルドでパリに飛んでるかもしれない。まだ決めてないよ」ふと私はアイルランド行きの切符をＴＪにやろうかと思った。しかし、彼がパスポートを持っているとは思えなかった。また、アイルランドが彼に合っているとも、彼がアイルランドに合っているとも思えなかった。「おれはどこにいるか」とＴＪはやや芝居がかって言った。「たぶんデュース（四十二丁目のブロードウェイと八番街のあいだ。家出少年の溜まり場）じゃないの。ほかにどこにいるってんだい？」

「一緒に食事でもしないか？」

「何時に？」

「そうだね、十二時か、十二時半にでも？」

「どっち？」

「十二時半」

「昼の十二時半、それとも夜の十二時半？」

「昼の。昼飯（ランチ）を一緒に食べよう」

「昼でも夜でもランチはいつでも食えるけど。おれがあんたのホテルとか行けばいいのかい？」

「いや」と私は言った。「もしこっちの都合が悪くなってもきみに知らせようがない。きみに無駄足を踏ませたくはないから、デュース界隈にある店を選んでくれ。それでもし私が現われなかったら、都合が悪くなったものと思ってくれ」

「いいよ。ビデオ・アーケイドを知ってるかい？　八番街から二、三軒はいって、通りのアップタウン側にあるんだけど。近くにショッピング・ウィンドウに飛び出しナイフを飾ってる店がある。あんなものを飾っててなんでパクられないのか知らないけど——」

「組み立てキットにして売ってるからだ」

「ああ、それでそいつを知能テスト用にしてるのさ。そのキットが組み立てられなきゃ、小学一年生に逆戻りしなきゃならないってね。その店、わかる？」

「わかる」

「その店のすぐ横が地下鉄の入口で、階段のすぐ手前にビデオ・アーケイドの入口があるんだけど、わかるかい？」

「わかると思う」

「十二時半だったね？」

「そうだ（イッツ・ア・デイト）、ケイト」

「あれっ？　いいこと教えてあげようか。あんたってもの覚えがいいね」

T・Jとの電話のまえとあとでは、あとのほうがずっと気分がよくなった。彼はたいていそういう効果を私にもたらしてくれる。彼とのランチ・デイトの約束を手帳にメモしてから、私はゴテスキンドの資料を再度吟味した。

これは同一犯の仕業だ。そうにちがいない。偶然というにはあまりに手口が似すぎている。親指と人差し指を切断して、膣と直腸に挿入したのは、フランシーン・クーリーをバラバラ死体にしたことのリハーサルのようにも思える。

それでは、ゴテスキンドの事件のあと、犯人は何をしていたのか？　冬眠をしていたのか。事件のほとぼりが冷めるのを一年も待っていたのか？

それはあまり考えられない。セックスと暴力――レイプと殺人衝動は中毒みたいなものだ。自我という牢獄からいっとき人を解放する強い麻薬のようなものだ。マリー・ゴテスキンドを殺した犯人は完璧な誘拐劇を演じ、その一年後にほとんど同じ手口で犯行を繰り返して莫大な利益を得た。それでは何故一年も待ったのだろう？　その間犯人は何をしていたのか？

それはほかにも誘拐事件がありながら、誰も同一犯の仕業と気づかなかっただけのことではないのか。考えられないことではない。現在、ニューヨーク五区では一日に七件の殺人事件が起きているが、そのどれもが新聞の第一面を飾るというわけではない。それでも何人も目撃者がいる中で、通りから女が誰かに連れ去られれば、それは少なくとも新聞ダネにはなるだろう。同様の未解決事件が以前に起きていれば、記憶のどこかに残っているだろう。そして事件の関連性について誰でも少しは考えるにちがいない。

が、一方、フランシーン・クーリーも何人もの目撃者がいる中で誘拐されながら、マスコミの人間も一一二分署のお巡りもそのことをいまだに知らない。

もしかしたら、犯人はほんとうにほとぼりが冷めるのを一年待っていたのかもしれない。あるいは、犯人のひとりが、あるいは全員が一年の大半を刑務所で過ごす破目になっていたのかもしれない。または、レイプ殺人衝動がもっとおぞましい犯罪に向けられていたのかもしれない、たとえば不渡り小切手を書くような。

それとも犯人は誰の注意も惹かずに同じ犯行を繰り返していたか。

いずれにしろ、これでひとつ疑念は解けた。犯人は以前にも同じことをしている、利益が目的ではなくただ愉しみのために。これで犯人は捕まえられるとする賭け率は少しは下がり、それと同時に賭け金はあがった。

何故なら犯人はまたきっとやるからだ。

# 7

金曜日、私は午前中図書館で過ごしてから四十二丁目まで歩いて、ビデオ・アーケイドでTJに会った。そして彼とふたりで、まばらなブロンドの口髭を生やし、髪をポニー・テイルに結った少年が、〈フリーズ!!!〉というテレビ・ゲームで何得点もあげるのをしばらく見物した。そのゲームもほかの大半のテレビ・ゲームと似たり寄ったりのものだった――すなわち宇宙に敵がいて、それがいかなる警告も発さずいきなり攻撃をしかけてくるというやつ。その敵の攻撃にすばやく対応できれば、しばらくは生きのびることができるが、結局、最後には誰もがやられてしまう。まあ、その点に関して文句を言おうとは思わないが。

ブロンドの少年が最後にやられたところで、私たちはビデオ・アーケイドを出た。通りに出ると、TJが、さっきの少年はソックスというやつだ、と言った。その渾名(あだな)の由来は、いつも不似合いなソックスを履いているからということだったが、私は気づかなかった。TJによれば、ソックスはデユースで一番のプレイヤーで、二十五セントで何時間も続けるという芸当をしばしばやってのけるのだそうだ。ソックスと同等か、あるいはより秀れたプレイヤーも以前はいたが、今はもうあまり姿を見せなくなった。それを聞いて私は、連続殺人の不可解な動機という連想から、そうしたプレイヤーたちは、利益を損なわれたビデオ・アーケイドのオーナーに、次々と殺されているのではないかと一瞬思った。が、そうではなかった。ある程度のレベルに達するともうそれ以上腕はあがらなくなり、その結果みんな興味をなくしてしまうのだ、というのがＴＪの説明だった。

私たちは九番街のメキシコ料理店で昼食を食べた。食べながら、私は今かかわっている事件について話してくれとせがまれた。で、こまかい点は省いたものの、気づくと、話すつもりのなかったことまで話していた。

「あんたに必要なのは」と彼は言った。「おれの手助けだ」

「きみにどんな手助けができる？」

「なんでも言ってくれよ。あんただって街じゅう駆けずりまわりたくはないだろ？　あれを見たり、これを調べたりするのにさ。そんなときにはおれに言ってくれってわけ。おれなんかには調べられないなんて思ってんじゃないだろうね？　馬鹿言っちゃいけない。こっちは一日じゅうデュースにいて、あれやこれや調べてるんだぜ。それがおれの仕事なんだから」

「そんなわけで彼に仕事を頼むことにしたんだ」と私はエレインに言った。私たちは三番街のバロネット劇場で四時からの映画を見たあと、エレインが口コミで聞いた、スコーンと固形クリームつきのイギリス紅茶を飲ませる店に来ていた。「彼が昨日言ったあることから、新たに調べなければならないことをひとつふと思いついてね。で、私のかわりに彼を行かせるのも悪くないと思ったわけだ」

「何を調べに行かせたの？」

「公衆電話だ」と私は言った。「キーナンと彼の兄貴は身代金をまずある電話ボックスのところまで運ばされた。そうしたらそこの公衆電話に電話がかかり、また別の電話ボックスのところまで行かされた。そこでは車に金を置いて近くの角まで歩き、しばらく時間をつぶすように言われた」

「そうだったわね」

「昨日ＴＪが電話してきたとき、二十五セント分話したところで、私はこっちからかけ直そうと思ったんだが、それはできなかった。彼がかけてきた公衆電話にはそこの電話番号が書かれてなかったのさ。それで今朝図書館へ行く途中、近所の公衆電話を調べてみたんだが、だいたいがみんなそうなっていた」

「番号を書いたプレートがないってこと？　人間というのはどんなものでも盗む動物だってことは知ってるけど、番号プレートを盗むなんて、わたしが今までに聞いた中で一番ばかばかしい盗みだわね」

「電話会社が取り除いたのさ。ヤクのディーラーが公衆電話を利用するのを防ぐために。やつらはみんな公衆電話で互いに連絡を取り合ってたのが、今はそれができなくなったというわけだ」

「ヤクのディーラーはみんな失業するだろうなんて言われてるのには、そういう理由があったのね」

「まあ、電話会社のマスコミ対策としては、それはそれなりに意味があったんだろう。いずれにしろ、それじゃブルックリンの公衆電話はどうなってるのか。まだ番号プレートがついてるんだろうかと、まあ、思ったわけだ」

「ついてたらどうなの？」

「さあ」と私は言った。「それがきわめて重要な手がかりになるか、なんの手がかりにもならないか。可能性としてはその真ん中ぐらいなんだろう。だからわざわざ自分でブルックリンくんだりまで行く気はしなかったんだ。でも、手がかりはいくらあっても困らない。で、ＴＪに何ドルかやって行ってもらったのさ」

「彼はブルックリンをよく知ってるの？」

「戻ってくる頃にはたぶん詳しくなってるだろう。最初の公衆電話は、ＩＲＴフラットブッシュ線の終着駅から数ブロックのところだから、見つけるのはそうむずかしくないと思うけれど、そこからヴェテランズ・アヴェニューまではどうやって行けばいいのか、実は私も知らないんだ。たぶんフラットブッシュからバスが出てるんだと思うけど、バスを降りてからもかなり歩かなきゃならないはずだ」

「どういうところなの？」

「クーリー兄弟と車でまわったときには、特に悪いところという印象はなかった。それほど注意深く観察してはいなかったけど。まあ、見たかぎり、基本的に白人労働者階級の住む地域という感じだった。でも、どうして？」

「ベンスンハーストやハワード・ビーチみたいなところってこと？　ということは、黒人の彼はすごくめだつんじゃない？」

「そのことはまったく考えなかったな」

「わたしがこんなことを言うのは、ブルックリンには場所によって変なところもあるからよ。黒人の少年が通りを歩いているだけで――たとえその子が、ハイカットのスニーカーにレイダーズのジャケットという保守的な恰好をしていても――そう言えば、彼はあの例のヘアスタイルをしてるんじゃない？」

「そう、首すじのところのカットが幾何学模様みたいになってるやつだ」

「だと思った。生きて帰ってきてくれればいいけど」

「あいつは大丈夫だ」

その夜、彼女が言った。「マット、あなたは彼にただ仕事をさせてあげたかった、ちがう？　彼ってＴＪのことだけど」

「いや、彼のおかげで私は遠出をしなくてすんだ。彼に頼まなければ自分で出かけていたか、クーリー兄弟に頼んで車で連れていってもらってたかしただろう」

「どうして？　昔ながらの手を使ってオペレーターから番号を訊き出すわけにはいかないの？　あるいは、逆引きの電話帳で調べるとか」

「逆引きの電話帳で調べるには、そもそも番号がわかってなきゃならない。逆引きの電話帳には電話が番号順に載ってるわけだから、まず番号がわからなきゃ場所はわからない」

「そうね」

「でも、確かに、公衆電話の番号が地域別に載っている電話帳というのがある。それから、そう、お巡りのふりをしてオペレーターから番号を訊き出すというのもできないことじゃない」

「だったら、やはりあなたはＴＪに優しくしてあげたかったってことね」

「優しくするだって？　きみによれば、私は彼を死地へ赴かせたんじゃなかったっけ？　ちがうよ、彼にただ優しくしたかったからじゃない。電話帳を調べるにしろ、オペレーターを騙すにしろ、それでわかるのは公衆電話の電話番号だけだ。そこに番号プレートがあるかどうかまではわからない。私はそれが知りたいんだから」

「そうだったわね」と彼女は言った。そのあとややあってつけ加えた。「どうして？」

「どうして、何？」

「そんなものがあるかどうかってことがどうして気になるの？　それにどんな意味があるの？」

「意味があるかどうか、それは私もわからない。しかし、犯人はその公衆電話の番号を知っていた。その公衆電話に番号プレートがついていたら、それは、まあ、特別な知識でもなんでもないわけだが、もしついてなかったら、犯人はなんらかの方法でその番号を知ったことになる」

「オペレーターを騙すか、電話帳を調べるかして知ったのかも」

「もしそうなら、犯人はオペレーターの騙し方を知ってるか、あるいは公衆電話の番号の調べ方を知ってるやつということになる。それが何を意味するか。たぶんなんの意味もないことだろう。でも、とにもかくにも何か手がかりが欲しかったんだ。電話に関してわかることと言えば、それぐらいしかないんだから」

「どういうこと？」

「だんだん癪に障ってきてね」と私は言った。「それでＴＪを行かせたわけじゃないけど。番号プレートがあるかないかなんて、彼の手助けがあろうとなかろうと簡単にわかることだ。でも、ゆうべあれこれ思いあぐねてふと思ったのさ、犯人との接点は電話しかないとね。それだけが犯人が残していった手がかりだとね。誘拐劇そのものはお見事としか言いようのないものだ。何人かがそれを目撃してるのに、ジャマイカ・アヴェニューからあの学校の先生が連れ去られたときには、もっと多くの目撃者がいたのに、犯人にむすびつくような手がかりはゼロに等しい。しかし犯人は電話を何度かしてきている。ベイリッジのクーリーの家に四回か五回かけてきている」

「でも、どこからかけてきたのか、それを調べる手だてはないってわけね？　一度電話を切ってしまったら」

「いや、あるはずなんだが」と私は言った。「昨日は何人かの電話会社の人と一時間ぐらい電話で話した。それで現在の電話システムについていろんなことがわかったんだけれど、ひとつ意外だったのは、こっちからかけた電話はすべて記録されているということだ」

「市内電話も？」

「ああ。それで電話会社には月ごとに何件電話をかけたかわかるのさ。それもガス・メーターみたいに合計だけじゃない。一件一件記録され、一件一件通話料金として加算されていくんだよ」

「その記録はどれくらい取っておかれるの？」

「六十日」

「だったら、ある特定の電話からかけられたものは――」

「――どこへかけたのかすべてわかるというわけだ。そういうデータになってるんだそうだ。だから私がキーナン・ケアリーだとして、電話会社に電話をかけ、ある特定の日に自分がかけた電話について知りたいと言えば、日付と時刻と電話の使われた時間がわかるプリントアウトが、たちどころに出てくるというわけだ」

「でも、それはあなたの欲しいものじゃない」

「ああ、ちがう。こっちが知りたいのは、キーナンのところにかかってきた電話の記録だ。しかし、そういう記録はないんだよ、そんなものを記録しても意味がないから。でも、受話器を取らなくても、かけてきた相手がわかる装置というのがある。発光ダイオードを使った機械で、それを電話に取りつけると、かけてきた相手の番号がディスプレーに出るのさ。それで話したい相手と話したくない相手が選べる」

「でも、それは一般使用がまだ認められてないいんじゃない？」

「そう、ここニューヨークではね。いささか矛盾した話なんだけれど。そういう機械があれば、迷惑電話や悪質ないたずら電話を未然に防げるのに、警察は逆に匿名の通報がなくなることを心配してるのさ。だってそういう機械が警察に設置されてれば、通報者の匿名性がかなり薄れてしまうわけだからね」

「その使用が認められていて、クーリーがそれを自分の電話に取りつけていたら――」

「犯人がどこからかけてきたかわかったはずだ。誘拐のプロみたいな手口から見て、犯人は十中八九、公衆電話を使っただろうが、少なくともその公衆電話の所在地がわかっただろう」

「それは重要な手がかりになる？」

「そうだね。何が重要なのかさえわからないのがほんとのところだけど。でも、どっちみちそれは調べようがないわけだから、重要か重要でないかという以前の問題だ。すべての電話がコンピューターに記録されるのだから、かけてきた相手の番号を調べる方法もきっとあると思うんだけれど、電話会社の連中みんなにそれは不可能だと言われた。そういう記録のしかたをしていないから、そんなふうにアクセスはできないとね」

「わたしはコンピューターのことはまるでわからないわ」

「私もだ。しかし、それがなんとも癪に障った。電話会社の連中と話をしても、連中がつかうことばの半分も私にはわからないんだから」

「よくわかる。それはあなたとフットボールを見てるときのわたしの気分よ」

その晩は彼女のところに泊まり、翌朝、彼女がフィットネス・クラブへ行っているあいだ、私は彼女の電話を使って何人もの警官と話をし、いくつもの嘘をついた。

だいたいは犯罪実話が売りものの雑誌の記者だと名乗り、誘拐事件の取材をしているのだと言った。話すことは何もない、とにべもなく断わられもしたし、今は忙しくて話をしている閑（ひま）はない、と突っぱねられたりもしたが、自ら進んで協力してくれるお巡りもけっこう多かった。ただ、そういったお巡りが話してくれるのは、だいたい何年も昔の事件か、犯人が電撃的に愚かなやつか、逆に警察の捜査が電撃的にすばらしかったといった事件ばかりだった。私が望んでいたのは――そう、それが問題だった。私は自分が何を探しているのか自分でもよくわかっていなかった。ただやみくもに探りを入れているだけのことだった。

理想を言えば、それはもちろん生き証人に、誘拐されて生還した人間に出くわすことだったが。捜査班にしろひとりの警官にしろ、誰かがそれこそ電撃的な手柄を立てて、人質が無事解放された例もあったにちがいない。しかし、そういう人質がいると仮定するのと、そういう人質を実際に見つけるのとは、およそ次元の異なる問題だ。

生き証人を探すには、雑誌記者というのは恰好の隠れ蓑にはならなかった。レイプの被害者のプライヴァシーを守ることに関して、警察のシステムは完璧に機能していた――少なくとも法廷外では。法廷では、被告の弁護士が神と大衆のまえで再度被害者を痛めつける。いずれにしろ、電話で被害者の名を教えてくれた者はひとりもいなかった。

で、私は地方検事局の性犯罪捜査班に狙いを変えることにした。私立探偵、マット・スカダーに戻り、誘拐とレイプを題材にしたテレビ・ドラマのプロデューサーに雇われていることにした。現時点で名前を明かすわけにはいかないが、そのドラマの主役を演じる女優が、役を深めるためのフィールド・ワークをしたがっているという設定だ。彼女は特にそうした不運に見舞われた女性と一対一で会いたがっている。会って話をして、その女性からできるだけ多くのことを学びたがっている。もし協力が得られるようなら、顧問料として謝礼はもちろんするつもりだし、相手の希望によって制作クレジットに名前を入れることもできる――

当然のことながら、私はそうした女性の名前も電話番号も尋ねたりはしなかった。最初のコンタクトを直接こちらから取るつもりはなかった。捜査班の誰か――たぶん被害者のカウンセリングをしている女が、そのときたまたま思いついた、見込みのありそうな被害者に連絡を取ってくれるかもしれない。それが狙いだった。ドラマの中でヒロインは――と私は説明した――サディスティックな二人組の強姦魔に無理やりワゴン車に押し込まれ、凌辱(りょうじょく)され、はなはだしい暴行を受け、体の一部を失いそうにもなる。我々は今、実際にそのような体験をした女性を探している。そうした女性が、我々に協力することに、同じ体験を持つ女性のささいな慰めとなることに、常にレイプの危険にさらされている女性に警告を発することに、関心があるようなら、またハリウッド女優を指導することにやり甲斐を見出すにしろ、それを一種の精神療法と考えるにしろ、いずれにしろ、そのような受け止め方をしてもらえるようなら――

これは驚くほどうまくいった。年がら年じゅう映画のロケが行なわれているここニューヨークでさえ、〝映画〟ということばを口にしただけで人の注意を惹くことができる。「我々に協力してもいいという女性がいるようなら、電話するように言ってください」と私は最後に言って、私の名前と電話番号を伝えた。「名前は名乗っていただかなくてもいいです。最後まで匿名でいたいということなら、それで一向にさしつかえありません」

マンハッタン性犯罪捜査班の女との電話を終えたところへ、ちょうどエレインが帰ってきた。受話器を置くと、彼女が言った。「あなたのホテルにかかってきた電話をあなたはどうやって受けるの？　ホテルにはめったにいないのに」

「フロントが伝言を受けてくれる」

「名前も電話番号も言いたくないような人の伝言を受けてどうするの？　ねえ、ここの番号を言ったら？　わたしはだいたい家にいるし、いなくても、女の声の留守番電話が出る。あなたの助手になってあげる。こういうことは女が応対したほうが、相手も話しやすいと思う。駄目？」

「いや、全然」と私は答えた。「でも、ほんとうにやりたいのかい？」

「ええ」

「だったらありがたい。今の電話はマンハッタンの捜査班だ。ブロンクスにはもうかけた。ブルックリンとクウィーンズは最後に取っといたんだ、その二区がどうやら犯人の縄張りのようだから。さきに少し練習をしておこうと思ってね」

「じゃあ、これから本番ってわけね。そういうところへ出しゃばるつもりはないけど、わたしが電話することにはやはりメリットがあると思うのよ。あなたは落ち着いた声で、相手の気持ちをよく思いやって話してた。それでも男の人がレイプについて話すときには、どうしても疑念がつきまとうような気がする。この人は心のどこかで面白がってるんじゃないかってね」

「それはわかる」

「男のあなたがテレビ・ドラマと言ったって、そう言われて女が思うのは、ああ、また興味本位の俗悪なドラマがつくられるのかってことよ。それに対して、女であるわたしが言えば、同じドラマでも、これは全米女性連盟(NOW)がスポンサーになっているのかもしれないなんて、そんなふうな伝わり方をするんじゃない？」

「そのとおりだ。マンハッタンもブルックリンもなかなかうまくいったよ、特にマンハッタンのほうは。しかし、それでも抵抗がなかったわけじゃない」

「あなたの話しぶりは完璧だった。でも、わたしにもできると思わない？」

私たちはまずシナリオの打ち合わせを充分にやってから、私がクウィーンズ地方検事局の性犯罪捜査班に電話をかけ、相手が出ると彼女にかわった。彼女は十分近く話し込んだ。真摯でこだわりのないプロフェッショナルなことばづかいで。受話器を置いたとき、私は思わず拍手したくさえなった。

「どうだった？」と彼女は言った。「ちょっと生真面目すぎたかしら？」

「完璧だったよ」

「ほんとに？」

「ああ。きみがこれほど嘘つき上手だったとはね」

「ええ。わたしもさっきあなたが電話してるのを聞いて思ったわ、この人、正直そうな顔をしていながら、あんな嘘のつき方をどこで覚えたのかしらって」

「嘘の下手な、いい警官というのにはいまだお眼にかかったことがない」と私は言った。「お巡りは相手に合わせて態度を決める商売だからね、始終何か役を演じてるようなものさ。私立探偵の場合、そういう技術はもっと重要になる。なんの権限もなく人からあれこれ訊き出さなきゃならないんだから。だから、もし私が嘘つき上手だとすれば、それは職業柄ということになるんじゃないかな」

「それはわたしも同じね。考えてみれば、わたしもいつも演じている。それがわたしのしてることよ」

「それで思い出したけど、ゆうべのきみの演技はなかなかのものだった」

彼女は私を睨んでみせた。「でも、疲れるわね。嘘をつくってことは」

「もうやめたい？」

「ご冗談でしょ。ちょうどウォーム・アップできたところだというのに。次はどこにかける？　ブルックリン、スタッテン・アイランド？」

「スタッテン・アイランドはいい」

「どうして？　スタッテン・アイランドでは性犯罪は起こらないの？」

「スタッテン・アイランドではセックスそのものが犯罪なんだ」

「それ、可笑(おか)しい。笑ってあげる」

「スタッテン・アイランドにも性犯罪捜査班はあると思うけど、犯罪発生率はほかの四区と比べたらゼロに等しい。それにワゴン車の犯人がヴェラザーノ・ブリッジを渡って、わざわざ遠出をしてるとは思えない」

「だったらあとひとつ電話をすればいいわけね？」

「性犯罪捜査班は五区の警察本部にもあって、それぞれの分署にもだいたいレイプを専門に担当してる刑事がいる。だから受付に電話して用件を言えば、適当な人物につないでくれるだろう。そういうリストならつくれるけど、でも、きみはこんなことにどれだけ時間を割ける？」

彼女は私をじっと見つめてから、茶目っ気たっぷりに言った。「あなたにはお金があり、わたしには時間がある」

「きみがこのことで報酬を得ちゃいけないなんて理由はどこにもない。クーリーの金からきみにいくらか払って悪いという理由もね」

「わたしが何か愉しいことを見つけると、みんなわたしにお金をくれようとするのよね。いいえ、真面目に。お金は要らない。でも、このことがすべて思い出になったときには、ゴージャスなディナーをおごってくれる？」

「なんなりと」

「ディナーがすんだら」と彼女は言った。「帰りのタクシー代にこっそり百ドル札を握らせてくれても、それはそれで一向にかまわないけど」

# 8

エレインがブルックリン地方検事局の職員を魅了するのをしばらく見守ってから、私は電話のリストを置いて図書館に出かけた。彼女にコーチは不要だった。彼女は生まれながらの女優だった。

図書館で私は昨日の朝始めた仕事の続きをやった。半年分のニューヨーク・タイムズの記事をマイクロフィルムで調べた。と言って私は誘拐事件を探していたわけではない。そういう記事が載っている可能性はきわめて少なかったから。犯人は誰にも気づかれずに、あるいは気づかれても警察に報告されるまでにはいたらずに、何度か女を通りから連れ去っている。私はそう仮定して、公園や路地で死体となって発見された被害者を探していたのだ。性的暴行と肉体的損傷を受けたような、特に手足を切断されてしまったような被害者を。

ただ、ひとつ問題があった。そうした死体の損壊状況の詳細は記事になりにくいということだ。不必要な捜査の障害——嘘の自白や模倣犯罪や偽の目撃者など——を避けるために、死体の損壊状況は部分的にしか公表しないというのが、かかる警察捜査の常識だ。またマスコミはマスコミで、あまり生々しい報道はさしひかえるものだ。その結果、ニュースが一般市民に届く頃には、いったい何があったのか判然としなくなるということが往々にして起こる。

何年かまえのことだが、ロウアー・イースト・サイドで少年が続けて何人も殺されるという事件があった。犯人は少年をビルの屋上へおびき出し、刺殺か絞殺かしたあと、少年のペニスを切断し、持ち去っていたのだが、警察がその犯人に渾名（あだな）をつけるほど長くそれは続いた。渾名はチャーリー・チョッポフ（チャーリーはペニス、チョッポフは切断の意）。

当然のことながら、警察まわりの記者もまた犯人をその渾名で呼んだ——しかしその名が印刷されることはなかった。ニューヨークの新聞は、そういう詳細を読者に伝えることができない。何が切断されたのか読者に悟られずにその渾名を使うこともできない。だから新聞紙上ではその犯人に渾名はつかなかった。ただ被害者の遺体には損傷を受けた形跡があるとしか書かれなかった。それだけでは被害者は腸抜き（わたぬ）きの儀式のいけにえにされたのかも、髪をトラ刈りにされたのかもわからない。

昨今、そうした抑制は弱められる傾向にあるようだが。

要領が呑み込めると、数週間分をかなりの速度で調べられるようになった。全紙面に眼を通す必要はなかった。地元の犯罪記事が集められているメトロポリタン版を斜め読みすればよかった。図書館でこうした調べものをするときに一番よくやる時間の無駄は、調べものとはなんの関係もない記事に気を取られて、ついつい読みふけってしまうということだ。その点に関して言えば、ニューヨーク・タイムズには漫画が載っていなくて助かった。さもなければ、半年分のドゥーンズベリー（新聞連載漫画の主人公）に没頭してしまっていただろう。

これはと思った事件を六件ばかり手帳に書きとめて図書館を出た。その六件の中でも特に可能性のありそうなのが、ブルックリン・カレッジの会計学専攻の学生が失踪三日後の朝、グリーン・ウッド墓地でバードウォッチャーに発見されたという事件だった。記事によれば、その学生は性的暴行を受けたあと性器を切り取られていた。たぶん切り盛り用大ナイフで。現場の状況は、被害者がどこか別のところで殺され、墓地に捨てられたことを示していた。警察はマリー・ゴテスキンドの件でも同じ結論を導き出していた。犯人が彼女をフォレスト・パーク・ゴルフ場に捨てたときには、彼女はもうすでに死んでいたと。

六時頃ホテルに戻った。エレインとクーリー兄弟から電話があったようだった。さらにTJが三回も電話してきていた。

まずはエレインに折り返し電話した。言われた電話は全部かけた、と彼女は言った。「最後には自分のつくり話がだんだんほんとうのような気がしてきちゃった。で、相手と話しながら内心思ったわ、これも愉しいけど、ほんとに映画をつくるのはもっと愉しいだろうなって。でも、映画をつくるわけじゃないのよね」

「こういう映画はもう誰かがつくっちゃってるだろうからね」

「誰か電話をかけてくるかしら?」

キーナン・クーリーにかけると、当然のことながら彼は調査の進捗状況を知りたがった。私は性犯罪捜査班との接点を持ったことを話した。しかし、だからと言って即席効果は望めないとつけ加えた。

「でも、チャンスはあるわけだ」とキーナンは言った。

「それはね」

「それはいい知らせだ。電話したのは、実は仕事で四、五日アメリカを離れなきゃならなくなったからなんだ。ヨーロッパに行かなきゃならない。明日ケネディ空港から発って、木曜日か金曜日には戻ってくる。何かあったら、兄貴に電話してくれ。彼の電話番号は知ってるよね?」

その番号を書いた伝言メモが眼のまえにあった。私はキーナンとの電話が終わると、すぐその番号にかけた。電話に出たピーターの声はどことなく疲れているように聞こえたので、私は眠っているところを起こしてしまったのではないかと詫びた。「いや、大丈夫だ」と彼は言った。「よく電話してくれたよ。テレビでバスケットボールを見てたら、いつのまにか眠っちまったらしい。これをやるといつも首のすじが痛くなるんで気をつけてるんだけど。

電話したのは、今夜あんたは集会に出るんだろうかって思ったからなんだ」

「ああ、そのつもりだ」

「だったら、おれがあんたを車で拾いに行って一緒に行くっていうのはどうだい？　チェルシーで土曜日の夜の集会をやってる。そこへはよく行くんだけど、みんな気のいい連中だ。十九丁目のスペイン教会で八時からだ」

「私の知らないところだな」

「ちょっと辺鄙なところにあるからね。でも、禁酒を始めた頃、おれはその近くの病院にかよってたんだ。それで土曜日の夜はいつもそこへ行くようになったのさ。最近はその頃ほどは行かなくなったけど、車があるからね。その、フランシーンのトヨタが」

「そうだね」

「七時半にあんたをホテルのまえで拾うってのはどう？　それでいいかな？」

いいとも、と私は答えた。そして七時半にホテルを出ると、彼はもうすでに入口のまえに車を停めて待っていた。少しも歩かなくてすむのはありがたかった。午後ずっとこぬか雨が降ったりやんだりしていたのだが、それが今は本降りになっていた。

道すがら私たちはスポーツを話題にした。野球はオープン戦にはいってひと月、開幕までひと月足らずだった。今年はどういうわけか私は野球にあまり興味が持てないでいた。実際にシーズンが始まれば、たぶんまた熱くなるのだろうが。しかし、今のところニュースと言えば、自分は年俸八千三百万ドル以上の値打ちがあると言って、ある選手がすねていると いった、契約交渉に関するものばかりで、その選手には、いや、ほかのどんな選手にもそれぐらいの値打ちがあるのかもしれないが、そんな交渉に誰が勝とうと負けようと、私にはどうでもよかった。

「ダリル（ダリル・ストロベリー。八年間メッツでプレイしたのち一九九一年ドジャーズに移籍）もやっとエンジンがかかってきたみたいだ」とピーターが言った。「ここ数週間めちゃくちゃ打ってる」

「でももうニューヨークにはいない」

「そうしたもんさ。あいつがほんとの実力を見せるのを何年も待ちわびて、やっと見せかけたと思ったら、よそのユニフォームを着てるんだからな」

十二丁目に車を停めて、ブロックをぐるっとまわって教会まで歩いた。そこはペンテコスト派の教会で、礼拝はスペイン語と英語の両方でやっていた。集会場は地下室で、四十人ぐらいの出席者がいた。ほかの集会で見かけた顔もちらほらあった。ピーターは何人もの出席者と挨拶を交わし、その中のひとりの女が、久しぶりね、と彼に声をかけた。彼は、ほかの集会に出ていたから、と答えていた。

集会の形式はニューヨークでは珍しい部類にはいるものだった。その夜の話し手のスピーチが終わると、全員が七人から十人の小さなグループに分かれ、グループごとに全部で五つのテーブルについた。それぞれのテーブルは初心者向けのもの、フリー・ディスカッションのためのもの、禁酒の十二段階について話し合うためのもの——あとは忘れた——といった具合いに分けられていた。ピーターと私は、みんなが現在の暮らしぶりと禁酒の状況を自由に話し合う、フリー・ディスカッションのテーブルについた。私は、テーマが決められたディスカッションや、禁酒プログラムの哲学的基盤に関する討論より、こうしたフリー・ディスカッションから多くを学んでいるような気がする。

最近、アル中のためのカウンセラーになったある女が、仕事で八時間も同じ問題にかかずらったあとで、さらに集会に出ようという気持ちを維持するのは大変だという発言をした。「仕事と集会とを分けるのがむずかしくて」またエイズ検査で陽性反応の出た男性は、そのことにどのように対処しているか話した。私は自分の仕事の周期について話した。仕事のない日が長く続くと落ち着かなくなり、いざ仕事が来ると緊張過剰になる。そういう話をした。「そういった心のバランスをうまく保つのは、むしろ飲んでいたときのほうが楽だった。でも、また飲むわけにはいかない。今は酒のかわりに集会が役立っている」

ピーターは自分の番が来ると、ほかのメンバーがすでに話したことについて簡単にコメントを述べた。自分のことはあまりしゃべらなかった。

十時になると全員立ち上がり、手をつないで大きな輪をつくり、祈りのことばを唱えた。外に出ると、雨はまたいくぶん小降りになっていた。私たちはカムリを停めたところまで歩いた。腹は減っていないかと彼が訊いてきた。そう訊かれて私は空腹に気づいた。図書館からホテルに帰る途中、ピザをひと切れ食べただけで、まともな夕食はまだ食べていなかった。

「中東料理はどうだい、マット？　ちっぽけなフェラフェル・スタンドみたいなんじゃなくて、本格的なやつだ。ヴィレッジにいい店があるんだよ」いいね、と私は答えた。「それともこうしようか、アトランティック・アヴェニューまで足を伸ばすのさ。アトランティック・アヴェニューへは最近行きすぎちまって、もううんざりだっていうのでなければ」

「ここからじゃかなり遠いんじゃないか？」

「おれたちには車があるんだぜ。せっかくあるんだから有効に使おうじゃないか」

私たちはブルックリン・ブリッジを渡った。雨のブルックリン・ブリッジはなかなかの景観だと思っていると、彼が言った。「おれはこの橋が好きでね。でも、こないだ何かで読んだんだけど、どこの橋もどんどん傷んできてるんだってな。橋ってのは放っといちゃいけなくて、ちゃんと修繕をしなくちゃいけないんだ。市もそれはやってることはやってるんだけど、充分じゃないんだそうだ」

「金がないからね」

「なんでこんなになっちまったんだろう？　何年もやるべきことはちゃんとやってきたのに、今は年がら年じゅう金がないって言ってやがる。そのわけを、あんた、ひょっとして知らないか？」

私は首を横に振った。「でも、それはニューヨークだけじゃないよ。どこでもみな同じだ」

「そうなのかい？　おれはニューヨークしか知らないけど、市全体がぼろぼろ崩れ始めてる。なんて言うんだっけ、基幹施設（インフラストラクチュア）だっけ？　そういうことばだっけ？」

「ああ」

「その基幹施設がぼろぼろ崩れ始めちまってる。先月もまた断水があった。いろんな設備がどんどん古くなって、くたびれてきてるんだよ。給水管が破裂したなんて、十年、いや、二十年まえに聞いたことがあるか？　そんなことがあったって記憶にあるかい？」

「いや。しかし、だからと言って、なかったとは言えないよ。私の知らないこともそりゃたくさん起きてただろうから」

「そりゃそうだ。それはおれについても言えるね。今だっておれの知らないことがいっぱい起きてるんだから」

彼が選んだレストランは、アトランティック・アヴェニューからコート・ストリートに一ブロックはいったところにあった。彼の勧めで、私は前菜にほうれん草のパイを食べた。彼は、そのパイはギリシア料理店で出される、〝スパナコピータ〟とは全然別物だと請け合った。確かにそのとおりだった。メイン・コースは、ひき割り小麦と、細切り肉のソテーと、タマネギのキャセロール。それもとても旨（うま）かったが、量が多すぎて私には全部食べきれなかった。

「持って帰るといい」と彼は言った。「この店、どうだい？　洒落（しゃれ）た店というんじゃないけど、料理は絶品だろ？」

「こんなに遅くまでやってるんで驚いたよ」

「土曜日の夜なのにってことかい？　たぶん午前零時まで、いや、もっと遅くまでやってるんじゃないかな」彼は椅子の背にもたれた。「さてと、これでごちそうさまと言うのが上品な飯の食い方というものだ。あんたはアラック（ヤシ汁からつくる中東の酒）ってのを飲んだことあるかい？」

「ウゾー（ブランデーにアニスの香りをつけたギリシアの酒）に似たやつか？」

「そうだ。ちょっとちがうけどな。でも、まあ、似たようなもんだ。ウゾーは好きなのか？」

「好きとは言えないな。昔、九番街五十七丁目の角に、アンタレスとスパイロの店というギリシア風のバーがあってね――」

「ギリシア以外には考えられないような名前の店だな」

「――ジミー・アームストロングの店でバーボンを飲んで長い夜を過ごしたときに、時々ナイトキャップを飲みにそこへ寄ったりしていた」

「バーボンの上にさらにウゾーってわけだ」

「消化薬としてね。胃を落ち着かせるために飲んでた」

「聞いてるかぎりは、落ち着かせるというより、ノックアウトするって感じだな」彼はウェイターの視線をとらえて、コーヒーのおかわりを身ぶりで頼んだ。そして言った。「こないだは無性に飲みたくなった」

「でも、飲みはしなかった」

「ああ」

「大切なのはそれだよ、ピート。飲みたくなるのは自然なことだ。飲みたくなったのは、禁酒を始めてからそれが初めてのことじゃないだろ？」

「ああ、ちがう」ウェイターがやってきて、我々のカップにコーヒーを注ぎ足した。ウェイターが去るのを待ってピーターが言った。「だけど、ほんとに飲もうかと思ったのは今度が初めてだ」

「真剣に飲もうと思ったのか？」

「ああ、真剣にね。真面目にね」

「でも、飲まなかった」

「ああ」彼は自分のコーヒー・カップの中をのぞき込んでいた。「だけど、もう少しでやりそうになった。売人から買っちまいそうになった」

「ヤクを？」

彼はうなずいて言った。「ヘロイン(スマック)をね。あんたはヘロインをやったことは？」

「ない」

「やろうと思ったことも?」

「考えたこともない。まだ飲んでいた頃には、ヤクをやってる人間も知らなかった。こっちが逮捕してたような手合いを別にすれば」

「昔はヘロインはほんとにそういう手合いしかやってなかった」

「ああ、そのとおりだ」

彼はうっすらと笑みを浮かべて言った。「それでも、あんたの知り合いの中にもやってたやつがいたかもしれない。ただ、あんたが知らなかっただけのことで」

「それはないとは言えない」

「おれはほんとにヘロインが好きだった。打ちはしなかったが。鼻から吸い込むだけだったが。注射針が恐かったのさ。でも、それが幸いしたね。だって、さもなきゃ今頃はエイズでもう死んでただろうから。でも、知ってると思うけど、ヘロインは打たなくても中毒にはなるんだ」

「それはそうだろう」

「その中毒症状が出てね。で、恐くなって、その恐さをまぎらわすために酒を飲むようになって、あとはお定まりの身の上話というわけだ。ヤクは自分でやめられたけど、酒をやめるには更生施設にはいらなきゃならなかった。だから、おれにはアルコールのほうがこたえたんだろうけど、でも、おれはアル中とおんなじくらいヤク中なんだと自分じゃ思ってる」

彼はコーヒーをひとくち口にふくんだ。「ヤク中の眼から見ると、市（まち）全体がまるっきり別なふうに見えてくるんだよね。たとえば、あんたはお巡りだった。だからこの市（まち）の裏も表もよく知ってるんだと思う。それでも、あんたとふたりで通りを歩けば、おれのほうが多くの売人を見つけるだろうね。おれがやつらを見て、やつらもおれを見る。それでもうお互いわかっちまうのさ。この市（まち）ならどこへ行ったって、喜んでヤクを売ってくれるやつを探すのに、たったの五分とかからないだろう」

「だから？　私は始終酒場のまえを通ってる。あんたもね。それと同じことじゃないか？」

「たぶん。でも、ヘロインは最近すごくよくなったそうだ」

「しかし、ヘロイン中毒が楽になったとは誰も言ってない」

「中毒はむしろ昔のほうが楽だったかもしれない」

車で帰る道すがら、彼はまた同じ話を持ち出した。「要するになんで気になるのかってことなんだ。集会に行くとよくこんなことを思うのさ、こいつらはいったい誰なんだ？　いったいどこから来てるんだ？　ってね。すべてをより大きな力（ハイアー・パワー）に委ねれば、人生は楽（ピース・オヴ・ケーク）になるなんてクソみたいなたわごとを言って――あんた、信じてるかい？」

「人生は楽になる？　いや、信じてるとは言えないね」

「人生はウンコのサンドウィッチだ。いや、おれが訊いたのは、あんたは神を信じるかってことだ」

「それはどういうときに訊かれるかによるね」

「じゃあ、今。今訊いてるんだから。あんたは神を信じるかい？」私がしばらく考えていると、彼がさきまわりして言った。「いや、気にしないでくれ。プライヴェートなことを詮索する権利なんかないのに。すまん」

「いや、なんと答えようかと考えてたんだ。と言うのも、私にはそういう問いかけ自体あまり意味のあることとは思えないんだよ」

「神がいようといまいとどっちでもいいってか？」

「そう、それにどれだけのちがいがある？　神がいようといまいと、生きなきゃならない一日は変わらない。神がいようといまいと、私はアル中で、死を覚悟しなきゃ飲めない。それに何かちがいがあるか？」

「でも、禁酒プログラムはより大きな力（ハイアー・パワー）に頼ったものだ」

「ああ。でも、神がいようといまいと、神を信じようと信じまいと、禁酒プログラムの効果は変わらない」

「だったら、あんたは信じてないものに自分の意志を委ねてるってことになる。どうしてそんなことができる？」

「こだわりを捨てることでできる。物事をコントロールしようとしないことでできる。適切な行動を取り、あとは神の意志に任せるのさ」

「神がいようといまいと」

「そうだ」

彼はしばらく考えてから言った。「そんなもんかな。おれは神を信じて大人になった。おれは地元の教区学校に行って、カソリック教育を受けた。その教義を疑ったことはなかった。だから禁酒を始めて、より大きな力（ハイアー・パワー）を持てって言われても、少しも抵抗はなかった。でも、フランシーンがくそったれどもにバラバラ死体にされて帰ってきたとき、おれは思ったね、いったいこんなことが起こるのを許してるのはどんな神なんだってね」

「人生愉しいことばかりじゃない」

「あんたは彼女を知らなかったから、そんなふうに言えるんだよ、マット。彼女はほんとうにいい女だった。優しくて、品があって、汚れがなかった。見た目も心も美しかった。彼女のそばにいるだけで、こっちもなんだかいい人間になったような気がしたもんだ。いや、それ以上だな。何か自信のようなものさえ湧いてきたものだ」彼は赤信号で一時停止し、左右を見て車が来ないことを確かめると、信号が変わるのを待たずにまた車を出した。「今みたいな信号無視で以前一度切符を切られたことがある。真夜中に赤信号で停止して、左右を見たら何マイルもさきまで一台の車もなかった。そんなときに信号が変わるのを待つ馬鹿がいるか？　ところが、そこから半ブロックばかり行ったところでネズミ捕りをやっててね。見事に切符を切られた」

「今は大丈夫だったみたいだね」

「ああ。キーナンは時々ヘロインをやってるんだ。あんたがそのことを知ってたかどうかは知らないけど」

「どうして私がそんなことを知ってる？」

「まあ、知らないだろうとは思ったよ。やると言っても月に一回一袋鼻から吸い込むぐらいのもんだが。いや、それより少ないかもしれない。彼の場合はただの気晴らしだ。あいつはよくジャズ・クラブへ行くんだが、音楽にのめり込めるようにトイレでちょいとやるのさ。あいつはそのことをフランシーンには黙っていた。彼女の賛同が得られないことはわかりきってたからね。彼女の眼に悪く映るようなことは、あいつは絶対にしなかった」

「キーナンがディーラーだということは、フランシーンも知ってたんじゃないかい？」

「それはまた話が別だ。それがあいつの仕事なんだから。それであいつは食ってるんだから。だけど、あいつだって今の商売を一生続けようとは思ってない。あと何年かでやめるというのが、あいつの人生プランだ」

「それはディーラー誰もの人生プランだ」

「あんたの言いたいことはわかるよ。でも、いずれにしろ、キーナンの仕事のことについちゃ、彼女はクールだったな。それはあくまでキーナンのしてることで、自分とは別世界で起きてることとってわけだ。だから一切口出ししなかった。それでもキーナンとしちゃ、自分が時々ヤクをやってることを彼女に知られたくなかった」彼は少し間をおいてから言った。「こないだもあいつはラリってた。で、そのことをおれがちょっと咎めたら、あいつ、否定しやがった。ヤクのことでヤク中に嘘をつこうとしたわけさ。ハイになっていながら絶対やってないってね。それはたぶん、アルコールも薬物も一切断ってるおれを刺激しちゃいけないって思ったからなんだろうが、ヤクのことでヤク中を騙そうとしたって無理だよ」

「なろうと思えば彼のほうはハイになれるのに、自分はなれないというのはやはり気になるかい？」

「気になるかだって？　そりゃ気になるに決まってるよ。あいつは明日ヨーロッパに行く」

「そう言ってたね」

「急ぎの取引きでもあるんだろう。それで金を集めに行ったのさ。逮捕されるには、せいぜい仕事に精を出すことだ。いや、逮捕ですめばまだいいほうかもしれない」

「彼のことが心配なのか？」

「いいや。おれたちみんなのことが心配なのさ」

マンハッタンに戻る橋の上で彼が言った。「ガキの頃、橋が好きでね。橋の写真を集めたりしてた。で、親爺に建築家になれなんて言われたわけだ」

「今からでも遅くはない」

彼は声をあげて笑った。「なんだって？　また学校に戻れってか？　そりゃ無理だよ。おれ自身は別に建築家になんかなりたくなかったんだ。橋をつくろうなんて思ったことはないよ。ただ見るのが好きだったんだ。もしもうこの世とおさらばしたくなったら、たぶんおれはこのブルックリン・ブリッジから飛び降りるだろうな。でも、飛び降りってのは途中でやめられないからね。飛び降りたあとで気が変わっても」

「そういう男を知っている。それもこの橋だったと思う。ふと気がついたら手すりの向こう側にいて、片足を宙に出してたんだそうだ」

「それはほんとの話かい？」

「私にはほんとうのように聞こえたけどね。そこまでどうやって行ったのかという記憶はなくて、気がつくといきなり片手で手すりをつかみ、片足を宙に浮かせてたというわけだ。結局、その男はまた手すりを越えて戻り、まっすぐ家に帰ったということだが」

「飲んでたんだ」

「たぶん。しかし、気がつくのがあと五秒遅かったときのことを想像してみろよ」

「気がついたらさらにもう一歩宙に踏み出してたってか？　そのときはぞっとするなんてものじゃないだろうな。それでも、その恐怖のいいところは、長くは続かないってところだな。しまった、車線を変えるんだった。でも、まあ、いいか。ほんの数ブロック遠まわりするだけのことだから。それにおれはこのあたりが好きだし。あんたはあんまりこっちへは来ないかい、マット?」

私たちはサウス・ストリート・シーポートのあたりを走っていた。フルトン・ストリートの魚市場の近く、再開発された一帯だ。私は言った。「去年の夏、ガールフレンドと来たよ。ぶらぶら店をのぞいたりしてから、レストランで食事をした」

「なんだか最近洒落た感じに様変わりしちまったけど、それでも好きだね。だけど、夏はよくない。いつが一番いいか知ってるかい? 寒くて人気(ひとけ)がなくて小雨がぱらついてるような、今夜みたいな夜が一番だ。ここいらが一番きれいに見えるのは、今夜みたいな夜だよ」そう言って彼は笑った。「だんだんヤク中のくりごとそのものになってきたね。ヤク中ってのは、エデンの園を見せられたって、もっと暗くて寒くてみじめったらしいところがいいって言うのさ。でもって、そこにひとりでいたいってね」

ホテルのまえで彼が言った。「ありがとう、マット」

「何が? 私も集会には初めから出るつもりだったんだから、こっちこそ車で送ってもらった礼を言わなきゃならない」

「ああ。でも、とにかくつき合ってくれてありがとう。最後にひとつ、今夜ずっとあんたに訊こうと思ってたことがあるんだ。キーナンのためにあんたがしてくれてる仕事のことだけど。なんらかの成果が得られる見込みはあるのか?」

「私はただ体裁をつくろうだけのおざなりの調査をしてるわけじゃない」

「もちろん、あんたがベストを尽くしてくれてることはわかってる。ただ、そのあんたの努力が報いられる可能性はあるのかないのか、それが訊きたいんだ」

「可能性はある。それがどれほどのものかはわからないが。そもそも調査のとっかかりになるものがあまりに少なかったからね」

「わかってる。おれの見るかぎり、あんたはゼロから出発したも同然だ。もちろん、あんたはプロの眼で見て、おれとはまたちがった見方をしてるのかもしれないけど」

「なんらかの成果が得られるかどうかは、私の行動がまわりに及ぼす影響次第だ。それと犯人が今後どんな行動に出るか。それを予測することはできないけれど。私は楽天的すぎるかな？　なんらかの成果が得られる見込みはどれだけあるのか。その答はいつ訊かれるかによるね」

「より大きな力（ハイアー・パワー）と同じってわけだ。でも、ひとつ言っておきたい。たとえもう見込みはないとわかっても、弟にはそれをあわてて伝えないようにしてもらえないだろうか？　結論を弟に伝えるのは一週間か二週間あとにしてもらえないか？　できるだけの手は尽くしたとあいつが思えるように」

　私は何も言わなかった。

「おれが言いたいのはつまり――」

「あんたの言いたいことはわかるよ」と私は言った。「しかし、それは私のような人間にはわざわざ言う必要のないことだ。私は昔からあきらめの悪い石頭で通っていてね。一度始めたらとことんやる。正直言って、私にはそれしかないのさ。私は卓抜した推理で事件を解決なんて柄じゃない。ただ相手が音を上げるまでブルドッグのようにひたすら食らいつく。それが私のやり方だ」

「いつかは相手も降参するってわけか。人殺しをしたら、誰もその罪から逃れられない。昔はそんなふうに言ったもんだ」

「昔はそうだった。今は誰もそんなことは言わない。人殺しが捕まらないなんてことは日常茶飯事なんだから」私は車を降り、窓から中をのぞき込んで続けた。「ある意味でそれは真実だ。が、ある意味ではちがう。人はどんなことからも逃れるわけにはいかない。それもまた真実だ」

# 9

その夜、私は遅くまで起きていた。寝ようとしたのだが、寝つけなかった。本を読もうとしても、書かれていることが頭にはいらなかった。それで結局、暗がりの中で窓辺に坐り、街灯が照らす雨を眺め、長い思索にふけった。〝若者の思索は長い、長い思索〟という詩を昔読んだことがある。が、長い思索など何歳になってもできる、眠れぬ夜に小雨が降ってさえいれば。

翌朝十時頃電話が鳴ったときもまだ私はベッドの中にいた。TJだった。「書くものあるかい（ユー・ゴット・ア・ペン）、グレン？　書き取ってくれ」そう言って彼は七桁の数字を二組読み上げた。「あと七一八も書いといたほうがいいかもね。かけるときにはそれを最初にまわさなきゃならないから」

「ここにかければ誰が出るんだね？」

「おれが出たはずだったのさ。だけど、やっと捕まったって感じだぜ、マット。ほんとに捕まりにくい人だね、あんたって。金曜日の午後電話して、夜にも電話して、昨日は一日じゅう真夜中までかけまくったのに、ほんと、捕まらないんだから」

「外出してたんだよ」

「まあ、それぐらいおれにもわかったけどさ。だけど、ずいぶん遠くまで行かせてくれるもんだ。ブルックリン。一日じゃすまなかった」

「ああ、ブルックリンは広いからね」

「あんなに要らないよ。最初に行ったところは地下鉄の終点でさ、途中から地上に出たら洒落た家とかいっぱい並んでたよ。なんか映画に出てくる昔のアメリカみたいで、あそこはもう全然ニューヨークじゃないね。そこで最初の公衆電話のところへ行ってあんたに電話したんだ。でもあんたはいなかった。しようがないから次の公衆電話のところまで行ったんだけど、これが超大変だった。通りを歩いてると、みんなが、おい、黒いの、ここで何やってんだって眼で見るんだよ。実際にそんなふうに言われたわけじゃないけど、やつらの心の声は耳をすまさなくたって聞こえたよ」

「でも、別に面倒なことはなかったんだね？」

「マット、面倒なんておれにはお呼びじゃないんだよ。面倒に見つかるまえにおれがさきに面倒を見つけて逃げるから。とにかく二番目の公衆電話も見つけて、そこからも電話したんだけど、やっぱりあんたはいなかった。そこでおれはこう思った、地下鉄の駅を降りてずいぶん歩いたから、別な駅が近くにあるんじゃないかってね。それでお菓子屋にはいって訊いたんだ、〝この近くに地下鉄の駅はありませんか?〟って。今言ったとおりに訊いたんだぜ、テレビとかのアナウンサーがしゃべるみたいなことばづかいでさ。そしたら店の男はおれを見てこう言いやがった、〝地下鉄?〟って。まるで〝地下鉄〟ってことばを知らないみたいにさ。なんかことばの意味がわからないみたいにそう訊き返しやがるのさ。しようがないから、おれは来た道をまた戻ったよ。フラットブッシュ線の終点まで。それが一番安全確実だからね」

「たぶんそこが一番近い地下鉄の駅だったんだと思う」

「おれもそう思う。あとで地下鉄の路線図を見て確かめたんだけど、二番目の公衆電話の近くには駅なんかなかった。でも、これでマンハッタンに居坐る理由がもうひとつできたね。少なくとも電車の便だけはいい」

「覚えておこう」

「でも、電話したとき、あんたがいてくれたらよかったのにな。おれが公衆電話の番号を言って、〝いったん切るからこの番号にかけ直してくれ〟なんて言って、あんたがかけてきたら、受話器を取って、〝おれだ〟なんて言うわけ。今ここでこんなこと言ってもあんまりかっこよくないけどさ、そのときは、ほんと、やりたかったたな」

「と言うことは、公衆電話には番号プレートがついてたんだ」

「それそれ、肝心なこと忘れてた。二番目のやつ、ヴェテランズ・アヴェニューなんてとんでもないところにあるやつ。みんなが人のことを変な眼で見るところにあるやつ。それには番号プレートがついてた。だけど、もう一個のやつ、フラットブッシュとファラガットの角にあるやつにはなかった」

「だったら、どうしてそこの番号もわかったんだね？」

「おれは世間の表も裏もよく知ってんだよ。言わなかったっけ、このこと？」

「百回ぐらい聞いた」

「番号案内に電話したのさ。こんなふうに。〝なあ、姐ちゃん、誰かが馬鹿なことやりやがって、この電話には番号がついてない。これじゃ今かけてる電話の番号がわからねえじゃねえか〟ってね。そうしたらお姐ちゃんに言われたよ、こちらからもお客様がおかけになっている電話の番号はわかりません、お客様のお役に立てませんって」

「それはちょっとおかしいな」

「おれもそう思った。あいつらはいっぱい機械を持ってんだろ？　だから普通に番号を訊いたら一発でわかっちまうわけだ。なのに今かけてきてる電話の番号がどうしてわからない？そう思っておれも考えた。TJ、おまえも馬鹿だな、電話会社はヤクのディーラーに公衆電話を利用させないために番号プレートを取っ払ったのに、今のおまえの口調ときたらディーラーそのものじゃないかってね。で、おれはもう一回0をまわした。番号案内嬢とは一日じゅうだって話してられるね、ただで。相手は毎回ちがうし。そのときもちがう女が出たんで、今度はおれはことばづかいを変えまくって言った。〝ちょっとお尋ねします。今、公衆電話からかけてるんですが、会社に折り返しの電話番号を知らせなくてはならないんです。ところが、誰かがスプレー塗料でいたずら書きをしてしまっていて、ここの番号が判読できないんです。それでもしそちらでここの番号がおわかりになるようなら、教えていただけないものかと存じまして――〟最後まで言うまでもなかったね。すらすらと番号を読み上げてくれたよ。マット？　あ、くそ」

録音された声が割ってはいり、追加料金の催促をした。

「もう二十五セントつかっちまったみたいだ」と彼は言った。「もう一枚食べさせてやんなきゃならない」

「そっちの番号を言ってくれ。こっちからかけ直すから」

「駄目だよ、ブルックリンからかけてるんじゃないんだから。オペレーターを騙してここの番号を訊き出すなんてことはしなかったから」彼が硬貨を投入したことを示すチャイムが鳴った。「これでよしと。だけど、なかなかのもんだろ、おれが番号を訊き出した手口は？もしもし？　マット？　なんで黙ってんだい？」

「感動したんだ」と私は言った。「きみにはそんなしゃべり方もできるなんて思いもよらなかったから」

「なんだって、まともなしゃべり方のことかい？　もちよ。通りとかぶらついてるからっておれは文盲じゃないんだぜ。ふたつことばがあるとすりゃ、あんたは今バイリンガルと話をしてんだよ」

「そう、とにかく感動したよ」

「ほんとに？　おれはブルックリンまで行って無事に帰ってきたことに感動してくれるんじゃないかって思ってたけど。で、次の仕事はなんだい？」

「今のところ何もない」

「何もない？　ちょっとちょっと、何かあるんじゃない？　おれはあんたに言われたことをちゃんとこなした、だろ？」

「ああ、完璧にね」

「そりゃブルックリンまで行って帰ってくるぐらい、ロケットの科学者かなんかにならなくたってできることだよ。でも、オペレーターから番号を訊き出したのはちょっとしたもんだろ？」

「大変なもんだ」

「おれは世間の表も裏もよく知ってるんだ」

「そのとおり」

「それでも今日のところはおれの仕事はないってか」

「悪いけど」と私は言った。「明日かあさってにでもまた連絡してくれないか？」

「連絡したところにあんたがいてくれさえすれば、そりゃいつだって電話するよ。この世で誰が一番ポケット・ベルを必要としてるか？　それはあんただ。あんたがポケット・ベルを持ってりゃ、いつだって呼び出せるのに。ポケット・ベルが鳴るとあんたはこう思うわけ、〝これはＴＪが連絡を取ろうとしてるのにちがいない。何か大切なことにちがいない〟ってね。何が可笑(おか)しいんだよ？」

「何も」

「だったらなんで笑ってる？　わかったよ、毎日電話するよ。なんでってあんたにはおれが必要なのがおれにはわかるからさ。これで終わり(アン・ザット・イズ・ファイナル)だ、ライオネル」

「それ、いいね」

「そう言うだろうと思った。あんたのために取っといたんだ」

日曜日は一日じゅう雨が降っていた。私は一日の大半を自室で過ごした。テレビをつけ、ＥＳＰＮ局のテニスと、三大ネットワークのどこかの局でやっていたゴルフを交互に見た。テニスは第一回戦から続けて見ることがたまにあるが、その日見たのはそういうトーナメントではなかった。ゴルフは第一日目からきちんと見ることはまずない。しかし、ゴルフというのはテレビで見ていて景色がきれいだし、ほかのたいていのスポーツほどアナウンサーがおしゃべりではないから、何か考えごとをするときには邪魔にならなくていい。

ジム・フェイバーが昼下がりに、定例のディナー・デイトをキャンセルする電話をかけてきた。彼の女房のいとこが死んで、葬儀に出なければならなくなったということだった。「これからどこかでコーヒーぐらい飲む時間はあるけど」と彼は言った。「でも、この雨だからね」

かわりに私たちは十分ばかり電話で話した。私は、ピーター・クーリーのことが少し気にかかると言った。酒にしろ麻薬にしろ、また逆戻りしやしまいか心配だと言った。「彼のヘロインの話を聞いてたら、なんだかこっちも一度試してみようかなんて気分になったよ」

「あんたの言いたいことはよくわかる」と彼は言った。「ヤク中というのは、老人が失った若さについて話すみたいに、ほんとに惜しくてしかたがないっていう感じでしゃべる。でも、わかってると思うけど、人が人を素面（しらふ）にさせるんじゃない。そんなことは誰にもできない」

「ああ、わかってる」

「あんたは彼の助言者（スポンサー）でもなんでもないんだろ？」

「ああ。でも、彼にはほかに誰もいないので、ゆうべは私を助言者（スポンサー）に見立てて話してた」

「正式に助言者（スポンサー）になってくれって言われないかぎり、今のままでいることだ。あんたはもう彼の弟と仕事の上でのかかわりができてるんだから、ほどほどにしておくことだ」

「私もそう思った」

「たとえ彼から助言者（スポンサー）になってくれと頼まれても、それでもって即、あんたが彼に責任を負わなきゃならないってものでもないからね。何が人を秀れた助言者（スポンサー）にするか、わかるかい？　自分自身素面でいることさ」

「どこかで聞いたような気がする」

「私が言ったんだろう、たぶん。でも、誰も他人（ひと）を素面にすることはできない。私はあんたの助言者（スポンサー）だけど、私があんたを素面にさせてるのかい？」

「いや、あんたがいるのに（イン・スパイト・オヴ・ユー）私は素面だ」

「私がいるのに（イン・スパイト・オヴ・ミー）？　それとも私に意趣返しをするために（トゥ・スパイト・ミー）？」

「たぶんその両方だ」

「それでピーターの問題はなんなんだ？　飲むことも打つこともできないから自分を憐れんでるのか？」

「吸い込む、だ」

「ええ？」

「彼は注射針が恐かった。でも、そう、そういうことなんだろう。神に対して腹を立ててた」

「ばかばかしい。腹を立ててないやつがどこにいる？」

「彼の義理の妹みたいなすばらしい人間にもあんなことが起こった。そうした悲劇を許してるのはいったいどういう神なのか？」

「神は年じゅうそういうクソみたいなことをなすってる」

「ああ」

「でも、神には神の理由があったんだろうよ。日光にするのに彼女が欲しかったとか、そんな歌があっただろ？」

「いや、知らない」

「歌ってくれなんて言わんでくれよな。あんな歌を歌うにはまず酔っぱらわなきゃならないから。彼は彼女とセックスしてたんだろうか？」

「誰が誰（フー）とセックスしてたって？」

「フーじゃなくてフーム。ピーターは義理の妹とセックスしてたと思うか？」

「おいおい、なんで私がそんなことを思わなきゃならない？　あんたというのはとんでもない心の持ち主だね、わかってたかね、そのこと？」

「まわりにそういう人間しかいないもんでね」

「らしいね。いや、彼がそんなことをしてたとは思わない。彼はただ彼女の死を深く悼（いた）んでるだけだと思う。それで酒と麻薬の誘惑に駆られてるんだよ。私としては彼がなんとか耐えてくれればと思う。ただそれが言いたかっただけだ」

　私はエレインに電話して、夕食を一緒にどうかと誘った。が、彼女はすでに友達のモニカと約束をしており、モニカが彼女の家に来ることになっていた。中国料理の出前を取るつもりだけれど、品数を増やすことができるからあなたも歓迎よ、と彼女は言ってくれたが、私はパスすることにした。

「女同士のおしゃべりにつき合わされたくないってわけね」と彼女は言った。「その判断はたぶん正しいと思う」

〝シックスティ・ミニッツ〟を見ていると、ミック・バルーから電話があり、十分かそこら私たちは駄弁り合った。私はアイルランド行きの航空券まで買いながら、すぐにそれをキャンセルしなければならなくなったいきさつを話した。彼は、私が来られなくなったことは残念だが、仕事ができたというのはいいことだと言った。

私は今度の事件について簡単に彼に話した。が、依頼人がどういう人間なのかということは伏せておいた。ミックは、ヤクのディーラーに対しては同情心のかけらも持ち合わせていなかったので。ディーラーの家を襲って彼らの資金を強奪するというのが、彼の仕事の一部だった。

天気を訊かれたので、こっちは朝からずっと雨だと私は答えた。彼は、アイルランドでは年じゅう雨が降っており、太陽がどんな形をしていたのかも忘れてしまったほどだと言った。そして思い出したように訊いてきた。「こんな話聞いたことあるか？ アイルランド人はキリストがアイルランド人である証拠を見つけたという話」

「そうなのか？」

「そうなのさ」と彼は言った。「歴史的事実を考えるとそうなるんだな、どうも。キリストは二十九なんて歳になるまで両親と住んでた。それから自分が死ぬ最後の晩にも友達と飲みに出かけてる。さらに自分の母親を処女だと思ってた。母親は母親で自分の息子を神だと思ってた。こりゃもうアイルランド人以外考えられない」

翌週はゆっくりと始まった。私は地道な捜査をこつこつと続けた。その結果、レイラ・アルヴァレス殺害事件を担当した刑事の名前がわかった。レイラ・アルヴァレスは、グリーン・ウッド墓地で死体となって発見されたブルックリン・カレッジの学生で、その事件は七二分署ではなく、ブルックリン殺人課が捜査にあたっており、ジョン・ケリーという刑事が捜査責任者になっていた。が、その刑事とはどうしても連絡が取れず、私のほうもあえて名前と電話番号を言い残す気にはなれなかった。

月曜日にエレインに会うと、彼女はレイプの被害者からまだなんの反応もないことにがっかりしていた。私は彼女に、最後まで反応はないかもしれないと言った。餌のついた針をいくら投げ込んでも、長いことあたりさえないというのも別に珍しいことではないと言った。それにまだ早すぎた。性犯罪捜査班の人間が週末の休みも惜しんで、被害者にすぐさま連絡を取ったとは思えない。

「でも、もう月曜日も終わるのよ」と彼女は言った。「性犯罪捜査班の人間が連絡を取ってくれたにしろ、すぐに相手が捕まるかどうかはわからない。それに被害者が電話をかける決心をするにも時間がかかる——私はそう反論した。

「あるいは電話をかけるのはやめようという決心をするにも」と彼女は言った。

火曜日もなんの反応もないまま過ぎた。彼女はさらにがっかりしたようだった。が、水曜日に話したときには、かなり興奮していた。三人の女性から電話があったのだ。しかし、どの件もフランシーン・クーリー殺しの犯人とは無関係のようだった。

その中の一件は、女が住んでいるアパートメント・ハウスの廊下で待ち伏せされて襲われたというもので、犯人は単独犯だった。女はレイプされた上に財布を盗まれていた。もう一件は、同じ大学の学生と思った相手の車に乗って、その中でナイフを見せられ、後部座席に押しやられそうになったというものだった。が、その被害者は自力で難を逃れていた。

「犯人は痩せた若い男の子で、それも単独犯」とエレインは言った。「だからわたしたちが探してる相手である可能性は薄いわね。三番目のは、いわゆるデイト・レイプ、あるいはピックアップ・レイプというやつ。被害者は友達とふたりでサニーサイドのバーに行き、そこでふたりの男の子と出会った。で、四人一緒に男の子の車に乗ったんだけど、彼女の友達が車に酔ったんで、車を停めてその女の子だけ車を降りた。そうしたら、ふたりの男の子はその子を置き去りにして車を出してしまった。ちょっと信じられる?」

「そう、それはあまり思いやり深い行為とは言えないね。でも、レイプとも言えない」

「面白いこと言うじゃない。いずれにしろ、男の子たちはしばらく車を乗りまわしてから彼女の家に行き、そこで彼女とセックスをしたがった。彼女は言った、冗談じゃないわ、わたしをどういう女だと思ってんの？　云々。でも、最後には、それまでだいたい彼女の相手をしていた、ふたりのうちのひとりとならしてもいいと同意した。もうひとりは居間で待っていることになった。しかしそいつには待ってることができなかった。ふたりがやってるところにはいってきて、そばで見始めた。そんなことをしても欲情を抑えることはできない。わかるでしょ？」

「それで？」

「それで、頼む、頼む、頼むって頼み始めた。彼女は、いや、いや、いやって拒絶し続けた。でも、最後にはフェラちゃんをやってあげた、そうする以外そいつは出ていきそうになかったから」

「その被害者はそういうことを全部きみに話したのかい？」

「もうちょっと女らしいことばでね。でも、まあ、そういうことだったみたい。彼女は男たちが帰ったあと急いで歯を磨き、警察に電話した」

「レイプされたと？」

「そうよ、これは明らかにレイプよ。最初は、頼む、頼む、頼むだったのが、そのうち言うことを聞かないと歯をへし折るぞに変わったんだから。これはもうどう考えてもレイプよ」

「そう、そんなに威嚇的だったんだとすればね」

「でも、これはわたしたちが探してる二人組らしくないわ」

「ああ、そうだな」

「でも、念のために相手の電話は聞いといた。プロデューサーが興味を示すようなら、こちらから連絡すると言って。まだ制作段階で流動的なところがあるからって。それでよかった？」

「完璧だ」

「結局、捜査の手がかりにはならなかったけど、三件も電話があったというのはいいことよ。ちがう？　明日にはもっとかかってくるかもしれないでしょ？」

木曜日には一件あった。それは最初のうち有望そうに見えた。セント・ジョンズ大学の三十代前半の大学院生が、キャンパス内の駐車場で自分の車の鍵を開けようとしているところを三人組に襲われたもので、彼女はナイフで脅され、車の中に押し込められ、カニンガム・パークまで連れていかれた。そして、通常のセックスとオーラル・セックスを強いられた。その間、三人組は脅し文句を口にし、ナイフをちらつかせ、実際彼女の腕に切り傷を負わせた。それははずみでナイフの刃がたまたまあたってできた傷のようではあったが。行為が終わると、犯人は彼女を置き去りにして彼女の車で逃走し、事件から七カ月経った今もまだその車は見つかっていなかった。

「でも、この三人組は我らが犯人ではありえないのよ」とエレインは言った。「三人とも黒人なのよ。アトランティック・アヴェニューの二人組は白人だったんでしょ?」

「ああ、その点は目撃者全員の証言が一致している」

「この犯人は黒人なのよね。わたしは何度もその点を確認したわ。だから彼女は、きっとわたしのことを人種差別主義者か何かと思ったことでしょうね。あるいは、わたしが彼女のことを人種差別主義者ではないかと疑ってるみたいに聞こえたかもしれない。だって強姦魔の肌の色が何色だったかなんて、そんなになんべんも訊かなきゃならないことじゃないでしょ? でも、こっちとしてはそれがとても大切なわけよ。それでもって彼女が無関係ってこともわかったわけだし。去年の八月から今までのあいだに、犯人が肌の色を変える方法を見つけたのではないかぎり」

「もしそんな方法を見つけていたら、四十万ドルなんて要求もしてこなかったんじゃないかな」

「そうね。そういう方法を見つけたことのほうがよっぽど値打ちがあるものね。いずれにしろ、彼女の名前と電話番号も訊いて、ゴー・サインが出たら電話するって言っといたわ、なんだか自分が馬鹿みたいにも思えたけど。でも、ひとつ興味深いことがあったわ。彼女、自分の体験談が映画になろうとなるまいと、電話してよかったって言うのよ。事件の直後何度も話して、カウンセリングも受けたそうだけど、最近は話す機会がなかったらしいのね。だから、こうして話せてよかったって言ってた」

「そう言われてきみも悪い気がしなかっただろう」

「ええ。だって、身分を偽ってあれこれ訊き出すというのはやはり気が咎めるもの。わたしはとても聞き上手だって彼女は言ってたわ」

「そう言われてもきみは別に驚かなかった」

「わたしのことを初めはカウンセラーだと思ったみたい。だからもしわたしが黙ってたら、週に一度カウンセリングを受けられないかなんて訊いてきたんじゃないかしら。わたしはプロデューサーのただのアシスタントだって言っといたけど。プロデューサーのアシスタントもカウンセラーと同じ能力を必要とするんだってね」


その木曜日、ブルックリン殺人課のジョン・ケリー刑事にやっと連絡がついた。レイラ・アルヴァレス事件のことは彼もよく覚えていて、ひどい事件だったと言った。レイラは可愛い女で、彼女を知っていた人間は誰もが、彼女は性格もよく真面目な学生だったと述懐(じゅっかい)したということだった。

私は、奇妙な場所に捨てられた死体に関する記事の取材を行なっているのだと言い、死体に何か不自然なところはなかったかどうか尋ねた。その質問に対して彼は、死体には切られた痕があったとだけ答えた。私はその点についてもう少し詳しく話してもらえないかと尋ねた。が、それは拒否された。捜査の都合でそれは言えないと。また、遺族の気持ちを考えた場合、それは言うべきことではないと。「あんたにもわかってもらえると思うけど」と彼は言った。

私は別なアプローチも試してみたが、彼の口は固かった。しかたなく私は彼に礼を言って電話を切りかけた。が、そこでふと思いついて、以前七八分署にいたことはないかと尋ねてみた。どうしてそんなことを訊く？ と彼はわけを知りたがった。

「七八分署に勤めてたジョン・ケリーという警官を以前知ってたからだ」と私は答えた。「もっとも、その人物があんたであるわけはないんだが。そのジョン・ケリーはもうとっくに定年になってるはずだから」

「それはおれの親爺だよ」と彼は言った。「スカダーさんって言ったっけ？ あんたはその頃ブン屋だったのかい？」

「いや、私もお巡りだったんだ。七八分署にしばらくいて、刑事になったときにマンハッタンの六分署に移ったんだ」

「あんた、刑事だったのかい？ で、今は物書きってわけ？ おれの親爺もいつか本を書くってよく言ってたっけ。それはいまだに実現してないけど。親爺は、そう、八年まえに引退して、今はフロリダでグレープフルーツを育ててる。でも、おれの知ってるお巡りにも本を書いてるやつが何人もいるよ。いや、正確には、書いてると言ってるやつだな。あるいは、書くことを考えてると言ってるやつ。あんたはほんとうにそれをやってるんだ」

ギアを換える頃合いだった。「いや、ちがう」と私は言った。

「なんだって？」

「さっきそう言ったのはでたらめだ」と私は白状して言った。「私は探偵なんだよ。それが警察を辞めて以来続けてる私の仕事だ」

「アルヴァレスの件の何が知りたいんだね？」

「死体の損壊状態を知りたい」

「どうして？」

「体の一部が切断されてなかったかどうか知りたい」

長い間がができた。身分を正直に明かしたことが後悔された。それほど長い間だった。ようやく彼が言った。「おれの訊きたいことがわかるかい、スカダーさん？　あんたはいったいどこからこの事件を嗅ぎつけたんだね？」

「一年ちょっとまえにクウィーンズでこんな事件があった」と私は言った。「ウッド・ヘイヴンのジャマイカ・アヴェニューを歩いていた女が、少なくともふたり以上の男に連れ去られ、その後死体となってフォレスト・パークのゴルフ場で発見された。女はありとあらゆる暴行を受けたうえに、指を二本切断されていた。そして、その二本の指は、その、体の開口部に突っ込まれていた」

「その件とこの件は同一犯の仕業かもしれない。そう考えるに足る理由があるってわけだ」

「いや、そうは言ってない。が、ゴテスキンド殺しの犯人は一度で犯行をやめなかった。そう考えるに足る理由ならある」

「それがクウィーンズの女の名前か？　ゴテスキンド？」

「そうだ。マリー・ゴテスキンド。その犯人はほかにも同じような事件を起こしてるにちがいない。そう思って調べていたら、おたくのアルヴァレスの件に出くわしたというわけだ。でも、こっちでわかることと言えば、結局、新聞に載ってることだけだからね」

「アルヴァレスは切られた指を尻の穴に突っ込まれてた」

「ゴテスキンドの件も同じだ。彼女はまえのほうにも突っ込まれてた」

「まえ？　つまり――」

「そうだ」

「あんたとおれとは似たところがあるね。故人に対してはやっぱりあんまり露骨なことばはつかいたくないよな。ところが、検死医連中ときた日にゃとんでもないね。やつらほど不遜な人間もない。まあ、ああいう仕事はそれぐらいでないとやっていけないんだろうけど」

「たぶん」

「でも、おれはやっぱりいやだな。だって、死んじまった人間がおれたちに期待できるのはささやかな敬意ぐらいのものなんだから。彼女らはそんなものさえ彼女らの命を奪った人間からは得られなかった」

「ああ」

「乳房がなくなってた」

「ええ？」

「アルヴァレスのことだ。犯人は彼女の乳房を切り取っていた。出血状態から見て、切り取られたとき彼女はまだ生きていた」

「なんとね」

「だからなんとしてもこの犯人だけは捕まえたかった。殺人課なんかにいると、犯人はどんなやつも捕まえたくなる。人殺しというのはそういうもんだ。そんな中でもどうしても捕まえたくなるのがある。この事件がそれだ。だからおれたちは全力を尽くして捜査した。彼女の行動を丹念に調べ、彼女の知り合い全員の訊き込みもした。でも、わかるだろ？　犯人と被害者のつながりがなくて、物的証拠もゼロに近いようなときの捜査というのは、どんなものか。現場証拠もほとんどなかった。彼女はどこかほかで殺されて、墓地に捨てられたもんだから」

「新聞にもそう書いてあった」

「ゴテスキンドの件も同じか？」

「同じだ」

「あのときそのことがわかっていたら――一年ちょっとまえって言ったっけ?」私は正確な日付を教えた。「その記録はずっとクウィーンズに眠ってて、おれはそのことにまるで気づかなかったってわけか。二件とも死体の指が切断されて、その、突っ込まれてたっていうのに、おれは自分のケツの穴に指を突っ込んで何もできないでいたってわけか――なんだ、こりゃ? 下手な駄洒落になっちまった」

「いずれにしろ、捜査の役に立てばと思う」

「役に立てばと思う、か。ほかには何を知ってる?」

「何も」

「つまらない隠しごとはしないほうが――」

「ゴテスキンドの件で私の知ってることは、すべて警察の記録に載ってるよ。アルヴァレスの件については、今おたくが話してくれたことしか私は知らない」

「あんたの狙いはなんだ? あんたの目的は?」

「それはさっき言っただろうが。私は――」

「ちがうよ、こんなことを調べてるそもそもの理由はなんだ?」

「それは言えない」

「恰好つけるのはやめてくれ。そんな気取った台詞を吐く権利はあんたにはないんだから」

「ああ」

「だったら——？」

私はひとつ大きく息を吸い込んで言った。「言うべきことはもう言ったと思う。ゴテスキンドの件についてもアルヴァレスの件についても、私は特別な知識は持ち合わせてない。ゴテスキンドの件については警察の記録を読んだ。アルヴァレスの件についてはあんたに教えてもらった。私の知ってることはそれですべてだ」

「そもそもなんでゴテスキンド事件の記録を読もうと思った？」

「一年ほどまえの新聞記事を読んで事件を知ったからだ。あんたに電話したのも別な新聞記事を読んだからだ。それだけのことだ」

「あんたは依頼人をかばってる」

「私に依頼人がいるとして、ひとつ言えるのは、その依頼人は犯人ではないということだ。犯人でさえなければ、依頼人がどんな人間であろうと私にはどうでもいい。そんなことよりおたくもふたつの事件を比較して、捜査になんらかの活路が見出せないものかどうか、それを考えたらどうだ？」

「ああ、言われなくてもそうするよ。しかし、あんたの狙いも知りたい」

「私の狙いなどどうでもいいじゃないか」

「やろうと思えば、あんたに任意出頭を命じることもできるんだぜ。今みたいな態度を取り続けるつもりなら、しょっぴくこともね」

「ああ、できるだろう」と私は認めて言った。「しかし、そんなことをしても、すでに私が話した以上のことは何ひとつ得られないだろうよ。それはお互い時間の無駄というものだ」

「なかなかいい度胸をしてる。それだけは認めてやるよ」

「ちょっと待ってくれ。私の電話で、今までわからなかったことがひとつ明らかになった。腹を立てるのはあんたの勝手だが、それになんの意味がある？」

「おれはあんたになんと言えばいいんだね、ありがとうとでも？」そう言っても罰はあたらない、と私は思った。が、もちろん口には出さなかった。「まあ、いいだろう」と彼はあきらめて言った。「しかし、あんたの住所と電話番号は訊いておこう。こっちから連絡を取る必要が生じたときのためにな」

本名を明かしたのはまちがいだった。マンハッタンの電話帳で私の名前を見つけることができるくらい、彼が有能な刑事かどうか試してみてもよかったが、なんのためにそんなことをしなければならない？　私は住所と電話番号を伝え、質問にすべて答えられないのはすまないと思うが、私にも依頼人に対する責任があると弁解した。「私があんたならやはり腹を立てていただろう。だからあんたの気持ちはよくわかるよ。でも、私は私でやるべきことをやらなきゃならない」

「どこかで聞いた台詞だな。しかし、まあ、あんたの言うとおりこのふたつの事件は同一犯の仕業かもしれない。だからふたつ並べて比べてみたら、何かわかるかもしれない。そうなりゃしめたもんだ」

彼にしてみれば、それは限りなく〝ありがとう〟に近いことばだったのだろう。こっちはそれで少しも文句はなかった。そうなりゃしめたもんだ、と私は相槌を打ち、幸運を祈ると言った。そして、親爺さんによろしくとつけ加えた。

# 10

その夜、私は集会に、エレインは大学の夜間講座に出て、そのあとふたりともタクシーを拾ってマザー・グースで落ち合い、ジャズを聞いた。ダニー・ボーイは十一時半頃姿を見せ、私たちのテーブルに加わった。とても背が高く、とても痩せていて、とても黒く、とても変わった女を連れていた。カリというのがその女の名前だった。が、カリは紹介されてもただうなずいただけで、優に三十分、ひとことも発さず、また私たちの話もまるで聞いていないように見えた。それが三十分経ったところでいきなり身を乗り出すと、エレインをじっと見すえて言った。「あなたのオーラは灰青色でとてもピュアでとても美しい」

「あ、ありがとう」とエレインは答えた。

「あなたはとてもオールドなソウルを持ってる」それがカリが最後に言ったことばだった。また私たちになんらかの関心を示した最後のそぶりだった。

事件に関してダニー・ボーイも特別な情報は得ていなかったので、私たちは主に音楽を愉しみ、ステージの合い間に四方山話をした。店を出たときにはもうかなり遅くなっていた。

エレインのアパートメントに向かうタクシーの中で私は言った。「きみはとてもオールドなソウルと灰青色のオーラと可愛いケツの持ち主なんだ」

「彼女ってとても感受性の強い人ね」とエレインは言った。「わたしの灰青色のオーラに気づくのは、たいていの人の場合、二回目か三回目に会ったときなんだけど」

「オールドなソウルは言うにおよばず」

「オールドというのはあまりつかってほしくないことばね。わたしの可愛いケツについては好きなだけ言ってくれていいけど。でも、彼はああいう女の子をどこで見つけてくるのかしら？」

「さあ」

「映画のキャスティング部に電話すれば、いろいろ調達してくれるのかもしれないけど、ダニー・ボーイが連れてる女の子はたいていどんなタイプにも属さないわね。あのカリって女の子——あなたはどう思った？」

「さっぱりわからなかった」

「何かわたしたちとは別の世界を旅してる人みたいだったわね。サイケデリック薬剤を使ってる人ってまだいるの？　彼女はたぶんそれよ。魔法のきのことか、腐りかけた革に生える幻覚誘発作用のあるカビとか、何かそんなのに凝ってるんじゃない？　でも、これだけは言えるわね、彼女、ＳＭの女王様としても充分食べていけるわ」

「革が腐りかけてちゃそれは無理じゃないかな。それにあんなふうに心ここにあらずといった感じじゃ、ＳＭの女王は務まらない」

「でも、わかるでしょ？　彼女にはそういう雰囲気があったわ。彼女の足元にひれ伏してうっとりしちゃってる自分の姿が眼に浮かばなかった？」

「いいや、浮かばなかった」

「そう、あなたってマルキ・ド・ノーマルだものね。わたしがあなたを縛ったときのことを覚えてる？」

　笑いを嚙み殺すのにタクシーの運転手が懸命になっているのがわかった。私は言った。

「ちょっと黙ってくれないかな」

「覚えてる？　あなた、眠っちゃったのよ」

「それだけ私はきみに対して安心しきってるってことだ。もういい加減に黙ったら？」

「わかった。灰青色のオーラの中で静かにしてることにするわ」


　翌朝、彼女のアパートメントを出るときに彼女が言った。今日こそレイプの被害者から、これはという電話がかかってきそうな気がすると。「今日がその日よ」

　しかし、彼女の勘はあたらなかった、灰青色のオーラがあろうとなかろうと。電話自体一件もかかってこなかった。その夜話したときには、彼女は意気消沈していた。「これでもうおしまいよ。水曜日は三件、昨日は一件、そして今日はゼロ。重要な手がかりをつかんでヒーローになるつもりだったんだけど」

「捜査の九十八パーセントは徒労に終わる」と私は言った。「それでも思いついたことはすべてやってみなきゃならない。何が重要か重要でないか、やってみなきゃわからない。とにもかくにも反応があってきみはすこぶる興奮した。でも、それは我々が探してるレイプの生き証人じゃなかった。だからと言ってそう落ち込むことはないよ。だってまさに干し草の山の中から一本の針を探してるみたいなものなんだから。それに、そもそもその干し草の中には針がはいってないかもしれないんだから」

「どういうこと？」

「犯人は生き証人など残しちゃいないのかもしれないということだ。狙った獲物は必ず殺してるのかもしれない。もしそうなら我々はいもしない女を探してることになる」

「もしそうなら、そんな女なんてくそくらえね」と彼女は言った。

　ＴＪは毎日電話をかけてきた。一日に一回ですまない日もあった。ブルックリンの公衆電話を調べるのに、私は彼に五十ドル渡していたが、彼にとってそれはあまり儲け仕事にはなっていなかった。地下鉄代とバス代だけではさほど経費はかからなかっただろうが、そのぶん彼は電話代に注ぎ込んでいたから。スリー・カード・モンテのサクラにしろ、露天商の手伝いにしろ、使い走りにしろ、普段の彼の仕事のほうがずっと実入りはいいはずだった。なのに彼はしつこく私に仕事をねだった。

土曜日、ホテルの部屋代を払うのに小切手を切り、月ごとの精算もすませた――電話代にクレジット・カード代。電話代の請求書を見ていると、キーナン・クーリーのところにかかってきた電話のことがまた思い出された。二、三日まえ、電話で話した電話会社の男は、そういうデータを調べる方法もないわけではないと言っていた。しかし、そのデータを教えるわけにはいかない。結論はいつも同じだった。

そんなことを思い出していると、十時半頃TJから電話がかかってきた。「また公衆電話を調べさせてくれよ」と彼はこりもせずに言った。「ブロンクスでもスタッテン・アイランドでもどこでも行くからさ」

「ひとつ仕事を頼みたい」と私は言った。「今から電話番号を言うから、そこへ誰が電話してきたか教えてくれ」

「なんだって？」

「いや、なんでもない」

「なんでもなくないよ。今なんか言ったじゃん。もう一回言ってくれよ」

「ひょっとしたらきみならできるかもしれない」と私は言った。「オペレーターをまるめ込んで、ファラガット・ロードの公衆電話の番号を訊き出したときの、きみの話術の巧みさを考えると」

「あのブルックス・ブラザーズ弁のことかい？」

「そうだ。きみならそのことばづかいで、電話会社の副社長とも話ができるかもしれない。でもって、ベイリッジのある番号にかかってきた電話のリストがつくれるかもしれない」ＴＪはあれこれ訊いてきた。私はその質問に答え、欲しいものがどうして手にはいらないのかということも説明した。

するとと彼は言った。「ちょっと待った。電話会社のやつはどうしてもそのリストをくれないのかい？」

「それを教えるわけにはいかないと言うのさ。かけられた電話はすべて記録されてるけど、それを調べる方法がないんだそうだ」

「そんなのはでたらめだよ」とＴＪは言った。「こないだの最初のオペレーターは、おれがかけてる電話の番号も調べられないなんて言いやがった。あいつらの言うことなんかいちいち信用してられないよ」

「ああ。しかし――」

「あんたも大した男だよ。おれがこうやって毎日電話して、何か仕事はないかって訊いてんのに、そのたびに何もないとか言いまくるんだから。なんでもっと早く言ってくれなかったんだい、ええ？　あんたって馬鹿(ユー・ビーン・シリー)だね、ウィリー」

「なんの話をしてるんだ？」

「何が欲しいのか言ってくんなきゃ、やりたくたってやれないってことさ。あんたとデュースで初めて会ったときもそう言ったろうが。あんたはなんにもしないで通りをただぶらぶらしてた。で、おれはあんたにこう言ったのさ、あんたの愉しみがなんなのか言ってくれたら、そいつを見つける手伝いをするぜって」

「ああ、覚えてる」

「なのに、どうして電話会社なんか相手に時間を浪費してたんだい？　ＴＪさんのところにすぐ来りゃいいのに」

「どうやれば電話会社から訊き出せるのか、それがわかるというのか？」

「いいや。でも、どうやればコングズと連絡がつくか、それならわかる」

「コングズ」とＴＪは言った。「ジミーとデイヴィッド」

「兄弟なのか？」

「見たかぎりあんまり似ちゃいないな。ジミー・ホングは中国人でデイヴィッド・キングはユダヤ人だから。少なくとも親爺はユダヤ人だ。おふくろはプエルトリコ人じゃないかな」

「どうしてコングズなんだね？」

「ジミー・ホングにデイヴィッド・キング。ホン（グ）コン（グ）にキング・コング？」

「なるほど」

「それにやつらの好きなゲームがドンキー・コングだったのさ」

「なんだい、それは？　テレビ・ゲームか？」

彼はうなずいて言った。「とてもよくできたゲームだよ」

私たちは、TJがどうしてもと言い張った、バス・ターミナルの中のスナック・バーにいた。私はまずいコーヒーを飲み、TJはホット・ドッグをペプシで流し込んでいた。彼が言った。「ビデオ・アーケイドでテレビ・ゲームをやってたソックスを覚えてるかい？　今はあいつが、まあ、一番うまいけど、それでもコングズに比べたら屁みたいなもんだよ。ゲームはどんどん新しくなるから、みんなそれについていかなきゃすぐできなくなっちゃうんだけど、コングズはそんなことしなくてもよかった。ゲームのずっとさきを行ってたから」

「きみはピンボールの天才に会わせるために、私をこんなところまで呼び出したのか？」

「ピンボールとテレビ・ゲームじゃまるっきりちがうんだよ」

「そりゃちがうだろうが、しかし——」

「しかし、そのちがいも今コングズがやってることとテレビ・ゲームのちがいに比べたら、屁みたいなもんだ。ビデオ・アーケイドに入りびたってたやつらがそのうちどうなるかって話はしたよね？　ある程度うまくなっちゃうと、それ以上うまくならないことがわかって、結局、興味とかなくしちまうって話」

「ああ、聞いたよ」

「で、そいつらは今度はコンピューターに興味を覚えるのさ。聞いた話じゃ、コングズは初めっからコンピューターにのめり込んでたんだって。でもって、コンピューターを使ってビデオ・ゲームのさきを行ってたんだって。機械のすることがコンピューターでさきにわかっちまうんだそうだ。あんた、チェスをやるかい？」

「駒の動かし方ぐらいは知ってる」

「じゃあ、いつかやろう、どれだけの腕前か見てやるよ。ワシントン・スクウェアに石のテーブルがあるだろ？　あそこへ試合用の時計まで持ってきてみんなやってるじゃん？　待ってるあいだは本とか読んで勉強なんかしちゃってさ。あそこでおれも時々やるんだよ」

「その口ぶりからすると、きみもなかなかの腕なんだ」

彼は首を横に振った。「あそこに集まるプレイヤーの中にはそれはもうすごいやつがいまくる。そういう連中を相手に指すと、なんだかこっちだけ腰まで水につかって徒競走させられてるような気分になる。こっちの五手も六手もさきまで読まれちまってるから、ほんとに手も足も出ないのさ」

「私もこの仕事で時々そんな気分になることがある」

「わかるよ。でも、おれが言いたいのは、要するにテレビ・ゲームのほうがコングズに対してそうなっちゃったってことさ。コングズのほうは、テレビ・ゲームの五手も六手もさきへ行っちまって、それでコンピューターにのめり込むようになったんだ。ハッカーってやつだ。知ってるかい、ハッカーって？」

「ことばだけは」

「電話会社から何か情報を訊き出したかったら、オペレーターに電話したって駄目さ。副社長とかにかけ合ったりしてもな。それよりコングズに電話することさ。あいつらは電話の中にもぐり込んで這いまわるんだ、電話会社が怪物だとしたら、その血管の中を泳ぎまわるみたいに。なんてったっけ、あの映画、『ミクロの決死圏』？　コングズは血管のかわりに電話線を旅するのさ」

「そんなにうまくいくかな。電話会社の専門家が引き出せないと言ってるデータを引き出すというのは――」

「わかんない人だなあ、あんたも」ＴＪは溜息をつくと、ペプシの残りをストローで荒々しく吸った。「街で何が起こってるか知りたいとする。デュースとかバリオとかハーレムで何が起こってるか知りたいとする。あんたは誰のところへ訊きに行く？　あのクソ市長のところかい？」

「いや」

「わかる？　おれの言うこと。コングズは電話線の中に住んでるみたいなもんなのさ。ベル母ちゃん（マ・ベル。米国電話電信会社の俗称）知ってるだろ？　コングズはベル母ちゃんのスカートの中から上を見上げてるのさ」

「それでどこへ行けばコングズに会えるんだね？　ビデオ・アーケイド？」

「それはもう言ったじゃん。やつらはもうテレビ・ゲームとか興味はないんだよ。時々様子を見に寄ったりはしてるみたいだけど、もう入りびたっちゃいない。それにおれたちがやつらを見つけるんじゃない。やつらがおれたちを見つけるのさ。ここで待ってるからって言ってあるんだ」

「彼らにはどうやって連絡を取ったんだね？」

「どうやって取ったと思う？　ポケット・ベルさ。コングズというのは、電話から離れることが絶対にないやつらなんだ。話は変わるけど、さっきのホット・ドッグはうまかったな。こんなところじゃまともな食いものなんかとても食えないって思ったけど、ホット・ドッグは悪くなかったな」

「それはもうひとつ食べたいということかい？」

「おたくってなかなか鋭いね。やつらはここまで来ても、会うまえにしばらくあんたを観察すると思う。あんたはひとりしかいなくて、やばくなったらすぐに逃げられるってことを確かめてからじゃないと、やつらはあんたに会わないと思う」

「どうしてやばくなったりするんだね？」

「だってもしかしたらあんたが電話会社のまわし者かもしれないだろ？　いいかい、コングズは犯罪者なんだぜ。ベル母ちゃんに捕まっちまったら、そりゃもうこっぴどく尻を叩かれるに決まってんだから」

「大切なのは」とジミー・ホングが言った。「きわめて慎重にやらねばならないということだ。スーツを着た人たちは、ハッカーというのは、アメリカ社会における黄禍以来最大の脅威だなんて思い込んでるからね。ハッカーはやろうと思えばなんでもできるなんて、マスコミがまたまことしやかに書きたてたりするものだから」

「データの破壊」とデイヴィッド・キングが言った。「記録の改竄（かいざん）。回路の消去」

「なかなかよくできたお話だよ。しかし、彼らは単純明快な事実を見落としてる。それは、我々はそんな馬鹿な真似はしないということだ。彼らは我々が線路にダイナマイトを仕掛けようとしてるのだと思っている。我々のやってることは無賃乗車ぐらいのことなのにね」

「ただ、時々どこかの馬鹿がウィルスを送り込んでしまう――」

「でも、それはたいていハッカーの仕業じゃない。密造ソフトでシステムを壊された阿呆が、壊した会社なり個人への仕返しにやることだ」

「要するに」とデイヴィッドが言った。「危険を冒すには、ジミーは歳を取りすぎたということだな」

「先月十八になったばかりだけど」

「だからもし捕まったら、彼は成人として裁かれることになるわけ。戸籍上の年齢で裁かれるようならね。でも、情緒的な成熟度ということが考慮に入れられるようなら――」

「デイヴィッドは捕まっても無罪放免になるだろうね」とジミーがデイヴィッドのことばをさえぎって言った。「彼はまだ物心のつく歳（エイジ・オヴ・リーズン）に達してないから」

「理性の時代（エイジ・オブ・リーズン）（イギリス・フランスの十八世紀）というのは、石器時代と鉄器時代のあいだの時代だ」

いったん信用されると、このふたりを黙らせておくのは至難の業のようだった。ジミー・ホングはすらりと痩せた少年で、背は六フィート二インチはあるだろう。髪は黒い直毛。少し冷ややかな感じのする細面に、最初は琥珀（こはく）色のパイロット用サングラスをかけていた。が、会って十分か十五分ほど経ったところで、それを角（つの）ぶちのまるい眼鏡に取り替えた。それでミーハーから秀才タイプにがらりと印象が変わった。

デイヴィッド・キングのほうは、身長五フィート七インチ足らず、髪は赤毛で、そばかすのいっぱい浮いた丸顔の少年だった。ふたりともメッツのウォーム・アップ・ジャケットにチノ・パンツ、それにリーボックを履いていた。しかし、どんなに同じ恰好をしても、このふたりを双子と見まがうことはないだろう。

それでも眼を閉じてふたりの話を聞いたら、騙されるかもしれない。ふたりは声も話しぶりも実によく似ていた。そして、一方が始めた話をもう一方がしばしば締めくくった。

ふたりとも、殺人事件の調査になんらかの役割を演じるということそれ自体に興味を持ったようだった——詳細については伏せておいたが——私が電話会社から受け取ったさまざまの回答について話すと、嬉しそうな顔をした。ジミー・ホングが言った。「すばらしい。データを引き出すことができないなんてね。ほんとにやり方がわからないんじゃないかな」

「彼らのシステムなのにね」とデイヴィッド・キングが言った。「自分のものなんだから、わかってたってよさそうなものなのにね」

「なのにわからないんだ」

「だからぼくらを憎んでるんだよ、ぼくらのほうがよく知ってるから」

「なのにぼくらにシステムを壊されると思ってる——」

「——ぼくらは彼らのシステムを愛してるのに。だってハッキングで一番面白いのはナイネックス（前出。ニューヨークの地方電話会社）のシステムなんだから」

「ほんとにあそこのはいいシステムだよ」

「信じられないくらい複雑でね」

「複雑の王様だ」

「迷路の王様だ」

「あれこそ完璧なテレビ・ゲームだね。すべてがひとつになった完璧なダンジョン・ドラゴン（アメリカのファンタジー・テーブルトーク・ゲーム）」

「宇宙的でさえある」

私は言った。「でも、できるのかい？」

「できるって、何が？　ああ、電話番号ね。ある特定の電話にかけてきた相手の電話番号がわかるかどうか」

「そうだ」

「それは問題だ」とデイヴィッド・キングが言った。

「問題というのは、つまり興味をそそられる問題だって彼は言ってるんです」

「そう、とても興味をそそられるね。でも、それは確かな解決策のある問題だよね。つまり解決可能な問題だ」

「そう簡単には解決できないけど」

「なにしろデータの量が量だからね」

「データの山」とジミー・ホングは言った。「何百万じゃとてもきかない数のデータ」

「この場合、データというのは電話の件数のことです」

「その数は何十億、何百億、何千億にもなるだろうね」

「それを処理しなきゃならない」

「そのまえにまずコンピューターにはいり込まなきゃ」

「昔はそれは造作もなかった」

「赤児の手をひねるみたいなものだった」

「昔はドアが開けっぱなしだったからね」

「今はそれが閉ざされてしまった」

「閉ざされた上に、言ってみれば、釘まで打たれてしまった」

私は言った。「もし何か特別な機材が要るようなら——」

「いや、特別なものは何も要らない」

「必要なものはすべて揃ってる」

「それもそんなには要らない。まあまあのラップトップにモデムに音響結合器（アコースティック・カプラー）——」

「全部買ったとしてもせいぜい千二百ドルってところだね」

「道具に凝（こ）って高いラップトップを買ったりしなければ。でも、そんなことをする必要はない」

「ぼくらが使ってるのは七百五十ドルのやつだけど、それに必要な機能はすべて備わってる」

「と言うことは、できるってことか？」

ふたりは互いに眼を合わせてから私を見た。ジミー・ホングが言った。「うん、できると思う」

「面白そうだ」

「徹夜をかますことになるかも」

「今夜は駄目だ」

「ああ、今夜は駄目だ。どれぐらい急いでる？」

「そう――」

「明日は日曜日だね。明日の夜でもいいかな、マット？」

「私はかまわない」

「きみは、ミスター・キング？」

「いいよ、ミスター・ホング」

「ＴＪ、きみも来られる？」

「明日の夜？」コングズを紹介したあとＴＪが何か言ったのは、それが初めてだった。「そうねえ、明日の夜ねえ。明日の夜はどういう予定になってたかな？　グレイシー・マンション（市長の公邸）でプレス・レセプションをやることになってたんだっけ？　それともウィンドウズ・オン・ザ・ワールド（ワールド・トレード・センター一〇七階にあるレストラン）で、ヘンリー・キッシンジャーとディナー・デイトがあったんだっけ？」彼は手帳をめくる仕種をしてから、顔を起こして言った。「結論は――あいてる」

　ジミー・ホングが言った。「マット、少しお金がかかる。ホテルの部屋が要るから」

「ホテルの部屋ならあるよ」

「それはおたくが住んでるホテルのことでしょ？」ふたりは私の無邪気さに顔を見合わせてにやっと笑った。「それは駄目だよ。どこか我々とは無関係の場所でなきゃ。いい、我々はナイネックスの奥深くまで侵入するんだから――」

「言うなれば、獣の腹の中を這いまわるんだから――」

「――足跡を残すかもしれない」

「殺人事件ということに合わせて言えば、あるいは指紋を」

「比喩的に言えば、あるいは声紋を」

「だから、所有者がわかるような電話を使うわけにはいかないんだ。ホテルの一室を偽名で借りてキャッシュで払う」

「それもいいホテルじゃないとね」

「リッツとまではいかなくても」

「直接外線につながるホテルであればいい」

「最近はだいたいどこでもそうだけどね。でも、電話はプッシュ・ボタン式のやつ。それじゃないと駄目だ」

「ダイアル式は駄目」

「それぐらいは造作もない」と私は言った。「でも、いつもそうしてるのか？ ホテルの一室を借りてるのか？」

ふたりはまた顔を見合わせた。

「もしお気に入りのホテルがあるようなら――」デイヴィッドが言った。「マット、ハックしたくなっても、百ドルにしろ、百五十ドルにしろ、高級ホテルの一室を借りるだけの余裕がいつもぼくらにあるとはかぎらない」

「安ホテルを借りる七十五ドルだってね」

「胸くそ悪くなるようなホテルの五十ドルもね。そこでぼくらはどうするか――」

「あまり人がやって来ない公衆電話を見つけるのさ。グランド・セントラル駅の通勤線の待合い室にあるやつみたいな――」

「――真夜中に通勤線はあんまり走ってないからね――」

「――あるいは、オフィス・ビルのロビーとかにあるやつとか」

「あるいは、オフィスに忍び込んじゃうとか――」

「あれは馬鹿だった。あんなことはもう二度としたくない」

「ただ電話を使うためにオフィスに忍び込むなんてね」

「そんなことお巡りにどうやって説明する？　〝泥棒しにはいったんじゃないんです、お巡りさん、ただ電話を借りにはいったんです〟なんてね」

「まあ、けっこう面白かったけど、もうあんなことはやめよう。それに今度の場合は何時間もかかるだろうし――」

「途中で誰かにはいって来られちゃまずいものね。電話を切り換えられちゃって、ぼくらのやってることがほかの部屋に筒抜けになってしまうというのもどうもね」

「ホテルの一室を借りるぐらいなんでもないことだ」と私は言った。「ほかには？」

「コカ・コーラ」

「あるいはペプシ」

「コカ・コーラのほうがいい」

「だったらジョルト。〝お砂糖たっぷりカフェイン二倍〟ってやつ」

「それにスナック菓子。ドリトスがいいな」

「それならランチ風味ってやつだな。バーベキュー味じゃなくて」

「ポテト・チップも要る。それからチーズ・ドゥードルズ――」

「やめてよ、チーズ・ドゥードルズなんて」

「ぼくはチーズ・ドゥードルズがいいんだよ」

「あれほどまずいスナック菓子もないいな。きみはチーズ・ドゥードルズ以上に馬鹿げた食べものの名前を、ひとつでも挙げることができるか？」

「プリングルズ」

「それはフェアじゃない。あれは食べものじゃないもの。マット、あんたがジャッジだ。どう思う？　プリングルズは食べものかい？」

「さあ、それは――」

「あれは食べものじゃないってば！　ホング、きみって相当おかしいよ。プリングルズというのはねじれた小さなフリスビーだ。それ以外の何物でもない。あれは食べものじゃないよ！」

キーナン・クーリーに電話しても誰も出ないので、兄のピーターのところへかけてみた。電話に出た彼の声は眠そうでしゃがれていた。私は、寝ているところを起こしてしまったことを詫びて言った。「なんだかいつも同じことをしてしまってるね。すまない」

「いや、こっちが悪いんだ。昼日中に眠りこけてるなんて。このところなんだか昼と夜が逆転しちまったみたいなんだ。で、何か？」

「大した用じゃないんだが、キーナンに連絡がつかなかったもんでね」

「あいつはまだヨーロッパだ。ゆうべ電話してきた」

「そうか」

「帰るのは月曜日になるそうだ。でも、どうして？　何かいい知らせでも？」

「というわけじゃないんだが、タクシーに乗らなきゃならなくなった」

「ええ？」

「経費だ」と私は言った。「明日二千ドル近く経費がかかりそうなんだが、一応彼の承認を得ておこうと思ってね」

「それなら問題ない。いいって言うに決まってるから。経費は全部出すって言ってただろ？」

「ああ」

「じゃあ、悪いけど、とりあえず立て替えといてくれよ、あとで精算することにして」

「それができないんだ。今日は土曜日で銀行は休みだから」

「カードでおろせないのか？」

「貸金庫に預けた金はおろせない。ついこないだ家賃やカードの清算をすませたばかりで、私の口座にはいくらも残ってないんだよ」

「だったら小切手を書いて、そのぶん月曜日に口座に振り込むというのは？」

「小切手ですむような類いの経費じゃないんだ」

「なるほど」間（ま）ができた。「どうすりゃいいかおれにもわからないよ、マット。二、三百ドルぐらいならおれも都合できなくはないけど、二千ドルとなるとね」

「キーナンの金庫にはそれぐらいははいってるんじゃないか？」

「それよりずっとたくさんはいってるだろうけど、金庫はおれには開けられない。あんただって自分の金庫の鍵の番号をヤク中には教えたくないだろ？　たとえそのヤク中が自分の実の兄貴だったとしても。そんなことするなんて狂気の沙汰だ」

私は何も言わなかった。

「おれは何も自分を卑下してるんじゃない。ただ事実を言ってるだけだ。おれが弟の金庫の鍵の番号を知らなきゃならない理由はどこにもない。でも、正直に言うと、むしろ知らなくてほっとしてるんだよ。そういうことに関しちゃ、自分で自分が信じられないから」

「あんたは今は酒も麻薬もやってない。両方ともやめてもうどれくらいになる、一年半？」

「それでもおれはアル中でヤク中だよ。このふたつのちがいがわかるかい？　アル中はあんたの財布を盗む」

「ヤク中は？」

「ヤク中もあんたの財布を盗む。そしてそのあとその財布をあんたと一緒に探しまわる」

チェルシーの集会にまた行かないか、ということばが咽喉(のど)まで出かかった。が、何かがそれを口に出すのを私に思いとどまらせた。私は彼の助言者(スポンサー)でもなんでもない。また、彼の助言者(スポンサー)に自ら進んでなりたいわけでもない。そのことを思い出したのだろう。

私はエレインに電話し、現金の都合がつくかどうか尋ねた。「とにかくいらっしゃい」と彼女は言った。「現金がうなってるところを見せてあげる」

彼女は五十ドル札と百ドル札で千五百ドル持っていた。さらに、一日五百ドルまでという限度はあるが、カードを使えば銀行からも引き出せるということだった。私は彼女を無一文にさせないために、千二百ドルだけ借りることにした。それに私の持ち金と、私自身の口座からカードで引き出せる額を合わせると充分だった。

金の用途を説明すると、面白そうな話だと彼女は言った。が、一方で、「でも、そんなことをしても大丈夫なの？」と心配もした。「どう考えても違法行為よね。どれぐらいの罪になるのかしら？」

「まあ、信号無視よりは重いだろうね。コンピューターに侵入することも、データを勝手に見ることも重罪だ。明日の夜、コングズはその両方の罪を犯し、私はいわゆる現場幇助(ほうじょ)をするわけだが、私のほうはもうすでに犯罪教唆(きょうさ)という罪を犯してる。ひとつ教えてあげよう。今日び刑法のひとつぐらい犯さなきゃ何もできない」

「でも、その刑法を犯すぐらいの価値のあることなのね？」

「と思う」

「でも、相手はまだ子供なんでしょ？　子供を面倒に巻き込むのはよくないわ」

「自分自身を面倒に巻き込むこともね。だけど、彼らはこういうことをしょっちゅうやってるみたいなんだ。それに少なくとも金はちゃんと払うわけだし」

「いくら払うの？」

「ひとり五百ドル」

彼女は口笛を吹いた。「一晩の稼ぎにしてはなかなかのものね」

「いや、彼らがそれだけ要求してきたわけじゃないんだ。彼らに金額を言わせたら、もっとずっと小さな額になってただろう。いくら欲しいと私が尋ねたら、彼らはきょとんとしたような顔をしたんで、ひとり五百ドルというのは私のほうから申し出た額なんだ。結局、それでよかったみたいだけど、ふたりとも中流家庭の子供で、金が欲しくてたまらないといったような顔はしてなかった。だから、ただでもやってくれたんじゃないかな、うまく話を持っていけば」

「彼らの性格のよさに訴えれば」

「あるいは、何か面白いことを求めてる彼らの欲求に訴えればね。でも、それはやりたくなかった。どうして彼らが報酬を得ちゃいけない？　電話会社の職員で賄賂を受け取るようなやつが見つかってたら、私は喜んでそいつを買収してたんだから。でも、みんな技術的に不可能だと言うばかりで、そういうやつを見つけることはできなかった。そのぶんをコングズにやって悪いという法はない。それにそもそも私の金じゃないんだし。キーナン・クーリーは金に糸目はつけないと言ってるんだし」

「そのことばを彼がひるがえすということは？」

「それはあまり考えられないな」

「だったら、彼が麻薬をいっぱい仕込んだチョッキを着て税関を通ろうとして、逮捕されてしまうというのは？」

「それは考えられないことじゃない。それでも二千ドル足らず私が損をすればいいだけの話だ。そもそも私は二週間まえに彼から一万ドルもらって捜査を始めてるんだからね。そうか、もうそんなに経つんだ。来週の月曜日でちょうど二週間か」

「それがどうかした？」

「経った時間のわりには、捜査のほうは遅々として進んでないな。まるで――まあ、考えてもしかたがないか。私は私でできることはやってるんだから。いずれにしろ、たとえ清算できなくても、それぐらいの経費をつかう余裕はあるということさ」

「そうね」と言って彼女はふと怪訝(けげん)な顔をした。「でも、どうして二千ドルも要るの？　ホテル代に、まあ、百五十ドル、コングズに千ドル。子供ふたりがどれだけコーラを飲むというの？」

「コーラは私も飲む。それにTJを忘れちゃいけない」

「彼はコーラが好きなの？」

「コーラさえあればしあわせというクチだ。それに彼にも五百ドルやらなくちゃ」

「コングズの紹介料ってわけ？　そのことは忘れてたわね」

「コングズを紹介してくれたことと、コングズを私に紹介することを思いついてくれたことに対する謝礼だ。電話会社に埋もれてる情報を引っぱり出すには、こういうやり方しかない。しかし、私ひとりならこんなことは思いもよらなかっただろう」

「そう、ハッカーの存在は聞いて知っていても、どうやってハッカーを見つけるか。職業別電話帳には載ってないものね。でも、マット、ＴＪっていくつなの？」

「さあ、正確な歳はわからない」

「彼に訊いたことはないの？」

「訊いてもまともに答えてくれないんだ。十五か、十六じゃないかと思うけど。まあ、その前後一歳の範囲内じゃないかな」

「通りで暮らしてるのはいいとしても、どこで寝てるの？」

「寝るところはちゃんとしたところがあるんだそうだが、それがどこにあるのかも、誰と一緒に住んでるのかも教えてくれないんだ。そう簡単には手の内は見せられないということなんだろう。それが彼らの処世術なんだろう」

「手の内どころか名前もでしょ？　彼は今度のことでいくらもらえるか知ってるの？」

私は首を振った。「そういう話はまだしてない」

「彼はそんなには期待してないいんじゃない？」

「ああ。でも、どうして彼がそれだけ手にしちゃいけない？」

「あなたの決めたことに異を唱えるつもりはないけど、でも、その五百ドルを彼は何につかうと思う？」

「何にでも好きにつかえばいいさ。電話につかえば、二千回私に電話できる」

「そうね。ダニー・ボーイ、カリ、ミック、TJ、それにコングズ。いろいろな人がいるわね。そういう人たちのことを考えるたびに思うんだけど、マットニューヨークを離れることだけはやめましょうね、いい?」

## 11

たまにはほかの店に行くこともあるが、日曜日、私とジム・フェイバーはたいてい中国料理店で夕食を食べる。その日曜日もいつもの中国料理店だった。その中国料理店の時計の針が七時すぎを指したところで、私は彼に訊かれた、これから汽車にでも乗るのかと。「この十五分のうちにあんたは三回も時計を見たぜ」

「すまん。そんなに見てたとは気づかなかった」

「何か気がかりなことでも？」

「このあとちょっと用事があるんだ。でも、時間はまだたっぷりある。八時半までは大丈夫だ」

「私は八時半には集会に行こうと思ってるけど、あんたの用事というのはそれじゃない」

「ああ、ちがう。でも、夜の集会には出られないことがわかってたんで、今日は昼の集会に出たよ」

「あんたの用事だけど」と彼は言った。「アルコールのそばに近づかなきゃならない用事なんで、今からそわそわしてるんじゃないだろうね？」

「そんなんじゃない。コーラより強いものは出てこない。誰かがジョルトを選ばなければ」

「それは私の知らない新しい麻薬かね？」

「コーラの一種だ。普通のコーラと変わらない。ただカフェインが二倍多いだけで」

「それはちょっとあんたの手に負えないんじゃないか？」

「試してみる気もないよ。このあと私が何をするのか、知りたいのか？　このあと私は偽名でホテルにチェック・インして、三人の少年を部屋に呼ぶのさ」

「それ以上はもう言わないでくれ」

「言わないよ。重罪を犯すことを事前にあんたに知らせようとは思わない」

「あんたは今夜その少年たちと重罪を犯す計画を立ててるのか？」

「重罪を犯すのは少年たちで、私はそれを見てるだけだ」

「だったらこのスズキをもっと食べるといい」と彼は言った。「精をつけなきゃ」

九時には四人全員がフロンテナック・ホテルの一泊百六十ドルの角部屋に集まった。そのホテルは何年かまえにジャパン・マネーで建てられ、その後オランダのあるコングロマリットに買収された、全部で千二百室ある大きなホテルだ。七番街五十三丁目の角にあり、二十八階の私たちの部屋からはハドスン川がビルのあいだに垣間見えた。そう、窓にブラインドを下ろさなければ。

鏡台の上にはスナック菓子が並んでいた。その中にチーズ・ドゥードルズはあったが、プリングルズはなかった。冷蔵庫の中には三種類のコーラの六缶パックがはいっていた。電話はすでにナイト・テーブルから机の上に移され、受話器には音響結合器(アコースティック・カプラー)とかいうものが、電話機本体にはモデムとかいうものが取りつけられていた。そして、その横にはコングズのラップトップ・コンピューターが置かれていた。

私は、イリノイ州スコーキー、ヒルクレスト・アヴェニューのジョン・J・ガンダーマンという名でチェック・インし、現金で宿泊代を払い、現金客に求められる、電話とミニ・バーのための保証金五十ドルを預けた。ミニ・バーは必要なかったが、電話はかけられないと困る。そのためにわざわざ高いホテル代を払っているのだ。

ジミー・ホングが机について坐り、コンピューターのキーボードを叩き、電話のボタンを押していた。デイヴィッド・キングはもうひとつの椅子を机の近くに持ってきていたが、それには坐らず、立ったままジミーの肩越しにコンピューター画面を眺めていた。それよりまえにデイヴィッドは私に、どうやればモデムを使ってひとつのコンピューターから別のコンピューターに侵入できるのか、説明してくれていたが、それは野ネズミに非ユークリッド幾何学を教えるようなものだった。彼のつかったことばの意味はどうにかわかったが、それでも何を言っているのか私にはさっぱりわからなかった。

コングズはホテルのロビーをすんなりと通り抜けるために、スーツにネクタイという恰好で来ていたが、今はその上着とネクタイはベッドの上に置かれ、ふたりともシャツの袖をまくり上げていた。TJはいつものスタイルだったが、フロントで見咎められることはなかった。配達の少年を装い、大きな食料品袋をふたつ抱えていたので。

ジミーが言った。「はいった」

「よし！」

「ナイネックスにはいった。でも、まだホテルのロビーにはいったくらいのものだ。このあと四十階ぐらい昇らなきゃならない。とにかくやってみよう」

彼の指がいくつかの数字を叩くと、コンピューター画面に文字が現われた。ややあってから彼が言った。「あいつらは年じゅうパスワードを変えてる。ぼくらみたいな人間を締め出すために、あいつらがどれほど一生懸命になってるかわかる？」

「本気で締め出せると思ってるんだからね」

「システムを改良するのにそのエネルギーを注ぎ込めばいいのに——」

「馬鹿なやつらさ」

さらに文字と数字が現われた。「くそっ」と悪態をついてジミーはコーラの缶に手を伸ばした。「どうする？」

「人間対人間プログラムの時間のようだな」とデイヴィッドは言った。

「同感だ。きみの対人間技能にさらに磨きをかけてみる?」

デイヴィッドはうなずいて受話器を取ると、私に向かって言った。「これも一種の社会工学だなんて言ってるやつがいるけど、でも、ナイネックスが一番厄介なんだ。会社のお偉方がしょっちゅうハッカーに気をつけろって従業員に言ってるから。でも、幸いなのは、従業員の大半が阿呆だということだ」彼は電話のボタンを押し、相手が出るのを待って言った。「もしもし? ラルフ・ウィルクスと言います。そちらの電話線を修理しているんですけど、COSMOSにつながりにくいということでしたよね?」

「いつもそうなんだよ」とジミー・ホングが声をひそめて言った。「だからとりあえずあたりさわりのない質問なんだ」

「ええ、そうです」とデイヴィッドは言っていた。そのあとは私の知らないことばのやりとりがしばらく続いた。そして——「それじゃ今はどんなふうに記録してるんです? アクセス・コードは? いや、そうですね、言わないでください。言っちゃいけないんですよね。機密事項ですものね」彼は大袈裟に眼をぐるっとまわしてみせた。「ええ、わかってます。お互いさまです。こっちもそれが悩みの種ですよ。でも、そう、言わなくていいですから、コードをあなたのキーボードで叩いてもらえませんか?」数字と文字がコンピューター画面に現われた。ジミーがすばやくそれを手元のキーボードに打ち込んだ。「それで結構です」とデイヴィッドが言った。「それじゃ今度はCOSMOSのためのパスワードについても同じようにやってください。言わないでいいですから、ただ入力だけしてください」

「すばらしい」画面に現われた数字を見てジミーが小声で言い、またすぐにそれを記録した。

「これでよくなると思います」とデイヴィッドは電話の相手に言った。「これでもう面倒なことはないと思います」そう言って電話を切ると、彼はひとつ大きな溜息をついた。「こっちも面倒なことは何もないな。〝番号は言わないで、ただ入力だけしてちょうだい、ダーリン。わたしに言わないで。わたしのコンピューターに言ってちょうだい〟なんてね」

「馬鹿」とジミーが言った。

「で、はいったかい？」

「はいった」

「やった！」

「マット、おたくの電話番号は？」

「電話はしないでくれ」と私は言った。「私は今家にいないから」

「電話をかけるんじゃないよ。電話をチェックしたいんだ。番号は？　いや、言ってくれなくていいや。試してみよう、〝スカダー、マシュウ〟と。住所は西五十七丁目、だったよね？　どう、この数字に見覚えがある？」

私はコンピューター画面をのぞき込んだ。「それは私の番号だ」

「そう。この番号に満足してる？　変えたくはない？　もっと覚えやすい番号とかに」

「電話会社にそれを頼むと」とデイヴィッドが言った。「一週間かそこら待たされるけど、今言ってくれればすぐにできるよ」

「今の番号のままでいい」と私は言った。

「お好きに。でも、ごくごく基本的な機能しかつけてないんだね。転送機能もなし、キャッチホンもなし。ホテル住まいで、交換台があるわけだから、キャッチホンは要らないかもしれないけど、転送機能はつけたほうがいいよ。誰かの家に泊まったりするとき、自動的にそこに電話がかかってくるというのは便利だよ」

「それをつけた値打ちがあるほど利用するかどうかわからない」

「でも、ただなんだよ」

「月々いくらか取られるものと思ってた」

彼はにやっと笑ってキーボードを叩いた。「おたくにはただにしといてあげる、お偉方のお友達ということで。さて、これでおたくの電話にも転送機能がついた。コングズからの贈りものだ。目的のシステム、ＣＯＳＭＯＳに侵入できたから、こういう細工ができるんだよ。こういうことをしても、おたくの電話を勘定してるシステムはそのことを知らないから、請求書には一セントも記載されない」

「そういうことなら」

「長距離電話は電話電信会社(AT&T)を使ってるんだね。スプリントとかＭＣＩは使わないんだ」

「ああ、どこを使っても大したちがいはないような気がしてね」

「そう、でも、スプリントにしよう。これで大変な節約になるよ」

「ほんとうに？」

「ほんとうに。だってナイネックスがおたくの長距離電話をスプリントにまわしても、スプリントはそのことを知らないんだから」

「おたくは一セントも払わなくてすむ」とデイヴィッドが言った。

「それはどうかな」

「任せなさいって」

「いや、きみたちのことばを疑ってるわけじゃないんだ。ただ、そういうことをしていいものかどうか。不正にサーヴィスを受けるわけだからね」

ジミーが私の顔をまじまじと見て言った。「相手は電話会社なんだよ」

「わかってる」

「電話会社がそれだけのことで破算すると思う？」

「いや、しかし——」

「マット、公衆電話を使ったあとまた二十五セント玉が戻ってきちゃったとき、おたくはどうする？　それをポケットに入れるか、もう一回投入口に入れるか」

「あるいは、二十五セント分の切手を電話会社に郵送するか」とデイヴィッドが言った。

「きみたちの言いたいことはわかる」

「だって逆に二十五セントを入れても電話がかからなかったとき、我々はどうする？　ベル母ちゃんにかなう人間は誰もいない。だろ？」

「それはそうだ」

「長距離電話はただ、転送電話もただ。それでいいだろ？　転送電話にはコードがあるけど、そんなのは電話会社に電話して、コードを書いたものをなくしちゃったんだって言えばいい。どうすればいいかすぐ教えてくれる。なんてことはないよ。ＴＪ、きみの電話番号は？」

「電話なんかないよ」

「そうか。だったら、きみの好きな公衆電話は？」

「好きな公衆電話？　そうだなあ。でも、どっちみち公衆電話の番号なんてひとつも知らないよ」

「いいから、好きな公衆電話のある場所を言えよ」

「よく使うのは、ポート・オーソリティの三つ並んでるやつだけど」

「それは駄目だ。あそこには電話がありすぎる。おんなじ電話のことを言ってるのかどうか判断がつかない。街角とかにあるやつで、好きなのはない？」

ＴＪは肩をすくめた。「八番街四十三丁目の角にあるやつかな」

「アップタウン側？　ダウンタウン側？」

「アップタウン側。その東側」

「わかった。それじゃ……ああ、あった、あった。そこの番号を言うから書き取ったら？」

「番号を変えよう」とデイヴィッドが言った。

「それはいい考えだ。覚えやすいのに変えよう。TJ‐五‐四三二一というのはどう？」

「おれの専用電話みたいじゃん。いいね、それ、気に入ったよ」

「それに変えられるかどうか見てみよう——駄目だ、もうすでに誰かが使ってる。じゃあ、逆にしようか、TJ‐五‐六七八九に。これなら大丈夫だ。よし、これでこいつはきみの電話になった。もう入力した」

「そんなことができるのか？」と私は不思議に思って言った。「まえの三桁はそれぞれ地域ごとに異なるんじゃないのか？」

「以前はね。今も交換局はあるけど、それは回線番号のためのもので、我々が実際にかける電話番号とはなんの関係もないんだよ。今もTJにひとつ進呈したけど、現在使われてる電話番号というのは、キャッシュ・カードの暗証番号とおんなじものなんだ。個人識別番号なのさ」

「つまりアクセス・コードってわけ」とデイヴィッドが言った。「まずコンピューターにアクセスして、それから電話につながるってわけ」

「TJのためにもう少し調整しておこう。TJ、それは有料公衆電話だよね？」

「もちろん」

「それがもちろんじゃないんだな。今までは有料だったけど、今は無料だ」

「ほんとに？」

「ほんとに。一週間か二週間かのうちに、いずれどこかの阿呆が電話会社にご忠進するだろうけど、それまでしばらく二十五セント玉を何個か節約できる。ロビン・フッドをやったときのことを覚えてるかい？」

「ああ、あれは面白かった」とデイヴィッドが言った。「ある夜、ぼくらは世界貿易センター・ビルの公衆電話を使ってた。もちろん、ぼくらが最初にやったのは、まず公衆電話を解放することだ。つまり無料公衆電話にすること――」

「――さもないと、一晩じゅう二十五セントをつかい続けることになるからね。そんなのは馬鹿げてる――」

「――そこでここにいるホングが言ったのさ、公衆電話は誰に対しても無料であるべきだって。それは地下鉄もしかり。回転腕木門なんて廃止すべきだ――」

「――あるいは、代用硬貨（トークン）があってもなくてもまわるとかね。あの回転腕木門もコンピューター化されてれば、ことは簡単なんだけどそうはなってない――」

「――考えてみると、あれはずいぶん原始的な装置だよ――」

「――でも、公衆電話ならいくらでも細工ができる。それで、そう、二時間ばかり――」

「──一時間半だよ──」

「──COSMOSにはいり込んだんだ。いや、あれはMIZARだったかもしれない──」

「──COSMOSだよ──」

「──で、次から次と公衆電話に細工をしていったんだ。有料電話を解放して無料電話にしていったのさ──」

「──ホングはもう夢中になっちゃってね、なんか〝パワー・トゥ・ザ・ピープル〟みたいな感じで──」

「──結局、何個解放したのかわからないくらいやったな」そこでジミー・ホングは顔を起こした。「でも、デイヴィッド、ナイネックスがぼくらを眼の敵にするのもわからなくはないよね。よくよく考えてみれば、彼らにとってぼくらほど癪に障る相手もいないだろうね」

「だから？」

「だから彼らの言い分も少しはわかってやらなきゃってことさ」

「冗談じゃない」とデイヴィッドは言った。「やつらの言い分なんて死んでも考えることはないね。パックマン（テレビ・ゲーム）をやってブルーの敵に同情するのをきみは賢明なことだと思うか？」

ジミー・ホングはそれに反論した。そうした議論はふたりに任せて、私は缶コーラを開けて飲んだ。そしてまた傍聴席に戻ると、ジミーが言った。「よし、ブルックリン回線にはいった。電話の番号をもう一回言ってくれない？」

私は手帳を確かめて番号を読み上げた。ジミーはそれをコンピューターに打ち込んだ。私にはなんの意味も持たない文字と数字が画面に現われた。ジミーがさらにキーボードを叩くと、キーナン・クーリーの名前と住所が現われた。

「これがおたくの友達？」そうだ、と私は答えた。「今は電話を使ってないね」

「そんなこともわかるんだ」

「もちろん。もし使ってたら、傍聴もできる。もし聞きたければ、どこの誰の電話だって聞ける」

「でも、退屈なんだよね、これが」とデイヴィッドが言った。

「そう、昔は時々やったけど。何か面白い話が聞けそうな気がしてね。犯罪者とかスパイとかの秘密の話が聞けるんじゃないかって。でも、実際に聞けるのは、のけぞっちゃうくらい退屈なたわごとばっかりなんだよね。〝帰りに牛乳を買ってきてくれない、ダーリン？〟なんてね。ほんとにくだらないんだ」

「それから、はっきりものを言わない人ってすごく多いんだよね。吃（ども）ったり口ごもったりで、聞いていていらいらしちゃう。すっと言え、すっとって言いたくなる。あるいは、もう黙ってろって」

「テレフォン・セックスというのもあるけど」

「思い出させないでくれ」

「テレフォン・セックスはキングのお気に入りなんだ。家の電話だと一分間に三ドルかかるけど、公衆電話を使って公衆電話じゃないって言えばただになる」

「でも、テレフォン・セックスって気色の悪いものだよね。ぼくらはその電話にはいり込んで、しばらく黙って聞いてたんだ」

「それから話に割り込んでやったんだ。あいつ、びっくり仰天してたね。その男は、信じられないような声を出す女と一対一の電話をしてたんだけど——」

「——あの女、ゴジラみたいな顔の女だったかもね。でも、それは誰にもわからない——」

「——キングはふたりの激しいやりとりのあいだにいきなり割り込んで、その男の夢を打ち砕いたんだ」

「女の子のほうもびっくりしてたね」

「女の子？　孫がいたりして」

「〝今の何？〟なんてびっくりして言ってたね。〝あんた、誰？　どこにいるの？　どうやってはいってきたの？〟なんてね」

そういうやりとりと同時に、ジミー・ホングはもうひとつの会話にも参加していた。コンピューターとの会話にも。そんな彼が、静かにするようにと片手をあげ、もう一方の手でキーボードを叩いた。「いいぞ。日付を教えてくれない？　三月だったよね？」

「二十八日だ」

「月、三。日、二十八。その日に〇四‐〇五三‐九〇四にかかった電話を調べる」

「いや、彼の電話番号は――」

「今言ったのは回線番号だ。そのちがいはさっき説明しただろ？　ああ、やっぱり――思ったとおりだ。このデータにはアクセスできない」

「どういうことだね？」

「食べものをたくさん用意しておいて賢明だったということさ。誰かドリトスを持ってきてくれない？　ちょっと時間がかかりそうだから。このシステムに侵入したついでに、おたくの友達がかけた電話を調べてみようか。このまま黙って引き下がるのも癪だから」

「ああ、やってくれ」

三月二十八日午前零時すぎにかけられたものから始まる電話のデータを、コンピューターが時間を追って吐き出した。午前一時までに二件、そのあとは午前八時四十七分までなし。その時間にクーリーは二一二局番に三十秒の電話をしていた。午前中にもう一件、午後の早い時間帯に数件、三時五十一分から五時十八分まではなし。所要時間一分三十秒のその五時十分の電話は、ピーター・クーリーにかけたものだった。番号から私にはそれがわかった。

夜は一件もなかった。

「記録しておきたいのがある、マット?」

「いや」

「わかった」と彼は言った。「ここからが一番の難関だ」

私には彼らの作業を説明することはできない。が、十一時をまわったところでふたりは交替して、デイヴィッドがコンピューターのまえに坐った。ジミーはしばらく部屋の中を歩きまわってからトイレに行き、戻ってくると、ホステスのカップケーキをひとパックあっというまにたいらげた。十二時半、ふたりはまた交替し、デイヴィッドはシャワーを浴びた。その頃にはもうTJは、服を着たまま靴も履いたままベッドカヴァーの上に大の字になって、ぐっすり眠りこけていた。誰にも取られまいとしっかり枕を抱え込んで。

一時半、ジミーが言った。「くそっ、駄目だ。NPSNにはいる方法がないなんて信じられない」

「電話を貸してくれ」とデイヴィッドは言うと、ボタンを叩き、うなり、受話器を一度置いて取り上げ、またボタンを叩いた。三度目にやっと相手につながった。「もしもし」と彼は言った。「おたくはどなた? ああ、よかった。聞いてくれ、リタ。ぼくはNICNACセントラルのテイラー・フィールディングっていうんだけど、緊急業務コード5だ。NPSNのきみのアクセス・コードとパスワードが要る。これを放っておくとクリーヴランドがパンクしちまう。いいかい、なんてたってコード5だからね。わかるだろ？」彼は受話器に耳をすました。そしてキーボードに手を伸ばした。「リタ、きみってすばらしい人だ。きみはぼくの命を救ってくれた。いや、嘘じゃない。だってきみにこうしてつながるまえに、コード5の優先性を知らないやつがふたりもいたんだぜ。信じられるかい？　ああ、そうだ、きみはよく勉強してるからわかったんだよ。いい、もしこのことで誰かに何か言われたら、すべての責任はぼくが取るから。ああ、きみも。それじゃ」

「責任はすべてぼくが取るから」とジミーが言った。「気に入ったよ、その台詞」

「ああ言うしかないだろ」

「ところでコード5ってなんなんだい？　教えてくれない？」

「さあ、そんなこと言われてもね。それよりNICNACセントラルってなんだい？　テイラー・フェルドマンって誰だ？」

「フィールディングって言ったぜ」

「フィールディングに改名するまえの名がフェルドマンだったんだ。知らないよ。全部口からでまかせだったけど、リタにはよくうけた」

「必死って感じがよく出てた」

「それは実際必死だったからさ。だってもう夜中の一時半だっていうのに、我々はまだNPSNにも侵入してないんだから」

「今したよ」

「でも、正直に言って、気持ちよかったね。コード5には誰もかなわない。官僚機構のたわごとなんか屁でもない。〝緊急業務コード5〟って呪文をひとこと唱えただけで、彼女のドアが吹っ飛んだ」

「〝リタ、きみってすばらしい人だ〟」

「白状すると、ぼくは彼女に恋しちまったよ。電話を切ったときにはもうぼくたちは旧知の間柄だったろ？」

「彼女にはまた電話する？」

「彼女ならいつでもパスワードが訊き出せそうだ、会社を裏切ったことに彼女が今頃気づいてないかぎり。これからも気づかなければ、またこの次も旧知の間柄でいられる」

「そのうちまた電話をするといい」と私は言った。「でも、そのときにはパスワードにしろアクセス・コードにしろ、何かを訊き出したりはしない」

「ただおしゃべりをするってこと？」

「そうだ。逆に何か新しい情報でも教えてやるのさ。彼女から何か訊き出そうというようなそぶりは一切見せずに」

「すばらしい」とデイヴィッドは言った。

「そしてあとで――」

「なるほど」とジミーが言った。「マット、おたくの手先がどれだけ器用なのか、ブラインド・タッチでキーボードが打てるかどうか、それは知らないけど、それから、おたくは機械にはあんまり強くないみたいだけど、これだけは言えるよ。おたくにはハッカーのハートと魂がある」

コングズによれば、NPSN――それがなんの略語なのかも私には見当もつかなかったが――に一度侵入できると、作業がぐんと面白くなるということだった。「技術的な観点で言えば、ここが一番魅力的なところだ」とデイヴィッドが説明した。「引き出すことはできないと電話会社の人間が言うデータを引き出すわけだからね。まあ、連中はおたくを門前払いするためにそう言ったんだろうけど、でも、その中には事実を話したやつもいたはずだ。自分が事実と思ってることをね。どうやってそのデータを引っぱり出せばいいのか、ほんとにやつらは知らないんだよ。だから、今から我々は、我々に必要なデータを引っぱり出すプログラムを開発して、それを彼らのシステムに施してやるようなものなのさ」

「でも」とジミーが言った。「そういう技術的なことに関心がなければ、ずっと身を乗り出して見ていなきゃならないようなものとは言えないね」

ベッドから起き出してきたTJが、まるで催眠術でもかけられたみたいにコンピューター画面に見入っていた。ジミーはジョルトを取りに冷蔵庫のところまで行った。私は安楽椅子に腰をおろした。ジミーの言うとおりだった。確かに身を乗り出して見ていなければならないようなものからはほど遠かった。私は背もたれにもたれた。そして次に気がつくと、ＴＪが私の肩を軽く揺すり、私の名を呼んでいた。

私は眼を開けた。「つい眠ってしまったようだ」

「ああ、よく寝てたよ。いびきまでかいて」

「今何時だ？」

「もうすぐ四時だ。やっと目的地にたどり着いた」

「プリントアウトは？」

ＴＪは振り向くと、私の質問をコングズに伝えた。コングズはくすくす笑い始めた。デイヴィッドがさきに笑うのをやめて、プリンターはここにないことを私に思い出させた。私の助言者（スポンサー）が印刷屋（プリンター）でね、と私はもう少しで言いそうになった。「そうだ、そうだった。すまん。まだ半分寝ぼけてるみたいだ」

「そこにいればいいよ。ぼくたちが書き写すから」

「ジョルトを持ってきてやるよ」とＴＪが言った。私はそれには及ばないと言ったが、それでもＴＪは缶をひとつ持ってきた。私はそれをひとくち口にふくんで、それが自分の望んでいるものではないことがわかった。と言って、何を望んでいるのか確たるものがあったわけではないが。立ち上がって伸びをし、背中と首のこりをほぐしてから、机のところまで歩いた。デイヴィッド・キングがコンピューターを操作し、ジミー・ホングが画面に現われる情報を書き取っていた。

「お見事」と私は言った。

犯人からの最初の電話は三時三十八分、妻の失踪をキーナン・クーリーに伝えるものだった。そのあとほぼ二十分間隔で三度電話があり、その最後の電話は四時五十四分と記録されていた。そのあと五時十八分にキーナンがピーターに電話し、六時四分にまた電話を受けていた。それが、ピーターがキーナンの家に到着する直前にかかってきた電話にちがいない。そして、八時一分に六度目の電話。それが、キーナン兄弟にファラガット・ロードまで行くように命じた電話だろう。そのあとふたりはヴェテランズ・アヴェニューまでやらされ、そこでフランシーンはもうさきに家に送り返したと言われ、自分たちも家に戻る。が、結局、十時四分まで待たされる。十時四分。それが、トランクに包みを入れたフォード・テンポを近くの角に停めたことを知らせる、犯人の最後の電話がかかってきた時刻だった。

「すごいよ、これは」とデイヴィッドが言った。「すごくいい勉強になった。だってこんなに一生懸命にやったのって初めてじゃないか？　今回はそもそも目標というものがあった。だからぼくらは途中で放り出すわけにはいかなかった。ただハッキングして遊んでるときは、ひとつのことに飽きたら別なことをやればいいわけだけど、今回は退屈を克服しなきゃならなかった。その結果、退屈の向こう側までたどり着くことができた」

「そうしたら、さらにまた退屈が待っていた」とジミーが茶化して言った。

「でも、多くのことを学んだ。ほんとに。今回と同じことをもう一度やることになっても――」

「勘弁してよ」

「この次は今回の半分の時間でできるよ。いや、半分もかからないだろう。スピード・サーチ・オプションは二倍速にだってなるもの、あそこのところをちぢめれば――」

そのあと彼の言ったことは、さらに私の理解を超えていた。どっちみち、三月二十八日にキーナンの家にかかってきた電話のすべてを書き出したメモを、ジミーに手渡された時点から彼の話を聞くのはやめていたが。「さきに言っておけばよかったね」と私は言った。「重要なのは三時三十八分から始まる七件の電話で、そのまえのは必要なかったんだ」ジミーはすべての情報を書き写してくれていた。電話がかかった時刻、かけてきた相手の電話の回線番号と、普通に電話をかけるときの番号、それに電話の所要時間。必要以上のことが書かれていた。が、それをいちいち彼に伝えなければならない道理はない。

「電話は七回。どれも異なる電話からだね」と私は言った。「いや、ちがう。同じ電話を二度使ってる。二度目と最後に」

「それが知りたかったこと？」

私はうなずいて言った。「これからどれだけのことがわかるか、それはまた別問題だけれど。これが決定的な手がかりになるか、それとも大した手がかりにはならないか、今はまだどっちとも言えないけれど。逆引き電話帳でこれらの電話の持ち主をまずは調べてみないとね」

ふたりはまじまじと私の顔を見た。ジミー・ホングが眼鏡をはずし、私に向かって大袈裟に眼をしばたたいても、私にはまだなんのことかよくわからなかった。「逆引き電話帳だって？　ここにぼくらがいて、すべてはＮＰＳＮの腹の中に収められているというのに、おたくは逆引き電話帳なんかが要ると思うわけ？」

「それはぼくらがさっきまで幼稚な議論をしてたからだ」とデイヴィッドが言って、キーボードのまえに坐り直した。「さあ、いいよ。最初のやつから言ってくれる？」

それらは全部公衆電話だった。

予想したとおりだった。犯人の手口は全体に慎重で、犯罪のプロを思わせるものだ。そんなやつらもうっかり足がつくような電話を使っているかもしれない。そう考えなければならない道理はどこにもなかった。

しかし、毎回異なる電話というのは？　これはいささか不可解な気もしたが、コングズのひとりが納得のいく推理をしてくれた。犯人は、キーナン・クーリーが、電話の傍聴と逆探知ができる立場にいる人間に知らせる可能性を怖れたのだ。一回の電話を短くすることで、犯人は、たとえ逆探知されても捜査の手が伸びるまえに姿をくらますことができる。また、同じ電話を二度使わなければ、逆探知されて、使った電話の張り込みをされても痛くも痒くもない。

「今は逆探知が一瞬でできるからね」とジミーが言った。「ぼくらが今夜つくったようなプログラムがあれば、実際に逆探知するまでもない。ただコンピューター画面を見てればいいのさ」

では最後の電話はどうして二度目の電話と同じものを使ったのか？　その頃にはもう犯人は安心しきっていたからだ。クーリーはきわめて従順だった。身代金の受け渡しもスムーズにいった。犯人としてはもうそれほど警戒する必要はないと思ったのだろう。そこで家から電話をかけてもいいと思うくらいに安心しきってくれればよかったのだが。それならことは簡単だ。雨が降りだして、犯人が外に出るのをいやがってくれていたら。身代金を残りのふたりに預けて、ひとり家を出ることを誰もがいやがってくれていたら。

しかし、そうは問屋が卸さなかった。少しぐらいつきがめぐってきてもよさそうなものなのに。

それでは、千七百ドル以上もかけて一晩徹夜したことにはなんの意味もなかったのかというと、もちろんそんなことはない。犯人はきわめて用心深いセックス・キラー・トリオであるということ以外にも、いくつかはっきりした。

公衆電話の所在地はすべてブルックリンだった。それもキーナンたちが犯人に移動させられた地域に比べると、ずっと狭い範囲内に収まっている。身代金の運搬は、まずベイリッジからコブルヒルのアトランティック・アヴェニューまで、それからフラットブッシュ・アヴェニューとファラガット・ロードの角まで、さらにヴェテランズ・アヴェニューまで行かされ、最後にバラバラ死体の届けられたベイリッジに戻っている。これだけでも広範囲であり、それ以前の犯人の犯行が、ブルックリンとクウィーンズにまたがっていることを考え合わせると、犯人のホーム・ベースはブルックリンとクウィーンズのどこであってもおかしくない。

しかし、犯人が使った公衆電話はどれも互いにあまり離れ合ってはいなかった。地図で確かめれば、そのことはもっとはっきりするだろうが、所番地を見ただけでおよその地域が把握できた。ブルックリンの西部、ベイリッジのキーナンの家からは北にあたり、グリーン・ウッド墓地からは南にあたる一帯。

グリーン・ウッド墓地——それは犯人がレイラ・アルヴァレスの死体を遺棄したところだ。公衆電話のひとつは六十丁目にあり、別なひとつはニュー・ユートレクト・アヴェニュー四十一丁目にあった。それは歩いていける距離ではない。おそらく犯人は車で家を出て、一個所で電話をしてまた別なところへ移るということを繰り返したのだろう。彼らのホーム・ベースはその一帯のどこかにあるはずだ。おそらく二番目に使った公衆電話からそう遠くないところに。すべてが首尾よく終わり、残るはキーナン・クーリーの傷に塩をすり込むだけとなって、必要もないのにどうして何ブロックも行かなければならない？　最も手近な電話で間に合わせてどんな不都合がある？

その公衆電話の所在地は五番街、四十九丁目通りと五十丁目通りのあいだになっていた。

そういったことはその場ですぐに確かめられることではなかったので、コングズには言わずにおいた。ふたりにはそれぞれ五百ドルずつ渡し、大いに感謝していると謝意を伝えた。ふたりは、とても愉しかったと言った、退屈な部分も含めて。頭痛もしてるし、腱鞘炎(けんしょうえん)にもなりかけているけど、それだけの値打ちのある仕事だった、とジミーは言った。

「きみたちからさきに帰ってくれ」と私は言った。「ネクタイをしめて上着を着てさりげなく出てくれ。私は忘れものがないか確かめてから出るよ。それにフロントで電話代の清算をしなきゃいけないからね。保証金に五十ドル預けてあるけど、七時間以上も使ってたわけだからね。いったい電話代はいくらぐらいになってるのか見当もつかない」

「やれやれ」とデイヴィッドが言った。「この人はほんとに何もわかってない」

「それはもう見事なほどだね」とジミーが言った。

「ええ？　私には何がわかってないんだね？」

「電話代なんて払わなくていいんだよ」とジミーは言った。「ここへ来てぼくがまず最初にやったのは、ホテルの交換を通さないバイパスをつくることさ。だから、シャンハイにかけたってフロントには一切記録が残らない」彼はにやっと笑った。「それでも保証金は置いていったほうがいいかもね。ジミーがミニ・バーから三十ドル分ぐらいのマカダミア・ナッツを食べたから」

「一個一ドルのナッツを三十個」とデイヴィッド。

「でも、ぼくがおたくなら」とジミーは言った。「このまま家に帰っちゃうね」

ふたりが出ていくのを待って、私はTJに金を渡した。TJは札で顔を扇ぐような仕種をして私を見、札を見、また私を見て言った。「こんなに?」

「このゲームはそもそもきみがいなければできなかった。きみがボールとバットを持ってきた」

「百ドルぐらいくれるんじゃないかと思ってたけど」と彼は言った。「おれはなんにもしなかった。ただ坐ってただけだ。でも、あんたは気前がいいから、おれのことを無視とかしたりはしないと思ったけどさ。いくらあるんだい?」

「五百だ」

「今度の仕事が金になる仕事ってことは知ってたけどさ、あんたにもおれにも。おれ、探偵稼業が気に入ったよ。おれって世の中の表も裏も知ってるから、こういう仕事に向いてると思うんだ。だから気に入ったよ」

「いつもこんなに払えるとはかぎらない」

「関係ないね。こんなにおれの知ってることが利用できる仕事ってほかにないもの」

「だったら大人になったら探偵になるか？」

「そんなに待てないよ。今なる。それでいいじゃん（ザッツ・ウェア・イッツ・アット）、マット」

私は、それじゃ最初の指令はホテルの従業員のよけいな注意を惹かずにここを出ることだ、と言った。「きみもコングズみたいな恰好をしてたら、ことはずっと簡単だが、ないものねだりをしてもしようがない。ふたりで一緒に出ることにしよう」

「あんたの歳の白人男と黒人のティーンエイジャー。やつらがそんなおれたちを見てどう思うか」

「ああ、彼らには好きなだけあきれさせてやればいい。きみがひとりで出ようとすれば、ホテル荒らしとまちがえられて、下手をすると出してもらえなくなるかもしれない」

「ああ、そのとおりだよ。でも、あんたは可能性を全部見てない。この部屋の支払いはもうすんでるんだろ？　で、チェックアウト・タイムは十二時？　おれはあんたのホテルを知ってる。こんなこと言って悪いけど、あんたの部屋はこの部屋ほどよくはない」

「ああ、そうだ。一晩百六十ドルもしないからね」

「この部屋はおれには一セントもかかってない。でも、これから熱いシャワーを浴びてさ、タオルを三枚ぐらい使って体を拭いてさ、六時間か七時間あのベッドで寝ようと思うんだよ。だってこの部屋はあんたのところよりはちょっといいだけかもしれないけど、おれの住んでるところより十倍はいい部屋だからね」

「なるほど」

「だから、〝就寝中〟の札を出して、誰にも邪魔されないでひと休みしようと思うんだ。で、十二時頃出ていっても、誰もおれのことをじろじろ見たりしないよ、おれみたいな上品な好青年のことなんか。客の昼飯の出前を届けて帰るところなんだろうって思うだけさ。ねえ、マット、今から階下(した)に電話して、十一時半に起こしてくれるように言ってもいいかな?」

「いいとも」と私は言った。

# 12

私はブロードウェイでオールナイトのコーヒー・ショップに立ち寄った。誰かがブースにタイムズの早版を置いていっていた。卵とコーヒーという朝食を摂(と)りながら、私はそれに眼を通したが、ほとんど何も頭にはいらなかった。それは疲労困憊していたのと、なけなしの集中力をサンセット・パークの六個所の公衆電話に向けていたからだった。私は何度もそのリストをポケットから引っぱり出しては眺めた。まるで、かけられた電話の順序と公衆電話の所在地には、鍵さえあれば解くことのできる秘密のメッセージが隠されてでもいるかのように。実際、緊急業務コード5だと言えば、なんでも答えてくれる相手がどこかにいそうな気がした。〝きみのアクセス・コードとパスワードを教えてくれないか〟

ホテルに着いた頃には、空が明るくなりかけていた。私はシャワーを浴び、ベッドにもぐり込んで、一時間であきらめ、テレビをつけた。三大ネットワークのどこかの局のニュースを見た。国務長官が中東歴訪の旅から帰ってきていた。マスコミは彼のインタヴューのあとに、恒久和平の可能性を示唆するパレスティナのスポークスマンのコメントを流していた。

そのニュースが私に依頼人のことを思い出させた。いっとき彼のことが私の心から遠のいていたらしい。次のインタヴューの相手は今年のアカデミー賞受賞者のひとりだった。私はミュート・ボタンを押して、キーナン・クーリーに電話をかけた。

誰も出なかった。それでも三十分かそこらおきに何度かかけた。そうして十時半頃かけた電話にやっと彼が出た。「たった今帰ってきたところだ」と彼は言った。「でも、今度の旅行で一番恐かったのは、ケネディ空港から家まで帰るのに乗ったタクシーだ。運転手が歯にダイアモンドを埋め込んで、頬に部族の彫りものなんかしてるガーナのいかれ頭でね。事故を起こしたらグリーン・カードもろとも天国へまっしぐらってな運転だった」

「そのタクシーにはまえに一度私も乗ったことがあるような気がする」

「あんたも？　あんたはそんなにタクシーは使わないんだと思ってた。あんたは地下鉄が好きなんだと」

「ゆうべは一晩じゅう乗っていて、メーターがあがるところまであがってしまった」

「ほう？」

「言ってみればそういうことになる。コンピューターおたくの二人組を見つけてね。そのふたりに、電話会社は存在しないと言い張るデータを出してもらったんだ」私は我々のしたことと、それによって得られた情報をかいつまんで話した。「一応あんたの許可を得ようとは思ったけれど、連絡がつかなかったんだ。でも、先送りにするのもいやだったんで、私の裁量でやった」

彼は私に、いくらかかったか訊いてきた。私はかかった額を言った。「それぐらいまったく問題ない」と彼は言った。「それであんたが立て替えてくれてるんだね？　ピートに言えばよかったのに」

「彼に黙ってやったわけじゃない。週末にかかってたんで私も現金の持ち合わせがなかったから、彼にも頼んでみたんだが、彼も持ってなかった」

「持ってなかった？」

「でも、思いどおりにやればいいとは言ってくれた。あんたもそう言うだろうと」

「ああ、そのとおりだ。でも、あんたはいつ兄貴と話した？　家に着いてすぐ電話したんだが、誰も出なかった」

「土曜日だ」と私は言った。「土曜日の午後だ」

「兄貴には飛行機に乗るまえにも電話したんだよ、迎えに来てもらおうと思って。カミカゼ・タクシーのガーナ版から身を守ろうと思って。でも、そのときも誰も出なかった。いずれにしろ、それでどうしたんだね、天才少年たちに支払いを待ってもらってるのか？」

「友達に金を借りて、払いはもうすませた」

「だったら、悪いけど、その金は取りに来てくれないか？　えらくくたびれちまってね。先週は、おれはあのなんとかいうやつ——中東から帰ってきたばかりの国務長官、あの男よりたくさん飛行機に乗ったよ」

「彼はさっきテレビに出てた」

「彼とは同じ飛行場を出たりはいったりしてるのに、なかなか会わないもんだな。彼は上得意報奨（フリークウェント・フライアー）はどうしてるんだろう？　おれなんかもう月までただで行けるぐらいになってるはずだ。悪いけど来てくれないか？　くたびれきって時差ボケもひどいもんでね。それでいてすぐには眠れないんだよな、これが」

「私のほうは今すぐにも眠れそうだ」と私は言った。「実際少し寝ておいたほうがいいようだ。犯罪の我がパートナーが言うところの、徹夜をかますことに私は慣れてなくてね。彼らにはまったくこたえてないみたいだったが、彼らは、まあ、私より何歳か若いわけだからね」

「歳って大きいよな。おれは時差ボケなんてあることさえ昔は信じられなかった。それが今は、全米時差ボケ撲滅キャンペーンでもあれば、そのポスターにだってなれるだろうよ。おれも今から眠れるかどうか試してみる。鎮静剤でも飲んで。サンセット・パークって言ったね？　そこにおれの知ってるやつがいるかどうか考えてみるよ」

「犯人はあんたの知ってる人間じゃないと思う」

「おれの知ってる人間じゃない？」

「こいつらは以前にも同じことをやってるが、それは犯罪のプロとしてではない。犯人について一週間まえにはわからなかったことが、少しずつわかってきた」

「おれたちは犯人に近づいてるってことか、マット？」

「どれだけ近づいてるのかはわからないが、一週間まえと同じところに立ってるわけじゃないことだけは確かだ」


私は階下に電話してフロント係のジェイコブに、これから自室の電話の受話器をはずす旨を伝えた。「誰とも取り次がないでくれ。誰にも五時以降にかけ直すように言ってくれ」

私は眼覚まし時計をその時間にセットして、ベッドにはいった。そして眼を閉じ、ブルックリンの地図を頭に思い浮かべた。が、サンセット・パークが瞼に浮かんだときにはもう眠っていた。

一度、車の音で眼が覚めかけた。私は自分に眼を開けて時間を確かめることを命じた。が、実際には、時計とコンピューターと電話が複雑に入り組んだ夢の中にまた引き戻された。その夢の出所を推測するのは、そうむずかしいことではない。私はホテルの一室にいて、誰かがドアを叩いていた。夢の中で私はドアを開けに行くのだが、開けても外には誰もいない。しかし、ドアを叩く音はやまない。そこで夢から抜けて眼が覚めた。実際に誰かがドアを叩いていた。

ジェイコブだった。ミス・マーデルが電話をかけてきていて、緊急の用件だと言っている。

「電話は五時まで取り次がないように言われてるって言ったんだけど、おたくがなんと言っていようと起こせって言うんだよ。それもずいぶんせっぱつまった口ぶりで」とジェイコブは言った。

私は受話器を架台に戻した。ジェイコブは直通電話に切り換えるために階下に降りていった。私は不安な思いで電話が鳴るのを待った。彼女が緊急の用件だと言ってかけてきた最後の電話は、私たちふたりに殺意を抱く男が現われたことを私に知らせるための電話だったから。鳴るなり私は受話器を取った。「マット、寝てるところ起こして悪かったけど、どうしても待てなかったのよ」と彼女は言った。

「どうした?」

「結局、針は干し草の山の中にあったってことね。今、パムという女の子と電話をし終わったところなの。で、彼女はもうこっちに向かってる」

「それで?」

「彼女こそわたしたちが探してた女の子ってわけ。ワゴン車に乗せられた女の子。彼女は犯人を知ってるのよ」

「生き証人ってわけか」

「そういうこと。わたしが話したカウンセラーはすぐに彼女に電話したらしいんだけど、彼女のほうは電話をかけるだけの勇気を奮い立たせるのに一週間かかったってわけ。電話で話したたけでもこれはまちがいないって思ったわ。それでこっちまで来てじかに話を聞かせてくれたら、そのお礼に千ドル払うって言っちゃったけど、それでよかったかしら？」

「もちろん」

「でも、今家に現金はないのよ。土曜日に全部あなたに渡したでしょう？」

私は時計を見た。急げば銀行に寄れそうだった。「金は私が持っていく。今からすぐ行く」

と私は言った。

# 13

「はいって」とエレインは言った。「彼女、もう来てるわ。パム、こちらはスカダーさん、マシュウ・スカダーさん。マット、パムを紹介するわ」

パムはソファに坐っていて、私とエレインが近づくと立ち上がった。すらりと痩せた女だった。背は五フィート三インチばかり、短くカットした黒い髪に濃いブルーの眼。ダーク・グレイのスカートを穿き、淡いブルーのアンゴラのセーターを着ていた。それに口紅にアイ・シャドウ。ハイヒール。私たちに会うために選んだ服装なのだろうが、それが正しい選択だったかどうか、彼女自身決めかねている――そんな印象を受けた。

スラックスにシルクのブラウスという、しっとりと落ち着いて有能そうに見えるなりをしたエレインが言った。「坐っててちょうだい、マット。椅子のほうに」彼女のほうはソファにパムと並んで坐った。「パムには今、わたしたちが身分を偽っていたことを白状したところよ。デブラ・ウィンガー（女優。高校時代、警察の性犯罪防止キャンペーン映画に出演したことがある）に会うわけじゃないんだってことをね」

「主演は誰がやるのって彼女に訊いたら」とパムが言った。「デブラ・ウィンガーがやるって言われたんで、あたし、ええっ、すごいじゃない、デブラ・ウィンガーがテレビに出るの？　あの人はテレビには出ないのかって思ってたって言ったの」彼女はそこで肩をすくめた。「でも、映画になるんじゃなければ、誰が主演をやろうと関係ないわね」

「でも、千ドルと言ったのはほんとうよ」とエレインが言った。

「うん、それは嬉しいわ」とパムは言った。「だってお金はいくらあっても困らないもの。でも、あたし、お金のために来たんじゃないわよ」

「わかってるわ、パム」

「お金だけのためじゃないわ」

金は私が持っていた。パムに千ドル、エレインに返す千二百ドル、それに自分のための当座の資金。全部で三千ドル貸し金庫から出してきていた。

「あなたは探偵さんってことだけど」とパムが言った。

「そうだ」

「あいつらを捕まえようとしてるのね。事件のことはお巡りさんにいっぱい話したわ。別々なお巡りさん三人か四人に――」

「それはいつのことだね？」

「事件のすぐあとよ」

「と言うと――？」

「あ、そうか。あなたはまだ知らないんだ。七月よ、去年の七月」

「きみは警察に届けたんだね？」

「だって、ほかに何ができる？　まず病院に行かなきゃならなかったでしょ？　それでびっくりしたお医者さんに、誰がこんなことをしたんだって言われたのよ。あたしはなんて言えばいい？　転んだって言うの？　自分で切ったんですって言うの？　病院の人が警察に知らせたのよ。あたしが何も言わなくてもきっとそうしたでしょうね」

私は手帳を取り出して言った。「パム、まだきみの苗字を聞いてなかったね」

「それはあたしが言わなかったから。でも、別に隠すことはないわよね。キャシディよ」

「歳は？」

「二十四」

「と言うことは、事件が起きたときはまだ二十三だった？」

「いいえ、もう二十四だった。あたしの誕生日、五月三十一日だから」

「仕事は、パム？」

「受付係。今は失業中だけど。お金はいくらあっても困らないって言ったのはそういうわけ。千ドルあって困る人は誰もいないと思うけど、失業中の今は特に困らないわね」

「住所は？」

「三番街とレキシントン・アヴェニューのあいだの二十七丁目」

「去年の出来事(インシデント)のときにもそこに住んでたのかい？」

「出来事」と彼女はそのことばの意味を吟味するかのようにつぶやいた。「え、ええ、そう。今のところに住んでもう三年になる。ニューヨークに来てからずっとそこなのよ」

「出身は？」

「オハイオ州キャントン。キャントンって名前をどこかで聞いたことがある？　もしあるなら、なんで聞いたことがあるのかあてられるわよ。プロ・フットボール栄誉殿堂」

「一度行きかけたことがある。仕事でマシロンへ行ったときに」

「マシロン！　マシロンへはしょっちゅう行ってたわ。知ってる人もたくさんたくさんいる」

「きみの知り合いにはたぶん会ったことはないと思う」と私は言った。「正確な住所を教えてくれ、パム。二十七丁目のどこだね？」

「一五一番地」

「あの辺はいいところね」とエレインが言った。

「ええ、あたしも気に入ってる。ただひとつ気に入らないのは、馬鹿げたことだけど、あのあたりには名前がないのよね。キップス・ベイの西、マレイ・ヒルの下、グラマシーの上、そしてチェルシーのずっと東。カレー・ヒルなんて呼び始めた人もいるけど。インド料理店がたくさんあるでしょ？」

「きみはまだ独身だね？」彼女は黙ってうなずいた。「で、ひとりで住んでるんだ」

「犬を除けば。ちっちゃな犬だけど、犬がいると泥棒にはいられにくいでしょ？　犬の大きさに関係なく。泥棒は犬が恐いのよ」

「何があったのか話してくれないか、パム？」

「去年の出来事（インシデント）のことね」

「そうだ」

「わかった。話すわ」と彼女は言った。「あたし、そのために来たんだもの。でしょ？」


去年の夏、平日の夜、彼女は自宅から二ブロック離れた、パーク・アヴェニュー二十六丁目の角で、信号待ちをして立っていた。そこへ一台のワゴン車が走り寄り、乗っていた男が道を尋ねてきた。彼女には行き先がよく聞き取れなかった。

するとと男は車を降りてきて、名前をまちがえて覚えていたのかもしれない、正確な名前は伝票に書いてある、と言い、ワゴン車のうしろにまわった。彼女も男についてうしろにまわった。男がワゴン車のうしろのドアを開けると、中にもうひとり男が乗っていた。そしてその男も最初の男も手にナイフを持っていた。彼女は無理やり二番目の男と一緒に荷台に乗せられた。最初の男が運転席のほうに戻るとすぐに車は発車した。

そこで私は彼女のことばをさえぎった。どうしてそう簡単に車に乗せられてしまったのか？　まわりに人はいなかったのか？　誰もその誘拐劇を見ていなかったのか？

「こまかいところはあんまりよく覚えてないの」と彼女は言った。

「それはそれでかまわない」

「急なことだったし」

エレインが言った。「パム、ひとつ訊いていい？」

「いいわよ」

「あなたは商売をしてた。今もしてる。そうでしょ？」

いやはや、どうして私はそんなことに気づかなかったのだろう。

「なんの話かよくわからないけど」とパムは言った。

「その夜あなたは通りで商売をしてた、ちがう？」

「どうしてわかったの？」

エレインはパムの手を取って言った。「気にしないで。あなたを非難するような人はここには誰もいないから。あなたに説教をするような人もね。気にしないで」

「でも、どうして——」

「立ちんぼをしてたんでしょ？　パーク・アヴェニュー・サウスのあのあたりはそういうと

ころよ。でも、そういう話を聞かなくてもわたしにはわかってたような気がする。立ちんぼはしたことがないけど、わたしもあなたと同じ商売をもう二十年近くしてるのよ」

「うそ!」

「ほんとよ。このアパートメントで。共同住宅になったときに買い取ったこのアパートメントでね。わたしはここに来る男の人をお客とは呼ばないで、お得意さんなんて言ってるけど。かたぎの人といるときには、自分のことを美術史家だなんて言ったりもする。わたしはお金を貯めるのがうまかったからこういう暮らしをしてるけど、でも、あなたと同じ世界の人間よ。だから気がねしないで、起きたことをありのまま話してちょうだい」

「うそみたい」とパムは言った。「でも、ひとつ言わせて。あたし、すごくほっとしてる。だってほんとは話をしに来たくなかったのよ。でも、来るしかないかって思って」

「わたしたちがあなたの話に興味を示さないんじゃないかと思ったの?」

「そうね。お巡りさんに話したような話だと」

「警察はきみが立ちんぼをしてたことを知らないのか?」と私は尋ねた。

「ええ」

「そういうことをきみに訊きもしなかったのか? 事件は立ちんぼの溜まり場で起きてるというのに」

「わたしが話したお巡りさんはクウィーンズのお巡りさんだったのよ」とパムは言った。

「どうしてクウィーンズのお巡りなんだ？」

「そこがわたしの行き着いたところだったから。わたしはエルムハースト総合病院で治療を受けたのよ、クウィーンズの。だからそこのお巡りさんが来たってわけ。彼らがパーク・アヴェニュー・サウスのことなんか詳しく知ってるわけないでしょ？」

「どうしてエルムハーストなんかで治療を受けたんだね？　いや、いい。それはあとで話してくれ。また最初から始めてくれるかい？」

「ええ、いいわよ」

去年の夏、平日の夜、彼女は自宅から二ブロック離れた、パーク・アヴェニュー二十六丁目の角で、客を漁っていた。すると一台のワゴン車が走り寄り、乗っていた男が彼女を手招きした。彼女は助手席側にまわって車に乗り込んだ。男は一ブロックか二ブロック車を走らせて脇道にはいり、消火栓のまえに停めた。

男が運転席に坐ったままなので、彼女はフェラチオが望みなんだろうと思った。五分かそこらで二十ドルか二十五ドル。車の客はだいたい自分の車の中でフェラチオをさせたがる。中には車を走らせたままさせたがる客もいる。彼女には信じられなかったが。歩きの客はたいていホテルに直行したがる。それにはパーク・アヴェニュー二十六丁目のエルトン・ホテルがちょうどいい。彼女のアパートメントも使えなくはないが、よほど自棄になっていないかぎり、客を自分のアパートメントに連れていくことはない。それはあまり安全な方法とは言えないから。それに普段寝起きしているベッドで商売など誰がしたいと思う？

車が停車するまで、彼女はうしろの荷台に乗っていた男に気づかなかった。そう、うしろからいきなり腕を首にまわされ、手で口をふさがれるまでは。

その男は言った。「びっくりしたか、パミー！」

彼女は心臓が止まりそうなほど驚いた。そして、運転をしていた男が笑いながら、彼女のブラウスの中に手を入れ、乳房をまさぐり始めたときには体が凍りついた。彼女は大きな胸をしており、通りに立つときにはできるだけそれを誇示するようにしていた。タンク・トップか、ブラウスの胸元をはだけて着るようにしていた。女の胸が好きな男はほんとうに好きだから、そういう男たちのための商品を陳列しない手はない、というわけだ。運転をしていた男は彼女の乳首をつねった。痛みを覚え、彼女は、これはラフ・プレーになりそうだと思った。

「うしろに行こうぜ」と男は言った。「うしろのほうが広いし、人にも見られない。居心地のいいほうがいいだろ、パミー？」

そんなふうに呼ばれると彼女は胸がむかついた。パムとは名乗ったが、パミーとは言っていない。ふたりの男は嘲るように、いかにも下卑（げび）た調子で彼女の名を呼んだ。

うしろの男が手を放すのを待って彼女は言った。「ねえ、荒っぽいのはいやよ。いい？

なんでもしてあげるから、絶対いい気持ちにさせてあげるから、荒っぽいのはなし。いいわね？」

「おまえ、ヤクやってんのか、パミー？」

いいえ、と彼女は言った。実際やってはいなかったから。彼女は麻薬はあまり好きではなかった。誰かがくれればマリファナぐらいは吸うし、コカインも悪くはないと思うが、麻薬の類いを自分で買ったことは一度もなかった。が、客の中には吸飲の用意までしてくれるのがいて、そういう連中は断わると侮辱されたように思うらしく、彼女自身別に嫌いではなかったので、時々はつき合うことになる。そういう客は麻薬が彼女を熱くすると思っているようだった。で、自分のペニスにコカインを少量かける客もいた。そうしておけばフェラチオをしたときに彼女が興奮し、特別サーヴィスのフェラチオになるだろうというわけだ。

「おまえ、ヤク中なんだろ、パミー？　どんなふうにやってる、鼻から吸うのか？　それとも足の指の股に打つのか？　おまえならヤクの大物ディーラーも知ってんじゃないか？　おまえの情夫はヤクのディーラーなんだろ？」

無意味な質問だった。別に答を求めているわけではなく、ただ相手がいやがるようなことを尋ねて愉しんでいるのだった。少なくともひとりはそうだった。運転していた男のほうだ。その男は何かと言えば麻薬のことを話題にした。もうひとりは彼女を淫らなことばで呼ぶことに熱心だった。〝このエロ女、このくされまんこ〟といった具合いに。普通ならとても黙って聞いてはいられないような蔑称だが、興奮するとそういうことばを口にする客も少なくなかった。彼女がこれまでに四回か五回いつも車の中で相手をした客に、こんな男がいた。行為の前後はとても礼儀正しく、物静かとさえ言えるほどなのに、彼女の口の中で果てそうになるといつも同じ罵倒が始まるのだ。

〝ああ、この牝豚、おまえなんか死にやがれ。くそっ、死ね、この女郎、このくされ淫売〟それには彼女もさすがにぞっとしたが、それを除けば、その男は完璧な紳士だった。いつも五十ドル払ってくれて、時間も長くかからない。少しぐらい口が悪いからといって、それがなんだというのだ。人はことばで怪我をすることはない。

ワゴン車の荷台にはマットレスが敷きつめてあった。居心地がいいようにと。緊張を解くことさえできれば、彼女も居心地よく感じられていただろう。しかし、こんな男たちが相手では、それは無理な相談だった。こいつらは悪すぎる。こんなやつらを相手にしてどうしてくつろげる？

男たちはまず彼女の服を脱がせた。何もかも脱がせた。それは彼女にとって苦痛ではあったが、しかし、ここは逆らわないほうが得策だと思った。そうして、男たちは、そう、彼女を犯した。最初に運転していた男が、次にもうひとりの男が。そこのところは、彼女にしてみれば、いわばお定まりの仕事だった。ただ相手はふたりで、二番目の男との行為のあいだじゅうずっと、最初の男が彼女の乳首をつねっているということはあったが。それが彼女には痛くてならなかったが、何も言わなかった。言ってもしかたがなかったから。男は痛いことがわかってやっているのだから。

いずれにしろ、男はふたりとも果てた。彼女は少しほっとした。客が最後までいかないというのは、時にそれは娼婦にとって危険を意味する。最後までいかないと、おまえのせいだと言って怒りだす客がいるからだ。二番目の男の体が離れるのを待って彼女は言った。「よかったわ、とっても。あなたたちって素敵。服を着させてくれる？」

ふたりがナイフを見せたのはそのときだった。二番目の男、彼女に罵声を浴びせ見るからにまがまがしい大きな飛び出しナイフだった。二番目の男、彼女に罵声を浴びせるのが好きな、より粗野なほうが言った。「おまえはどこへも行きゃしないんだよ、このくそ淫売」

そのあとを続けてレイが言った。「おれたちみんなで行くのさ、ちょいとドライヴにな、パミー」

それがその男の名前だった。レイ。より粗野な感じのほうがそう呼んだのでわかったのだ。粗野な男の名前については、聞いたのかもしれないが、彼女の記憶になかった。が、車の運転をしていたほうがレイと呼ばれていたことは、はっきりと覚えていた。

もっとも、そのあとふたりは運転を交替して、二番目の男が運転席に着き、レイがうしろに残ったのだが。彼はナイフを手に持ったままで、服を着ることをいつまでも彼女に許してくれなかった。

彼女にとって思い出すのが辛くなるのはそのあたりからだった。ワゴン車の荷台は暗くて外が見えず、走れば走っただけ彼女にはどこにいるのか、どこへ向かっているのかわからなくなった。レイがまた麻薬のことを彼女に訊いてきた。よほど麻薬に関心があるようだった。ヤク中はみんな死にたがってるのさ、とレイは言った。死の旅をしてるやつはみんな死ねばいいんだ、と。

そして彼女にフェラチオをさせた。そのほうが彼女にはよかった。それでしばらく静かにしていてくれるだろうから。それに自分も何かしていれば、いっとき不安が薄らいだ。

車がどこかに停まった。そこでの性行為は延々と続いた。ふたりはかわるがわる時間をかけて彼女と交わった。彼女はところどころで意識がとぎれた。自分が百パーセントその場に存在していないような気分に時々襲われた。男はふたりともなかなか最後までいこうとしなかった。ふたりともすでに一度抜いている、二十四丁目通りの近くで。だから二度目はそうやすやすと果てたくないのだ、果ててしまえばそれでパーティは終わってしまうから。彼らは、そう、挿入できるところへはすべて挿入し、自分たち以外のものも彼女の中に入れた。彼らが何を使ったのかよくはわからなかったが、その中には痛くてたまらないものもあった。が、それより何より怖ろしくてならなかった。そこまで話して、彼女はこれまで忘れていたことを思い出した。ある時点で心がとてもおだやかになったと言うのだ。

それは自分がこれから死ぬんだってことがわかったから、と彼女は言った。と言って、死にたくなったわけではない。もちろん。しかし、これから起きることがわかった以上、それに自分は対処できる。それに立ち向かって生きていける。そんな不思議な気分になった。死んでしまえば対処することも、生きていくこともできないのに。

〝いいわ、なんとかするわ〟。そんな感じだった。

要するに彼女は死を覚悟し、覚悟ができたことに満足したのだ。するとレイが言った。

「いいことを教えてやるよ、パミー。チャンスをやろう。おまえは生かしといてやるよ」

そこで議論になった。もうひとりの男は彼女を殺したがっていたから。それに対してレイは言った、あとの心配なら要らない、こんな淫売の言うことなんか誰も気にもとめないと。しかし、まあ、こいつもただの淫売というわけじゃないな、とレイは続けた。こいつのおっぱいはなかなかのもんだ。「パミー」と彼は言った。「おまえ、自分のおっぱいが好きか？　おっぱいが自慢か？」

彼女はなんと答えていいかわからなかった。

「どっちのおっぱいが好きだ、ええ？　どっちにしようかなってか。選べよ、パミー。パミーちゃんよ」――レイは囃すように言った、子供をからかうように――「どっちか選ぶんだ、パミー、好きなほうを」

彼は手に何かワイアのようなものを持っていた。それが薄暗がりの中で銅色に光った。

「取っておきたいほうを選ぶんだ、パミー。一個はおまえに一個はおれに。公平にいこうぜ、パミー。一個はおまえが取って、一個はおれがもらう。おまえに決めさせてやるから、早いとこ選べよ、パミー。パミーの選択だ。『ソフィーの選択』って覚えてるか？　あれは選ぶのはガキだった。おまえが選ぶのはおっぱい。パミー、早いとこしろよ、さもないとふたつとももらっちまうぞ」

狂ってる、と彼女は思った。どうすればいいのか、自分の乳房などどうして選べる？　なんとか言い逃れできないものか。しかし彼女にはどんなことばも見つからなかった。

「ほら、見てみろよ、ほら。おれが触ると乳首がかたくなってる。おれが恐いくせにおまえは熱くなってる。泣いてるくせに熱くなってる。おまえってほんとに好きものだよな、パミー。さあ、選ぶんだ。どっちがいい？　こっちか、それともこっちか？　何をためらってるんだ？　おれをじらせる気か？　おれを怒らせたいのか？　さあ、パミー、取っておきたいほうに触るんだ」

どうすればいいのか。

「こっちか？　こっちにまちがいないな、パミー？」

なんという——

「なかなか賢明な選択だ。おまえも案外賢いんだな。それじゃ、こっちがおまえので、こっちがおれのだ。商売は商売、取引きは取引き、あとから換えてくれなんて言うんじゃないぞ、パミー」

ワイアが彼女の一方の乳房に巻かれた。そのワイアには両端に木の把手がついており、段ボール箱などを持ち運びするのに使う道具のようだった。レイは木の把手を握ると、握った手と手の間隔を広げた——

彼女は魂が体から抜け出したような気分になった。心が体を離れ、宙に浮き、高いところからワゴン車の屋根越しに、車の中での出来事を見下ろしているような気分になった。ワイアがまるでなんの抵抗もないかのように肉に食い込み、ゆっくりと乳房が体から離れ、血が噴き出すのが見えた。

その血の赤がみるみる広がっていった。彼女はそれを見続けた。赤が黒く濁り、最後には視野全体が真っ暗になるまで。

# 14

ケリーは自分の机を離れていた。電話に出たブルックリン殺人課の男は、もし重要な用件なら、呼び出して折り返し電話させることもできるが、と言った。私は重要な用件だと答えた。電話が鳴り、エレインが出た。「ちょっとお待ちください」と言って彼女は私に向かってうなずいた。私は受話器を受け取った。

「親爺はあんたのことを覚えてたよ」とケリーは言った。「すごく熱心な刑事だったたって言ってた」

「昔のことだ」

「親爺もそう言ってた。で、なんなんだね、人の食事の邪魔をしてまでポケット・ベルを鳴らしたくなるような重要な用件というのは?」

「レイラ・アルヴァレスの件についてちょっと訊きたいことがある」

「訊きたいことがある、か。おれはまた教えたいことでも出てきたのかと思ったよ」

「彼女が受けた外科手術のことだ」

「〝外科手術〟ねえ。おたくはあれをそう呼ぶわけ？」

「彼女の胸を切断するのに犯人は何を使ったか、わかるか？」

「ああ、もちろん。ギロチンだよ。いったいぜんたいなんでそんなことが知りたいんだ、スカダー？」

「犯人が使ったものはワイアだったということは考えられないか？　ピアノ線か何かを絞首刑具のようにして使ったということは？」

長い間ができた。私は絞首刑具ということばをまちがって発音し、そのために彼が私の言ったことを理解しかねているのかと思った。ややあってこわばった彼の声がした。「何を隠してる？」

「何も。つい十分まえにわかったことだ。その十分のうち五分は、あんたが電話をくれるのを待っていた」

「ご託はいいから、いったいどういうことなのか教えてくれないか、スカダー先生？」

「レイラ・アルヴァレスのほかにも犠牲者がいる」

「それはもう聞いたよ。マリー・ゴテスキンド。あんたに言われて記録を見たよ。見るかぎりあんたの言うとおりだった。だけど、ピアノ線がどうのこうのというのはどこから出てくるんだ？」

「まだほかにも被害者がいたんだよ」と私は言った。「レイプされ、いたぶられたあげく、乳房を切り落とされた被害者が。ただこの被害者はまだ生きている。で、あんたならその女性の話がきっと聞きたいだろうと思ったものでね」

　ドルー・キャプランは言った。「プロ・ボーノってわけか？　このラテン語だけは誰もが知ってる。どうしてなのか、知ってたらそのわけを教えてくれないか？　ブルックリン法律学校を出る頃には、私も自分の教会を始めるのに充分なラテン語を習ったよ。付帯状況（レス・ゲスタイ）、法大全（コルプス・ジュリス）、同害刑法（レックス・タリオニス）。でも、実際にそんなことばをつかってる人間はひとりもいない。ただプロ・ボーノだけだ。なんという意味か知ってるかい？」

「言ってくれ」

「正しくはプロ・ボーノ・プーブリコ。公共の利益のために、だ。仕事の九十パーセントをも貧乏人をいじめることに費やし、一時間に二百ドルなどという顧問料を取ることで、良心が麻痺してしまっている大きな法律事務所が、プロ・ボーノということばの意義をほとんど顧みようとしないのは、それが〝公共の利益のために〟などという意味を持っているからだ。なんでそんなに私の顔をじろじろ見てる？」

「ずいぶん長いセンテンスだったね。初めて聞いたよ」

「ほう、そうかい。ミス・キャシディ、これはあなたの弁護人として申し上げますが、ここにいるこんな男とはあまりおつき合いにならないほうがいい。真面目な話、マット、ミス・

パム・キャシディはマンハッタンの住民で、事件は九カ月まえクウィーンズで起こったものだ。一方、私はブルックリンのコート・ストリートにささやかな事務所を構える貧乏弁護士。そんな私にどうしてお声がかかったのか。もしさしつかえなかったら、そのわけを教えてもらいたいもんだ」

私たちは彼のささやかな事務所にいた。そして、彼はただ単に場をなごませるためにそんなことを言っているのだった。パム・キャシディがブルックリン殺人課の刑事の訊問を受ける際には、やはりブルックリンの弁護士に同席してもらうほうが都合がいいということは、すでにもう彼には電話で伝えてあったから。

「今からはパムと呼ばせてもらうけど」とキャプランは言った。「いいかい?」

「もちろん」

「それともパメラのほうがいい?」

「いいえ、パムでいいわ。パミーはいやだけど」

パミーはいやだということの意味もキャプランはすでに知っていた。「だったら、パムでいこう。私ときみとでケリー巡査に会いに行くまえに――ケリーは巡査かい、マット? それとも刑事?」

「ジョン・ケリー刑事」

「その善良な刑事さんに会うまえに、いくつかはっきりさせておきたい。パム、きみは私の依頼人で、私はきみの弁護人だ。だから、きみは私が同席しないかぎりどんな質問にも応じない。いいかい、そのことは？」

「もちろん」

「誰の質問にも一切応じない。警察の質問にも、新聞記者の質問にも、きみの鼻先にマイクを突きつけるテレビ・リポーターの質問にも。〝弁護士に訊いてください〟言ってみてくれ」

「弁護士に訊いてください」

「それでいい。誰かがきみに電話してきて、そっちの天気はどうかって訊いてきたとする。きみはなんて答える？」

「弁護士に訊いてください」

「きみは呑み込みが早い。それじゃ、もうひとつ。男が電話をかけてきて、うちでやっている宣伝キャンペーンの特別プレゼントがあなたに当たりました、あなたを無料でバハマのパラダイス・アイランドに招待します、と言ってきたらなんて答える？」

「弁護士に訊いてください」

「ちがう。そんな相手には、とっとと失せろと言ってやればいい。でも、実際のところ、この地球上に生きとし生けるものはすべて弁護士に相談すべきなのさ。それじゃ、具体的な内容に移ろう。基本的にきみは私が同席しているときには、質問に答えてくれればいい。ただし、質問は、きみが巻き込まれたこの極悪非道の犯罪にかかわりのあるものだけにかぎる。

きみのおいたちとか、事件のまえきみは何をしていたかとか、事件のあときみはどんな暮らしをしているのかといったようなことは、他人には一切関係のないことだ。そういう質問が出たときには、私があいだに割ってはいるからきみは答えなくていい。また、私が何も言わなくても、なんらかの理由で答えたくなければ、もちろん答えなくていい。弁護士と個別に相談したいと言えばいい。〝弁護士と個別に相談させてください〟。言ってくれ」

「弁護士と個別に相談させてください」

「完璧だ。きみは何かで訴えられたのでもなければ、訴えられかけてるわけでもない。逆にきみは警察に便宜をはかってやろうとしてるわけだ。だから我々は初めからきわめて有利な立場に立っている。それじゃ、マットがここにいるあいだに、これまでのいきさつを話してくれ。それからふたりでケリー刑事に会いに行こう。きみを誘拐し、きみに暴行を加えた男たちを捕まえるために、マシュウ・スカダーに捜査の依頼をしようと思ったところから話してくれないか？」

ジョン・ケリーとドルー・キャプランに電話をするまえに、私たちはまえもって打ち合わせをしておいた。キーナン・クーリーの名を伏せておくためには、パムに捜査の依頼人になってもらう必要があったからだ。そのために私とエレインとパムの三人で考えたのが、およそ次のような話だ——

事件から九カ月を経た今も、パムは自分の人生を取り戻す努力を続けていた。が、それは容易なことではなかった。また同じ男たちに捕まるのではないかという不安が、どうしても心から拭えなかったからだ。ニューヨークを離れることも考えたが、どんなに遠くへ逃げても、自分が抱える不安から逃れることは誰にもできない。

が、最近になって彼女はある男と知り合い、その男に片方の乳房をなくしたわけを話した。その男は——社会的地位のある妻帯者なので、いかなる状況下においても名前を明かすわけにはいかないが——彼女の話を聞いて驚き、いたく同情して、たとえ犯人が見つからなくても、犯人逮捕に向けてなんらかの行動を起こせば、それが精神的に立ち直る一助になるのではないか、という助言を与えてくれた。しかし、捜査にかける時間は充分にありながらも、警察はなんら成果をあげることができなかったわけだから、今度は、型にはまったおざなりの捜査とは異なる、親身の捜査をしてくれる私立探偵を雇うといい——と男は彼女に勧めた。

その無名の篤志家が、以前に私に捜査の依頼をしたことがあって、私を知っていて、彼女を私のところに寄こしたというわけだ。いかなる状況下においても自分の名が伏せられるかぎり、かかる費用はすべて自分が持つということで。

私はパムの話を聞いて、同一犯人による被害者は彼女のほかにもいるのではないかと推理した。実際、彼女を殺すことについて犯人が議論したというのは、犯人に殺人歴のあることを臭わせている。それで私は、彼女の件以前にしろ以降にしろ、同一犯人の仕業と思われる事件がなかったかどうか調べ始めた。

その結果、図書館での資料漁りによってふたつの事件が浮かびあがった。マリー・ゴテスキンドとレイラ・アルヴァレスの件だ。ゴテスキンドの件でも誘拐にワゴン車が使われ、秘密の経路で入手した事件の記録を見ると、被害者の身体の一部が切断されていることがわかった。アルヴァレスの件も同じような誘拐事件で、被害者の死体が墓場に遺棄されていたところも同じだった（パムはクウィーンズの〝シオンの山〟墓地で車から放り出されていた）。さらに、これは新聞には載っていなかったことだが、アルヴァレスもパムと同じ肉体的損傷を受けていたことが木曜日にわかり、同一犯人による犯行の可能性がいよいよ濃くなる。

それでは、何故そのときにケリーには何も言わなかったのか？　依頼人の承諾を得ずに依頼人の名を明かすことは、職業倫理上私にはできなかったからだ。で、週末に私は彼女を説得し、今後に備えて心の準備をさせた。また、ケリーに何も言えなかったのは、水に放り込んだほかの針にあたりがないかどうか、もう少し様子を見たかったからでもあった。

そんな針のひとつが、テレビ映画の製作話だったわけだ。パムと同じように運よく殺されずにすんだ被害者を探して、私はあちこちの性犯罪捜査班に電話をかけてみることをエレインに頼んだ。その結果、何件か反応があったのだが、どれも同一犯の可能性の少ないものだった。それでも私としては、週末まではその針の可能性をあきらめたくなかった。

が、ひとつ可笑しいのは、パム自身もクウィーンズの捜査班の一員から連絡を受け、ミス・マーデルに電話をかけて詳しいことを訊いてみては、と勧められたことだ。その時点でパムは私がそんなことをしているとは知らなかったので、捜査員の話をあやふやに聞いていたのだが、そんな電話があったことを私に話し、誰がプロデューサーだったのかわかったときには、みんなで大笑いをしたことにした。

そして今日、月曜日の午後、私は知りえた情報を警察に知らせないというのは正しくないと判断した。それはふたつの殺人事件の警察捜査の妨げにしかならない。私自身もこれ以上打つべき手がない。で、パムを説得したというわけだ。パムはまた警察の聴取を受けることについては難色を示したが、今度は弁護士を同席させるようにすればいいと提案すると、どうにか納得してくれた。

そうして今、パムとキャプランはケリーに会いに行き、私のほうは事件の捜査を警察の手に委ねて、極悪非道の殺人鬼を追うことにひとまず区切りをつけたというわけだった。

「たぶんこれでうまくいくと思う」と私はエレインに言った。「すべて辻褄が合ってるから。もちろんそれはクーリーにかかわることを一切除いての話だけれど。パムの供述から警察が、アトランティック・アヴェニューでやった私の訊き込みや、ゆうべコングズがやったコンピューター・ゲームに気づくとは思えない。だってパムはそんなことは何も知らないんだから。たとえ話したくても話せない。フランシーンもキーナン・クーリーも、彼女には聞いたことも見たこともない名前なんだから。考えてみると、そもそもどうして私が今度の件にかかわっているのか、彼女はそれも知らないわけだ。彼女が知っているのは、我々三人が考えたつくり話だけというわけだ」

「もしかしたら、彼女はそのつくり話を信じてるんじゃない?」

「警察での供述を終えた頃には、ほんとうに信じるようになってるかもしれない。キャプランも少しも疑わなかったから」

「彼にはほんとうのことを話したの?」

「いや、話さなきゃならない理由はどこにもないからね。こっちがまだ何か隠してるということぐらい彼も勘づいただろうが、でも、詮索してはこなかった。彼の仕事は、パムを質問責めから守り、警察の注意を私にではなく犯人に向けさせることだ。それぐらいよく心得てるよ、彼は」

「警察は本格的な捜査を再開するかしら?」

私は肩をすくめた。「それはなんとも言えないね。犯人は一年以上にわたって犯行を重ねていた。なのにニューヨーク市警は連続殺人の可能性に気づかなかった。それに気づいたのは、どこの馬の骨とも知れない私立探偵。彼らとしては鼻をあかされた思いだろう」

「警察は鼻をあかされた腹いせに、捜査を再開するかわりに私立探偵を殺したりして」

「もしそういうことがあっても、それは警察史上初めてというわけでもないんじゃないかな。警察も明らかなことは見逃さない。しかし、連続殺人というのは案外見逃されやすいんだよ、それぞれの事件が異なる分署と区にまたがっていて、事件をつなぐ要素が新聞ダネになりにくい場合は特に。だから、今頃になって名乗り出てきたことをパムは咎められるかもしれない。なんといっても彼女は売春婦で、九カ月まえに調書を取られたときにはそのことを隠していたわけだからね」

「今度はそれを包み隠さず話すの？」

「金に困るとたまにそういうことをやっていた——それぐらいは話さなきゃならないだろう。売春および売春容疑ですでに何度か捕まってるんだから。最初の訊問のときにそれがわからなかったのは、彼女は被害者だったからだ。彼女に前科（まえ）があるかどうか調べる必要がなかったからだ」

「でも、それぐらい警察も調べるべきだと思わない？」

「ああ、なんとも杜撰（ずさん）な捜査だったとしか言いようがない。こういう事件では娼婦が一番標的になりやすいんだから。警察としては調べて当然のことだよ。それはもう自動的にやるべきことだ」

「でも、彼女も事件のあと退院してからは足を洗った。それは通りに立つのが恐くなったから——そういうことにしたのよね？」

私は黙ってうなずいた。パムが通りに立つのをしばらくやめたというのは事実だった。見知らぬ人間の車に乗るのが死ぬほど恐くなったというのも。しかし、人の習い性というのはそう簡単には消えないものだ。彼女も気づくとまたもとの商売を始めていた。そして最初のうちはカー・デイトだけに限っていた。裸になって客を失望させたり驚かせたりする危険を冒したくなかったからだ。が、そのうち、そうした彼女の体の瑕（きず）を客はあまり気にしないことがわかった。何か特別な体験をしたように思うらしかった。また、これは少数派ではあるが、そうした瑕にかえって興奮し、常連になる客もいるほどだった。

しかし、そんなことは誰も知らなくていいことだ。だから、今はウェイトレスをやったり、帳簿に載らないいろいろなアルバイトをやったり、また多かれ少なかれ、彼女を私に引き合わせた無名の篤志家の世話になっている。警察にはそう話すことにしてあった。

「あなたのほうは？」とエレインは言った。「あなたもケリーに会って話さなきゃいけないんじゃないの？」

「ああ。でも、こっちから急ぐことはない。明日にでも電話して、私の正式な調書が要るかどうか訊いてみるよ。もしかしたら、彼はそれには及ばないと言うかもしれない。実際、こっちとしてももう話すことは何もないしね。私は何か新たな物的証拠を見つけたわけじゃないんだから。今まで見えなかった、三つの事件の関連性に気づいただけのことだ」

「ということは、もうこれであなたの戦争は終わったってこと、あたしの大尉（マイン・カピタン）さん？」

「ひとまずね」

「疲れてない？　もう今日は寝たら？」

「いや。今寝ると昼と夜が逆転してしまいそうだから、もうしばらく起きてるよ」

「そうね。でも、あなた、おなかがすいてるんじゃない？　そうよ、朝食のあと何も食べてないんじゃないの？　そこに坐ってて。何かつくるわ」


私たちは、キッチン・テーブルについてトスト・サラダ（ドレッシングをかけて野菜をかき混ぜたサラダ）とガーリック風味のバタフライ・パスタを、食べた。彼女が自分には紅茶を、私にはコーヒーをいれてくれて、私たちは居間に移ってソファに一緒に坐った。ふと彼女が彼女らしからぬ下卑たことばづかいをしたので、私は思わず声をあげて笑った。何が可笑（おか）しいの？　と彼女は訊いてきた。


「きみのそういうことばづかい、いかしてるよ」

「あなたはわたしがわざとそういうことをしてると思ってるの？　わたしのことを温室で育った可憐な一輪の花とでも？」

「いや、きみはスパニッシュ・ハーレムのバラだ。私はそう思ってる」

「わたしは立ちんぼをしていても成功したかしら」と彼女は感慨深げに言った。「その答を知らずにすんだというのは、ほんとにありがたいことね。でも、ひとつ言っておくと、今度のことがすべて片づいたら、あの可愛くて逞しいミス・ストリートには救いの手を差しのべてあげなくちゃね。彼女なら立ちんぼの世界から足を洗うことができると思う」

「彼女を養女にでもするつもりなのかい？」

「いいえ、彼女とルームメイトになるつもりも、互いに髪を梳かし合う仲になるつもりもないけど、彼女に洒落た家を用意して、顧客名簿のつくり方とか自宅での商売のしかたを教えるぐらいのことなら、わたしにもできるわ。ちょっと頭を使えば、彼女にはこんなこともできる。おっぱい崇拝者向けにスクリュー誌に広告を出すのよ。ひとつでふたつのお値段、なんてね。また笑ってるのね。今のも下卑てた？」

「いや、ただ可笑しかっただけだ」

「だったら許してあげる。ほんとうはよけいな口出しなんかしないで、彼女の好きにさせてあげればいいんでしょうけど、でも、わたし、あの子が気に入ったのよ」

「私もだ」

「あの子は立ちんぼにはもったいないわ」

「どんな娼婦もそうだよ。しかし、うまくすれば今度のことで彼女は金持ちになるかもしれない。犯人が捕まって裁判になれば、一躍彼女は時の人だ。そして、彼女には有能な弁護士がついている。謝礼なしには彼女の話を誰にも聞かせない有能な弁護士がね」

「ほんとうにテレビ映画になったりして」

「その可能性もないとは言えない、デブラ・ウィンガーがパムの役をやるとは思えないけど」

「ええ、たぶん。ああ、そうか、そうよね。パムの役をやるのは実際に乳房切除の手術を受けた女優でなきゃね。急に具体的な話になってきたわね。それじゃ、わたしたちはどういうコメントを出すことにする?」彼女はそこで片眼をつぶってみせた。「わたしってけっこうこういうことが好きなのよ。あなたはきっとわたしの下卑たことばづかいより、下卑た演技のほうが好きなんじゃないかな」

「まあ、五分五分だね」

「まあ、いいでしょう。マット? 事件をここまで捜査して、あとは警察に任せてしまったというのは気にならない?」

「気にならない」

「ほんとに?」

「どうしてそんなことを気にしなきゃならない? わかったことを私がひとり占めしていても何もいいことはないよ。ニューヨーク市警は私にない捜査技術と動員力を持っている。私は自分としてできるところまでやった。それで満足さ。もちろん、ゆうべ得られた手がかりを頼りに、私は私でこれからサンセット・パークを重点的に調べようとは思ってるけど」

「コンピューター・ゲームからわかったサンセット・パークのことを、警察に言うつもりはないのね？」

「それは言うわけにはいかないよ」

「そうね。マット？　ひとつ訊いていい？」

「なんだい？」

「あなたにとっては不愉快な質問かもしれないけど、わたしとしては訊いておきたい。同一犯の仕業というのは確かなの？」

「そうとしか考えられない。乳房を切断するのにワイアを使うというのは普通じゃない。レイラ・アルヴァレスもパムの場合と同じだった。さらにふたりとも墓場に置き去りにされてる。もうそれでたくさんだ」

「パムの件とアルヴァレスの件については、わたしも同一犯人だと思う。それからフォレスト・パーク・ゴルフ場に捨てられてた、学校の先生の件についてもね」

「マリー・ゴテスキンド」

「でも、フランシーン・クーリーについてはどうかしら？　フランシーンは墓地に置き去りにされたわけじゃない。また、彼女の場合も乳房をワイアで切断されていたのかどうか、それはわからない。さらに彼女は三人の男に連れ去られたという証言がある。パムの話でひとつはっきりしていたのは、犯人はふたりだったということよ。レイともうひとりの二人組だったということよ」

「フランシーンの件でも犯人はふたりだったのかもしれない」

「でも、あなたはこう言ったわ――」

「自分の言ったことぐらい覚えてるよ。でも、パムはまた、犯人は運転席と荷台のあいだを行ったり来たりした、とも言っていた。ひょっとしたら、そのとき人が入れ替わってたのかもしれない。それに、荷台に男がふたりいて車が動き出したら、運転席にもうひとりいると考えるべきだ」

「それはね」

「この犯人はゴテスキンドの件の犯人でもある。ゴテスキンドの件とアルヴァレスの件は、指の切断と挿入という点でつながり、アルヴァレスの件とパムの件は乳房の切断という点でつながっている。ということは――」

「三件とも同一犯人の仕業と考えられる。そこまではいいわ」

「ゴテスキンドの件では、目撃者が犯人は三人だったと言っている。ふたりが被害者を捕まえ、もうひとりが車を運転してた。目撃者の証言は百パーセント正しいとはかぎらない。あるいは、ゴテスキンドのときもフランシーンのときも犯人は三人だったのだが、パムのときにはそのうちのひとりが風邪をひいて家で寝てたか」

「家でマスでもかいてたか」

「なんでもお好きに。なんならパムに訊いてみてもいい。〝マイクが見たら喜びそうなケツだぜ〟とかなんとか、ふたりのうちのひとりが言わなかったかどうか」

「もしかしたら、ふたりはマイクのために彼女の乳房を持って帰ったのかもね」

「〝おい、マイク、もう一個のおっぱいも見ものだったぜ〟」

「もういい加減にやめてくれない？　彼女の供述から犯人の人相がわかるかしら？」

「それはむずかしいな」パムは犯人の顔をよく覚えていなかった。思い出そうとすると、どうしてもナイロンのストッキングをかぶったような不鮮明な顔になってしまう、ということだった。最初の警察の捜査が不発に終わったのは、そのせいでもあった。性犯罪常習者の顔を何枚見せられようと、彼女にはそもそも探すべき顔がわからなかったのだ。警察はモンタージュ写真の作成も試みていたが、それも無駄な努力に終わっていた。

「彼女の話を聞きながら」とエレインは言った。「わたしはずっとレイ・ガリンデスのことを考えてたわ」レイ・ガリンデスというのは、ニューヨーク市警の警官で、目撃者の記憶の中にはいり込み、容疑者の完璧な似顔絵を描くことができる、怖ろしい才能を持った絵描きだった。エレインのアパートメントのバスルームには、彼のスケッチが二枚額に入れて壁にかけてある。

「私も同じことを考えてたけど」と私は言った。「さすがの彼でもどうかな。これが事件の一日か二日あとというのなら、なんとかできたかもしれないが、いささか日が経ちすぎている」

「パムに催眠術をかけるというのは？」

「それは考えられなくはない。彼女は無意識のうちに記憶を封鎖してしまっているのにちがいない。もしかしたら、催眠術でその封鎖を解くことができるかもしれない。そういうことに私はあまり詳しくはないけど。でも、そんなふうにして得た証言は、陪審員には信じてもらえないかもしれない。私も、そう、信じないかもしれない」

「どうして？」

「催眠術をかけられた証人は、期待に沿いたいという思いから、想像の中から記憶を勝手につくり出してしまうことがあるからだ。ＡＡの集会では近親相姦をしたという話をよく聞くんだけど、そういう記憶が二十年とか三十年経って忽然と甦ったというのさ。もちろん、その中にはほんものの記憶もあるんだろうけど、まったく根も葉もないものも少なくないと思う。それは患者が無意識のうちにセラピストを喜ばそうとした結果じゃないかな」

「でも、ほんとうの記憶もあるはずよ」

「もちろん。でも、ほんとうでないものもある」

「そうね。実際、近親相姦が最近流行りのトラウマみたいになってるのは確かね。そのうちそういう記憶のない女はみんな、それはパパがわたしのことをブスだと思ってたからだ、なんて心配し始めたりするんじゃない？　あなたは、わたしがいけない女の子になって、あなたがわたしのお父さんになるってやつ、やってみたくない？」

「やってみたくない」

「つまらない人ね。だったら、わたしは流行の先端を行ってるファッショナブルな街娼で、あなたはマイカーを運転してるというのは？」

「レンタカーを借りようか？」

「ソファを車に見立てましょう。ちょっと無理かな。わたしたちの関係を常に新鮮で熱いものにしておくために、わたしたちは何ができるか？　あなたを縛ってもいいんだけど、ただ眠っちゃうだけじゃねえ」

「今夜はもうまちがいないね」

「ええ。あなたは欠損のある体が好きで、わたしはおっぱいをなくした女というのは？」

「なんとね」

「こんなこと言うべきじゃないわね。母がよくつかってたことばだけど、ベシュレイしちゃいけないわね。ベシュレイってわかる？　イディッシュ語で、天罰が下るような傲慢さって意味よ。〝口にしても駄目、罰があたるわよ〟ってこと」

「だったら口にしないようにしよう」

「ええ。マット？　ベッドに行く？」

「いいね」

# 15

火曜日は遅くまで寝て、眼が覚めたときには、エレインはすでにどこかへ出かけてしまっていた。キッチン・テーブルに書き置きが置いてあり、好きなだけいて、と書いてあった。私は自分で朝食をつくり、しばらくCNNを見た。それからアパートメントを出て一時間かそこら歩きまわり、シティコープ・ビルで開かれていた午の集会に出てから、三番街で映画を見た。そのあとフリック・コレクション（製鉄王ヘンリ・クレイ・フリックの絵画コレクション）を見て、レキシントン・アヴェニューをバスで下り、クラブ・バーの誘惑に打ち克って家路を急ぐ通勤客でごった返す、グランド・セントラル駅の近くで開かれていた五時半の集会に出た。

そこでは段階集会をやっていて、その日は禁酒のための第十一段階がディスカッションのテーマになっていた。祈りと瞑想を通じて神の意志を知るというやつ。うんざりするほど精神主義的なディスカッションだった。そこを出て、私は少し贅沢をしてタクシーに乗ることにした。が、二台に乗車拒否され、やっと三台目が停まると、男っぽいスーツを着て大きな蝶ネクタイをした女に横取りされてしまった。私は祈りも瞑想もしなかった。しかし、この件に関して神の意志を知るのは、それほどむずかしいことではなかった。地下鉄で帰れ——神は私にそう言っていた。

留守中、ジョン・ケリーとドルー・キャプランとキーナン・クーリーから電話がはいっていた。そこでふと苗字のイニシアルが全員Kであることに気づいた。コングズからはかかってきていなかったが。四番目の電話はメモに折り返し先の電話番号しか書かれておらず、誰からの電話なのかわからなかった。が、私はひねくれてその電話からさきにかけた。

すると通常のコール音のかわりに、妙な発信音が聞こえた。私はでたらめの番号だったのかと思って受話器を置いた。が、そこでふと思いあたり、もう一度かけ直し、発信音を聞いてから自分の番号を叩いて受話器を置いた。

五分たらずで電話が鳴り、受話器を取るとTJの声がした。「やあ、マットの旦那。なんの用だい?」

「ポケット・ベルを買ったのか?」

「びっくりした? だって五百ドルもいっぺんにもらっちまっただろ? その金をおれがどうすると思った? 貯蓄債券でも買うと思った? なんかサーヴィス期間中とかで、最初の三カ月は百九十九ドルだった。あんたもひとつ要るんなら、店へ一緒についていってやるよ。ちゃんとおれとおんなじサーヴィスが受けられるようにしてやる」

「少し考えさせてくれ。でも、三カ月過ぎたらどうなるんだね? ポケット・ベルは返さなきゃいけないのか?」

「ちがう、ポケット・ベルはおれのだもん。それをちゃんと使えるようにしとくのに月々いくらかかかるのさ。それを払わないと、ポケット・ベルがあるだけで、電話で呼び出してもなんにも起こらない」

「それじゃ持っててもしようがないね」

「それでも持ってるやつはいっぱいいる。持っててもいっぺんも鳴らないのさ。ありゃみんな月々の使用料を払ってないんだよ」

「その月々の使用料はいくらなんだね?」

「言われたけど忘れた。でも、それはおれにとっちゃ大した問題じゃない。三カ月を過ぎる頃には、あんたがその費用を持つことになってるだろうから。おれを意のままに使うためにね」

「どうして私がそんなことをしなきゃならない?」

「そりゃもうおれってかけがえがないもの。あんたの作戦にどうしても必要な人材だもの」

「きみは世間の裏も表も知り尽くしてるからね」

「だんだんわかってきたじゃん、あんたも」

次にドルー・キャプランに電話してみたが、もうオフィスにはいなかった。彼の家にまで電話する気はしなかった。急ぐことはないと思い、キーナン・クーリーとジョン・ケリーには折り返しの電話はしなかった。ホテルを出て近所の店に寄り、ピザひと切れをコーラで流し込み、セント・ポール教会の集会に出た。それでその日は三回も集会に出たことになる。そんなに何度も集会に出たのはいつ以来のことか、思い出せないが、ずいぶん昔であることだけはまちがいない。

と言って、その日は一日じゅう飲酒の危険にさらされていたというわけではなかった。酒を忘れることは片時もできない。しかし、その日は心がふさいで禁酒の決意が揺らいだというのではなかった。

私が感じていたのは、深い消耗感と疲労感だった。フロンテナック・ホテルでの徹夜はさすがにこたえたが、うまい食事を摂り、九時間ぐっすり眠ったおかげで、徹夜からくる疲れはとれていた。しかし、事件そのものに私はまだ疲れていた。できるかぎりの調査をし、その中にどっぷりつかり、そしてそれが終わった今も。

いや、もちろん、まだ終わったわけではない。犯人はまだ誰だかもわかっていない。逮捕は言うに及ばず。私は私なりに効果的と思われる調査をし、それなりの成果もあげたが、事件の解決にはまだほど遠かった。だから私が今感じている疲れは、何かを成し遂げたあとに訪れる快い疲労とは言えなかった。疲れていようといまいと、私には果たさねばならない約束があり、進まねばならない道がまだ何マイルも残っていた。

私にとって安全で心落ち着く場である集会の梯子をしたのは、そのためだった。休憩時間にジム・フェイバーと少し話し、集会が終わると一緒に外に出た。彼にはコーヒーを飲んで帰る時間がなかったので、彼のアパートメントまでの道の大半を一緒に歩き、街角でしばらく立ち話をした。それからホテルに帰り、キーナン・クーリーにではなく、兄のピーターに電話をかけた。ジムとの会話で彼の名前が出たのだが、ふたりともここ一週間集会で彼の姿を見ていなかった。で、電話してみたのだが、誰も出なかった。私はエレインに電話して少し話した。パムから電話があったと彼女は言った。エレインにも私にもしばらく連絡を取らないけれども、それはキャプランに言われたことだから、心配しなくていいという電話だった。

翌朝一番に私はキャプランに電話した。彼はすべて順調だと言った。ケリーという刑事は石頭だが、わからず屋ではないとも。「何かひとつ願いごとをするとすれば」とキャプランは言った。「やつが金持ちであることを祈りたいね」

「ケリーが？　殺人課にいちゃ金持ちにはなれない。殺人課ではあまり賄賂は飛び交わない」

「ケリーのことじゃないよ、何を言ってる、レイのことだ」

「レイ？」

「犯人だ」と彼は言った。「ワイアの男。いったいどうしたんだね？　あんたは依頼人の話をあまり聞かない探偵なのか？」

パムは私の依頼人ではない。しかし、キャプランはそれを知らない。私は、レイが金持ちならいったいどんないいことがあるのか、彼に尋ねた。

「賠償金をたっぷりしぼり取れる」

「私の願いは彼を死ぬまで刑務所に入れておくことだけれど」

「それは私も同じさ。しかし、刑事裁判というのは何が起こるかわからない。でも、起訴に持ち込むことさえできれば、民事訴訟を起こしてレイの有り金全部しぼり取れる。でも、その有り金が数ドルというのじゃ意味がない」

「それはなんとも言えないね」私にはっきり言えるのは、サンセット・パークにはあまり億万長者は住んでいないだろうということだった。が、サンセット・パークのことはキャプランにも言うわけにはいかなかった。また犯人がふたりとも、三人組だとすれば三人とも、サンセット・パークに住んでいると決まったわけでもなかった。もしかしたら、レイはピエール（超一流ホテル）のスイート住まいなのかもしれなかった。

「とにかく民事で訴え甲斐のあるやつがひとりでも出てきてくれることを祈るね」とキャプランは言った。「犯人がどこかの会社のワゴン車を使っていて、その線で、犯人以外にも賠償義務を負うやつが出てくることをね。もしそういう展開になれば、彼女も少しは報われるというものだ。あんな目に遭って何もないじゃあまりにひどい」

「もしそういう展開になれば、〝公共の利益のために（プロ・ボーノ）〟の仕事が、利益効率のいい仕事に変わるわけだ」

「だから？　そうなってもちっとも悪いことはないよ。でも、言っておくけど、それはこの件に関する私の最大の関心事じゃない。ほんとに」

「わかってる」

「だってあんないい子はいないよ、マット。逞しくて根性があって、それでいて中身はとても純粋な女の子だ。わかるかね、私の言いたいこと？」

「わかるよ」

「くそったれどもが彼女にしたことを思うと、はらわたが煮えくり返る。犯人は彼女にどういうことをしたのか、あんた、わかってるかね？」

「彼女から聞いたよ」

「私も聞いた。私は見せてももらった。頭で想像してるのと実際に見るのじゃ、まるっきりわけがちがう。思わずめまいがしたほどだ」

「ほんとに？　だったら、彼女はなくしたものの価値がよくわかるように、残っているほうも見せてくれたんだね？」

「あんたってほんとに汚い心の持ち主だね、知ってたかい、そのこと？」

「もちろん」と私は言った。「みんなにそう言われててね」

ジョン・ケリーのオフィスに電話すると、ケリーは法廷に出ている、と言われた。私は名を名乗った。すると電話の相手が言った。「ああ、彼はあんたと話したがってた。そっちの電話番号を言ってくれ。ポケット・ベルで彼を呼び出すから」ほどなくケリーが電話してきて、私たちはブルックリン区役所の近くのドケットという店で会うことにした。初めてはいる店だったが、マンハッタンのダウンタウンにある、お巡りと弁護士が常連客で、内装は真鍮と革と黒っぽい木というレストラン・バーに感じがよく似ていた。

会う約束をしたときには、互いに初対面だということを忘れていたが、彼はすぐにわかった。父親にそっくりだったのだ。

「おれは一生そう言われ続けるんだろうな」と彼は言った。

そしてカウンターでビールを買った。私たちは奥のテーブルについた。私たちの給仕をしてくれたウェイトレスは、しし鼻のいかにも性格のよさそうな女だった。ケリーがパストラミ・サンドウィッチを注文しかけると、彼女は言った。「今日のパストラミは赤身が少ないから、ケリー、ロースト・ビーフになさい」私たちは、ロースト・ビーフをスライスしてライ・ブレッドにはさんだサンドウィッチと、フレンチ・フライを食べた。サンドウィッチは涙が出るほど西洋わさびが利いていた。

「いい店だ」と私は言った。

「だろ？　おれはここへは毎日のように来てる」

彼は二本目のモルスン・ビールを頼んだ。私はクリーム・ソーダを頼んだ。が、ウェイトレスに首を横に振られたので、コーラに変えた。そうした私とウェイトレスのやりとりに気づいても、そのときにはケリーは何も言わなかった。が、ウェイトレスが飲みものを持ってくると、彼は言った。「昔はずいぶん飲んでたんだってね」

「親爺さんから聞いたのか？　親爺さんと一緒だった頃はそれほどでもなかったと思うけど」

「親爺から聞いたんじゃないよ。電話で何人かに聞いたんだ。あんたの場合、そのうちあまりいい酒でなくなったんで、今はきっぱりやめてるんだって？」

「まあ、そんなところだ」

「AAにかよってるって聞いたけど。なかなかすばらしい組織なんだってね、聞いた話だけど」

「確かに組織の利点はいくつかある。でも、上品に一杯やろうというときには行かないほうがいい」

私がジョークを言っていることに彼が気づくのに一呼吸あった。笑いながら彼は言った。

「AAでその男と知り合ったのか？　無名の篤志家のことだが」

「それには答えられない」

「その男のことは一切言えないってか」

「そうだ」

「それはそれで別にかまわない。この問題であんたを悩ませるつもりはないよ。なんと言ったって、彼女をおれのところへ寄こしてくれたのはあんたなんだからな。証人が弁護士と手に手を取って出頭するというのは気に入らないけど、事情が事情だからね。彼女としては賢明なことだったたと思う。それにキャプランというのもそれほど悪い弁護士じゃなさそうだったし。そりゃあいつも法廷じゃ人をとことんコケにしたりもするんだろうが、でも、それが彼の仕事なんだからね。弁護士なんてみんなおんなじだよ。でも、だからと言ってどうする、連中をみんな吊るすか？」

「世の中にはそれも悪くない考えだと思ってる人間もいることだろう」

「今この店にいる半分がそうだ。だけど、あとの半分が弁護士ときてるんだからな。そんなこと考えたってしかたがない。今度のことはマスコミにはできるだけ伏せとくってことで、おれとキャプランは合意した。その点はあんたも異論はないはずだって彼は言ってたけど」

「ああ、もちろん」

「犯人ふたりの似顔絵でも描けりゃ、ちっとは話がちがってくるんだが。絵描きに描かせてもみたんだが、彼女の証言からじゃ犯人には眼がふたつあって、口がひとつあって、鼻がひとつあることぐらいしかわからなかった。耳については彼女の記憶はもっとあやふやでね。

ふたつあったと思うけど、断言はできないなんて言う始末だ。これじゃデイリー・ニューズの五面の〝この男を見ませんでしたか？〟の欄に、スマイル・バッジの写真を載せるようなもんだ。我々はこの三つの事件を今は公式に連続殺人、および殺人未遂事件と見てる。でも、そのことを公にすることにどんな利点がある？　市民をただ恐がらせるという以外に、どんな効果がある？」

私たちはその店にあまり長居はしなかった。彼は、ある麻薬がらみの殺人事件の裁判で証言をするために、二時までにまた裁判所に戻らなければならなかった。机の上がなかなか片づかないのは、こんなことに時間がとられるからだ、と彼は愚痴をこぼした。「だいたいヤクのディーラーが殺し合いしようと何しようと、知ったことかい。こんなことには誰だってしゃかりきにはなれない。ヤクなんかもういい加減合法化しちまえばいいのさ。自分がこんなことを言うとは思いもよらなかったけど」

「お巡りがそんなことを言うとは思いもよらなかった」

「今じゃみんなが言ってる。お巡りも、地方検事も、誰もが。麻薬取締局には昔ながらのたわごとをまださえずってるやつもいるが。〝おれたちは麻薬戦争にきっと勝てる。だからもっと仕事ができるように人も金もまわしてくれ〟なんてね。よくわからんが、そいつらはそいつらでほんとにそう信じてるんだろうな。そんなたわごとを信じるくらいなら、歯の妖精（抜けた乳歯を枕の下に入れておくと、歯の妖精がお金にかえてくれるという言い伝えがある）でも信じるほうがまだいい。少なくとも、歯の妖精を信じてりゃ、もしかしたら枕の下から二十五セント出てくるかもしれないんだから」

「しかし、あんたはクラックの合法化までもっともらしく説明できるか？」

「ああ、そいつはちょいとむずかしい。おれの昔からのお気に入りは合成ヘロインだ。打ったとたん、どんなにおとなしいやつでもいっぺんで正気をなくし、突然暴れだす。で、何時間かあとに眼が覚め、隣で誰かが死んでるのを見ても、一切何も覚えてない。自分がハイになったのかどうかさえわからない。そんなヤクが角のお菓子屋で売られてるところを見たいかどうか？　そりゃ見たいとは言えないよ。だけど、お菓子屋のまえで売るのとお菓子屋の中で売るのと、いったいどれだけちがいがある？　合法化されたら合成ヘロインは今よりもっと出まわるようになると思うか？」

「さあ、それはなんとも言えない」

「それは誰にもわからない。実際には、合成ヘロインは近頃は昔ほど売られていない。しかしそれは売人がそれだけ捕まったからじゃない。合成ヘロインの市場にクラックが攻め込んできたからだ。これは麻薬の世界のいい知らせだ。クラックがおれたちの麻薬戦争の助太刀をしてくれてるってのは」

私たちは勘定をふたりで割って、歩道に出て握手を交わした。私は、何か知らせるべきことが出てきたら知らせると言い、彼は彼で、捜査になんらかの進展があったら連絡すると言った。「少なくとも新たに何人か動員されるはずだ。こんなやつらは一刻も早く通りから抹殺しなきゃ」

ケリーに会うまえに、私はキーナン・クーリーに電話して、その日の午後彼の家を訪ねる約束をしていた。ドケットはジョラレモン・ストリートに、ブルックリン・ハイツがコブル・ヒルに頭を突き出しているあたりにあった。私はコート・ストリートまで東へ歩き、ドルー・キャプランのオフィスや、ピーター・クーリーと行ったシリア料理店のまえを通って、コート・ストリートをアトランティック・アヴェニューまで行った。そして、アトランティック・アヴェニューを歩いて、アユブの店をもう一度見てみた。誘拐のあった現場（イン・サイトゥ）を。それはキャプランがプロ・ボーノと一緒に並べたてたラテン語のひとつだ。南へはバスで下るつもりだったが、四番街に着くと、バスはちょうど出たあとだった。晴れた、気持ちのいい春の午後だった。私は歩くことにした。

で、結局、何時間か歩くことになった。ベイリッジまで歩こうとはっきり決めたわけではないのだが、結局、そういうことになった。最初は八ブロックから十ブロック歩いて、途中でバスに乗るつもりだったのだが、最初のナンバー・ストリートにたどり着いたところで、そこからグリーン・ウッド墓地までは一マイルと離れていないことに気づいたのだ。それで、五番街まで行って墓地の中にはいり、十分か十五分ほど散策してみたのだった。墓地の芝はとても初春とは思えないほど青々として、棺とともに埋められた花以外にもさまざまな花のつぼみが、墓石のまわりで頭をもたげていた。

墓地はとても広く、新聞には書いてあったような気もするが、レイラ・アルヴァレスの死体が墓地のどのあたりに遺棄されていたのか、見当もつかなかった。しかし、それがわかったからといって、そのことにどんな意味がある？　私は、アルヴァレスが横たわっていたところから発する霊気を感じて、超能力で事件を解決しようと思って来たわけではなかった。世の中にはそうした能力を持っている人もいる。柳の枝を使って遺失物や失踪した子供を探すことができる人がいる。私には見えないオーラを見ることができる人も（ダニー・ボーイの一番新しいガールフレンドについては、眉唾という気もしないではないが）。しかし、そういうことは自分にできなければなんの意味もないことだ。

それでも、現場に実際に身を置くことで、人は想像力を掻き立てられる。現場に行ってみなければおよそ考えもしなかったようなことが、ふと頭に浮かぶことがある。人間の心と頭の働きなどほんとうのところは誰にもわからない。

私が墓地を訪ねる気になったのは、そういうことを期待したからかもしれなかった。それとも、ただ花を見ながら芝生の上をしばらく歩きたくなっただけのことか。それは自分でもわからない。

私は二十五丁目通りから墓地にはいり、半マイルほど歩いて、三十四丁目通りに出た。結局、パーク・スロープを端から端まで歩き、サンセット・パークの北の端まで来ていた。その地域の名前の由来になっている小さな公園まで、もう二、三ブロックと離れていなかった。私はその公園――サンセット・パークまで歩き、中を横切った。そして、ニュー・ユートレクト・アヴェニュー四十一丁目の角に立っていたものから始めて、犯人がキーナンの家にかけるのに使った六つの公衆電話を、ひとつひとつ見てまわった。その中で最も興味を惹かれたのが、五番街に面して四十九丁目と五十丁目のあいだにある公衆電話だった。犯人が二度使い、犯人の作戦基地から最も近いところにあると思われるやつだ。それはほかの公衆電話のように通りには立っておらず、二十四時間営業のコイン・ランドリーの入口からすぐ中にはいったところに設置されていた。

そこには女がふたりいた。ふたりともよく肥った女だった。ひとりは洗濯ものをたたみ、もうひとりは椅子を傾げてブロックの壁にもたれるようにして坐り、サンドラ・ディーの写真が表紙になっている〈ピープル〉を読んでいた。ふたりはお互いにも、私にもまったく注意を払っていなかった。私は二十五セント玉を投入口に入れてエレインに電話をかけ、彼女が出ると言った。「コイン・ランドリーには公衆電話が設置されてるものなんだろうか？それが普通なんだろうか？」

「その質問をあなたがしてくれるのをわたしが何年待ち望んでいたか、わかる？」

「なんだって？」

「わたしがなんでも知ってると思ってくれるのは光栄だけど、いいことを教えてあげる。コイン・ランドリーなんかにはもう何年も行ってないわ。いいえ、一度でもはいったことがあるのかどうかもはっきりしない。うちには地下に洗濯室があるから。だからあなたのその質問にはわたしは答えられない。でも、あなたに質問することならできるわ。どうしてそんなことを訊くの？」

「事件の夜、キーナンのところへかかってきた電話のうち、二回がサンセット・パークのコイン・ランドリーに設置された公衆電話を使ったものなんだ」

「それで今あなたはそこにいるのね。その公衆電話からかけてきてるのね」

「そうだ」

「それで？　ほかのコイン・ランドリーにも公衆電話があるかどうか。どうしてそんなことが知りたいの？　待って、あててみるわ——と思ったけど、わからない。どうして知りたいの？」

「この電話は二度使われてる。だから犯人はこの近所に住んでるんじゃないかということは、初めから見当をつけていた。でも、この電話は通りからは見えない。ここから一ブロックか二ブロックの範囲内に住んでないかぎり、電話をかけようと思ってこの公衆電話を思いつくということはありえない。どんなコイン・ランドリーにも公衆電話が設置されていないかぎり」

「コイン・ランドリーのことなんか知らないけど、うちの洗濯室には電話はないわね。あなたは洗濯ものはどうしてるの？」

「近所の洗濯屋任せだ」

「そこには電話はある？」

「さあ。朝、洗濯ものを出して、夜、取りに行くだけだからね。覚えてない。でも、そこはなんでもしてくれるんだ。汚れものを出すときれいになって返ってくる」

「でも、色別に分けてはくれない」

「ええ？」

「なんでもない」

コイン・ランドリーを出て、角にあったキューバ風ランチ・カウンターでミルク・コーヒー（カフェ・コン・レチェ）を飲んだ。犯人は——あの電話を使った。この近くに犯人がいる。

この近くに住んでいるにちがいない。この地区のどこかというのではなく、このすぐ近くに、コイン・ランドリーから一ブロックか二ブロックの範囲内に。ここから数百ヤードの範囲内に犯人がいる。それが肌に感じられるような気がした。もちろん、ただそんな気がしたというだけのことだが。霊気を感じたわけでもなんでもないが。私は事件を反芻（はんすう）してみた。

犯人は自宅を出たフランシーンのあとをダゴスティーノまで尾（つ）けた。が、アルバイトの少年が彼女と一緒に店から出てきたので、そこではいったん見送り、さらにアトランティック・アヴェニューまで尾けた。そして、彼女がアユブの店を出てきたところを襲い、ワゴン車の荷台に押し込んだ。そのあとどこへ向かったのか？

行き先はいくらでも考えられた。レッド・フックの脇道。倉庫の裏の路地。ガレージ。フランシーンが誘拐されてから、最初の電話がかかってくるまでに数時間が経っている。その時間の大半を犯人は、パムにしたのと同じようなことをフランシーンにもするのに費やしたのだろう。そして、それが終わったときには、フランシーンはもう死んでいたのだろう。いずれにしろ、犯人は自宅で彼女を殺したのでないかぎり、そのあと家に向かい、ワゴン車を駐車スペースかガレージかに停めた。クウィーンズのテレビ修理会社の車であることを示すレタリングは、もちろん見せかけのものだった。だからおそらく犯人はそれを塗りつぶすか、消すことのできる塗料で書いたものなら消すかしたことだろう。あるいは、必要な用具はすべてガレージに備えてあって、車全体の色を塗り変えたかもしれない。

それから？　初心者のための肉切り教室を開いたのだろうか？　そこですぐにやったのかもしれない。あるいはあとに延ばしたか。それはどちらでもいい。

いずれにしろ、三時三十八分、犯人は最初の電話をかけてきた。二回目は四時一分、コイン・ランドリーからの電話だ。それほど粗野ではないレイからの電話。そのあと何回かかかってきて、八時一分の六回目の電話でクーリー兄弟は身代金の運搬をさせられた。その電話をしたあと、レイにしろもうひとりの男にしろ、フラットブッシュ・アヴェニューとファラガット・ロードの角の公衆電話を見張っていて、キーナンがそこに近づくと、その公衆電話に電話をかけた。

いや、公衆電話を見張っていたとは必ずしも言えない。犯人はキーナンに八時半にそこへ行くようにと言った。だから、その時刻の少しまえから一分間隔ぐらいで電話をかけ続け、いつキーナンがそれに出てもいいようにしていたのかもしれない。キーナンとピーターは、結果的に、自分たちの到着に合わせてかかってきたような印象を受けただけのことかもしれない。

どうでもいいことだ。犯人がどのようなやり方でかけたにしろ、キーナンはその電話でヴェテランズ・アヴェニューへ向かうよう指示される。レイにしろもうひとりにしろ、そこへはキーナンたちより犯人は先まわりしていた。そこの公衆電話にもまたキーナンたちの到着と同時に、電話がかかってくるわけだが、今度はキーナンたちが身代金を置いて車を離れるのを見届ける必要があったからだ。

そうして、車を見張っている者がほかにいないことを確かめてから、レイにしろ誰にしろ、車に近づき、身代金を奪って逃げた。

いや、ちがう。

犯人のうち少なくともひとりは、その近辺にとどまり、キーナンたちがまた車に戻ってくるのを待った。そしてもう一度公衆電話に電話して、フランシーンは家に送り届けたから、キーナンたちもすぐに家に帰るようにと言った。それでキーナンたちはコロニアル・ロードに向かい、犯人たちは自分たちの家にワゴン車で向かった――

いや、そうではない。ワゴン車はずっとガレージに入れたままになっていたはずだ。車の塗装はそう簡単にはできない。それにフランシーンの死体もワゴン車の荷台に乗せたままになっていたことだろう。犯人はヴェテランズ・アヴェニューへは別の車で行ったはずだ。

フォード・テンポ。このときのためだけに盗んだ車。その可能性はある。あるいは、車はもう一台あったか。テンポは死体の運搬という特別な目的のために、まえもって盗み、用意してあったものかもしれない。

可能性はいくらもある……

いずれにしろ、犯人はテンポにフランシーンのバラバラ死体を積み込んだ。彼女を切り刻み、肉片をビニール袋に入れてテープで封をし、トランクの鍵を壊して、彼女のバラバラ死体を積み込み、車二台でコロニアル・ロードに向かった。そしてキーナンたちがあとでテンポを発見することになる角に停め、テンポを運転してきた者はもう一台に乗り移り、また来た道を引き返した。

完璧に犯罪を成し遂げた満足感にひたりながら、四十万ドルが待っている家に向かった。残された仕事はあとひとつだけ。キーナンたちにフォード・テンポを見つけさせるための電話をすることだ。何もかもうまくいった。気分は最高だ。が、最後にひとつ決定的な打撃を相手に与えなくてはならない。この最後の電話ぐらいは家の電話でもかまわないだろう、このテーブルの上にのっているやつでも。クーリーは警察に知らせなかった。誰かに助っ人も頼まなかった。身代金を持ってすぐに出てきた。この最後の電話がどこからかけられたものか、あの男にわかるわけがない。

かまうものか……

いや、待て。ここまでは完璧だった。すべてぬかりなくやってきた。それを最後の最後にぶち壊しにしてどうする？ それはどれだけ賢明なことと言えるだろう？ と言って、逆に神経質になりすぎることもない。これまでに使った電話は全部別々の公衆電話だ。それも互いに五、六ブロックは離れているのを選んだ。万が一逆探知されたときのことを考えて。電話を見張られたときのことを考えて。

が、そんな心配は要らなかった。それはもう明らかだ。クーリーはそういうことを一切やっていない。だから今はもう必要以上の警戒は不要だ。家の電話ではなく、公衆電話であればそれでいい。一番便利なやつでいい、コイン・ランドリーにあるやつで。

そしてついでに洗濯をしてこよう。血なまぐさい仕事をして服も汚れた。そいつを早いところ洗濯機に放り込もう。

いや、それには及ばない。テーブルの上にのっかってるのは四十万ドルだ。洗濯などすることはない。汚れた服は捨てて新しいのを買えばいい。

私は、コイン・ランドリーのまわり二ブロックの範囲内にある通りをすべて歩いてみた。四番街と六番街と四十八丁目通りと五十二丁目通りに区切られた四角形の中を、しばらく行ったり来たりした。特に何か探すあてがあったわけではない。もちろん、サイド・ドアに下手なレタリングをしたブルーのワゴン車に出くわしたりしたら、思わず眼をこすっていたことだろうが。目的は、あたりの雰囲気を肌で感じ、何か眼にとまるものがないかどうか確かめることだった。

そのあたりは経済的にも民族的にも異なる者同士が同居している一帯だった。誰からも見捨てられたような廃屋同然の家があるかと思えば、裕福な一家が移り住むのに改築したと思われる洒落た家も建っていた。アルミ材とアスファルトで羽目板を補強したり、羽目板をレンガに替えたりしてある連続住宅の一画もあれば、小さな芝生つきの気取った木造家屋が建ち並ぶ一画もあった。そうした木造家屋の中には、芝生を駐車スペースにしてあるものも、ドライヴウェイとガレージつきのものもあった。歩く道すがら、小さな子供を連れた母親を何人も見かけた。また怖ろしくエネルギッシュな子供たちも。車の手入れをしたり、玄関の石段に坐って、茶色の紙袋に包んだ缶ビールを飲んだりしている男たちも。

そんなふうに通りを一本一本歩いて、いったい何が得られたのか、それはわからない。しかし、それが行なわれたのはこの中の家の一軒にちがいない。私はそう確信した。

そのしばらくあと、私はもうひとつ別な殺人が行なわれた家のまえに立っていた。最も北に位置する五番街六十丁目の角の公衆電話を確かめたあと、四番街に戻り、ダゴスティーノのまえを通ってベイリッジにはいったのだが、セネター・ストリートまで来てふと気づいたのだ、そこからトミー・ティラリーが自分の女房を殺した家までは、ほんの二ブロックと離れていないことに。何年もまえのことだから、見つけられるかどうかわからなかった。実際、最初に探したブロックはまちがっていた。が、そのまちがいに気づくとすぐに見つかった。

自分が昔かよった小学校の教室のように、実際の家は私の記憶に残っている家よりいくらか小さく見えた。が、それ以外は記憶のままだった。私はそのまえに立ち、三階の屋根裏部屋の窓を見上げた。ティラリーはまずそこに女房を閉じ込め、それから階下に降ろして殺し、それを強盗の仕業に見せかけたのだ。

マーガレット。それが彼の女房の名前だった。その名前は記憶に残っていた。マーガレット。トミーはペグと呼んでいた。

金めあての犯行だった。私には昔から、金というのは殺しの動機として粗末なものに思えてならない。もっともそれは、私が金というものを安く見すぎ、命というものを高く見すぎているせいかもしれないが。しかしこれだけは言える。それでもただ愉しみのために殺すよりはましだと。

私がドルー・キャプランを知ったのは、トミー・ティラリーを通してだった。キャプランは、ティラリーが最初の殺人容疑で捕まったときの弁護士だった。そのあと、警察がいったんティラリーを釈放し、今度は愛人殺しの容疑で再逮捕したときには、キャプランはティラリーに別の弁護士を雇うことを勧めた。

家はなかなかよく手入れされているように見えた。この家の現在の住人はどんな人物で、その人はこの家の歴史を知っているのだろうか？　過ぎた年月のあいだに、所有者が何人も変わっているようなら、現在の住人がティラリーの件を知っている可能性は少ない。しかし、このあたりは閑静な高級住宅地だ。この家もそう何度も他人手(ひとで)に渡ったとは思えない。

私はそこにしばらく佇(たたず)み、まだ酒を飲んでいた頃のことを思った。当時つき合っていた人々のことを。当時の自分の暮らしを思った。

すべては昔のことだ。いや、時の数えようによっては、それほど昔のことでもないのかもしれない。

# 16

キーナンは言った。「あんたがそんなふうにやるとは思わなかったな。あるところまで自分でやって、あとは警察に任せちまうとはね」

私は、それが最善の策であり、またほかに選択はなかったのだということをもう一度説明しかけた。動員力が必要な捜査は、私立探偵ひとりがやるより、警察がやるほうがいいに決まっている。また私はキーナンと彼の妻のことを伏せながら、調べたことの大半を警察に教えることができた。それも警察に捜査を任せた理由のひとつだった。

「ああ、わかってるよ」とキーナンは言った。「なんであんたがそうしたのかわからないなんて言ってるんじゃない。だいたい警察に捜査をさせて悪いことはない。そのための警察なんだから。ただ、おれはあんたがそんなふうにするとは思わなかった。それだけのことだ。おれは最後は自分たちで犯人を追いつめ、カー・チェイスとか撃ち合いとかやるんじゃないかって漠然と思い描いてたんだと思う。よくわからんが。まあ、テレビの見すぎなんだろうよ」

彼はテレビの見すぎと言うより、飛行機の乗りすぎ、奥の部屋かキッチンにこもっての酒とコーヒーの飲みすぎのように見えた。不精髭を生やし、髪もぼさぼさでのびていた。このまえ会ったときより痩せたようにも見え、そのハンサムな顔はやつれ、黒い眼の下には黒い隈ができていた。身につけているのは、明るい色のリネンのスラックスにブロンズ色のシルクのシャツ、それに素足にローファーというもので、普段ならシックにもエレガントにも見えたことだろうが、今の彼はそんな装いをしてもどこかみすぼらしくさえ見えた。

「お巡りが犯人を捕まえたら」と彼は言った。「どうなるんだね？」

「どういう容疑で起訴できるかによるね。殺人に直接むすびつく物証が出れば理想的だが。そういうものがなくても、罪の軽減を餌にすれば、たぶん犯人同士で罪のなすり合いを始めることだろう」

「チクリ合う（ラット・ゼム・アウト）ってわけだ」

「そうだ」

「しかしどうして減刑を認めてやったりするんだね？　パムは目撃者ってことになるんじゃないのか？」

「彼女が被害者となった事件に関してはね。しかし彼女の件は殺人じゃない。レイプと異常性行為強制罪はB級重罪、六年から二十五年の不定期刑だ。第二級殺人が立証できれば、終身刑が見込めるけど」

「おっぱいを切り落とした件は？」

「第一級傷害罪にすぎない。レイプと強制罪より軽い刑だ。確か十五年以下だったと思う」

「その辺がおれには不可解なんだよね」とキーナンは言った。「やつらがパムにしたことは殺人より残虐なことだ。人が人を殺すってのは、まあ、そうするしかなかったとか、もっともな理由があったとかってこともあるだろ？　だけど、ただ愉しみのために、人を障害者にしちまうなんて——そんなことをする人間はどんな人間だと思う？」

「病んだ人間か、邪悪な人間か。好きなほうを取ってくれ」

「やつらがフランシーンにしたことを考えると、おれはほんとに気が狂いそうになる」彼は立ち上がると、窓辺まで歩き、私に背を向けて外を眺めながら言った。「できるだけ考えまいとはしてるんだよ。やつらはフランシーンを誘拐してすぐ殺したはずだと自分に言い聞かせて。女房に抵抗されて、やつらは女房を黙らせようと殴り、強く殴りすぎて死なせてしまったのにちがいないとね。ボカン、それでおしまい」彼は振り向いた。肩が落ちていた。

「そんなことにどんなちがいがあるのか？　やつらがどんなふうに女房を殺そうと、それはもう終わってしまったことだ。女房は殺されて死んだ。もういない。もう女房は灰になってしまった。教会で言ってることがほんとうなら、女房は今神とともにいるはずだ。心安らかに。あるいは、鳥とか花とかに生まれ変わったのかもしれない。それともただ逝っちまっただけか。死んだあと人間はどうなるのか、おれにはわからない。わかるやつは誰もいない」

「ああ」

「あんたはこういうのを聞いたことあるかい？　臨死体験ってやつだ。トンネルを抜けてキリストとか好きだった伯父さんとかに会って、自分の全人生が見えちまうってやつ。フランシーンもそういう体験をしたんだろうか？　それとも、そういうのは臨死体験だけの場合で、ほんとに死んじまうときはまたちがうのかもな。そんなこと誰にわかる？」

「少なくとも私は知らない」

「ああ。でも、そんなこと誰が気にする？　そんなことはそのときになったら心配すりゃいい。レイプで最高何年って言ったっけ？　二十五年？」

「法律によればね」

「それに異常性行為強制罪か。それは法的には何をさすんだね？　アナル・セックスか？」

「肛門と口だ」

彼は顔をしかめた。「もうやめなきゃ。こんなふうに話してると、話すことすべてがフランシーンにむすびついちまうんだよ。自分でどうにもならないんだ。これじゃ自分で自分をトチ狂わせてるようなものだ。だけど、女と無理やりアナル・セックスをして二十五年、おっぱいを切り落として最高で十五年、どこかおかしいよ」

「法律を変えるというのはそう簡単なことじゃない」

「いや、おれは世の中全般のことを言ってるんだ。それでも二十五年が短すぎることに変わりないけど。終身刑だって軽すぎる。やつらは獣だ。即刻死刑にすべきだ」

「法律ではそれはできない」

「ああ。それでいいよ。警察は犯人を捕まえるところまでやってくれりゃ、それでいい。そのあとは何が起こるかわからないからな。やつらが刑務所にぶち込まれるようなら、それはそれで刑務所の中にいる誰かと連絡を取るのは、さほどむずかしいことじゃない。金のためならなんでもやるやつらが刑務所の中にはうじゃうじゃいる。逆に、やつらが裁判で勝つか、釈放されるかしたら、話はもっと簡単になる」彼は首を振った。「なんだか椅子にふんぞり返って殺しの命令を出してるゴッドファーザーみたいだな。でも、聞いてくれ、マット。おれが言いたいのは、さきのことは誰にもわからないってことさ。やつらが裁判を受ける頃には、おれも今ほど熱くはなってないかもしれない。少なくとも、二十五年経ってやつらが刑務所を出てくる頃には。さきのことは誰にもわからない。だろ？」

　私は言った。「こっちにつきがあれば、警察が捕まえるまえに、我々がさきに犯人を捕まえられるかもしれない」

「どうやって？　探してる相手が誰かもわからず、ただサンセット・パークを歩きまわってか？」

「それと警察が調べ上げることを利用してだ。市警察はとりあえず手にはいった情報をすべてＦＢＩに送って、考えうる犯人像の作成を依頼するだろう。また、パムが忘れていたことを思い出して、それで犯人の特徴がもう少しはっきりしてくるかもしれない」

「つまりあんたは調査をまだ続けるつもりなんだ」

「もちろん」

彼はしばらく考えてから、うなずいて言った。「あんたにいくら借りがあるのか、もう一度言ってくれ」

「パムに千ドル払った。彼女の弁護士代は要らない。電話会社から記録を盗み出してくれたコンピューターの天才たちに千五百、そのとき使ったホテルの部屋代が百六十、それにあえて取り戻さなかった電話の保証金が五十。端数を削って全部で二千七百ドル」

「なるほどね」

「経費はほかにもかかってるが、それはあんたにもらった報酬の中から払った。二千七百ドルはいわば特別経費というわけだが、私としてはあんたの承諾を待って捜査を遅らせたくなかった。もしいささか勝手にやりすぎたということなら、いくらでも相談に応じるが」

「何を相談することがある?」

「なんとなくあんたが釈然としないような顔をしてるから」

彼は大きな溜息をついた。「そんなふうに見えるかい? おれがヨーロッパから帰ってきて最初に電話で話したときに、あんたはおれの兄貴にもこのことを話したって言ったね?」

「そうだ。でも、ピーターはそれだけの金を持ってなかった。それで私は自分で立て替えたんだ。でも、どうして?」

「兄貴は、ただ金はないって言ったのか? それとも、おれの承諾を待つように言ったのか?」

「金はないって言ったのさ。私が立て替えたら必ずあんたが清算してくれると思うが、自分にはそれだけの金はないとね」

「それはまちがいないね?」

「もちろん。でも、どうして? 何を気にしてるんだね?」

「兄貴はおれの金をつかえばいいとは言わなかった。そんなことばは一切なかった」

「ああ。ただ――」

「ただ? ただ、なんだい?」

「ただ、それぐらいの現金がここにあることは知ってるけど、とは言ってたよ。でも、それは自分の自由にはならないんだとね。ヤク中に自分の金庫の鍵の番号を教える人間はいない、たとえそれが自分の兄弟であっても、なんて皮肉を言ってた」

「兄貴がそんなことを……」

「特にあんたのことをさして言ってたわけじゃないと思うが。正気の人間が信用のできないヤク中に、自分の金庫の鍵の番号を教えるわけがない。そんな言い方だった」

「つまり兄貴は一般論として言ったわけだ」

「私にはそんなふうに聞こえた」

「でも、ほんとうはおれのことを言ってたのかもしれない。でも、それは兄貴の言うとおりだ。金に関しておれは兄貴を信用してないもの。ほかのことならいざ知らず。だってちょっとやそっとの金じゃないんだぜ。六桁もの金だ。信用するわけにはいかないよ」

私は何も言わなかった。

「兄貴とはこないだ電話で話したんだ。そのときの電話で、兄貴は家に来るって言っときながら、結局、来なかった」

「ああ」

「ほかにもある。兄貴に空港まで車で送ってもらったときに、おれは兄貴に五千ドル渡しておいたんだ、何か急に金が入り用になったときのためにって。だからあんたが兄貴に二千七百ドルの件を話したときには——」

「それより少ない額だ。彼と話したのは土曜日で、それはパムに払う千ドルが必要になるまえのことだからね。そのときいくらと言ったのか忘れたが、たぶん千五百か二千だったと思う」

キーナンは頭を振って言った。「いったいどういうことなのかわかるか？　おれにはさっぱりわからない。あんたは土曜日に兄貴に電話した。そうしたら、兄貴は、おれは月曜日まで帰らないが、金はあんたが立て替えておいてくれたら、あとでおれが必ず清算するだろうと言った。そうだね？」

「そうだ」

「兄貴はなんでそんなことを言ったんだ？　たぶんおれが反対するだろうと思って、おれの金を勝手につかいたくなかったというのなら話はわかる。それであんたの要求を退けてお互い気まずくなるより、その場しのぎに金はないと言ったというのなら。でも、兄貴は金を出ししぶりながら、経費をつかうことについては問題ないって言ったわけだ。そうだろ？」

「そうだ」

「あんたはそのとき、それぐらいの金ならいくらでも立て替えられるような言い方をしたのか？」

「いいや」

「もしそれなら、とりあえずあんたに立て替えてもらおうと思ったってことも考えられるけど、でも、そうじゃないってことになると……マット、こんなこと口にしたくないんだが、いやな予感がする」

「私もだ」

「兄貴はおれの金をつかっちまってるんじゃないか？」

「かもしれない」

「なんかこのところ兄貴はおれを避けてるみたいなんだよ。来ると言っておきながら来なかったり、電話してもいなかったり。どう思う？」

「ここ十日ほど私も集会で彼を見かけていない。いつも彼と同じ集会に出てるわけじゃないが、しかし――」

「時々は出くわしてもおかしくない」

「ああ」

「何かのときのためにって五千ドル渡してあったのに、その何かが起きても、兄貴はそんな金はないって言った。何につかったと思う？　それとも兄貴は嘘をついてるのだとしたら、いったい何につかうためにその金をとってるんだと思う？　ふたつの問いに答はひとつ。J - U - N - K（ヤク）。ほかに何がある？」

「そうと決まったわけでもないと思う」

「ならいいんだが」彼は受話器を取り上げると、ボタンを叩き、コールするあいだ立ったまま首を傾げて待った。十回はコールしただろう。彼はあきらめて受話器を置いた。「誰も出ない。でも、これだけじゃ何もわからない。まだ飲んでた頃、兄貴は家にいながら電話に出ないことがよくあった。で、一度、出るつもりがないのなら、受話器をはずしときゃいいじゃないかって言ったことがあるんだ。そうしたら兄貴は、それだと家にいることがおれにわかってしまうって言いやがった。ひねくれ者だよ、おれの兄貴は」

「それは病気だったからだ」

「酒を飲むことが？　それは習慣じゃないのかい？」

れなくて」

「我々は病気と呼んでる。結局、同じことだろうが」

「知ってると思うけど、兄貴はヤクをやめて酒を飲むようになったんだ、禁断症状が耐えられなくて」

「と本人は言ってたね」

「兄貴は酒をやめてどれくらいになる？　一年以上？」

「一年半だ」

「それだけ長くやめられりゃ、もう死ぬまでやめられそうなもんだが」

「人にできるのはその日一日やめるということだけだ」

「ああ」と彼は苛立たしげに言った。「一日一日こつこつとってんだろ？　知ってるよ、そういうのがＡＡのスローガンだってことは。禁酒し始めた頃、兄貴はしょっちゅう家へ来てたから。おれとフランシーンは兄貴につき合って、コーヒーか何か飲みながら、話すことが尽きるまで兄貴の話をよく聞いてやったもんだ。兄貴は集会で聞いてきたことを何から何まで話した。だけど、おれとフランシーンは喜んでそれにつき合ったよ、兄貴がまた人生をやり直そうと真剣になってることはよくわかったから。ところが、ある日、兄貴はこんなことを言ったんだ。これからはこれほどしょっちゅうは来ないことにするとね。これじゃほんとに自分の力で禁酒してることにならないからってことだった。そんな兄貴が今頃はどこかでヤクの袋とウィスキーを抱え込んで、至福のときを過ごしてるってわけだ。兄貴の〝自分の力〟とやらは、いったいどうしちまったんだ?」

「まだそうと決まったわけじゃないよ、キーナン」

彼は私のほうを向いて言った。「だったらほかに何があるって言うんだ? 五千ドルもの大金を兄貴は何につかったと思うんだ、宝くじでも買ったってか? あんな大金は渡すべきじゃなかった。五千と言えば大変な誘惑だ。どんなことになってるにしろ、これはおれのミスだ」

「そんなことはない」と私は言った。「これがヘロインをいっぱい詰めた葉巻箱でも預けて、〝帰ってくるまでこれを見ていてくれ〟とでも言ったのなら、あんたのミスということになるだろう。そんな誘惑には誰でも負けてしまうだろう。彼は一年半素面(しらふ)でいた。その大切さは彼自身が一番よくわかってるはずだ。もし金が手元にあることで落ち着かない気分になったのなら、銀行か、AAの事務局かにでも預ければそれですむことだ。彼は外出してるのか、家にこもって電話に出ないでいるのか、それはわからないが、たとえ彼が昔に逆戻りしていたとしても、それはあんたのせいじゃない」

「しかし、逆戻りしやすくしてしまったのはおれのせいだ」

「逆戻りするのは初めからたやすいことだ。近頃ヤクは一袋いくらするのか知らないが、酒に関して言えば、二、三ドルもあればどこでも一杯飲める。逆戻りするにはその一杯で充分なんだ」

「でも、金がなきゃそう何杯も飲めないが、五千ドルありゃそれができる。家で飲んでるぶんには、一日二十ドルもあれば足りるんじゃないか？　飲み屋で飲めば、その二倍か三倍ってところか。これがヘロインとなるともっとかかるけど、それでもしゃかりきに打っても一日二百ドルは超えないんじゃないかな。それだけ打つようになるには時間もかかるし、どんなに兄貴がやけになったとしても、五千ドル分のヘロインを打つには、まあ、ひと月はかかるだろう」

「彼はヤクを打たなかった」

「兄貴がそう言ったのか？」

「ほんとうはちがうのか？」

キーナンは首を振った。「兄貴は人にはそう言ってた。確かに鼻からしかやらない時期が兄貴にあったのは事実だけど、でも、それはいっときのことだ。まあ、そんな嘘をつくことで、人には軽い中毒だったと思わせたかったんだろう。それと、ヤクを注射針で打ってたことがわかると、たいていの女は一緒にベッドにはいることをいやがるだろうからね。と言って、兄貴は別に女(スケ)コマシとかなんかじゃないけど、でも、いずれにしろ、自分に不利なことをなんでもぺらぺらしゃべるやつはいない。兄貴は、注射針を誰かと共用してたと人に思われ、HIV陽性反応患者と思われるのを怖れてたんだ」

「実際には、注射針の共用なんてことはしてなかったんだね？」

「と本人は言ってる。エイズ検査は受けたけど、陰性だったとも」

「どうした?」

「いや、ちょっと思ったんだが、もしかしたら兄貴は注射針の共用をやったことがあって、ほんとうは検査にも行かなかったのかもしれない。つまりそこまで嘘をついてるのかもしれない」

「あんたは?」

「えっ?」

「あんたも打つのかい?　それともあんたは鼻から吸うだけなのか?」

「おれはヤク中じゃないよ」

「それでも月に一度はやってるとピーターは言ってた」

「それはいつのことだ?　土曜日に電話で話したときのことか?」

「それより一週まえの土曜日のことだ。私たちは一緒に集会に行って、食事をして少し話をしたんだ」

「そのときそんなことを言ったのか?」

「その何日かまえにここへ来たら、あんたはラリってた。で、そのことを咎めると、あんたは否定した。彼はそう言ってた」

彼は眼を伏せた。そして沈んだ声で言った。「ああ、それはほんとうだ。兄貴に訊かれておれが否定したってところも。でも、おれは、おれのそのことばを兄貴は信じたものと思ってたよ」

「それは思いちがいだったようだね」

「ああ、そのようだ。兄貴に嘘をつくのは気がひけたけれど、ヤクをやったことは別に気にはならなかった。おれは兄貴のまえじゃ絶対にやらないし、そのときだって兄貴が来ることがわかってたら、やっちゃいなかったろう。でも、おれがたまにやったって、誰に迷惑をかけるわけでもないからな」

「それはそうだが」

「兄貴は月に一回って言ったのか？　そんなにはやってないよ、ほんとの話。年に七回か八回か、多くて十回ってところだ。それを超したことはない。でも、兄貴に嘘なんかつくんじゃなかった。おれはこう言うべきだったのさ、〝ああ、このところ気分がふさぎ込んでしようがないから、ちょいと気晴らしにやったのさ。だから？〟ってな。だっておれの場合は、たまにやったってそれが習慣になることはないんだから。一方、兄貴のほうはちょいと一服やっただけで、また昔に逆戻りして、ラリったまま地下鉄に乗って靴を誰かに盗まれちまうなんてことになる。ほんとに兄貴にはそういうことがあったんだ。D線に乗って気がついたら裸足だったなんてことが」

「よく聞く話だ」

「あんたにもそういうことがあったのかい?」

「いや。しかし、あったとしても不思議はない」

「あんたはヤク中じゃなくてアル中のほうだったよね? あんたが今日来るまえ、おれは酒を飲んでた。あんたにそのことを尋ねられたら、おれは嘘なんかつかないで、そのとおり答えただろう。なのにどうしておれは兄貴に嘘をついちまったんだろう?」

「それは彼があんたの兄貴だからさ」

「ああ、そうだ。そのせいだ。くそっ、おれは兄貴のことが心配だ」

「今この時点であんたにできることは何もないよ」

「いや、そうでもない。車で通りを走りまわって兄貴を探すのさ。いや、ふたりで行こう。あんたは通りの一方を見て、フランシーンを殺した犯人を探してくれ。おれは通りのもう一方を見て兄貴を探すから。どうだね、このアイディア?」彼は顔をしかめた。「そうそう、金を返さなきゃね。いくらだっけ、二千七百?」彼はポケットから百ドル札の束を取り出すと、二千七百ドル数えた。それで残りはいくらもなくなった。私は渡された金をポケットにしまった。彼が言った。「これからの予定は?」

「捜査を続ける。今後の捜査は警察がどれだけ調べてくれるかにもよるけど——」

「いや、そうじゃない」と彼は私のことばをさえぎった。「そういうことじゃない。今日はこれからどうするのかって訊いたんだ。夕食の約束があるとか、マンハッタンに戻って何かすることがあるとか――」

「ああ」私は考えてから言った。「ホテルに帰るよ。今日はよく歩いたから、シャワーを浴びて着替えをしたい」

「歩いて帰るのかい？　それとも地下鉄？」

「歩くのはもうたくさんだ」

「おれが車で送るというのは？」

「それには及ばない」

彼は肩をすくめた。そして言った。「何かしていたいんだ」

車に乗ると彼は、その有名なコイン・ランドリーはどこにあるんだ、と訊いてきた。そして、自分も見てみたいと言った。私たちはまわり道をしてサンセット・パークに向かった。コイン・ランドリーの向かい側にビュイックを停め、エンジンを切って彼が言った。「張り込みってわけだ。そういうんだろ？　それとも、そんなふうに言うのはテレビだけの話かい？」

「張り込みというのは普通何時間もやるものだ。悪いが、今はそういうことをやる気分じゃない」

「おれもだ。でも、少しぐらいここにいてもいいだろ？　おれはここをなんべんぐらい車で通ってるかな。だけど、ここで公衆電話を使おうなんて思ったことは一度もないよ。マット、犯人は、ふたりの女を殺してパムのおっぱいを切り落としたやつらに、ほんとにまちがいないね？」

「ああ」

「でも、フランシーンのは金めあての誘拐だった。ほかのは、なんて言えばいい、愉しみのため？　気晴らしのため？」

「そのとおりだ。しかし、目的はちがっても、犯行の手口があまりに似すぎている。同一犯にまちがいない」

「どうしておれだったんだろう？」

「ええ？」

「どうしておれが狙われなきゃならなかったんだ？」

「誘拐犯にしてみれば、麻薬のディーラーというのは理想的な標的だ。まずディーラーは現金をしこたま持ってる。そして十中八九、警察には知らせない。このことはまえに話したと思うけど。それと、犯人のひとりが麻薬にこだわりを持っていた。そいつは意味もなく、パムにヤクをやってるかとか、ディーラーを知らないかとかしつこく訊いている。麻薬に何かこだわりを持っているとしか思えない」

「それでどうしてディーラーが狙われたのかという説明はつくかもしれない。でも、どうしておれなのかという説明にはならない」彼はハンドルに腕をのせて上体をまえに倒した。「だっておれがヤクのディーラーだってことを誰が知ってる? おれは逮捕されたこともないし、おれの名前が新聞に載ったこともない。家の電話も盗聴されてない。家に盗聴マイクがしかけられてるなんてこともない。おれは何をやって生計を立ててるのか、近所の人間でそんなことを知ってるやつはひとりだっていやしない。一年半ほどまえに麻薬取締局に身辺を調べられたことがあるけど、結局なんにも出てこなかったものだから、やつらもそれっきりあきらめたようだ。ニューヨーク市警なんかおれが生きてることも知らないんじゃないか? 犯人はヤクのディーラーを痛めつけて金持ちになろうと思った。それはいい。だけど、やつらは女を殺すのが趣味の性倒錯者だ。そんなやつがなんでおれのことを知ってるんだ? おれが知りたいのはそこだ。どうしておれなんだ?」

「なるほど」

「最初からおれを狙った犯行だった──おれは初めはそう思った。おれをとことん痛めつけて文無しにしようと思ったやつの犯行だとか。でも、そうじゃなかった、あんたの言うことがほんとうだとすれば。これは女を犯して殺すことに欲情を覚える異常者の犯行だった。そんなやつらが欲をかき、ヤクのディーラーを狙って金を出させ、一石二鳥といこうと考えた。それで、おれがその獲物に選ばれた。となると、商売がらみのおれの知り合いという線はなくなる。取引きでおれに騙されたと思って、その仕返しをしようと思ったやつという線はなくなる。おれは何もおれの商売の世界には異常者はひとりもいない、なんて言うつもりはないけど、でも——」

「いや、あんたの言いたいことはよくわかる。そのとおりだ。あんたはたまたま犯人の標的になった。犯人はヤクのディーラーを探してた。そしてたまたまあんたを知ってた」

「どうして？」彼はそう言ったあと、少したためらってから言い添えた。「ひとつ思ったことがあるんだよ」

「言ってくれ」

「これがあたってるかどうかはわからない。だけど、兄貴は集会であれこれ身の上話をするわけだろ？　みんなのまえに坐って、何をしたとか、なんでアル中になったとか、そんな話をするんだろ？　で、思ったんだが、兄貴は、自分の弟がどうやって生計を立ててるのか、そんな話もするんじゃないのかい？」

「そう、ピートにヤクのディーラーをしている弟がいるというのは、私もまえから知ってたことだ。しかし、あんたの名前や住所は知らなかった。ピートの苗字さえ知らなかったんだから」

「だけど、あんたが訊けば、苗字ぐらいは教えてただろう。それ以外のことを訊き出すのがどれだけむずかしいことだね？　〝弟さんのことを知ってるような気がするんだけど、確か住まいはブッシュウィックだったよね？〟〝いや、ベイリッジだ〟〝そうだったっけ。ベイリッジのどこ？〟なんてね。まあ、なんの根拠もないただの想像だけど」

「いや、言いたいことはわかる。実際、ＡＡの集会にはいろいろな種類の人間がやって来るからね。連続殺人犯も来ないとはかぎらない。それに悪名高い連続殺人犯の多くがアル中で、酔って犯行に及ぶというのは周知の事実だ。もっとも、やつらのひとりでもＡＡに参加して禁酒したという話は聞かないが」

「でも、おれの言ったことも可能性はあると思うか？」

「ああ。それだけがただひとつの可能性とは思わないが。しかし、犯人が住んでるのがこのサンセット・パークだとすれば、ピートはマンハッタンの集会に出てたわけだから――」

「そうか、そのとおりだ。やつらが住んでるのは、おれの家から一マイル半もないところだ。そんな近所にいながら、おれに関する話を聞きになんでわざわざマンハッタンまで行かなきゃならない？　もっとも、このことを口に出した時点では、おれは犯人がブルックリンのやつだってことは知らなかったわけだけど」

「このことを口に出した時点というのは、なんのことだね？」

彼は私の顔を見た。彼の苦い思いが額に現われ、それが深い縦皺になっていた。「おれが兄貴に、集会でおれの商売のことをべらべらしゃべるのはいい加減にやめたらどうだって言ったときのことだ。そのときにはほんとにそう思ったんだよ。そのせいでフランシーンは殺されちまったんだと」彼は車の窓越しにコイン・ランドリーを眺めやった。「兄貴に空港まで車で送ってもらったときのことだ。おれは兄貴に八つ当たりしちまったんだ。何か悔やみのことばを言われて、それがどんなことばだったかは忘れたけど、逆にかっとなって、そんな心ないことばが口を突いて出てしまったんだ。兄貴はまるでいきなりみぞおちに一発食らったみたいな顔をしておれを見たよ。そして、おまえはただ怒りを誰かにぶつけたかっただけだ。自分は少しも気にしてないからなんて、逆におれを慰めてくれたんだ」

彼はイグニッション・キーをまわした。「このくそランドリーが。電話を使う人間の列ができてるようには見えないな。行こうか?」

「ああ」

一ブロックか二ブロック走ったところで彼が言った。「でも、兄貴はずっとそのことを考えてるんだよ、きっと。心から離れなくなっちまったんだ。ひょっとしたらおれの言ったことはほんとうかもしれないと思ってるんだよ」彼は私をちらっと見た。「そのせいで兄貴はまたヤクに手を出した。どう思う? 正直言って、おれが兄貴なら、きっとそうしてると思う」

マンハッタンにはいると彼は言った。「兄貴の家にちょっと寄ってもいいかな。ドアをノックするだけでも試してみたい。つき合ってくれるか?」

ピーターの安アパートは玄関のドアの鍵が壊れていた。キーナンはそのドアを開けると言った。「すばらしい防犯システムだ。建物に見合ってる」私たちは安アパート独特のネズミと汚れたリネンの臭いを嗅ぎながら、階段を二階分昇った。キーナンはピーターの部屋のドアのまえに立つと、耳をすましてからドアを叩き、兄の名を呼んだ。返事はなし。キーナンは同じことを初めから繰り返した。結果は同じ。ドアには鍵がかかっていた。

彼は言った。「このドアの向こうの様子を見るのが恐い。でも、このまま引き返したら悔いが残りそうな気がする」

私は札入れの中から期限の切れたVISAカードを取り出し、ドアの隙間に差し込んでスプリング錠をはずした。キーナンは新たな尊敬の眼差しで私を見た。

中はからっぽだった。そしてひどく散らかっていた。ベッドのシーツが半分床に垂れ下がっていた。服が乱雑に木の椅子に積み重ねられていた。禁酒の手引きとそのほかAAのパンフレットがオークの箪笥(たんす)の上に置いてあった。酒壜も注射器も見あたらなかったが、ナイト・テーブルの上にグラスがひとつのっていた。キーナンがそれを取り上げ、臭いを嗅いで言った。

「わからん。ちょっと嗅いでみてくれ」

グラスは乾いていたが、かすかにアルコールの匂いが残っているような気がした。しかし、それはあてにはならない。実際にはなんの臭いもしないのに、アルコールの匂いを嗅いだような気になったことは今までに何度もあったから。

「こんなことはできればしたくないことだ」とキーナンは言った。「兄貴にだってプライヴァシーってものがあるからな。でも、さっきは注射針を腕に射して青い顔をしてる兄貴の姿が眼に浮かんだよ、わかるだろ？」

私たちは通りに出た。彼が言った。

「でも、少なくとも金は持ってるわけだから、兄貴が盗みを働くなんてことはないだろう。コカインにのめり込まないかぎり。コカインなんかに手を出すと、必ず身ぐるみ全部剝がれることになる。でも、兄貴は昔からコカインはあまり好きじゃなかった。兄貴の好みはハイになるやつじゃなくて、どこまでも深く沈み込めるやつだ」

「わかる気がする」

「ああ。金をつかい果たしたら、いつでもフランシーンのカムリを売りゃいいんだからな。車の名義はもちろん兄貴の名前にはなってないけど、まともな中古屋なら八千ドルか九千ドルで買ってくれるだろうから、書類が整ってなくても何百ドルかにはなるはずだ。それがヤク中の経済学というやつだ」

私は、ピーターが言ったアル中とヤク中のちがいに関するジョークをキーナンに話した。アル中もヤク中も盗みを働くことに変わりはないが、ヤク中は盗んだ財布を一緒に探すふりをするというやつ。

「ああ」とキーナンはうなずいて言った。「それは言えてる」

## 17

それから一週間かそこらのあいだにいくつかの出来事があった。

私はあのあと三度サンセット・パークへ足を運んだ。二度はひとりで、三度目はＴＪと一緒に。午後のつれづれにポケット・ベルで彼を呼んだら、すぐに彼から応答があり、私たちはタイムズ・スクウェアの地下鉄の駅で落ち合い、ブルックリンまで仲よく地下鉄に乗った。そして、デリカテッセンで昼食を食べ、キューバ風の店でミルク・コーヒー（カフェ・コン・レチェ）を飲み、実によく話をした。と言って、それで彼のことが今まで以上によくわかるようになったとは言えなかったが。彼のほうは、私の話を真面目に聞いていたとすれば、少しは私という男のことがわかったはずだ。

マンハッタンに戻る電車を待っているときに彼が言った。「今日は金とかはいいよ。なんにもしなかったんだから」

「何もしなくても、きみがつかった時間にはなんらかの価値があるはずだ」

「何か仕事をすればね。でも、今日はただぶらぶらしまくってたくらいじゃん。そういうことはおれは今までずっとただでやってきてるんでね」

それとはまた別な日の夜、集会に出かける用意をしているとダニー・ベルから電話があった。最近急に羽振りのよくなった三人組のチンピラがおり、その三人はコロナにあるイタリア料理店によく出入りしている、という情報を伝えるものだった。初めからそれは見込み薄だった——コロナと言えばクウィーンズの北部である。サンセット・パークからは何光年も離れている——それでも行くだけは行ってみた。そのレストランのバーでサン・ペレグリノ・ウォーターを飲みながら、三人組がシルクのスーツに身をかため、金をばらまきに来るのを待った。

バーにはテレビが備えつけてあり、チャンネル5の十時のニュースで、四十七丁目の宝石店に強盗にはいった三人の男が捕まったというニュースをやっていた。それを見てバーテンダーが言った。「おい、あれを見てみろよ！　このところ三晩続けてやって来て、阿呆みたいに金をばらまいてたやつらじゃないか！　大方こんなことだろうと思ったよ」

「やつらは昔ながらの成功者だったんだ。つまり盗っ人だったってわけだ」と私の隣にいた男が言った。

そこからシェイ・スタジアムまではほんの数ブロックの距離だった。しかし、メッツはそこから何百マイルも離れたところにいて、リグリー球場でその日の午後カブス相手の惜しい試合を落としていた。ヤンキースはホーム・グラウンドでインディアンズと対戦していた。

私は地下鉄の駅まで歩いて家に帰った。

ドルー・キャプランからこんな電話がかかってきた。ジョン・ケリーを初めとして、ブルックリン殺人課の刑事たちが、パムをワシントンにやり、クワンティコにあるＦＢＩの全米暴力犯罪分析センターを訪ねさせたがっている、ということを知らせてきたのだ。私は、彼女はいつ発つのかと尋ねた。

「彼女は行かない」とキャプランは言った。

「行くことを拒否したのか？」

「弁護士の助言に従ってね」

「それはどんなものだろう」と私は言った。「ＦＢＩのＰＲ部は昔から優秀な部として知られている。中でも聞いたかぎり、連続殺人犯の性格特性を作成してる部署には、相当優秀な人材が集まってるそうだ。彼女は行くべきだよ」

「彼女の弁護士はあんたじゃなくてこの私だ。そして私が守ってるのは彼女の利益だ。いずれにしろ、山がモハメッドのほうへ動いたよ。明日向こうからひとりこっちに来るそうだ」

「どうしてそういうことになったのか、あんたの依頼人の利益にさしさわりのない範囲内のことでいいから、そのわけを話しちゃくれないか？」

彼は笑った。「そうひがむなよ、マット。彼女をわざわざワシントンくんだりまで行かせずにすんで、向こうから来ると言ってるんだから、それでいいじゃないか？」

　ＦＢＩの専門家と会って話をしたあと、キャプランはまた電話をかけてきて、得るところは特になかったと言った。「だいたいそいつはこの事件にそれほど関心がないみたいだった。殺されたのはたったふたりで、もうひとりは怪我をしただけなどという事件には、あまり時間を取られたくないとでも言わんばかりだった。もっと死人が増えれば、それだけ調べられることも増えるということなんだろうが」

「それはそうだ」

「でも、それじゃ死んだ人間は浮かばれない。そんなことは被害者にとって慰めにもなんにもならない。被害者の望みは、ＦＢＩに興味深いデータがいっぱい貯まることじゃなくて、一刻も早く犯人が捕まることだ。なのにそのＦＢＩの先生はケリーに、西海岸で起きてる連続殺人の完璧な犯人像を作成したという自慢話までしてた。その犯人は子供の頃に切手を集めていて、そいつが何歳のときに最初の刺青をしたかもわかると言うのさ。それでもまだ犯人が捕まらないいんだとさ。なんでも犠牲者は四十二人で、ほかにも疑わしいのが四件あるんだそうだ」

「それを聞いて、我らがレイと彼の友達がその先生には雑魚に見えるわけがわかったよ」

「先生は犯行の間隔があいていることも気に入らないみたいだった。連続殺人犯というのはだいたいが行動的な人間で、次の獲物を狙うまで何カ月も待つことはないと言うのさ。だからこの犯人の場合、今後もっと犯行の周期が短くなるか、犯人はたまにしかニューヨークに来てなくて、どこかほかでもっとたくさん殺してるか、そのどちらかだそうだ」

「いや」と私は言った。「犯人はニューヨークをよく知ってるやつらだ」

「どうしてそんなことが言える？」

それは犯人がクーリー兄弟をブルックリンじゅう駆けずりまわらせているからだ。しかしそのことをキャプランに明かすわけにはいかなかった。「犯人は別々の区にある別々の墓地とフォレスト・パーク・ゴルフ場に、ふたつの死体を捨て、パムを置き去りにしてる」と私は言った。「レキシントン・アヴェニューで誘拐した女を、クウィーンズの墓地に置き去りにするなどという芸当が、よそ者にできると思うか？」

「それぐらい誰だってできるよ。犯人はパムを死体とまちがえた。それで墓地に捨てた。先生はほかにはどんなことを言ってたか。犯人はおそらく三十代前半、子供の頃に虐待を受けた可能性あり。そんなところかな。いや、この事件とは直接関係ないけど、ひとつぞっとするようなことを言ってたな」

「なんだね、それは？」

「この先生は連続殺人専門の部署が設立されて以来、二十年今の仕事をやってるんだそうだ。でも、もうすぐ定年で、ほっとしてると言ってた」

「くたびれ果てたというわけだ」

「ああ。でも、私がぞっとしたのはそういうことじゃない。連続殺人というのは昔から増加の一途をたどってるそうだが、先生によれば、ここへ来てその増加の曲線が急激に跳ね上がってるということだ。だから、今世紀末には、それはもうとんでもない数字になるだろうって。娯楽殺人(スポーツ・キリング)って言ってたね。それが九〇年代の一大人気レジャーになるんじゃないかって。ぞっとしたよ、ほんとに」

私が禁酒し始めた頃はちがっていたが、禁酒九十日未満の新参者にまず自己紹介をさせ、禁酒の日数をみんなのまえで言ってもらうというのが、このところ集会のならわしになっている。そして、だいたいどこの集会でもそれに対してみんなが拍手をするということになっている。が、セント・ポール教会の集会ではこの拍手がない。これには実はわけがある。こんな男がいたのだ。二カ月毎晩集会に出てきて自己紹介の段になると、こんなことを言うのだ。〝ケヴィンと言います。私はアル中です。禁酒して一日目です。ゆうべは飲みましたが、今日はまだ飲んでませんから！〟。誰もがこの男に拍手を送ることにうんざりして、次の運営会議のときに議論を尽くした結果、拍手をしないことに決めたのだ。で、誰かが〝アルです。禁酒十一日目です〟と言うと、〝やあ、アル〟とみんなで応えるのがセント・ポール教会のやり方だった。

ブルックリン・ハイツからベイリッジまで延々と歩いて、特別経費をキーナンに清算してもらったのが水曜日で、その翌週の火曜日、八時半の集会に出ると、うしろのほうからなじみのある声がした。「ピーターと言います。私はアル中でヤク中です。禁酒二日目です」

「やあ、ピーター」とみんなが声をそろえて応えた。

私は休憩時間になったらすぐ彼を捕まえようと思った。が、隣に坐っていた女に話しかけられ、彼の姿を探したときにはもう彼はいなかった。ホテルに戻って彼の家に電話してみたが、誰も出なかった。私はキーナンに電話をして言った。

「ピーターは素面(しらふ)だった。少なくとも二時間まえは。集会で一緒になったんだ」

「兄貴とは今日電話で話したよ。兄貴のやつときたら、金はほとんど手つかずで手元にあるし、車も大丈夫だなんて言うのさ。金も車もどうでもいいって思わず怒鳴っちまったよ。おれは兄貴が心配なんじゃないかって。そうしたら大丈夫だって電話じゃ言ってたけど、集会のときはどんな様子だった？」

「いや、会ったわけじゃないんだ。声を聞いて、探そうと思ったらもういなかったんだ。ただ、彼が生きてたということをあんたに知らせておこうと思ってね」

ありがとうと彼は礼を言った。そして、その二晩あと、彼は私のホテルのロビーから電話をかけてきた。「二重駐車してるんだ。夕食はもうすませたかい？　階下(した)に降りてきてくれないか？」

車に乗ると彼は言った。「マンハッタンはあんたのほうが詳しい。どこに行く？　決めてくれ」

私たちはパリス・グリーンへ行った。ブライスが私の名を呼んで出迎え、窓ぎわの席に案内してくれた。ゲイリーがカウンターの中から大袈裟(おおげさ)に手を振った。キーナンはグラス・ワインを、私はペリエを注文した。

「いい店だ」と彼は言った。

私たちは料理を注文した。「別にマンハッタンに来る用事があったわけじゃないんだけど、車に乗ってあちこち走りまわってても、ほかにどこも行くあてを思いつかなかったんだ。ただ意味もなく車を乗りまわすというのは、昔はよくやったもんだけど。ただ走るのさ。そうやって石油不足と大気汚染に貢献してたってわけだ。あんたはそういうことはしないか？いや、あんたは車を持ってないんだったよね。でも、週末にどこかへ行きたくなったら？そういうときにはどうするんだね？」

「レンタ・カーを借りる」

「そうだ、そういう手があったな。よく借りるのか？」

「けっこう借りてるんじゃないかな。天気のいい日に、ガールフレンドと州の北部やペンシルヴェニアへよく出かける」

「ガールフレンドがいるんだ。どうなのかなって思ってたんだけど。その人とはもう長いのかい？」

「そうでもない」

「さしつかえなかったら、何をしてる人か訊いてもいいかな？」

「美術史家だ」

「それはすごい。それは面白いにちがいない」

「少なくとも本人は面白がってる」

「いや、おれが言ったのはその人のことだ。なかなか面白い人なんだろうね」

「とても」

その日は、まえに会ったときより彼もしゃきっとして見えた。床屋へも行き、髭もきれいに剃ってあった。それでもどこかくたびれた感じは拭えなかったが。表面はとりつくろえても、心の疲れと焦りは隠せなかった。

彼は言った。「身を持て余してるんだよ。家にいて何もしないでいると、ほんとに気が狂いそうになる。女房は死んで、兄貴は昔に逆戻り。商売もとんでもないことになりそうだというのに、おれには何をどうすりゃいいのかもわからない」

「商売がとんでもないことになりそうだというのは？」

「たぶん思いすごしなんだろうけど。いや、なんとも言えないか。ヨーロッパへ行ったのはある取引きのためだった。来週その荷が着くことになってる」

「そういうことは私には話さないほうがいいんじゃないかな」

「あんたはアヘンを混ぜたハッシシをやったことは？　あんたがやってたのは酒だけだった？」

「ああ」

「来週着く荷というのはそれだ。トルコの東部からキプロス経由で運ぶのさ。少なくともやつらはそう言ってた」

「そのことで何か心配ごとでも？」

「そもそもこんな取引きはすべきじゃなかったんだ。信用できるかできないかわからない相手と取引きするなんて。しかも最悪の理由でするなんてね。こんな取引きをした理由はただひとつ、おれは何かしていたかったんだよ」

私は言った。「私はあんたの奥さんの死に関することなら、あんたのために働ける。あんたの商売がなんであろうと、そんなこととは関係なく働ける。そのかぎりにおいては、あんたのために法を破ることもいとわない。しかし、あんたの商売にかかわることであんたのために働くことはできない」

「兄貴は以前、おれの仕事の手伝いをしたら、それが引金になってまたヤクをやるようになってしまうと言ったことがある。あんたも自分でそう思うのか？」

「いや」

「ただかかわりたくない？」

「そう、そういうことだ」

彼はしばらく考えてからうなずくと言った。「わかるよ。あんたのそういう態度には敬意も払うよ。それでも、あんたに手伝ってほしいことには変わりない。あんたのような男が味方にいれば心強い。ヤクというのは金のなる木だ、わかってると思うけど」

「ああ、もちろん」

「だけど汚い、だろ？　そんなことはわかってる。ヤクは汚い商売だよ」

「だったらやめればいい」

「それはおれも考えてる。一生の仕事だなんて思ったことは一度もない。あと二年やったらやめよう、あと数回取引きをしたらやめよう、もう少し外国の銀行口座に金が貯まったらやめよう、なんて年じゅう考えてる。よくある話さ、だろ？　ヤクが合法化されないかってつくづく思うよ。そうなったら八方まるくおさまるのに」

「こないだお巡りが同じことを言ってた」

「でも、そういうことは起こらない。いや、ひょっとしたらひょっとするかもな。そうなったらおれは大歓迎するね」

「そうなったら何をする？」

「何かほかのものを売る」そう言って彼は声をあげて笑った。「今度の旅行で会った、おれとおんなじレバノン人の男にこんなことを言われた。そいつとそいつの女房とおれの三人で、パリの街をぶらぶらしてたときのことだ。〝キーナン、今の商売からは早いところ手を引くんだ。さもないと、そのうち魂が腐っちまうぞ〟ってね。そいつは自分の商売をおれに手伝わせたいのさ。だけど、そいつが何をしてるかわかるかい？　そいつは兵器のディーラーなんだよ。人殺しの道具を売るのがそいつの商売ってわけ。おれは言ってやった、〝おれの客はおれが扱ってる商品で自分を殺すだけのことだが、あんたの客は他人を殺してる〟ってな。そうしたらそいつは、〝それはちがう〟って言いやがった。〝おれの取引き相手はみんな立派な人間だ〟って。そして、その立派な人間とやらの名前を次々に挙げたよ。ＣＩＡや、ほかの国の情報機関の人間の名前をね。だから、今の商売をやめたら、おれは死の商人の大物になるかもしれない。そっちのほうがヤクのディーラーよりはまだましかい？」

「ほかに選択肢はないのか？」

「真面目に訊いてるのか？　そりゃもちろんあるだろうよ。おれならなんだって売り買いできる。まあ、そう思うのは、フェニキア人に関する親爺のご託を聞きすぎたせいかもしれないけど。でも、フェニキア人が世界を股にかけて商売をしたというのは、まぎれもない歴史上の事実だ。おれも大学を中退してまずしたことは旅だった。親戚を訪ねたんだ。レバノン人はこの地球上のいたるところに散らばって住んでる。おれの場合も伯父さんと伯母さんがユカタン半島にいて、中米と南米には従兄弟が何人も住んでる。アフリカにも行ったよ。おふくろ側の親戚がトーゴなんて国に住んでたもんだから。行くまで名前も聞いたことがないような国だ。おれの親戚はトーゴの首都のロメで、もぐりの両替商をやっててね、ロメのダウンタウンにでかい事務所を構えてるんだよ。もぐりだからさすがに表に看板は出てなくて、建物の階段をあがっていくとオフィスがあるんだが、けっこうおおっぴらにやってた。一日じゅうひっきりなしに、人がドルとかポンドとかフランとか旅行小切手とか両替に来るのさ。金の売買もやってた。重さを測って値段をつけてた。

朝から晩まで長いテーブル越しに金が行ったり来たり。あんなたくさんの金が世の中にあるのが信じられないくらいだったよ。おれはまだひよっ子だったし、あんなにたくさんの金を見たのは初めてだった。何トンもあるんじゃないかって思ったよ。両替の口銭なんて一パーセントか二パーセントぐらいのもんだけど、でも、動く金そのものはとてつもない額だ。

親戚はまわりに塀をめぐらせた邸宅に住んでいた。使用人が何人もいるようなばかでかい家だった。こっちはバーゲン・ストリートの小さな家で、ひとつの部屋を兄貴と共用して育ったっていうのに、おれの従兄弟たちは、家族ひとりひとりにひとりずつ召使いがいるような暮らしをしてたってわけだ。ちっちゃな子供まで含めて。これは誇張じゃない。最初、おれは居心地が悪くてならなかった。なんだかえらい無駄をしてるみたいで。だけど、あとになってわかった。金持ちには人を雇う義務があるのさ。ほかの人間のための仕事を自分でつくって、それを与えてやらなきゃならないのさ。つまり人を雇うのも人のためってわけだ。〝ずっとここにいろ〟っておれは親戚に勧められた。親戚のやつらはおれを自分たちの商売に引き込みたかったんだ。トーゴが気に入らなければ、マリにも支店があるけど、トーゴのほうがずっといいなんて言われた」

「それは今からでも遅くはないんじゃないか？」

「新しい国で新しい人生を始めるなんてことは、それは二十かそこらのときにするものだよ」

「あんたは今は？　三十二？」

「三十三だ。そういうことをするにはちっと歳を取りすぎてる」

「しかし、郵便物の仕分けなどという仕事からは始めなくてすむんじゃないのか？」

彼は肩をすくめた。「実を言うと、そのことをフランシーンと話し合ったことがあるんだけど、あいつはそれに頑強に反対した。で、もし黒人が恐いと言ってね。黒人の国でひと握りの白人が暮らすということを恐がってた。もし黒人に乗っ取られたらどうするの？　なんて言うものだから、おれは言ってやったよ、乗っ取るって何を？　やつらの国なんだぜ、やつらがすでに持ってる国なんだぜってね。だけど、その問題に関しては、あいつはどうしても理性的になれないようだった」そこで彼の声がこわばった。「誰が彼女を誘拐したってんだね、誰が彼女を殺したってんだね。白人だ。普段何かを怖れてると、それとはちがう何かに襲われるってやつだ」彼は私の眼を見据えた。「やつらは女房を殺しただけじゃない。この世から消し去ってしまったんだ。女房はもうどこにも存在してないんだよ。おれは女房の遺体すら見られなかった。おれが見たのは女房の破片だ、骨のついた肉片だけだ。その肉片をおれは従兄弟の犬猫病院で真夜中に灰にした。それでもう女房はどこにもいなくなり、おれの人生にぽっかりと大きな穴があいた。その穴に何を埋めればいいのかおれにはわからない」

「時が解決してくれるものもないとは言えない」

「ああ、しかしすべてを解決してくれるわけじゃない。残っちまった問題はどうすりゃいいのか、それがおれにはわからない。一日じゅう家にこもってると、ふと気づくんだよ、自分がひとりごとを言ってることに。声に出して」

「今まで誰かと一緒に住んでいた人間にはよくあることだ。いずれそういうこともなくなるよ」

「なくならなくても別にいいじゃないか。おれがひとりごとを言ったって、それを聞き咎めるやつは誰もいないんだから、だろ？」彼は水をひとくち口にふくんだ。「それにセックス。おれは自分のセックスをどう処理すりゃいいのかわからない。性欲はちゃんとあるんだよ、おれはまだ若いんだから。それは自然なことだ」

「さっきあんたは、アフリカで新しい人生を始めるにはもう歳を取りすぎてると言った」

「わかるだろ、おれの言いたいことは。おれは性欲を感じながら、それをどう処理していいかわからないだけじゃなくて、セックスをすることになんだか今は罪悪感を覚えるんだよ。実際にやるやらないは別にして、女とセックスしようと思うこと自体なんだか不実なことのような気がしちまうんだ。それに実際やるとして誰とやる？　おれはどうすりゃいいんだね？　酒場で女の客をくどくのか？　マッサージ・パーラーへ行って、眼のつりあがった韓国女に抜いてもらえばいいのか？　デイト嬢とデイトして、映画に行って愉しいお話でもすりゃいいのか？　そんなことをしてる自分を思い描いただけで、こりゃ家にいてマスでもかいてたほうがいいやって思っちまうんだ。実際にはマスもかいちゃいないけど。そんなことさえ不実に思えるんだ」そこでふと彼は我に返ったように、恥ずかしそうな顔をした。「すまん。こんな愚痴をあんたにこぼすつもりはなかったんだが。こんなこと話すつもりじゃなかったんだ。どこからこんな話になっちまったんだろう？」

ホテルに戻り、私は美術史家に電話した。その日は大学の夜間講座がある日で、彼女はまだ家に帰っていなかった。私は留守番電話にメッセージを吹き込んだものの、果たして彼女は折り返し電話してくるだろうかと思った。

実は、それより何日かまえ、互いに気まずくなるというささやかな〝事件〟があったのだ。夕食のあと、私たちは、彼女が見たがり、私のほうは特に見たくなかったレンタル・ビデオを借りて見た。そのビデオがよくなかったのかもしれない。原因はわからない。が、いずれにしろ、気がつくといつのまにか妙に気まずい空気が流れていた。さらにビデオが終わったところで彼女が言ったきわどいジョークに対して、まるで淫売みたいなことばづかいはしないほうがいい、などというようなことを私が言ってしまったのだ。これが普段なら、彼女もただの軽口として聞き流していただろう。が、私の口調は軽口のそれではなかった。彼女のほうも辛辣(しんらつ)なことばを私に返した。

すぐに私は謝り、彼女も謝った。そして、お互い忘れることにした。が、実際にはそんなふうにはならなかった。床につく時間が来ると、私はホテルに帰った。翌日電話で話したときにも、互いにそのことには触れなかった。それが今もまだ続いているというわけだ。話をすると必ずそのことが意識されるのに。いや、話をしなくても、常に心にひっかかっているというのに。

彼女は十一時半に電話してきた。「今帰ってきたところよ。クラスのあと何人かで軽く一杯やりに行ったものだから。今日はどんな一日だった？」

「いつもと変わらない」そのあとしばらくあたりさわりのない話をしてから、これからそっちへ行くにはもう遅すぎるだろうか、と私は尋ねた。

「そうねえ、わたしも会いたいけど」

「でも、もう遅すぎる」

「ええ。なんだかくたびれちゃって。さっさとシャワーを浴びてさっさと寝たい気分。それじゃ駄目？」

「いや、全然」

「明日電話するわ」

「ああ。おやすみ」

私は受話器を置き、ほかに誰もいない部屋の壁に向かって、「愛している」とつぶやいた。その声が壁にぶつかって跳ね返り、また私のところに戻ってきた。一緒にいるとき、私と彼女はそのことばを巧みに避けてきた。私は今それを口に出してみて、それはほんとうだろうかと思った。

何かを感じていることは確かだった。が、それがなんなのかはわからない。シャワーを浴びて体を拭き、洗面台の鏡のまえに立ってしばらく自分の顔を眺めた。するとそのうち自分が何を感じているのかがわかった。

毎晩開かれている深夜の集会がふたつあった。西四十六丁目で開かれている近いほうの集会に行くことにした。会場に着くとちょうど始まったところだった。コーヒーを自分でいれて椅子に坐ったところで、聞き覚えのある声が聞こえてきた。「ピーターと言います。私はアル中でヤク中です」なんともはや、と私は心の中でつぶやいた。「今日一日禁酒をしました」

よくない。火曜日には二日で、今日は一日。私は、救命ボートに戻り、それにつかまっていることのむずかしさを思った。しかし、ピーター・クーリーのことを考えるのはそこまでにした。私は彼のために集会に来たのではない。自分のために来たのだ。

その夜の話し手の話に耳を傾け――どんな話だったか忘れたが――それが終わってフリー・ディスカッションになるとまっさきに手をあげた。そして指名されると言った。

「マットと言います。私はアル中です。禁酒をして二年になります。それは、時々、自分が壊れた人間であることを忘れてしまうほど長い期間です。今、私は人間関係でちょっとした悩みを抱えています。しかし少しまえまで自分が何を感じているのか、それさえわからなかった。ここに来るまえ、五分間シャワーを浴びてやっとわかったのです。それは怖れでした。私は恐かったのです。

何が恐いのか、それはわからない。生きていくための覚悟を解けば、このろくでもない世の中のすべて恐くなるような気がします。誰かと関係を持つことも関係を断つことも。ある朝眼覚めて鏡を見たら、鏡の向こうからひとりの年老いた男が見つめ返しているというようなことも。いつか孤独な死を迎えて、私の部屋から異臭が漂うまで誰もそのことに気づかないなどということも。

だから服を着替えてここへ来たのです。飲みたくもなければ、こんな気持ちを持ち続けてもいたくなかったから。集会に来るようになってもう何年も経つけれど、私はいまだにこんなことをみなさんのまえで話すことがどうして役に立つのか、わかったためしがない。でも、何故か役に立つんですよね。どうもありがとう」

感情過多のヤワな男の長広舌――そんなふうに聞こえたはずだった。が、ＡＡの集会では自分が人にどのように見られるか、そんなことはまったくどうでもよくなるものだ。特にそのときは何もかも吐き出しやすかった。ピーター・クーリー以外に見知った人間はひとりもいなかったから。そのピーターにしても禁酒一日目というなら、私の話をちゃんと追って聞けたかどうかあやしかった、五分後に覚えていることなど言うに及ばず。

しかし、自分で思うほど間の抜けた演説でもなかったらしい。全員立ち上がって静穏の祈りを唱えて集会が終わると、私の二列まえの椅子に坐っていた男がやって来て、電話番号を訊いてきた。私はその男に名刺を一枚渡して言った。「外出がちだけど、伝言できるようになってる」

そこでその男と少し立ち話をしてから、ピーター・クーリーの姿を探した。が、彼はもういなかった。集会の途中で消えたのか、集会が終わるとすぐに会場を飛び出したのか、いずれにしろ彼の姿はもうなかった。

私と顔を合わせたくなかったのかもしれない。そんな気がした。そういった彼の気持ちは私にもよくわかった。禁酒を始めた頃、何日かやめては飲み、またやめては飲むといった頃の辛さは私自身今でもよく覚えている。彼の場合は、すでに一年半も禁酒を続けた上でのことだから、その屈辱感はなおさらだろう。結局、その屈辱感をバネにするしかないのだが、いくらかでも自尊心を取り戻すには少し時間がかかりそうだった。

しかし、とりあえず今日一日彼は飲まなかった。麻薬も打たなかった。それはたった一日のことだ。しかし、どんな人間にも与えられているのは、ある意味でその一日だけではないだろうか。

土曜日の午後、テレビのスポーツ番組を見ながら、電話でオペレーターを呼び出し、転送電話の操作方法を書いたカードをなくしてしまった旨を伝えた。そう言いながらも、オペレーターが記録を調べ、私がそんな契約をしていないことがただちにわかり、私のホテルにパトカーを急行させるよう九一一に電話している姿が眼に浮かんだ。〝受話器を置くんだ、スカダー、手をあげて出てこい！〟

実際には私がそんなことを思いかけたところで、オペレーターがもうテープ・レコーダーのスウィッチを入れていて、コンピューターの声が操作方法を説明し始めていた。その説明があまりに速いので、すべて書き取れきれず、もう一度電話をして同じ説明を二度聞かなければならなかった。

そうして私はエレインのところへ行くまえに、言われたとおりの操作をして、私のところにかかってきた電話が自動的にエレインのところへ転送されるようにした。少なくとも論理的にはそうなるはずだった。しかし、たとえそうならなくても、それはそれで少しも不思議はない気がした。

彼女がマンハッタン・シアター・クラブでやっている芝居の切符を買っていたのだが、それはユーゴスラヴィアの戯曲家の難解で陰気な芝居だった。翻訳のためにいくらかトーン・ダウンしているような気もしたが、それでも戯曲そのものの持つエネルギーが、フットライト越しに充分感じられ、暗い自己探究の旅に引きずり込まれた。

観客に難行苦行を強いるような芝居で、加えて休憩時間がなかったのでよけいに辛く感じられた。十時十五分まえにやっと幕となって、まるで絞り機から解放されたような気分になった。カーテン・コールがあり、客席に明かりがはいり、観客はみなゾンビのようになってぞろぞろと外に出た。

「強力薬だったね」と私は言った。

「あるいは強力毒か。ごめんなさい。このところ、わたし、傑作ばっかり選んでない？　このないだのビデオと言い、今夜の芝居と言い」

「今夜のは別に悪くはなかったよ。ただ、十ラウンドフルに戦って、しこたまパンチを食らったって感じがするだけで」

「メッセージはなんだと思った？」

「セルビア・クロアチア語でやるのがやはり一番いい芝居なんだろうね。メッセージか。なんだろう？　世界は腐りきったところだというのがそれかな」

「それだったら何もわざわざお芝居を見にくるまでもないわ。ただ新聞を読めばいい」

「ああ。でも、ユーゴスラヴィアじゃまた事情がちがうのかもしれない」

私たちは劇場の近くで夕食を摂った。芝居の余韻がまだふたりのあいだに残っていた。食事の途中で私は言った。「ひとこと言わせてくれ。こないだの夜は悪かった」

「もうすんだことよ、ダーリン」

「そうだろうか。このところなんとなく妙な気分でね。それがあのことと何か関係があるような気がするんだ。今までは何かあっても、それはふたりの関係が進展しているからだという気がした。ところが、今度のはすべてがそこで止まってしまったように感じられる。自分が行きづまってしまったようにも。でも、こんなことでふたりのあいだがどうかなってしまうなんて冗談じゃない。きみは私にとって大切な人だ。きみとの関係は私にとってとても大切なものだ」

「それはわたしも同じよ」

そのあと少し話をして、互いに話をしたぶんだけ気分が上向きになったような気がした。芝居の余韻はそう簡単には遠のいてくれなかったが。彼女のアパートメントに戻り、私がトイレにはいっているあいだに、彼女は留守番電話のメッセージを聞いた。そして私がトイレから出ると、怪訝(けげん)な顔をして言った。

「ウォルターって誰？」

「ウォルター」

「別に用はなかったんだけれど、ただ生きてることを知らせたかったからってことよ。また電話するって」

「ああ、わかった」と私は言った。「おとといの晩、集会で会った男だ。禁酒してまだ日の浅いやつだった」

「その人にここの電話番号を教えたの？」

「まさか。どうしてそんなことをしなきゃならない？」

「だから訊いてるのよ」

「そうか、そういうことか」私にもようやくわけがわかった。「ちゃんと機能したというわけだ」

「機能した？」

「転送電話だ。コングズが電話会社とゲームをしたとき、私の電話に転送機能をつけてくれたという話はしなかったっけ？　それを今日の午後試してみたんだ」

「ということは、あなたにかかってきた電話は全部ここにつながるってこと？」

「そうだ。言われたとおりに操作しながらも、実は半信半疑だったんだけどね。でも、どうやらちゃんと機能してるみたいだ。どうかした？」

「どうもしない」

「ほんとに？」

「ほんとに。ウォルターのメッセージを聞く？　再生するのは簡単よ」

「いや、さっき言ってくれたことで全部なら、もういい」

「消してもいい？」

「ああ」

彼女はメッセージを消して言った。「あなたの番号にかけたら、留守番電話が出て、応答メッセージの声は女だった。ウォルターはそれをどう思ったかしら？」

「まあ、番号をまちがえたと思わなかったことは確かだね。メッセージを吹き込んでるんだから」

「わたしのことを何者だと思ったかしら？」

「セクシー・ヴォイスの謎の女」

「たぶんわたしたちは同棲してるんだと思ったでしょうね。あなたがひとり暮らしだということを知らなければ」

「彼が私について知ってるのは、私が禁酒してるということ、それと狂ってるということだけだ」

「どうして狂ってるの？」

「彼と会った集会で、私は愚かな演説を長々とぶってしまってね。だから、彼はたぶん私は司祭か何かで、きみのことは司祭館の家政婦とでも思ったんじゃないか」

「それはまだ試してない遊びね。司祭と家政婦。〝どうかあたしに神のお恵みを、神父様。

あたしはとってもいけない女なんです。だからたっぷりお尻をぶって〃なんてね」

「悪くないな、それは」

彼女はにやっと笑った。私は彼女に手を伸ばした。そこで電話が鳴った。「あなたが出て」と彼女は言った。「きっとウォルターよ」

受話器を取ると、ミス・マーデルに取り次いでもらえないかという男の低い声がした。私は何も言わずに彼女に受話器を渡し、居間を出た。そして、窓辺に立って、イースト・リヴァーの対岸の灯を眺めた。数分後、彼女は私のところまで来ると脇に立った。電話のことは何も言わなかった。私も何も訊かなかった。その十分後にまた電話が鳴り、彼女が出ると、今度は私にかかってきたものだった。ウォルターだった。AAでは禁酒を始めて日の浅い者には仲間に電話をかけることを勧めている。彼はその指示に従っているのだった。彼との電話はそれほど長くはならなかった。私は受話器を置いて言った。「すまない。私のしたことはあまりいい考えではなかったようだ」

「でも、あなたはここによくいるんだもの。連絡がつきやすくなっていいんじゃないの」それから少し経ってから彼女は言った。「でも、今夜は受話器をはずしておかない？　今夜はあなたもわたしも誰にも邪魔されないように」

翌朝、ジョー・ダーキンと会い、そのあと彼と重犯罪捜査班の彼の同僚ふたりと昼食を食べた。そしてホテルに戻り、伝言がなかったかどうか確かめにフロントに寄った。ひとつもなかった。私は階上にあがって本を読もうと取り上げた。すると三時二十分に電話が鳴った。エレインだった。「転送電話を切り換えるのを忘れてるわよ」

「そうか、そういうことか」と私は言った。「フロントに伝言がひとつもなくて当然だ。今帰ってきたところなんだけど、午前中ずっと外に出ていてすっかり忘れてしまった。きみのところを出たときには、まっすぐ家に帰って切り換えなきゃと思ってたんだけど。きみは朝からずっといらいらさせられてたことだろうね」

「そうでもないけど――」

「でも、どうやってきみはここにかけてるんだ？　ここにかけるときみのところにかかってしまって、お話し中の発信音が聞こえるんじゃないのかい？」

「ええ、一回目はそうだった。だから、階下のフロントにかけて取り次いでもらったのよ」

「なるほど」

「交換を通すと転送されないみたいね」

「そのようだね」

「ＴＪが朝かけてきたけど、それは大した用件じゃなかったみたい。でも、キーナンがさっき電話してきて、すぐに折り返しの電話が欲しいって言ってた。緊急の用件だって」

「彼がそう言ったのか？」

「生きるか死ぬかの問題だって。それもたぶん死ぬほうの。なんのことなのかよくわからなかったけど、ふざけて言ってるふうでは全然なかった」

私はすぐに電話した。キーナンが出た。「マット、助かった。ちょっと待っててくれ、今、兄貴と電話で話し中なんだ。あんたはホテルにいるんだね？　わかった。待っててくれ、一秒で戻る」カチッというかすかな音がし、一分かそこらあとにまた同じ音が聞こえ、彼の声がした。「兄貴はもう家を出た。あんたのホテルに向かってる。すぐ着くはずだ」

「彼に何かあったのか？」

「兄貴に？　なんにも。兄貴は大丈夫だ。兄貴をあんたのホテルに向かわせたのは、あんたをブライトン・ビーチに連れていくためだ。今日ばかりはのんびり地下鉄に乗ってる暇はないぜ、マット」

「ブライトン・ビーチ？」

「ロシア人だらけのところだ」と彼は言った。「そこに住むロシア人のひとりが電話してきて——どう言えばいいかな——そう、おれと同じ困難に直面してると言うんだよ」

それはひとつのことしか意味しなかった。が、私は念のために訊き返した。

「女房か？」

「もっと悪い。おれももう出なきゃならない。向こうで会おう」

# 18

ブライトン・ビーチへはエレインと一緒に行ったことがある。九月の下旬、Q線を終点まで乗って、ブライトン・ビーチ・アヴェニューを歩いたり、市場をのぞいてみたり、ウィンドウ・ショッピングをやったり、簡素な木造家屋が立ち並ぶ脇道や、クモの巣のように張りめぐらされた裏道を探索して、のんびりとした午後のひとときを過ごしたことがある。あたりの住民は大半がロシア系ユダヤ人で、さらにその多くが最近移住してきた人々なので、ニューヨークの面影を残しながらも、まるで外国に来たような錯覚にとらわれる一帯だ。そのときはジョージ王朝様式の門構えのレストランで食事をし、コニー・アイランドまで続いている板張りの遊歩道(ボードウォーク)を散歩し、まだ海水浴をしている人を見てその勇気に感心し、水族館で小一時間過ごして、そして帰ったのだった。

その日、もし通りでユーリ・ランドーとすれちがっていても、彼のことをまじまじと見つめたりはしなかっただろう。彼がかつてキエフやオデッサの通りを歩いても人眼を惹かなかったように、ここでもあたりに溶け込んで見えただろう。大男ではあったが。肩幅が広く、理想的な労働者として、社会主義リアリズム全盛の頃のあの壁画のモデルにでもなれそうな顔をしていた。広い額、高い頬骨、がっしりとした顎、彫りの深い面立ち。細くてくせのない茶色の髪。顔にかかったら頭を振って払えるぐらい長く、ふさふさしていた。

歳は四十代後半、妻と、当時まだ四歳だったひとり娘、ルートミラを連れてアメリカに移住し、すでに十年。ソ連にいたときにも闇市で暗躍していた彼は、ブルックリンでも自然のなりゆきでさまざまなきわどい商売を始め、ほどなく麻薬の売買に手を染めるようになり、大いに成功したのだった。もっとも、彼が身を置く世界では大勝ちするか大負けするしかなく、殺されもせず、刑務所にぶち込まれてもいないということだけで、大変な成功を意味するわけだが。

彼の妻は、四年まえ転移性の卵巣ガンという診断を受け、化学療法でその後二年半生き延び、娘が中学校を卒業するのを愉しみにしていたのだが、果たせず秋に亡くなっていた。ルートミラ——今はルシア——は去年中学校を卒業し、現在はブルックリン・ハイツにある小さな私立の女子高校、チチェスター・アカデミーの一年生だった。チチェスター・アカデミーというのは、授業料も高ければ、学業レベルも高い高校で、毎年ブリン・モーやスミスといった有名女子大学だけでなく、アイヴィ・リーグにも何人も卒業生を送り込んでいる名門だ。

誘拐に関する警告を商売仲間に電話で流したとき、キーナンはユーリ・ランドーにも知らせたものかどうか実は迷った。そもそもあまり親しいわけではなく、ただの顔見知り程度の間柄だったのに加えて、ランドーは標的になる可能性が少ないと思ったからだ。ランドーの女房はすでに死んでいたから。

その時点では、キーナンはランドーの娘のことなど考えもしなかった。それでも電話で知らせるだけは知らせたところ、ランドーは娘をチチェスターにかよわせるようになったその日から、そういった危険に対する策をすでに講じていたことがわかった。娘に地下鉄やバスを使わせず、ハイヤー会社に娘の学校の送り迎えをさせていたのだ。毎朝七時半にハイヤーが彼女を迎えに来て、帰りは校門のまえで彼女が学校から出てくるのを待つという按配になっていた。彼女が友達の家を訪ねるときにはハイヤーがそこまで送り、帰る時間になったらまたハイヤーを呼ぶということになっていた。また、近所に出かけるときには必ず犬を連れて出るように、彼女は父親から言われていた。犬はローデシアン・リッジバック、ほんとうはおとなしい性格なのだが、一見獰猛(どうもう)そうに見え、犯罪抑止力の充分にある犬だった。

その日、午(ひる)すぎにチチェスター・アカデミーの事務室の電話が鳴った。ミスター・ランドーの部下と名乗る、ことばづかいの丁寧な男からの電話で、身内のことで急用ができたので、今日はいつもより三十分早くルートミラを迎えに行く旨を伝えるものだった。「ハイヤー会社にはもう手配ずみです」と男は電話に出た女事務員に言った。「二時十五分には校門のまえで待ってると思います。ただ、今朝彼女を送った運転手とはまた別な運転手が、別な車で迎えに行くようなことを言ってましたが」もし何かわからないことがあるようなら、ミスター・ランドーの自宅に電話をかけても彼は自宅にいないので、今から言う番号のペティボーンに連絡を取ってください——と男はつけ加えた。

女事務員はその番号に電話をかけたりはしなかった。わからないことなど何もなかったから。彼女はルシア（学校では誰もルートミラという名前を知らなかった）を事務室に呼び、男に言われた旨を伝えた。そして、二時十分、事務室の窓から、濃いグリーンのヴァンかワゴン車がパイナップル・ストリートに、校門のすぐまえに停まるのを見た。それは普段ルシアを送り迎えしている、GMの新しいモデルのセダンとはちがっていたが、その車が男の言っていた車であることは明らかだった。車の側面に白いレタリングではっきりとハイヤー会社の名前が書かれていたから。チャヴェリム・リヴァリー・サーヴィス。オーシャン・アヴェニューの住所まで書かれていた。運転手は車のまえをまわると、ルシアのためにドアを開けた。いつもの運転手と同じブルーのブレザーを着て、同じ帽子をかぶっていた。

ルシアはためらいもせず車に乗り込んだ。運転手はドアを閉めると、運転席に着き、ウイロウ・ストリートとの交差点のほうへ車を走らせた。女事務員はそこまで見ていた。

三時十五分まえ、ほかの生徒たちがぞろぞろと下校し始めた。その数分後、その朝ルシアを送ったいつもの運転手が、いつものグレイのオールズモービル・リージェンシー・ブルームを、校門のまえに横づけにした。そして彼女が出てくるのをのんびりと待った。だいたい十五分ぐらい遅れるのがいつものことだった。だから、彼はそれぐらいの時間は文句も言わず待っていたことだろう。が、ルシアのクラスメイトのひとりが彼に気づいて、何か手ちがいがあったようだと彼に言った。「だってもう彼女、帰りましたよ。三十分ぐらいまえに」

「おいおい」と運転手はかつがれているのだと思って言った。

「ほんとうです！　彼女のお父さんが学校に電話してきたんです。それであなたの会社の車が来て、彼女、帰ったんです。嘘だと思うのなら、セヴァランスさんに訊いてみてください」

運転手はこのことをミス・セヴァランスに確かめなかった。もしミス・セヴァランスに確かめていたら、彼女はランドーに連絡を取り、まずまちがいなく警察にも知らせていただろう。運転手は彼女にではなく、無線でオーシャン・アヴェニューの自分の会社に確かめた。いったいどうなっているのかと。「迎えの時間が早くなったのなら、そう言ってくれりゃいいじゃないか。そのときおれが捕まらなかったんだとしても、今日はもう迎えに行かなくてもよくなったってことぐらい、知らせてくれてもいいじゃないか」

配車係にはもちろん運転手がなんの話をしているのかわからなかった。が、事の次第がようやくわかったところで、その女の配車係に考えることができた可能性はただひとつ、ランドーがなんらかの理由でほかのハイヤー会社に迎車を頼んだ、ということだった。それならそれで彼女としては別にかまわなかった。ランドーが彼女の会社に電話をしたら、お話し中だったのかもしれないし、あるいは、ランドーはひどく急いでいて、その日の迎車をキャンセルする余裕もなく、自分で迎えに行ったのかもしれない。しかし、何かが心にひっかかり、彼女はユーリ・ランドーの電話番号を調べて彼に電話した。

ランドーも最初なんのことかさっぱりわけがわからなかった。チャヴェリム・リヴァリー・サーヴィスの誰かがミスを犯し、車が二台も迎えに行ってしまい、二番目の運転手が馬鹿を見た。しかし、どうしてそんなことをいちいち電話してきたのか？　ふとそう思って、どこか妙ななりゆきになっていることに彼は気づいた。それで、できるだけ配車係から詳しい事情を訊き出してから、勝手をしてすまなかったと詫びて電話を切った。

それからすぐに学校に電話した。そしてミス・セヴァランスの話から、ペティボーンという彼の部下から学校に電話のあったことがわかった。もう疑いの余地がなかった。何者かが彼の娘を学校からおびき出して連れ去ったのだ。その何者かに彼の娘は誘拐されたのだ。

そこまできてセヴァランスにもようやく事の重大さがわかった。が、ランドーは彼女を説き伏せ、警察には電話をさせないようにした。こういうことは大騒ぎするとかえってよくないと言い、とっさに思いついたつくり話をした。「あの子の母方の親戚はみんな極端なユダヤ教正統派でね。もう宗教狂いと言ってもいいくらいなんだ。あの子をおたくに入学させたことでも私は責められ通しで、彼らは機会があれば今でもあの子をユダヤ教系の学校に入れたがっているんだよ。心配は要らない。今日じゅうに解決して、明日にはまた元気に登校させるよ」

そう言って彼は受話器を置いた。そして震え始めた。

娘が誘拐された。犯人の望みはなんだ？　欲しいものはなんでもやる。持ってるものはなんでもくれてやる。しかし、いったい犯人は何者なんだ？　いったい、くそっ、何が望みなんだ？

そう言えば、少しまえに誰かが誘拐の話をしてなかったか？

そこで彼は思い出してキーナンに電話し、キーナンは私に電話したというわけだった。


ユーリ・ランドーは、ブライトウォーター・コートに面した、レンガ造りの十二階建て共有住宅のペントハウスに住んでいた。タイル張りのロビーにはいると、ツイードのジャケットに縁なし帽子という恰好の、がっしりとした若い男ふたりが、私とピーターのまえに立ちはだかった。ピーターはお仕着せを着たドアマンは無視して、ふたりの男に向かって名を名乗り、来意を告げた。すると、ふたりのうちのひとりが我々をエレヴェーターまで案内し、自分も一緒に乗った。

四時半、我々がそこに着いた頃には、すでに犯人から最初の電話がかかってきていた。その電話でユーリ・ランドーはすっかり落ち着きをなくしていた。「百万ドルだと？　そんな金をどうやって調達すりゃいいんだ？　いったい誰なんだ、こいつらは？　あの真っ黒なやつらの仕業なのか、キーナン？　ジャマイカのいかれ頭どもの仕業なのか？」

「いや、白人だ」とキーナンは答えた。

「ああ、ルーシカ」とユーリは言った。「いったいどうしてこんなことになるんだ？　いったいここはどういう国なんだ？」そこで彼はやっと我々に気づいて、まずピーターに、「あんたがキーナンの兄さんだね」と言い、私には、「あんたは？」と訊いてきた。

「マシュウ・スカダー」

「キーナンの事件の調査をしてる人だね？　よかった。ふたりともよく来てくれた。だけど、どうやってはいったんだ？　どうやってここまであがって来られたんだ？　ロビーに男がふたりいたはずだが、いったい――」彼はそう言いかけて、私とピーターをここまで案内した男がやっと視野にはいったようだった。「なんだ、デーニ、おまえが案内してきたのか。ごくろうさん。ここはもういいから階下の警備を続けてくれ」そこで彼は誰に言うともなくつぶやいた。「今頃ガードを固めても、馬が盗まれたあとに厩に鍵をするようなものだが。でも、なんなんだ、これは？　なんでこんなことになるんだ？　おれは神に――あの薄汚いくそったれに女房を奪われた。そうしたら今度は娘だ。今度は別なくそったれが娘を奪いやがった。おれのルディを、おれのルーシカを」彼はキーナンに向かって言った。「あんたに言われたときからすぐ階下を警備させてたとしてもなんにもならなかったな。やつらはあの子を学校から連れ出したんだから。みんなが見てる眼のまえであの子をさらっていったんだから。おれもあんたがしたのと同じことをしてりゃよかった。あんたは奥さんを外国へやったんだったよね、だろ？」

キーナンと私は互いに顔を見合わせた。

「ちがうのか？　確か電話じゃそんなふうに聞いたような気がするが」

キーナンが言った。「それは表向きの話なんだよ、ユーリ」

「表向きの話？　なんで表と裏が要るんだね？　ほんとうは何があったんだ？」

「フランシーンは誘拐されたんだ」

「フランシーンというのは奥さんのことだね？」

「そうだ」

「そのときやつらはいくら要求してきた？」

「やはり百万だった。だけど、交渉して実際にはそれよりだいぶ低い額になった」

「いくらに？」

「四十万」

「で、それだけの金を払って奥さんを取り戻したんだね？」

「金は払った」

「キーナン」とユーリは言ってキーナンの肩を両手でつかんだ。「言ってくれ、頼む。奥さんは無事に帰ってきた。そうなんだろ？」

「女房は死んで帰ってきた」

「くそっ」とユーリは悪態をつき、腕で顔を覆い、まるで殴られでもしたかのようによろけた。「嘘だ。嘘だと言ってくれ、キーナン」

「ランドーさん――」

彼は私を無視し、キーナンの腕をつかんで言った。「でも、あんたは金をちゃんと払ったんだろ? ごまかしたりしないで。相手を騙そうなんてしないで」

「そうだ。それでもやつらは女房を殺したんだ」

ユーリはがっくりと肩を落とした。「どうして?」その問いは私たちに向けられたものではなかった。彼の女房を奪った薄汚いくそったれに向けられたものだった。「どうして?」

私はまえに一歩出て言った。「ランドーさん、この犯人はきわめて危険なやつらだ。狂暴で、行動の予測がつかない。クーリー夫人に加えて、少なくともすでにふたりの女を殺している。話を聞いたかぎり、犯人には娘さんを生きて返すつもりは毛ほどもないように思われる。残念ながら、娘さんはもうすでに殺されている可能性が高い」

「やめてくれ」

「しかし、もしまだ生きているようなら、我々にもチャンスはある。まずこれにどう対処するか、それを決めてくれ」

「それはどういうことだ?」

「警察に知らせるというのもひとつの手だ」

「やつらは、警察には知らせるなと言ってる」

「そりゃそう言うだろう」

「警察に知らせるなんていうのは、一番したくないことだ。身のまわりをお巡りに嗅ぎまわられるなんて。おれが身代金を用意したとたん、やつらはその金の出所を訊いてくるだろう。しかし、それで娘が無事に帰ってくるなら……どう思う？　警察に知らせたほうがその可能性は高くなるだろうか？」

「犯人がつかまる可能性はもしかしたら高くなるかもしれない」

「そんなことはどうでもいい。娘が無事に戻ってくる可能性はどうなんだろう？」

たぶん娘さんはもう死んでいる、と私は思った。しかし、それはただ私がそう思うだけのことだ。息せき切って父親に教えなければならないようなことではない。私は言った。「現段階で警察が関与しても、娘さんが無事に帰るチャンスが増えるとは思えない。むしろ下手をすると逆効果になるかもしれない。警察が関与してきたことを知ったら、犯人はまず我々との連絡を断って、どこかへ逃げるか身を隠そうとするだろう。そのあとに娘さんを生かして残すはずがない」

「だったら、お巡りなんぞはくそくらえだ。おれたちだけでやろう。で、まずどうする？」

「電話をかけたい」

「好きに使ってくれ。いや、待った。この電話はあけておきたい。やつらから電話があったとき、こっちには訊きたいことが百万ぐらいあったよ。なのにあいつはうむを言わさず切りやがった。〝電話はあけとけ、またかける〟って言ってな。娘の電話を使ってくれ。あのドアの向こうが娘の部屋だ。子供ってのは年じゅう電話をしてて、親はまるで電話が使えなくなる。以前はキャッチホンってやつをうちもつけてたんだが、あれにはまいるよな。電話がかかってきています、お受けくださいなんて。そんなテープの声を聞きたがるやつがいるか？　それでそんなものはやめて、娘専用の電話を引いてやったんだ、好きなだけ使えるように。くそっ、なんでも持っていってくれ、ただあの子を返してくれ！」

私はＴＪをポケット・ベルで呼び出し、スヌーピーの電話に書かれていた番号を叩いた。部屋の飾りつけを見るかぎり、ランドーの娘の個人的な神話の世界では、スヌーピーとマイケル・ジャクソンが主要な役割を演じているようだった。私はＴＪからの電話を待つあいだ部屋の中を歩きまわった。白いエナメルの鏡台の上に家族の写真が置いてあった。ユーリと黒い髪の女と、黒く長い巻き毛を肩に垂らした女の子の写真。それはルシアが十歳の頃に撮られたもののようだった。ほかに去年の六月の卒業式に撮ったと思われる、彼女がひとりで写っている写真があった。もっと最近の写真では、彼女は髪をショート・カットにしていた。歳のわりには、ませた生真面目な顔の女の子だった。

電話が鳴った。受話器を取ると、彼が言った。「誰だい、ＴＪに用ってのは？」

「マットだ」

「マット！　これはこれは。用はなんだい（ワッツ・ゴーイン）、オーウィン？」

「重大な用で急を要する」と私は言った。「きみの助けがいる」

「なんなりと」

「コングズに連絡が取れるか？」

「今すぐ？　あいつらってけっこう捕まりにくいんだよね。ジミー・ホングはポケット・ベルを持ってるんだけど、いつも持ち歩かないんだよ」

「捕まるかどうかやってみて、捕まったら今きみがかけたこの番号を教えてやってくれ」

「いいよ。それだけ？」

「ちがう」と私は言った。「先週ふたりで行ったコイン・ランドリーを覚えてるか？」

「もちろん」

「どうやって行くかも？」

「Ｒ線で四十五丁目まで行って、一ブロック歩いて五番街、そこからジャブジャブ（ウィシー・ワッシー）屋まではは四、五ブロックってところかな」

「きみがそんなに注意を払っていたとは思わなかった」

「おいおい、おれはいつだってそうさ。注意深い人なんだよ、おれって」

「世の中の表も裏も知ってるだけじゃなくて？」

「注意深くて、世の中の表も裏も知ってるってこと」

「今すぐコイン・ランドリーへ行けるか？」

「今すぐ？　コングズを呼び出すのは？」

「そっちがさきだ。そのあと行ってくれ。今どこにいる？　地下鉄のそばか？」

「おれはいつも地下鉄のそばだよ。コングズがただにしてくれた、八番街四十三丁目の角の公衆電話――今そこからかけてるんだから」

「向こうに着いたら、またすぐ電話してくれ」

「わかった。これはでかい仕事なんだ。そうなんだろ？」

「ああ、とてもでかい仕事だ」と私は言った。

電話が鳴ったらよく聞こえるように、ルシアの部屋のドアを開けたままにして居間に戻った。ピーターが窓辺に立って海を眺めていた。車で来る途中、私たちはあまり口を利かなかったが、彼のほうから、私とたまたま一緒になった集会のあとは酒も麻薬もやっていない、と問わず語りに言っていた。「だから今日で五日になる」

「すばらしい」

「それはＡＡの綱領みたいなもんだね、ええ？　どれだけ禁酒が続いてるか、その期間を打ち明けると、それが一日であれ二十年であれ、返ってくる答はいつも同じだ。〝すばらしい〟〝今日一日素面でいたこと、それが大切なんだ〟ってね。何が大切かなんて、そんなことおれにはもうわからないけど」

私はキーナンとユーリのところへ行き、三人で少し話をした。ルシアの部屋の電話は鳴らなかった。が、十五分ほど経ったところで、居間の電話が鳴った。ユーリが出て、「はい、ランドーです」と答え、眼で私に合図を送り、頭を振って眼にかかった髪を払った。「娘と話したい。娘と話させてくれ」

私はユーリのそばに行き、受話器を受け取った。「女の子は無事なんだろうね」

沈黙ができた。ややあって声がした。「誰だ、おまえは？」

「女の子と身代金の引き替えが成功するかどうか、その鍵を握る者だ。ただし、このあとはもう女の子には指一本触れるな。もし何か企んでいるのなら、そのゲームは雨で中止ということにしたほうがいい。何故なら、女の子が無事でいること、それが取引きの絶対条件だからだ」

「偉そうな口を利くんじゃねえよ」間ができた。続けて何か言いそうな気配があった。が、電話はいきなり切れた。

私は犯人の言ったことをそのままユーリとキーナンに伝えた。ユーリは、私の強気な物言いが犯人を怒らせてしまったのではないかと心配し、さらに落ち着きをなくした。マットはすべて心得てやっているのだから心配は要らない、とキーナンがユーリをなだめた。ほんとうにそうなのかどうか、正直なところ自信はなかったが、キーナンのそのことばはありがたかった。

「今一番大切なのは娘さんを殺させないことだ」と私は言った。「そのためには、自分たちにだけ都合のいいような取引きはできないということを、犯人にわからせる必要がある。少なくとも、ルシアが無事でいることを我々に示さないかぎり、身代金は手にはいらない。そのことをまずわからせる必要がある」

「しかし、そんなことをして犯人が怒り狂っちまったら――」

「犯人は初めから狂ってるやつらだ。もちろんあんたの言いたいことはわかる。娘さんを殺すどんな口実も犯人に与えたくないというのはよくわかる。しかし、やつらは口実などそもそも必要としていない。人質を殺すというのは初めから犯人の予定表に書き込まれてることだ。だから逆に人質を生かしておく理由をこっちからつくってやるんだ」

キーナンが私の考えを支持して言った。「おれはやつらの言いなりになってやった。すべてやつらの言うとおりにした。なのにあのくそったれどもは――」彼はそこで言いよどんだ。〝女房をバラバラ死体にして送り返してきた〟と私は心の中で彼のあとを引き取ってつぶやいた。が、キーナンはまだそこまで詳しくユーリに明かしてはいなかった。今も彼はことばをさしひかえた。「――女房を殺した」

「現金が要る」と私は言った。「いくらある？　いくらなら集められる？」

「わからない」とユーリは言った。「おれは現金をあまり持っていないんだ。犯人にコカインで払うってわけにはいかないだろうか？　コカインなら十五キロ、ここから十分のところに保管してあるんだが」彼はキーナンを見た。「あんた、買ってくれないか？　あんたの言い値でいい」

キーナンは首を振った。「家の金庫にある金を貸してやるよ、ユーリ。実はこないだハッシシの買いつけをしたんだが、その荷がどうも届きそうにないんだ。前金を渡したのが失敗だった」

「どこのハッシシだ？」

「キプロス経由トルコ産のだ。アヘン入りのやつだ。でも、もうどうでもいい、どうせブツは来ないんだから。金庫にあるのはその支払いにしようと思ってた金だ。たぶん十万はある。金が要るときが来たら取ってくるよ。遠慮なくつかってくれ」

「必ず返す」

「ああ、でも、今はそんなことは心配しなくていい」

ユーリの眼に涙があふれた。何か言いかけたが、声にならなかった。ことばにならなかった。彼は息を整えてから言った。「あんた、聞いたかね、この男が今言ったことを？　おれたちは知り合いとも言えないような間柄だ。こんなアラブのくそったれなんかおれの友達でもなんでもない。なのにこの男はおれに十万ドルくれると言う」ユーリはキーナンの腕をつかみ、肩を抱いてひとしきり涙を流した。

ルシアの部屋の電話が鳴った。私は彼女の部屋にはいり、電話に出た。

TJがブルックリンからかけてきた電話だった。「今、コイン・ランドリーにいる。おれは何をすりゃいいんだい？　例の白人がやって来て、電話を使うのを待ってりゃいいのかい？」

「そうだ。遅かれ早かれ犯人はそこに現われるはずだ。通りの向かい側のレストランにはいって、そこからコイン・ランドリーを見張ってれば——」

「それよりこうしたほうがいいよ。コイン・ランドリーの中にいて、洗濯が終わるのを待ってる客のふりとかしたほうが。この辺は肌の色とかいろんなやつがいまくるから、おれもあんまりめだたないよ。コングズは電話してきた？」

「いや、連絡は取れたのか？」

「ポケット・ベルで呼んで、そこの番号を入れといたけど、でも、そもそもジミーがポケット・ベルを持って出てなきゃ、ベルが鳴ったって鳴らなかったのと同じだよね」

「誰もいない森で木が倒れてもその音は誰にも聞こえない」

「えっ？」

「なんでもない」

「また電話する」

三回目の電話がかかってきて、ユーリが出た。彼は、「ちょっと待ってくれ」と言って私に受話器を渡した。さっきとはまたちがった男の声だった。この男のほうが、あたりが柔らかく、またいくらかは知的な感じがした。下卑たところは同じだが、感情を剝き出しにしたようなところはなかった。この男がレイにちがいない。

「メンバー・チェンジをしたってわけだ」とレイは言った。「まだお互い自己紹介してなかったような気がするが」

「私はランドー氏の友人だ。名前など名乗ったところで意味がない」

「相手側にどういうプレイヤーがいるのか、知りたくなるのが人情ってものだろうが」

「ある意味じゃ」と私は言った。「我々は同じ側に立っている。お互い身代金と人質の引き替えを成功させたいと思ってるんだから」

「だったら、そっちはこっちの指示にただ従ってりゃいいのよ」

「そう簡単にはいかない」

「いや、いくよ。こっちが言うことをそっちはすりゃいいのさ。ガキの顔をもう一度見たけりゃ」

「彼女が無事であることをそっちはこっちにまずわからせる必要がある」

「おれのことばを信用しろって」

「悪いが、それはできない」

「ことばだけじゃ駄目ってか？」

「あんたはクーリー夫人をあんな姿にして送り返したことで、すっかり信用をなくしてるんだよ」

間ができた。ややあってレイが言った。「面白いことを言うじゃないか。おまえはロシア人じゃない、だろ？　ブルックリン訛りもない。クーリー夫人のときはまた事情がちがったんだ。亭主が身代金を値切りやがったんだよ。ま、それがやつらの血なんだろうが。いずれにしろ、こっちは値切られたわけだ。だからお返しに女房の骨と肉を——あとは言わなくてもわかるな？」

だったらパム・キャシディは？　と私は思った。彼女も何かおまえたちの癇に触るようなことをしたというのか？　私は言った。「身代金の額の交渉はしない」

「百万払うってわけだ」

「女の子が無事に帰ってきさえすれば」

「そりゃ請け合うよ」

「請け合ってもらうだけじゃね。彼女を電話に出して、父親と話させてやってくれ」

「それはできない——」そのあとレイがさらに何か言いかけたところで、追加料金を求めるナイネックスのテープの声が割り込んできた。「また電話する」と男は言った。

「二十五セントがないのか？　そっちの番号を言ってくれ、こっちからかけ直すから」

レイは笑い、電話を切った。


次の電話がかかってきたとき、ユーリのペントハウスには彼と私しかいなかった。キーナンとピーターは、階下にいたふたりのボディガードのうちのひとりと、金を集めに出かけていた。ユーリから借りられそうな人間の名前と電話番号のリストを受け取り、ふたりは自分たちの心あたりにもあたってみると言っていた。電話をかけるぐらいのことは、ユーリのペントハウスからでもできるわけだが、ユーリの家に電話は二本しかなかった。私としてはその両方を常時あけておきたかった。

「あんたはおれたちの世界の人間じゃない」とユーリが言った。「と言って、お巡りでもない」

「私立探偵というやつだ」

「私立探偵か。それでキーナンのために仕事をしてるんだ。でも、今はおれのために働いてる。ちがうか？」

「私はただ仕事をしてるだけだ。別に報酬をあてにしてるわけじゃない。そういうことを訊いてるのなら、初めに断わっておきたい」

ユーリは手を振って、その話題を払いのけるような仕種をした。そして言った。「ヤクの売り買いっていうのはいい商売でもあり、悪い商売でもある。わかるか？」

「ああ」

「おれはこの世界から足を洗いたいんだ。現金をあんまり持ってないというのはそのせいだ。そりゃ金はいっぱい稼ぐけど、それを現金で持ってるっていうのは好きじゃないんだ。品物で持ってるっていうのも。おれは駐車場をいくつかとレストランをひとつ持ってる。そんなふうに事業を拡張してるってわけだ、わかるだろ？　ヤクの商売からはいずれすっかり手を引こうと思ってる。ギャングから出発したアメリカ人っていっぱいいるよね？　あとでまともな実業家になるアメリカ人って」

「聞かない話じゃない」

「もちろん死ぬまでギャングというやつもいる。でも、誰も彼もがそうだというわけじゃない。デヴォラのことがなければ、おれはとっくに足を洗ってただろう」

「奥さんのことかい？」

「入院費、治療費、いったいいくらかかっただろう？　保険はなし。おれたちは新参者だからね。被雇用者保険（ブルー・クロス）なんてものがあることも知らなかった。しかし、そんなことはどうでもいい。いくらかかろうとおれは払ったよ。喜んで払ったよ。女房を生かしてさえくれるのなら、いくらだって、なんだって払っただろう。一日長く生き延びさせてやると言われただけでも、おれは自分の歯の詰めものだって売っただろう。おれと女房は何十万ドルも払って、医者に一日一日命を恵んでもらってたんだ。思い出してもぞっとするような毎日だった。あいつは毎日毎日苦しくてならなかったのに、それでも命を望んだのさ。わかるかい？」彼は額の汗を手のひらで拭い、さらに何か言いかけた。それと同時に電話が鳴った。彼は黙って電話を指さした。

私は受話器を取った。

さっきと同じ男だった。レイだ。「もう一回やるか？　ガキを電話に出させるわけにはいかない。そんなのは問題外だ。ガキが無事であることをそっちにわからせる方法が何かほかにあればいいんだがな」

私は送話口を手で押さえて言った。「犯人にはわからなくて、娘さんにわかることは何かないか？」

ユーリは肩をすくめて言った。「犬の名前は？」

私はレイに向かって言った。「それじゃ彼女に訊いてほしいことがある――いや、ちょっと待ってくれ」私はまた送話口を手で押さえて言った。「それは犯人も知ってるかもしれない。やつらは一週間かあるいはそれ以上、娘さんを尾けまわしてたはずだ、娘さんの普段の行動を知るために。そのときに娘さんが犬を散歩させてるところぐらいは、当然見てるだろう。娘さんが犬の名前を呼ぶのも当然聞いてるはずだ。何かほかのものを考えてくれ」

「今の犬のまえにもう一匹飼ってたことがある」と彼は言った。「黒と白のぶちの犬だ。車に轢かれちまってね。その犬を飼ってた頃は、あの子はまだ小さかったが」

「今でも覚えてるだろうか？」

「忘れるものか。あの子がその犬を一番可愛がってたんだから」

「犬の名を彼女に訊いてくれ」と私はレイに言った。「今の犬と、まえに飼ってた犬の名だ。それとどんな犬かということも」

男はさも可笑しそうに言った。「一匹じゃ足りなくて、二匹ってわけだ」

「そうだ」

「それで二重にチェックができるってか。よかろう。満足のいく答を訊き出してやるよ」


このあとレイはどうするか。

レイが公衆電話を使っていたことはまちがいない。それは明らかだ。また二十五セント分以上は話そうとしなかった。そのパターンは今後も変わらないだろう。これまでうまくいっているものをどうして変えなければいけない？　今、レイは公衆電話のところにいる。が、今から、二匹の犬がどんな犬で、なんという名前なのか調べ、さらにそれを電話で私に知らせなければならなくなった。

今の電話はコイン・ランドリーの公衆電話ではなかった。おそらく車を使わなければならないくらい、家から離れたところにある公衆電話だろう。これからレイは車で家に戻り、車から降り、家の中にはいり、ルシア・ランドーに犬の名前を訊いて、また車に乗り、さらに別な公衆電話を探して、わかったことを私に伝える――

私ならどうするだろう？

そうするかもしれない。いや、たぶんそうはしないだろう。私なら二十五セントをつかって、時間と労力を節約するだろう。家に電話して、ルシアを見張っている相棒にルシアの猿ぐつわを解かせ、てっとり早く答を訊き出す――そうするにちがいない。

コングズがいてくれさえしたら。私は、ジミーとデイヴィッドがルシアの鏡台の上にコンピューターを置いて、スヌーピーの電話にモデムを接続してくれたら、ことはいとも簡単なのに、と今さらながら思った。ルシアの電話回線を使って、もうひとつの電話をモニターするのだ。そうすればいつ誰がかけてきても即座に相手がわかる。

もしレイが犬の名を訊き出すのに家に電話したとすれば、我々はその電話をモニターして、レイが犬の名を知るよりさきに、やつらの家の住所を突き止め、公衆電話と家の両方に車を急行させることができる。そして、犬の名を私に伝えて電話ボックスを出てきたレイを捕まえ、同時にやつらの家を取り囲むのだ。

しかし、コングズはここにはいない。私の手持ちは、サンセット・パークのコイン・ランドリーで、誰かが公衆電話を使いにくるのを待っているＴＪだけだ。そのＴＪにしたところが、彼がポケット・ベルを買うなどという酔狂をしてくれなければ、呼び出すことはできなかった。

「気が狂いそうだ」とユーリが言った。「ただじっと電話を見つめて、それが鳴るのを待つしかないのか？」

確かに少し時間がかかっていた。どうやらレイは——私はもう電話の相手はレイだと決めつけていて、一度など危うくその名を呼びかけそうになった——なんらかの理由で家に電話はしなかったようだ。家に帰るのに十分、ルシアから答を訊き出すのに十分、公衆電話でそれを私に知らせるのに十分。急げばもう少し短くてすむだろう。逆に、途中で煙草を買ったり、気を失っているルシアを眼覚めさせるのに手間取ったりするようなら、もう少し長くかかる。

それでも、まあ、三十分といったところだろう。それより多いにしろ少ないにしろ、いずれにしろ、三十分。

もし彼女がすでに死んでいるようなら、もっとかかるかもしれない。すでに死んでいるとすれば。誘拐直後に殺され、最初の電話がかかってきたときにはもう死んでいたのだとすれば。犯人にしてみれば、それが一番簡単だ。人質に逃げられる心配もなければ、静かにさせておく手間も要らない。

しかし、たとえルシアはもう死んでいたとしても——

やつらとしてもそれを認めるわけにはいかない。認めたとたん、身代金は泡と消える。やつらは金に困ってはいないだろう。ひと月たらずまえにキーナンから四十万ドルも巻き上げたばかりなのだから。しかし、だからと言って、それはやつらが金を欲しがっていないことを意味しない。金というのは誰でもいつでもより多く欲しいと思うものだ。だいたい金は要らないというのであれば、身代金要求の電話などそもそもしてこなかっただろう。誘拐もなかったかもしれない。ただスリルだけを求めて、対象を特に選ばなければ、通りから女ひとり連れ去るなどというのは、いともたやすいことだ。手ぎわのよさを競うまでもない。

結局のところ、やつらはどうするか。

うまくこっちを言いくるめようとするだろう。ルシアに訊いてもわからなかったと言うか、麻薬を打ったので彼女は意識が朦朧(もうろう)としていて答えられないとでも言うか、適当な名前をでっちあげて、それが彼女の答だと言い張るか。

やつらが嘘をつくということは、ルシアが九十パーセントまちがいなく死んでいることを意味する。しかし、人間というのは自分の信じたいことを信じるものだ。だから、あるかなきかの可能性に望みを託して、どっちみちこっちは身代金を払わされるかもしれない。とにもかくにもそうしないことにはチャンスはないのだから。それがたとえあるかなきかのチャンスにしろ。

電話が鳴った。間髪を入れず私は受話器を取った。が、それはまちがい電話だった。受話器を置くと、三十秒後にまた同じ相手からかかってきた。私は何番にかけているのかと尋ねた。番号はまちがっていなかった。しかし、その男はマンハッタンにかけているつもりなのだった。私はまず区外局番をまわすことを男に思い出させてやった。「そうだったね」と男は言った。「いつもこれをやっちまうんだ。馬鹿だよな、おれって」

「今朝も同じようなまちがい電話があった」とユーリが言った。「迷惑なことだ」

私は黙ってうなずいた。どこかのあわて者とよけいな話をさせられているあいだに、レイがかけてきたということはないだろうか？　しかし、それだったら、もう一度かけ直すはずだ。今はもうこの電話はあいているのに、いったいレイは何を待っているのか？　ルシアが生きている証拠を求めたのはまちがいだったかもしれない。彼女はもう死んでいて、私はそのことを明らかにするよう犯人に迫っただけなのかもしれない。それで、私を言いくるめるかわりに、やつらは作戦を変更してとんずらを決めこんだのかもしれない。もしそうだとしたら、こっちは電話が鳴るのを永遠に待たされることになる。やつらが電話をかけてくることはもう二度とないだろうから。

ユーリの言うとおりだ。ただじっとして電話を見つめていると気が狂いそうになる。ほかに何もできず、ただそれが鳴るのを待っているというのは――

実際には、私が想像した三十分をたった十二分超えただけのことだった。電話が鳴り、私は飛びついた。レイの声がした。「なんでおまえがそこにいるのか、教えてくれ。おまえもディーラーなんだろ？　大物悪徳商人ってやつか？」

「質問に答えるのはこっちじゃなくてそっちのはずだ」と私は言った。

「ただおまえの名前が知りたいんだよ。ひょっとしたら聞き覚えがあるかもしれない」

「あんたの名前も私には聞き覚えがあるかもしれない」

彼は笑った。「そりゃどうかな。だけど、なんでそんなに焦ってる？　逆探知されるのが恐いのかい？」

レイがパムをいたぶっている声が聞こえるような気がした。〝どっちかひとつ選べよ、パミー。ひとつはおまえので、もうひとつはおれのだ。どっちがいい、パミー？〟

私は言った。「電話代を払ってるのはそっちだ」

「そうだ。よかろう。犬の名だったたっけな。ちょいと考えさせてくれ。よくある名前はなんだ、フィドー、タウザー、キング、ローヴァー。こういうのが昔ながらの名前だ、ちがうか？」

くそっ、と私は心の中で悪態をついた。彼女はもう死んでいる。

「スポットってのはどうだ？　〝がんばれ！　名犬スポット〟なんてな。ローデシアン・リッジバックには悪くない名だよ」

何週間も彼女を尾けまわしていたとすれば、それぐらいは容易にわかることだ。

「犬の名はワトスン」

「ワトスン」と私はおうむ返しに言った。

部屋の隅に寝そべっていたワトスンが耳を立てて体を起こした。ユーリは黙ってうなずいた。

「もう一匹のほうは？」

私は待った。

「なんでも知りたがるやつだな」とレイは言った。「何匹の名前がわかりゃ気がすむんだ？」

「女の子にはその犬の品種はわからなかった。まだ彼女が小さかった頃に、その犬は死んじまったんだってよ。彼女が言うには、眠りにつかせてやらなきゃならなかったんだとさ。馬鹿げた言い方だよ、ええ、そうは思わんか？　何か殺したときには、きっぱり殺したって言えるだけの根性を持つべきだ。おい、なんで黙ってる？　聞いてるのか？」

「ああ、聞いてるよ」

「たぶん雑種だったんじゃないか？　雑種と言えば、おれたちの大半がそうだが。いずれにしろ、その犬の名前がちょっと厄介なんだ。ロシア語の名前なんで、ちゃんとおれに覚えられたかどうか自信がないんだよ。おまえのロシア語はどうだ？」

「ちょっと錆ついて（ラスティ）いる」

「ラスティってのも犬の名に悪くないな。ひょっとしたらラスティだったのかもよ。でも、おまえってくそ真面目な男だね。何を言っても笑わない」

「それだけ熱心にあんたの話を聞いてるのさ」

「そりゃいいことだ。おれたちはけっこう面白い会話ができるかもな。ま、そのうち機会があるかもしれん」

「そのうち」

「いや、近々だ。でも、今は犬の名前だったな、だろ？　その犬はもう死んじまった。だから名前がなんだってんだ？　死んだ犬に悪名（バッド・ネーム）を立てて縛り首にでもするってか――」

私は待った。

「ひょっとしたらまちがえて覚えちまったかもしれないが、バラライカだ」

「バラライカ」

「それはほんとは楽器の名前なんだとさ、彼女が言うには。だけど、どうだね？　これで満足か？」

私はユーリ・ランドーを見やった。彼は力強くうなずいていた。電話の向こうではレイが何か言っていた。が、何を言っているのかすぐには頭にはいってこなかった。私は軽いめまいを覚え、キッチン・カウンターにもたれていないと、倒れてしまいそうな気がした。

ルシアは生きている。

# 19

受話器を置くや、ユーリが私の上にくずおれてきた。そして私を包むようにして抱きかかえ、まるで呪文でも唱えるように、「バラライカ」とつぶやいた。「あの子は生きていた！　おれのルーシカは生きている！」

ドアが開き、クーリー兄弟がユーリの手下のデーニを従えて部屋にはいって来たときも、私はまだユーリに抱きつかれていた。キーナンは上にジッパーのついた革の昔ながらのショルダー・バッグをさげていた。ピーターはクローガー・スーパーマーケットの白いビニール袋を持っていた。「あの子は生きている」とユーリが彼らに言った。

「電話で話ができたのか？」

ユーリは首を振って言った。「やつらが犬の名前を言ってきたんだ。あの子はバラライカを覚えてた。あの子は生きてる」

ルシアが生きている証拠を示す取り決めを犯人としたときには、クーリー兄弟はもう金策に出ていたので、彼らにユーリのことばがどれだけ理解できたかわからなかったが、それでも彼の言いたいことは充分に伝わったようだった。

「それじゃあとは百万調達すりゃいいだけだ」とキーナンが言った。

「金なんてどうにでもなるものだ」とユーリは言った。

「そのとおりだ。たいていのやつにはそれがわからない。でも、そのとおりだ」キーナンはショルダー・バッグを開けて、紙に包んだ札束を次から次と取り出した。「ユーリ、あんたはいい友達を持ってる。だけど、何よりよかったのは、彼らのほとんどが銀行を信用してない連中だったってことだ。この国の経済がいかに多くの現金で動いているか、案外みんな知らないんだよな。現金と聞けば、即、麻薬、即、ギャンブルのことしか考えない」

「そんなのは氷山の一角だ」とピーターが言った。

「そのとおり。ほかの商売のことも考えなきゃ。クリーニング屋、床屋、美容院。現金商売というのはまだまだいくらだってある。そいつらがみんな揃って二重帳簿をつけて、税金をごまかしてるわけだからな」

「たとえばコーヒー・ショップ」とピーターが言った。「ユーリ、あんたはギリシア人だったらよかったのに」

「ギリシア人？　どうして？」

「この市には通りの角という角にコーヒー・ショップが建っている。そういうところの一軒で昔働いたことがあるんだけど、おれが店にいた時間帯ではほかに十人の従業員が働いていた。そのうち六人は帳簿に載ってなくて、給料は現金支給だった。なんでか？　そもそも売り上げをごまかしてるから、そいつらを帳簿に載せると経費のバランスがおかしくなっちまうのさ。ああいう店でレジにはいる一ドルのうち三十セントも報告してりゃ、それは良心的なほうだろうな。でも、こうしたことのほんとうのうま味ってわかるかい？　どんなものにも八・二五パーセントの消費税がかかる。法律ではみんなその分税金として収めなきゃならないことになってる。だけど、そもそも七十パーセント売り上げをごまかしてるんだぜ、税務署だってないものに税金はかけられない。だから売り上げをごまかすってことは、それはそのまま一セントにいたるまで、税金のかからない、純然たる利益をあげるってことなのさ」

「それはギリシア人だけがやってることじゃないよ」とユーリが言った。

「もちろん。だけど、ギリシア人はそれを科学にまで高めやがったのさ。あんたがギリシア人だったら、あとはもうコーヒー・ショップを二十軒まわればいいのさ。やつらは金庫にしろ、マットレスの下にしろ、クロゼットの奥にしろ、だいたい五万は貯め込んでる。だから二十軒まわれば、それで百万になる」

「だけど、おれはギリシア人じゃない」とユーリは言った。

キーナンがユーリに、宝石商を誰か知らないか、と尋ねた。「やつらも現金をいっぱい持ってる」それに対してピーターが、宝石業界というのは借用証書が常時飛び交っているような世界だと言った。キーナンは、それでもいくらかはある、と反駁した。そんなふたりのやりとりに対して、ユーリが口をはさんだ、どっちみち同じことだ、おれは宝石商を知らないんだから、と。

かかる議論は三人に任せて、私は居間を出た。

ＴＪと連絡が取りたかった。私は、コングズが調べてくれた、キーナンのところへかかってきた電話のリストを取り出し、コイン・ランドリーの公衆電話の番号を調べた。が、そこで迷った。ＴＪはその電話に出ようとするだろうか？　コイン・ランドリーが混んでいたら、彼をよけいな危険にさらすことにならないだろうか？　もしレイが電話に出たら？　それはありえない。しかし——

そこでもっと簡単な方法があったことを思い出した。ポケット・ベルで呼び出して、彼に電話させればいいのだ。私のような人間が新しいものを使いこなせるようになるのには、どうしても時間がかかる。とっさには原始的な方法しか頭に浮かばない。

私はＴＪのポケット・ベルの番号を手帳で調べた。が、その番号を叩くまえに電話が鳴った。ほかでもないＴＪだった。

「男がさっき来た」と彼は言った。興奮しているのが手に取るようにわかった。「ちょっとまえまでこの電話を使ってた」

「それはたぶん別人だ」

「ちがうね、ヴァンス（ノー・チャンス）。見るからにいやったらしい野郎だった。悪の権化みたいな野郎だった。そいつが話してた相手はあんただったんだろ？　おれはそのとき思ったね、今、おいらのマットがこいつと話してるんだって」

「ああ、電話はしてたよ。でも、受話器を置いて少なくとも十分、いや、もう十五分近く経っている」

「そうだろ？　それでだいたい合ってるよ」

「きみはそいつが電話したあと、すぐに電話してきたんじゃないのか？」

「できなかったんだよ、そいつのあとを尾けなきゃならなかったから」

「あとを尾けた？」

「おれがどうすると思った？　そいつが来るのを見て逃げ出すとでも？　おれだってそいつと手に手を取ってコイン・ランドリーを出たりなんかしなかったよ。やつが出ていったあと、きっちり一分待ってから影のように尾けたのさ」

「それは危険だ、ＴＪ。いいか、相手は人殺しなんだぞ」

「そう言われて、おれはびっくりしなきゃいけないのかい？　なあ、マット、おれはデュースで毎日暮らしてんだぜ。あそこで人殺しとかよけてたら通りも歩けない」

「やつはどっちへ行った？」

「左に曲がって角まで行った」

「四十九丁目の角か」

「それから通りを渡ってデリカテッセンにはいった。そして一分か二分でまた出てきた。あれはサンドウィッチとかつくらせたんじゃないね。中にいたのはほんとに短いあいだだったから。たぶんビールの六缶パックを買ったんだと思う、包みの大きさからして」

「それから？」

「また戻ってきたんだ。あいつ、おれのすぐ横を通りすぎて五番街を渡って、またコイン・ランドリーのほうへ戻っていったのさ。くそって思ったね。だっておれも一緒に戻るわけにはいかないだろ？　あいつが電話をかけ終わるまで待つしかないだろ？」

「彼はここへは電話してきてない」

「ああ、どこへも電話してないもの。コイン・ランドリーにははいらなくて、車に乗って行っちゃったのさ。あいつが乗るまで、車で来てたなんてわからなかった。あいつ、コイン・ランドリーの向かい側に車を停めててさ、おれが坐ってたところからじゃ見えなかったんだ」

「それはワゴン車じゃなかったんだね？」

「普通の乗用車だ。なんとかしたかったけど、相手が車じゃどうしようもないだろ？　おれ、あいつがランドリーのほうに戻りかけたときには、あんまり近づかないほうがいいと思ったんで、半ブロックぐらい距離をあけてたんだ。だからあいつが車に乗ったときにはもうなんにもできなかった。通りの角まで来たときにはもういなくなっちまってたから」

「しかし、彼の顔は見たんだね？」

「彼？　ああ、もちろん」

「もう一度見たらそいつがわかるか？」

「わかるかだって？　そんなのって自分のかあちゃんの顔がわかるかって訊いてるようなもんさ。そいつは身長五フィート十一インチ、体重百七十ポンド、髪は明るい茶で、茶色のプラスティックのフレームの眼鏡をかけてた。靴は黒い革の編み上げ靴、それにネイヴィー・ブルーのズボンにブルーのジャンパー。それから超ナンパなスポーツ・シャツを着てた、ブルーと白のチェックの。おれにそいつがわかるかだって？　マット、おれに絵が描けりゃ描いてやるよ。あんたがこないだ言ってた絵描きに会わせてくれりゃ、おれとその人とで写真よりよく似た似顔絵ができるだろうよ」

「TJ、私は今感動してる」

「ほう、そうかい。車はホンダ・シヴィック。ところどころへこんだ青灰色の車だ。あいつがその車に乗るまでは、あいつの家まで尾けていってやるつもりだったんだけど。また誰かが誘拐されたんだろ、ええ？」

「そうだ」

「誘拐されたのは？」

「十四歳の女の子だ」

「くそっ、なんて野郎だ。それがわかってたら、もっとあいつに近づいて、走ってでも追っかけてやったのに」

「いや、きみはもう充分よくやってくれた」

「これからこの辺を調べてみるよ。うまくすれば、あいつの車を見つけられるかもしれない」

「どんな車だったかよく覚えていれば」

「そう、さっき言うのを忘れたけど、プレート・ナンバーを書き取っておいた。ホンダの車はいっぱいあっても、おんなじナンバーの車ってのはそう何台もないだろ？」

そう言って彼は車のナンバーを読み上げた。私はそれを書き写し、彼の手ぎわのよさにどれだけ感心しているかもう一度言いかけた。

するとと彼は私のそのことばをさえぎり、さも苛立たしげに言った。「マット、いい加減もうやめてくんない？　おれがなんかまともなことをするたびに驚くのはさあ」

「身代金をそろえるにはあと何時間かかかる」と私は次の電話でレイに言った。「彼の手元に現金は百万もない。それにこの時間に金を集めるのは容易なことじゃない」

「そんなこと言って身代金を値切ろうってんじゃないだろうな？」

「ちがう。しかし、全額まるまる手に入れるのが望みなら、少しは待ってほしい」

「今いくらある？」

「まだ数えてない」

「一時間後にまた電話する」


「この電話を使うといい」と私はユーリに言った。「今から一時間は犯人からの電話はなさそうだから。いくら集まった？」

「四十万ちょっと、五十万たらず」とキーナンが言った。

「足りないな」

「ちょっと思ったんだが」とキーナンは言った。「よくよく考えてみりゃ、やつらはおれたちのほかに誰にルシアを売るっていうんだ？　金はこれで全部だって言ったら、やつらはなんて言うと思う？　やはりそれじゃ駄目だって言うだろうか？」

「この犯人に関して一番厄介なのは、行動の予測がまるでつかないということだ」

「ああ、相手がいかれ頭だってことを忘れてたよ」

「やつらはルシアを殺す理由を探してる」ユーリのまえでこのことはあまり強調したくなかったが、しかし言っておかなければならなかった。「そもそもやつらがこんなことを始めたのはそのためなんだから。やつらは人を殺したくてしかたがないんだ。ルシアはまだ生きている。彼女が金との引換え券であるかぎりは、やつらも彼女に手出しはしないだろう。しかし、金だけ奪って逃げられると思ったら、あるいは、急に金に興味をなくしてしまったら、即座に彼女を殺すだろう。だから五十万しか集められなかったとは言いたくない。それよりはむしろ五十万を百万と偽って、ルシアを我々が取り戻すまえにやつらが金を数えないことを期待する——そのほうが策としてはいいような気がする」

キーナンはしばらく考えてから言った。「その場合、ひとつ問題なのは、やつらは四十万ドルがどんなかさのものかすでに知ってるということだ」

「だったら、もう少し集められないか、やってみてくれ」そう言って私はスヌーピーの電話を使いにルシアの部屋にはいった。

昔は車両局にかけられる番号があった。その番号に電話して、認識番号を告げ、調べてほしい車のナンバーを言うと、その車に関する情報を読み上げてくれたものだった。しかしそれは昔のことだ。その特別な番号もとっくの昔に忘れてしまった。たぶん今はそう簡単にはいかないだろう。電話帳に載っている車両局の番号にかけても誰も出なかった。

ダーキンにかけてみた。が、あいにく彼は外出中だった。ケリーも署にいなかった。しかし彼をポケット・ベルで呼び出してもらっても意味がなかった。頼みたいのは外に出ていてはできない仕事だった。私は、マリー・ゴテスキンドの資料をダーキンにもらいに行ったときに、彼の隣の机でコンピューターを相手にひとりごとを言っていた、ベラミーという刑事のことをふと思い出した。

で、ミッドタウン・ノース署に電話をかけ直し、彼につないでもらった。「マット・スカダーだ」と私は言った。

「やあ、マット。調子はどう？　ジョーにかけたのなら、あいにくやつは外出中だ」

「いや、別にジョーでなくてもいいんだ。あんたに頼みがある」と私は言った。「今日ガールフレンドの車に乗ってたら、ホンダ・シヴィックに乗ったどこかの阿呆にぶつけられて、そのまま逃げられちまったんだ。言うもおぞましい極悪非道の行為だよ」

「ああ。そのときあんたも車に乗ってたのか？　事故を起こして逃げるなんてのは、そいつはほんとに阿呆だ。まあ、酔ってたか、ヤクでもやってたか」

「だったとしても驚かないね。それで頼みというのは――」

「ナンバーはわかってるのかい？　だったらすぐに調べられる」

「恩に着るよ」

「なんでもないこった。おれはただコンピューターに訊くだけなんだから。このままちょっと待っててくれ」

私は待った。

「駄目だ」と彼の声がした。

「どうした?」

「車両局のデータ・バンクにアクセスするためのパスワードが変わってる。所定の操作をしたのに中にはいれない。〝パスワードがちがいます〟を繰り返すばっかりで。明日になれば、必ず――」

「今日じゅうに手を打っておきたいんだ。言ってみれば、相手の阿呆が素面に戻るまえに」

「ああ、わかるよ。できれば力になりたいけど――」

「車両局に誰か知ってるやつはいないのかい?」

「そりゃいるけど」と彼は能力を疑われたように感じたのか、ちょっとむっとして言った。「記録部の女をひとり知ってるけど、彼女の答は訊かなくてもわかってる。パスワードは教えられません――いつもそうなのさ」

「だったら、彼女に緊急業務コード5だと言えばいい」

「なんだって?」

「緊急業務コード5」と私は繰り返した。「そう言って、クリーヴランドの回線がパンクするまえに、パスワードを教えたほうが身のためだって脅してやるのさ」

「そんなのは初めて聞いたな。このまま待っててくれ。試してみよう」

今度はしばらく待たされた。部屋の反対側から、マイケル・ジャクソンが、白い手袋をはめた指の隙間から私を見つめていた。ベラミーの声がした。「こりゃ大したもんだ、この〝緊急業務コード5〟の威力というのは。彼女のご託を一発で打ち砕いて、すんなりパスワードがわかったよ。それじゃ、やってみよう——すばらしい。調べたい車のナンバーは?」

私は彼にナンバーを伝えた。

「さて、何が出てくるか——もう出てきた。その車は八八年型ホンダ・シヴィック、ツー・ドアで色はピューター……ピューター? なんで灰色って言わないんだね? どうでもいいけど。所有者は——書くもの、あるかい? カランダー、レイモンド・ジョゼフ」彼は苗字のつづりを言った。「住所はペネロープ・アヴェニュー三四。クウィーンズだ。でもクウィーンズのどこだ? ペネロープ・アヴェニューなんて聞いたことあるかい?」

「いや」

「おれはクウィーンズに住んでるんだけど、知らないな、こんな通り。いや、待った。郵便番号(ジップ)が出てきた。一一三七九。これはミドル・ヴィレッジのあたりだ。ペネロープ・アヴェニューっていうのは聞いたことがないけど」

「調べてみるよ」

「ああ。まったく、あて逃げなんて頭に来るよな。でも、怪我はなかったんだろ?」

「ああ、かすり傷程度だ」

「うんととっちめてやれ、事故を起こして逃げるなんて。しかし、一方、こういう場合はうまくすれば保険金がたんまり下りる。それにはあんたが相手の阿呆と個別に話し合うのが一番だが、そういうことはもうとっくにあんたも考えてる、だろ？」彼はくっくっという笑い声をあげた。「コード5か。そのひとことで彼女はほんとに尻に火がついたみたいになった。これでひとつあんたに借りができた」

「どういたしまして」

「いや、ほんとに。だって今日みたいなことはしょっちゅうなんだよ。これで大きな頭痛の種がひとつ減った」

「借りができたというあんたのことばに乗っかるようで悪いんだが——」

「遠慮しないで言ってくれ」

「このカランダーという男に前科はないかな」

「そんなのはお安いご用だ。コード5なんてのたまうまでもない、パスワードがわかってるから。すぐわかる——ないね、なしだ」

「何も？」

「ニューヨーク州の記録に関するかぎりは、こいつはボーイ・スカウトみたいなやつだ。コード5か。いったい、どういう意味なんだね、コード5って？」

「きわめて高度な指令とだけ言っておくよ」

「まあ、そうだろうな」

「コード5と言っても通じなければ」と気がつくと私は言っていた。「コード5というのは通常指令を覆す反対命令だと言ってやれ。それぐらい勉強しておけと」

「反対命令？」

「そうだ」

「通常指令を覆す反対命令か」

「そうだ。でも、あまりしょっちゅうは使わないほうがいい」

「もちろんだ。そんなこと、もったいなくてできないよ」


これでレイを捕まえられる、と思った。が、それはいっときのことだった。名前がわかり、住所もわかった。しかし、それは私が今知りたい住所ではなかった。やつらはブルックリンのサンセット・パークのどこかにいる。クウィーンズのミドル・ヴィレッジのどこかではなくて。

クウィーンズの番号案内に電話して、言われた番号にかけてみた。発信音とけたたましい鳥の鳴き声の合の子のような音がしたあと、〝お客様がおかけになった電話番号は現在使われておりません〟というテープの声がした。私はもう一度番号案内に電話して、その結果を話した。すると、少し待たされてから、その電話の契約期限が切れたのは最近のことで、まだ登録抹消の手続きがされていないようだと言われた。私は新しい番号はないのかどうか尋ねた。ないという答が返ってきた。さらに私は契約期限が切れたのはいつのことか尋ねた。それはわからない、とオペレーターは言った。

私はブルックリンの番号案内に電話して、レイモンド・カランダー、あるいは、R・カランダー、R・J・カランダーの名で登録されている電話番号を尋ねた。オペレーターはカランダーのつづりはほかにもあることを指摘して、私が思いつかなかった可能性まで調べてくれた。その結果、つづりのちがいこそあれ、R・カランダーで数人、R・J・カランダーでひとり登録されていることがわかった。しかし、どれも住所が遠すぎた。グリーンポイントのミーズロールやブラウンズヴィルといったものばかりで、サンセット・パークの近くの者はひとりもいなかった。

なんとも腹立たしかった。思えば、しかし、これが今度の事件の基本的なパターンだった。何か大きな進展があったと思っても、結局、それは有効な手がかりにはならず、そのたびに苛々させられる。パム・キャシディの出現がそのいい例だ。彼女から連絡があったときには、願ってもない生き証人が現われたと思ったわけだが、その成果と言えばつまるところ、警察に三件の殺人事件の捜査を再開させただけのことだ。

犯人のファースト・ネームはパムが提供してくれたものだ。そして今度は、TJとベラミーのおかげで犯人のラスト・ネームがわかった、ミドル・ネームまで。住所もわかった。

しかし、その住所は〝おかけになった電話番号は現在使われておりません〟のひとことで、なんの値打ちもないものになってしまった。

と言って、レイを見つけること自体はさほどむずかしいことではないだろう。探す相手がわかっていれば、人探しはできる。しかも今の私には探し出すのに必要な手がかりが充分にある。しかし、それはあくまで明日まで待てばの話だ。見つけるまで何日か余裕があればの話だ。

それでは間に合わない。私は今、やつらを捕まえたいのだ。

居間ではキーナンが電話をし、ピーターは窓の外を眺めていた。ユーリの姿は見えなかった。ピーターに訊くと、ユーリは金策に出ていったということだった。

「おれにはあの金を見ることさえできなかったんだよ」とピーターは唐突に言った。「見てると、わけもなく不安になってね。心臓の鼓動が速くなって、指の先が冷たくなって手のひらがじとっと汗ばんでくるのさ。ほんとに」

「何を怖れてたんだね？」

「怖れてた？　さあ、なんだろう。それはわからないけど、とにかくそんなふうになって、無性にヤクがやりたくなっちまったってわけだ。今も連想テストをやったら、おれの答はなんでもかんでもヘロインだろうよ。ロールシャッハだったら、どんなインクのしみもヤクを打ってる哀れな男の姿に見えるだろう」

「でも、今はやってない」

「それがなんだってんだね？　どっちみちまたやることになる。それはもう今からわかってる。問題はそれがいつかということだけだ。きれいだな、ええ？」

「海のことか？」

　彼はうなずいて言った。「そのうちこういう海も見られなくなるんだろうけど、海の見られるところで暮らすっていうのもいいものだろうな。以前つき合ってた女の子で、星占いに凝ってたやつがいてね。その子の話じゃ、おれのエレメントは水ってことだった。あんたはそういうのを信じるかい？」

「そういうことにはあまり詳しくない」

「元素については、その子の言ったことはあたってるね。おれはほかのエレメントはあんまり好きじゃないもの。空気なんてね。おれは空を飛びたいなんて思ったことはないよ。火に焼かれるのもいやだし、土に埋められるのもご免だ。だけど海はおれたちみんなの母だ。よくそんなふうに言うよね？」

「ああ」

「眼のまえにあるのは正真正銘の海だ。川でも湾でもない。あるのは水だけ。それがどこまでもどこまでも見えないところまで続いてる。見てるだけで気持ちがすっきりする」

私は彼の肩を叩いて、海の観賞は彼に任せ、キーナンのところへ行った。そして、彼が受話器を置くのを待って、いくら集まったか尋ねた。

「五十万弱といったところだ」と彼は言った。「借りられるところへは片っ端から電話してる。ユーリも同じことをやってる。でも、はっきり言って、このあとはもうあまり増えないだろう」

「私にもひとりあてがないわけじゃないんだが、あいにくその男は今アイルランドを旅行中でね。なんとか五十万を百万に見せかけよう、取引きの現場ではやつらがそれほど詳しく数えないことを祈って」

「上げ底にするってのはどうだ？　五千ドルの札束一個につき五百ドルずつ抜き取れば全部で五万ドル水増しできる」

「やつらが試しに一束数えたりしなければ、それでもうまくいくと思うが」

「そうだな。一見しただけだと、ここにある金はおれが思ってたよりずっとたくさんに見える。おれの分は全部百ドル札だが、この中には額で言って四分の一ぐらい五十ドル札が混ざってる。実際の額より多く見せかける方法はないわけじゃない」

「新聞紙を切ってあいだにはさむとか」

「おれが思ったのは一ドル札だ。紙質も色も申し分ないだろ？　デノミってわけだ。で、五十枚一束の百ドル札のうち、上の十枚と下の十枚だけちゃんと百ドル札にして、真ん中の三十枚を一ドルにするのさ。それでもって二千ドルちょっとの金を五千ドルに見せかける。色は全部同じグリーンだから、ぱらぱらっとめくったぐらいじゃわからない」

「それでもさっきの問題は解決できない。試しに一束数えられたら、そこでゲーム・セットだ。これでは話がちがう、こいつらはおれたちを騙そうとしてるとやつらが思った時点で、もう議論の余地はなくなる。相手はそもそも頭のいかれたやつらだ。しかもやつらは一晩じゅう人殺しのいいわけを考えてた――」

「その場で、バン、女の子は殺され、何もかも水の泡になっちまうか」

「こういうやつらが相手の場合、そこが一番厄介なところだ。ちょっとでもこけにされたと思うと――」

「深く傷ついちまうわけだ、こういうやつらは」彼はうなずいて言った。「しかし、もしかしたらやつらは数えないかもしれない。札は百ドル札と五十ドル札。百ドル札の束は五千で、五十ドル札の束は二千五百。五十万ドルでいったい何束になる？　全部百ドル札とすれば百束だから、百二十束か百三十束といったところか？」

「そうだね」

「なんとも言えないところだが、あんただったらどうする？　ヤクの取引きのときはもちろん数えるけど、そりゃ数える時間がたっぷりあるからだ。椅子にふんぞり返って金を数え、ブツを調べる時間がね。身代金の受け渡しとは話がちがう。それでも、あんたは大物のディーラーがどうやって金を数えるか知ってるか？　一回の取引きで百万以上の額を動かすやつらはどうしてるか」

「銀行なんかには、銀行員と同じくらいの速さで札を数える機械があるね」

「大物ディーラーもそれを時々使ってる」と彼は言った。「でも、たいていは重さなんだよ。札の重さは決まってる。だから秤を使うのさ」

「トーゴの親戚もそんなふうにしてたのか？」

彼はにやっと笑って言った。「いや、あそこはここととはまるで様子がちがう。一枚一枚丁寧に教えてたよ。急いでるやつなんてひとりもいないから」

電話が鳴った。私と彼は互いに顔を見合わせた。私が出た。相手はユーリだった。自動車電話で、今から帰るというものだった。受話器を置くと、キーナンが言った。「電話が鳴るたびに――」

「ああ、私もだ。犯人かと思ってしまう。あんたたちが外に出てるとき、まちがい電話があってね。そいつは二一二のマンハッタン区外局番をまわすのを忘れていて、二度も電話してきた」

「傍迷惑なやつだ。ガキの頃、おれの家の電話番号が、フラットブッシュ・アヴェニューとプロスペスト・アヴェニューの角のピザ屋の番号とひとつちがいでね。どれだけまちがい電話があったか、言わなくても想像がつくだろ？」

「そりゃ迷惑だったろう」

「おれの親にとってはね。おれとピートはそれが大いに気に入ってた。注文を受けちまうのさ。〝チーズが半分にペパロニが半分、アンチョヴィはなし、ですね？　わかりました、すぐお届けします〟でもって受話器を置いて、この馬鹿、死ぬまで腹すかしてろ、なんてね、おれたちゃ、ほんと、悪かった」

「ピザ屋の親爺もいい面（つら）の皮（かわ）だ」

「まったくだ。だけど、最近はあんまりまちがい電話はかかってこないな。最近ので覚えてるのはいつのだかわかるかい？　フランシーンが誘拐された日にかかってきたやつだ。その日の朝、かかってきたんだ。あれがひょっとしたら神のお告げだったのかもな。神様がおれに警告してくれてたのかもな。くそっ、フランシーンが体験したことを思うと――ルシアが体験してることを思うと――」

　私は言った。「キーナン、やつの名前がわかった」

「やつって？」

「電話の男だ。粗野なことばづかいじゃないほうの男だ。あんたとも何度も話した男」

「名前はもうあんたから聞いたよ。レイってんだろ？」

「レイ・カランダー。そいつが以前住んでたクウィーンズの住所もわかった。そいつのホンダのプレート・ナンバーも」

「ワゴン車じゃなかったのか？」

「シヴィックのツー・ドアも持ってるようだ。キーナン、これだけわかれば捕まえられる。今夜は無理としても、いずれ捕まえられる」

「そうか、そうなるといいな」と彼はおもむろに言った。「だけど、ひとこと言わせてくれ。おれが今こんなところにいるのは、女房に降りかかったおぞましい災難のためだ。そもそものためにおれはあんたを雇い、そのために今ここにいるわけだ。でも、今はそんなことはどうでもいい気がする。今のおれには女の子のこと、ルシア、ルーシカ、ルートミラのことしか考えられない。この子にはいろんな名前があって、いったいおれはなんて呼べばいいのか、そんなことさえわからない。おまけにおれはこの子に会ってもいない。だけど、今、おれの頭にあるのは、この子を無事取り戻したいということだけだ」

ありがとう、と私は心の中でつぶやいた。

何故なら、Tシャツにプリントされているように、人間腰までアリゲーターに埋まってしまったら、沼地を干拓するのが当初の目的だったなどということは、忘れられるものだからだ。犯人がサンセット・パークのどこに隠れていようと、今はどうでもいい。それが今夜わかろうと明日わかろうと、あるいはわからずじまいになろうと。明日の朝になったら、すべてをジョン・ケリーに任せて、あとは頼むと言ってもいい。誰がカランダーを逮捕しようと、そんなことはどうでもいいことだ。カランダーが十五年食らおうと二十五年食らおうと終身刑を食らおうと、キーナンか私の手にかかって、どこかの路地で死のうと、そんなことも今はどうでもいい。あるいは、身代金を手にするにしろしないにしろ、どこかへまんまと逃げおおせようと。そういったことは、明日になればどうでもいいとは言えなくなるかもしれない。言えるか言えないか、それは明日にならなければわからない。しかし、今夜はどうでもいい。

そのことがキーナンのことばではっきりした。いや、初めからはっきりしていたことだ。今、唯一重要なのは女の子を取り戻すことだ。ほかはすべてどうでもよかった。

ユーリとデーニが八時まえに戻ってきた。ユーリは、吸収合併されて今はもう存在しない航空会社のロゴがはいったフライト・バッグを、両手にさげていた。デーニは買物袋を持っていた。

「おい、すごいじゃないか」とキーナンが言い、ピーターが拍手をした。拍手こそしなかったが、私もクーリー兄弟と同じくらい興奮した。傍から見れば、我々三人が身代金の到着を首を長くして待っていた誘拐犯に見えたかもしれない。

ユーリが言った。「キーナン、ちょっと来てこれを見てくれ」

キーナンはフライト・バッグのひとつを開けると、中から札束を取り出した。どの札束にも、チェイス・マンハッタン銀行の名が印刷された帯封がしてあった。

「すばらしい」とキーナンは言った。「どうやったんだ、ユーリ、不法引き出しをやったのか？　夜のこんな時間にこんな大金を盗み出せる銀行をどうやって見つけたんだ？」

ユーリは黙って札束をひとつキーナンに渡した。キーナンは帯封を抜いて、一番上にあった札を眺めた。「なんだい、別に調べなくたっていいじゃないか。全部本物かどうかなんて訊かないでくれ。いや、待った、こりゃ贋札なのか？」彼は顔を近づけて札を吟味し、その一枚をめくり、次の一枚も調べて言った。「こりゃ贋だ。しかしよくできてる。番号は全部同じなのか？　いや、これはちがう」

「番号は三種類ある」とユーリは言った。

「銀行じゃひっかかるな」とキーナンは言った。「銀行にはスキャナーがあるからな。機械に選別されちまう。だけど、それにしてもよくできてる」彼は札をくしゃくしゃにしてから皺を伸ばし、光にあててさらに吟味した。「紙もいい。インクもいい。古札の感じもよく出てる。コーヒーの出しがらにつけて電子レンジで乾かし、漂白剤は使わないでソフナー洗剤に浸したんじゃないかな。見てみろよ、マット？」

私はほんものの札を――あるいは私がほんものと思っている札を札入れから取り出し、キーナンに渡された札と並べて比べてみた。贋札のほうが、フランクリンに落ち着きがなく、どことなく重みに欠けるように見えた。が、通常の金のやりとりで、自分がそんなことに気づくとはまず思えなかった。

「大した贋札だよ」とキーナンが言った。「この値引き率は？」

「六割だ。一ドルにつき四十セント払わなきゃならない」

「高いな」

「上物は安くはならない」とユーリは言った。

「ああ。しかし、考えてみりゃ、贋札というのはヤクよりきれいなもんだ。少なくとも誰も傷つきゃしないんだから」

「しかし、それで貨幣価値が下がる」とピーターが言った。

「ほんとに？　こんなものは大海の一滴だよ。それより銀行の倒産なんかのほうがうんと貨幣価値を下げてる。一件だけで二十年分の贋札より下がるんじゃないか？」

ユーリが言った。「これは借りてきたんだ。このままきれいに返せばただで、返せなければ、一ドルにつき四十セント払うという約束で」

「それは悪くない取引きだ」

「そいつはおれに精一杯の便宜をはかってくれたのさ。ただ、おれが知りたいのは、犯人はこの贋札に気づくかどうかということだ。もしやつらが気づいたら――」

「いや、おそらくそういうことはないだろう」と私は言った。「金の受け渡しは明るいところでやることにはならないだろう。また、やつらにしてみれば、現場にいつまでもぐずぐずしているわけにはいかない。これが贋札だなどとはまず思わないだろう。銀行の帯封も実によくできているし。これもあんたの友達が印刷したものかい？」

「そうだ」

「少し札の差し替えをしよう」と私は言った。「帯封には手をつけないで、それぞれの束から六枚抜き取り、真札を上に三枚、下に三枚、差し込む。全部でいくらあるんだね？」

「贋札が二十五万ドル。デーニが持ってるのは、ほかの知り合いから掻き集めた真札で、六万ちょっとある」

私は足し算をして言った。「ということは全部でだいたい八十万ドルというところだね。これだけあればなんとかなるだろう。ごまかせると思う」

「ああ、よろしく頼む」とユーリは言った。

ピーターが帯封をはずして贋札をぱらぱらとめくり、じっと見つめて首を振った。キーナンは椅子を引き寄せ、それぞれの束から六枚ずつ抜き取り始めた。

電話が鳴った。

## 20

「疲れるよな、まったく」と彼は言った。

「こっちもだ」

「こんなによけいな手間がかかるとは思わなかったぜ。ヤクのディーラーなんてそこらじゅうにうじゃうじゃいて、そいつらにもたいてい女房や娘がいるんだから、今回はもうこれで打ち切りにするか。次の客はおまえらよりもっと協力的なことだろうよ」

ユーリが贋札を詰めたフライト・バッグをさげて戻ってきてから、これが三度目の電話だった。レイは三十分おきにかけてきていた。それは、身代金の受け渡しに関する彼の提案に私がいくつか注文をつけたためだった。

「そのお客におれたちがどういうことをする人間かわかってる場合は特に」とレイは言った。

「それが望みなら、ルシアを一口サイズに切り刻んだっていいんだぜ。で、こっちはまた次の獲物を探せばいいんだから」

「私はこれでも協力的になろうとしてるつもりだ」と私は言った。

「そうは思えない」

「お互い顔を合わせるというのは、そっちにもこっちにも必要なことだ。そっちは金を点検しなきゃならないし、こっちは女の子が無事であることを確認しなきゃならないんだから」

「そうすりゃおれたちを捕まえられるしな。身代金の受け渡し場所に事前に人を張り込ませときゃ、そりゃ簡単なことだ。おまえらは何人だって人を集められるんだからな。こっちはおまえらほどには集められない」

「しかしそっちには切り札がある。女の子がいる」

「女の子の咽喉(のど)首にナイフを突きつけるか」

「そうしたければ」

「刃をぎゅっと押しつけてな」

「それでもちゃんと金は払うよ」と私は続けて言った。「ひとりがそうやって女の子を捕まえていて、もうひとりが金を受け取り、全額あるかどうか調べ、それから車まで金を運ぶ。その間、女の子はずっと捕まえていればいい。また、三人目の仲間はどこかに隠れてライフルで我々に狙いをつけていればいい」

「そいつのうしろにこっちの知らないやつがいたりして」

「どうしてそんなことが我々にできる？」と私は言った。「現場へはそっちがさきに行けばいい。そして、我々が全員一緒に到着するのを見届ければいい。先手を打てるのはそっちだ。

それで兵隊の数の差は解決できるはずだ。安全圏に逃げるまで、三人目の仲間にライフルで我々を狙わせればいい。実際にはそんな心配は要らないわけだが。だって我々が女の子を引き取ったときには、金もあんたのもうひとりの仲間も車の中なんだから。もうこっちには何もできない」

「顔を合わせるというのが気に入らない」と彼は言った。

気に入らないのは、逃げる際に我々の動きを牽制するはずの三人目の仲間など、そもそもいやしないということなのだろう、と私は内心思った。相手は二人組だ。三人組ではない。私はほぼそのことを確信していた。しかし、三人組と思い込んでいるふりをした。それでレイが少し安心するかもしれないと思われたので。三人目の価値は、実際にライフルで我々を狙うことにはなく、狙われていると我々に思わせることにある。

「よし、五十ヤード互いに離れよう」と彼は言った。「そして、まずそっちがその中間点まで金を持ってきて、また引き返す。そのあとこっちが女の子を連れて中間点まで行き、ひとりがしばらく中間点にとどまる、おまえがさっき言ったように女の子の咽喉にナイフを突きつけてな――」

私じゃない、おまえが言ったのだ。

「――そのあいだにもうひとりが金を車に乗せる。そこで女の子を放してやり、こっちも中間点から引き返す」

「それは駄目だ。たとえ短いあいだでも、こっちが女の子を引き取るまえにそっちに金が渡ってしまうことになる」

そういったやりとりがしばらく続き、通話の追加料金を要求するテープの声が割り込んできた。彼はためらいもせず即座に二十五セントを入れた。もう逆探知される心配はないと思っているようだった。彼の電話はいくらでも長くなりそうだった。

コングズと連絡が取れていれば、電話中のレイを取り押さえることもできるのに。

私は言った。「よかろう。それじゃ、こうしようじゃないか。あんたが言うように我々は互いに五十ヤード離れる。現場へはそっちがさきに行き、我々が到着するのを待つ。そして女の子をちゃんと連れてきたことを我々に示す。それが確認できれば、私があんたたちのいるところまで金を持っていこう」

「ひとりで？」

「そうだ。ひとりで丸腰で行く」

「銃なんてものはいくらでも隠せる」

「私は両手に札の詰まったスーツケースをさげてるんだぜ。銃を隠し持っててもそれは大して役には立たない」

「それで？」

「まずそっちは金を点検すればいい。で、まちがいなく百万あることがわかったら、女の子を放してくれ。それで女の子は父親のもとへ行き、あんたの仲間は金を持ち去る。私とあんたはそれが完了するのを待って、あんたは仲間と一緒にずらかり、私は家に帰る」

「家に帰るかわりに、おまえはそのときおれを捕まえることもできなくはない」

「こっちは丸腰だ。そっちはナイフでも銃でもなんでも好きなものを用意すればいい。それにそっちには狙撃兵までひかえてるわけだ。私に何ができる？ あんたが心配しなきゃならないようなことなど何もないよ」

「おまえに顔を見られることになる」

「マスクか何かで隠せばいい」

「まわりが見づらくなる。それに、顔を隠したっておよその外見はわかっちまう」

もういい、サイコロを振ろう、と私は心の中で言った。

「あんたの外見はもうわかってるんだよ、レイ」

はっと息を吞む気配があった。そのあとに沈黙が続き、一瞬、私は電話を切られるかと思った。

彼の声がした。「おまえは何を知ってる？」

「あんたの名前も知ってる。外見だけじゃなくて。それからあんたがほかにも女を殺してることも知ってる。それとひとりあんたに殺されかけた女を知ってる」

「あの淫売か。なるほど、あの女がおれのファースト・ネームを知ってたってわけか」

「あんたの苗字もわかってる」

「わかってると言うだけじゃわからない」

「わからない？　わからなければ自分で調べればいい、おたくのカ、レ、ン、ダ、ー、にも書いてあるだろうから」

「おまえは誰だ？」

「わからないか？」

「お巡りみたいな気もするが」

「私がお巡りなら、あんたの家がパトカーに取り囲まれてないのは何故なんだね？」

「それはおれの家がどこにあるかわからないからだろうが」

「ミドル・ヴィレッジ、ペネロープ・アヴェニュー」

ほっと安堵したレイの気配が伝わってきたような気がした。「こりゃ大したもんだ」と彼は言った。

「しかし、こんなふうにことを進めるお巡りがいるかね、レイ？」

「おまえはランドーの手下なんだろ？」

「近い。私と彼とは一心同体の仕事のパートナーだ。私は彼の従姉妹の亭主なのさ」

「どうりでランドーは話に乗ってこなかったわけ——」

「なんだって？」

「なんでもない。こうなったらもうゲームは終わりだな。こっちはあのくそガキの咽喉を掻っ切ってとんずらしたほうがよさそうだ」

「それであんたは一巻の終わりだ。ゴテスキンドとアルヴァレスの件もからめて、数時間で全国レヴェルの捜査網が敷かれるだろう。そんなことになるより取引きをしたほうがどう考えても得だろうが。そのあとであんたを追いかけるのは待とう、一週間、いや、それ以上、もしかしたら永久にやめてもいい」

「どうして?」

「こっちだって今度の件を表沙汰にはしたくないからだ。だろ? そっちはまた西海岸で商売を始めればいいじゃないか。ロスアンジェルスにもディーラーはいっぱいいる、いかした女も。彼女らはみんな新車のワゴン車に喜んで乗ってくれるだろうよ」

長い間(ま)ができたあと、ようやく彼は言った。「もう一回最初から言ってくれ。おれたちが現場に着くところから、もう一回シナリオを説明してくれ」

私は繰り返した。彼はそのところどころで質問をはさんだ。私はそれにすべて答えた。最後に彼は言った。「こっちとしちゃ、おまえのそのことばを信用できりゃいいんだが」

「冗談じゃない、信用しなきゃならないのはこっちのほうだ。私は金の詰まった鞄を両手にさげて、丸腰であんたのところまで行くんだぜ。あんたのほうは、こいつは信用できないと思ったら、いつでも私を殺せるんだぜ」

「ああ、それはそうだ」

「そんなことにはならないほうがお互い身のためだが。わかってくれ、計画どおりにことが進めば誰からも文句は出ない。それで八方まるくおさまるんだよ」

「そっちは百万ドル損するんだぜ」

「それも私の計画のうちだと言ったら？」

「ええ？」

「まあ、自分で考えてみてくれ」そう言って私はこっちにはこっちの家庭の事情があることを匂わせた。ユーリに恩を売り、彼に資金をつかわせることで、私は仕事のパートナーとして優位に立てるといったようなことを。

「いいだろう」と彼は言った。「取引きの場所は？」

私はその質問を待っていた。これまでの電話ですでに候補をいくつかあげてはいたが、最後まで取っておいた場所がひとつあった。「グリーン・ウッド墓地」と私は言った。

「そこなら知ってる」

「そうだろうとも。あんたたちはそこにレイラ・アルヴァレスの死体を捨てたんだから。ミドル・ヴィレッジからは少し離れてるが、一度行ってるところだ、すぐにわかるだろう。今、九時二十分。墓地の入口は五番街に面してふたつある。ひとつは二十五丁目、もうひとつはそこから十ブロック南へ下ったところにある。そっちは二十五丁目の入口からはいって、南へ二十ヤードばかり行ってくれ。こっちは三十五丁目の入口からはいって、南からそっちへ向かう」

私はゲティスバーグの戦いの軍師さながらこと細かに説明した。「十時半。今から一時間ちょっとある。この時間、道路はすいてるだろうから問題はないはずだが、もっと余裕があったほうがいいか?」

彼には一時間も要らなかった。サンセット・パークからグリーン・ウッド墓地までは、車で五分もあれば行ける。が、私がそれを知っていることを彼に知らせる必要はなかった。

「いや、それでいい」

「狙撃兵を配置させる時間もそれで充分取れるはずだ。こっちは十時四十分に十ブロック南の入口からはいる。それで十分、そこからそっちのほうへ歩くのに十分。それだけそっちには余裕があるわけだから」

「おまえ以外のやつは全員五十ヤードうしろに下がってる」

「そうだ」

「あとはおまえがひとりで歩いてくる。金を持って」

「そうだ」

「クーリーのときのほうがずっとやりやすかったぜ」と彼は言った。「おれが〝蛙〟と言えば、やつらは飛び跳ねた」

「言いたいことはわかるが、今回はあのときの二倍以上の身代金だ」

「そうだ」と彼は言った。「レイラ・アルヴァレスか。しばらく忘れてたけど」ほとんど昔を懐しむように彼は言った。「ありゃいい女だった。まさに掘り出し物だったよ」

私は何も言わなかった。

「すごく恐がりやがってさ、ほんと、可哀そうに、ぶるぶる震えてやがった」


電話がようやく終わると、私は思わず坐り込んだ。大丈夫か、とキーナンが訊いてきた。大丈夫だと私は答えた。

「あんまり大丈夫そうには見えないぜ。気つけか何か飲むといいような顔をしてる。でも、そういうのはまずいんだよな、あんたには」

「ああ」

「ユーリがコーヒーをいれたから持ってこよう」

彼がコーヒーを持って戻ってくるのを待って私は言った。「私なら大丈夫だ。獣との会話に疲れはしたが」

「わかるよ」

「少しこっちの手の内を見せてやった。すでにこっちにわかってることをいくつかやつに教えてやった。あの男に少しでも譲歩させるにはそれ以外になかったんだ。すべて自分の思いどおりにしないと、やつは一歩も譲りそうになかった。で、自分で思ってるほど有利な立場に立ってるわけじゃないことを、やつに教えてやったんだ」

ユーリが言った。「あんたには犯人が誰なのかわかってるのか?」

「名前も外見もわかってる。やつが運転している車のナンバーもね」私はしばらく眼を閉じて、電話の向こうのレイの姿を思い浮かべ、彼の心の動きを想像した。「ああ、犯人がどんなやつかということはもうわかってる」

それからレイと交わした取り決めについて話し、墓場の様子を説明し始めたところで地図が要ることに気づいた。ユーリが、家のどこかにブルックリンの区内地図があるはずだが、どこにしまったか忘れてしまった、と言った。キーナンが、フランシーンのトヨタのグラヴ・ボックスにあったはずだと思い出し、ピーターが階下に取りに行った。

テーブルの上はすでに片づいていた。私たちは真札で贋札をカムフラージュする作業を終えて、金はすでにふたつのスーツケースに収めてあった。私はテーブルの上に地図を広げ、墓地の西側の二個所の入口を指で差し、そこまでの経路を示した。そして、人質と身代金をどうやって交換するか説明した。

「あんたひとりが危険にさらされるわけだ」とキーナンが言った。

「大丈夫だ」

「もしやつが妙なことを——」

「──するとは思えない」

そっちはいつでも私を殺せる、と私はレイに言った自分のことばを思い出した。〝それはそうだ〟というのが彼の答だった。

「それはおれがやるべき仕事だ」とユーリが言った。

「スーツケースはそんなに重くないから、私ひとりで大丈夫だ」

「そう言ってくれるのは嬉しいが、おれの娘なんだ。おれが矢面に立つべきだ」

私は首を振った。ユーリは自制心をなくし、犯人との直接対決をユーリに任せるわけにはいかなかった。犯人を眼のまえにして、ユーリは自制心をなくし、カランダーに任せるわけにはいかなかった。それより口にしやすい理由がひとつ別にあった。「やつらがルシアを放したら、できるだけ早く彼女をやつらから遠ざけたい。もしあんたがやつらのところにいれば、ルシアもその場を離れようとしないだろう。それよりあんたにはここにいてもらいたい」私は地図を指さした。「ここから彼女を呼んでもらいたい」

「銃をベルトに差して行ったほうがいい」とキーナンが言った。

「ああ、一応銃は持っていくつもりだが、実際には大して役には立たないだろう。やつが妙な動きを示しても、銃を取り出す暇が私にはないだろうから。逆にやつが何もしなければ、銃など初めから要らないことになる。銃よりケヴラーのチョッキがあればいいんだが」

「防弾チョッキのことか？　あれはナイフには無力だって聞いたけど」

「いや、まったく無力というわけじゃない。逆に銃弾についても必ず止めてくれるというわけでもない。しかし、身につけていれば少しは安心できる」

「そいつはどこへ行けば手にはいるか知ってるか？」

「この時間じゃ無理だ。忘れてくれ、大したことじゃない」

「大したことじゃない？　おれにはすごく大切なことに思えるがね」

「だいたいやつらが銃を持ってくると決まったわけでもないんだから」

「からかってるのか？　この町に銃を持ってないやつがいるか？　三人目の犯人は？　狙撃兵が墓石のうしろからおれたちを狙ってるんじゃないのかい？　そいつは何を構えてるんだね、パチンコか何かなのか？」

「三人目の犯人がいればね。三人目の仲間というのを持ち出したのは私だ。カランダーはただそれに調子を合わせていただけのことだ」

「犯人は二人組だと？」

「パムの件では犯人はふたりしかいなかった。今回のためにわざわざ新人を募ったとは思えない。これは性倒錯者が殺しのついでに金もという一石二鳥を狙った犯罪だ。プロの犯罪常習者が仲間を誘って計画したものとはちがう。ほかの二件の誘拐では、犯人が三人組だったことを示唆する目撃者の証言がある。それは確かだ。しかし、それはワゴン車の運転手を想定したものだと思う。運転手がひとり待機しているというのはテレビなどでおなじみだからね。しかし、そもそもふたりしかいなければ、ふたりのうちどちらかが運転をすることになる。それが実際にあったことだと思う」

「だったら三人目は忘れていいんだな？」

「いや」と私は言った。「そこがなんとも腹立たしいところだ。一応三人目もいると考えておくべきだ」

私はコーヒーを注ぎ足しにキッチンへ行った。戻るとユーリが、こっちは何人必要かと訊いてきた。「あんたにおれにキーナンにピートにデーニ。それにパヴェル。ここへ来るときあんたが階下で会ったのがパヴェルだ。あと三人、呼べばすぐ来てくれるやつがいる」

「おれのほうも十人ぐらいなら集められる」とキーナンが言った。「おれが借金を申し込んだやつは、金のあるなしにかかわらず、みんなおんなじことを言ってくれた、〝手が要るようなら言ってくれ、すぐ駆けつけるから〟って」彼は地図をのぞき込んで続けた。「まず何人か要所要所に立たせる。それからさらに何人か三、四台の車に分乗させて、両方の出口を固めさせる。いや、ここところもだ。なんで首を振ってる？　どうして駄目なんだ？」

「金を渡したらまず彼らを逃がす」

「金は取り戻さないってか？　女の子を救出したあとのことを言ってるんだぜ、おれは」

「わかってる」

「どうして駄目なんだ？」

「真夜中に墓場で銃撃戦をやるなどというのは狂気の沙汰だからだ。パーク・スロープでカー・チェイスをして撃ち合うというのも。百パーセント成功まちがいなしというのでないかぎり、そんな真似はすべきじゃない。闇の中では何が起きるかわからない。いいか、私は痛み分けということで犯人と取引きしたんだ。それでどうにかここまではうまくこられた。しかし、これはあくまで対等の取引きだ。我々にはルシア、やつらには金。それでもって全員無事家に帰る。ほんの数分まえまで、それができればそれでもう充分だというのが我々全員の気持ちだった。その気持ちは今も変わってないと思うが」

そのとおりだ、とユーリは言った。「ああ、そうだ」とキーナンも言った。「そのとおりだ。おれの望みは女の子が無事に戻るということだけだ。ただ、犯人にまんまと逃げられるのが業腹（ごうはら）なだけだ」

「やつらは逃げられない。カランダーは荷造りをして町を出るのに一週間の余裕があると思ってる。しかし、実際にはそんなに余裕はないだろう。やつを見つけるのにそんなに長くはかからないだろう。いずれにしろ、何人必要かということだが、すでにいる人数で充分だと思う。車は三台。デーニとユーリで一台、ピーターと……階下（した）にいるのはパヴェルだっけ？　ピーターとパヴェルはトヨタに乗って、私はキーナンとビュイックに乗ろう。それで充分だ。男六人で」

ルシアの部屋の電話が鳴った。私が出た。ＴＪだった。サンセット・パークを少し探索してみたものの、カランダーのホンダ・シヴィックに出くわすという幸運には恵まれず、またコイン・ランドリーに戻ってきたという電話だった。

私は居間に戻るとみんなに言った。「男七人だ」

# 21

車に乗るとキーナンが言った。「ショア・パークウェイからゴワナス・エクスプレスウェイ。道順はそれでいいね?」そういうことはあんたのほうが私より詳しい、と私は言った。「これから拾う少年のことだけど、どういうやつなんだ?」

「普段はタイムズ・スクウェアでぶらぶらしてるゲットーの少年だ。どこに住んでるのかはわからない。TJというのはたぶんイニシアルなんだろう、アルファベット・スープ(ローマ字の形をしたパスタのはいったスープ)のボウルの中から彼がたまたま選んだ文字じゃなければ。コンピューターの天才を私に紹介してくれたのも、今夜カランダーのあとを尾けて、シヴィックのナンバーを突きとめてくれたのも、このTJがしてくれたことだ」

「これから行く墓場でも何かしてくれるかもしれないってわけだ」

「いや、その逆だ。彼に何もさせないために連れていくんだ」と私は言った。「これ以上サンセット・パークをうろつきまわらせないために連れていくのさ。取引きを終えて戻ってきたカランダーのあとを尾けたりさせないために。彼にはあまり危ない真似はさせたくない」

「まだ子供なんだよな？」

私はうなずいて言った。「十五か、十六か」

「そういうやつは大人になったら何になるんだろう？　探偵か？」

「今からもうなりたがってる。大人になるまで待てない、と言ってる。でも、そう言う気持ちはよくわかる。彼らの多くはなれないから」

「なれないって、何に？」

「大人にさ。彼らの平均寿命なんてショウジョウバエの寿命くらいのものだ。ＴＪはいい子供だ。ちゃんと育ってほしい」

「でも、彼の苗字はあんたも知らないんだ」

「ああ」

「傍から見て何が可笑しいかわかるかい？　ＡＡ仲間にしろ、ストリート・キッドにしろ、あんたのまわりには苗字のない人間がいっぱいいる」

そのあとしばらくして彼が言った。「デーニってどんなやつだと思う？　ユーリの親戚か何かなんだろうか？」

「さあ。でも、どうして？」

「いや、ちょっと思ったんだが、あのふたりは今、後部座席に百万ドル積んでふたりだけでリンカーンに乗ってるわけだろ？　デーニは銃を持ってる。デーニがユーリを撃ち殺して逃げちまったら？　おれたちには誰を探していいのかもわからないわけだ。寸法の合わないジャケットを着たロシア人ってことしか。彼もまた苗字のない男だ。ひょっとして彼はあんたの友達なんじゃないのか、ええ？」

「ユーリはデーニを信用してる」

「たぶん親戚なんだろう。血のつながりがないかぎり、あんなふうには信用できない」

「いずれにしろ、百万ドルじゃない」

「八十万ドルだ。二十万ドルぐらいのことであんたはおれを嘘つきだって言うのか？」

「そのうち三分の一近くは贋札だ」

「そうだ。だからそんな金は盗む値打ちもない。これから会う二人組が持って逃げてくれりゃもっけの幸い、持って逃げてくれなきゃ、地下室に直行、次のボーイスカウトの廃品回収日まで取っとかなきゃならないってわけだ。ひとつ頼みを聞いてくれないか？　スーツケースを持って犯人と向かい合ったときに、犯人に訊いてほしいことがある」

「なんだね？」

「いったいどうしておれを選んだのか、訊いてくれないか？　そのことが今でも頭からどうしても離れないんだ」

「そのことなら、ひとつ答が出たような気がする」

「ほんとに？」

「ああ。最初に思ったのは、ディーラーにしろ三下の売人にしろ、犯人もまた麻薬取引きの世界の人間なのではないか、ということだった」

「それは考えられないことじゃないが、しかし——」

「そうじゃなかった。これはほぼまちがいない。というのは、カランダーの犯罪記録を調べてもらったところ、まったく何も出てこなかったからだ」

「そういうことを言えばおれもそうだぜ」

「あんたはきわめてまれな例外だ」

「それはそうだが、だったらユーリは？」

「ソ連にいた頃に何度か逮捕されたことはあるが、刑務所に服役したことはない。アメリカでは盗品の売買で一度捕まっているが、起訴はされてない」

「麻薬に関してはユーリもきれいなものなんだ」

「ああ」

「よかろう。カランダーもきれいなものだった。だからやつは麻薬取引きの世界の人間じゃない。それで——」

「以前麻薬取締局があんたの身辺を洗ったことがあると言ったね？」

「ああ。結局、それは無駄骨だったけどな」

「ユーリが言ってたんだが、途中で囮(おとり)捜査の気配を感じて、やりかけた取引きから手を引いたことが去年あったそうだ。これはあくまで彼のそのときの感触だが、相手は市警察じゃなくてどうやら麻薬取締局だったらしい」

彼は驚いたように私を見つめ、あわててまたまえを向き、まえの車を一台追い越した。

「嘘だろ？　これは連邦司法当局の新しい方針ってわけか？　おれたちを起訴できなかったときには、おれたちの女房や娘を殺すというのが」

「カランダーは以前麻薬取締局で働いていたことがあるんじゃないだろうか。たぶんそれほど長い期間じゃなくて、また正規の捜査官じゃないにしても。あるいは、取締局に一度か二度使われたことのあるたれ込み屋だったのかもしれない。あるいはオフィスで下働きでもしていたか。いずれにしろ、出世もしなければ、長続きもしなかったことだろうが」

「どうして？」

「あの男は狂ってるからさ。あの男は麻薬のディーラーに対して何か強迫観念のような敵意を持ってる。取締局とかかわりができたのはおそらくそのためだろう。そうした敵意は麻薬捜査には持ってこいだ。しかし、それも程度問題だ。これはただの勘だが、私が電話でユーリのパートナーだと偽って言うと、あの男は妙なことを言いかけた。どうりでユーリは囮捜査にひっかからなかったわけだ――断言はできないが、あのときあの男はそう言いかけたんだと思う」

「なんとね」

「明日かあさってにははっきりするだろう。麻薬取締局と連絡がついて、レイ・カランダーという名前を連中が覚えていたら。コンピューターの天才たちに頼んで、取締局のコンピューターにはいり込めるかどうか、試してみるという手もある」

キーナンは物思わしげにしばらくうなずいてから言った。「あいつは捜査官とかお巡りとかって感じはしなかったけど」

「ああ」

「でも、正規の捜査官だったわけじゃない」

「これもまた一種の麻薬フリークということになるんだろうか。麻薬の話に固執する、麻薬取締局と手を組んだこともある麻薬フリーク」

「やつはコカインのキロあたりの卸し値を知ってた」とキーナンは言った。「だけど、それだけじゃなんにもわからないよな。あんたの友達のTJだってそれぐらい知ってるだろう」

「彼が知ってたとしても私は別に驚かない」

「ルシアの女子校のクラスメイトたちもたぶん知ってるんじゃないか？　なんという世の中だ」

「あんたは医者になるべきだった」

「親爺が望んだようにか。いや、そうは思わないね。それより贋札づくりになるべきだったよ。それならつき合う人間も今よりましな連中になるだろうし、麻薬取締局の影を恐れる必要もない」

「贋札づくり？　それじゃ今度は財務省検察局（シークレット・サーヴィス）だ」

「まったく。一難去ればまた一難か」

「あれがそうかな？　右側に見えてるあれがコイン・ランドリーかな？」そうだと私は答えた。キーナンは店のまえに車を停めた。が、エンジンは切らなかった。「時間は大丈夫かな？」と言って彼は自分の腕時計とダッシュボードの時計を見やり、その問いに自分で答えた。「大丈夫だ。少し早いくらいだ」

私はコイン・ランドリーの中をのぞき込んだ。が、ＴＪは通りの反対側から現われ、通りを渡って車の後部座席に乗り込んできた。私はふたりを引き合わせた。ふたりはお定まりの挨拶を交わし、ＴＪは座席の背にもたれ、キーナンはギアを入れた。

キーナンが言った。「やつらは十時半に来るんだったよな？　おれたちはそれより十分遅れで行って、やつらの待ってるところまで近づく。そうだよな？」

そうだと私は答えた。

「ということは、どちらの占領地でもない中間地帯で互いに向かい合うのが十一時十分まえ。そんなところか？」

「そんなところだ」

「取引きをすませて墓地を出るまでどれくらいかかる？　三十分？」

「すべて計画どおりにいけば、それよりずっと早くすむはずだ。どこかで歯車が狂うようなことがあったら、また話はちがってくるが」

「ああ、すべて順調にいってもらいたいもんだ。時間のことを言ったのは、帰るときのことがちょっと気になったもんでね。でも、十二時まえに門が閉まるってことはないだろう」

「門が閉まる？」

「ああ。おれはもっと早く閉まるんじゃないかと思ってたけど、でも、そうじゃないわけだ。それだったら、そもそもそんなところをあんたが選ぶわけがないものな」

「なんてことだ」

「どうした？」

「そんなことは考えもしなかったよ」と私は言った。「どうしてもっと早く言ってくれなかったんだ？」

「早く言ってたら、あんたはどうした？　やつに電話をかけ直したってか？」

「いや、そうじゃないが。しかし、墓地の門が閉まるかもしれないなどということは、考えもしなかった。一日じゅう開いてるものじゃないのか？　どうして閉めなきゃいけない？」

「人がはいって来ないように」

「それは誰もが死ぬほど墓地にはいりたがってるからか？　くそっ、こんなことは小学四年のときにでも習ってたはずだ。〝どうして墓地のまわりにはフェンスがあるのか？〟」

「心ない破壊者がいるんだろうよ。ガキが墓石を倒したり、花瓶にクソをしたりするんだろうよ」

「子供だってフェンスぐらい登れるだろうが」

「あのねえ、おれはニューヨークの公共墓地管理責任者じゃないんだぜ。もしおれが責任者なら、墓地は昼も夜も一日じゅう開けとくよ。それでどうだい？」

「これが重大なミスにならなければいいんだが。やつらが墓地に着いて、門が閉まってたら」

「それで？　やつらはどうするか？　アルゼンチンの白人奴隷商人にでも彼女を売り飛ばすってか？　やつらはフェンスを登るだろうよ、おれたちとおんなじように。だいたい十二時まえには門はまだ閉まっちゃいないよ。亡くなった親しい人間にひと声かけて帰ろうと思って、仕事のあとに墓参りするやつだっているかもしれないだろ？」

「夜中の十一時に？」

彼は肩をすくめた。「夜遅くまで働いてたらそうなる。マンハッタンに会社があって、仕事のあと二、三杯ひっかけて、夕食を食べて、地下鉄を三十分待ってたらそうなる。そいつがおれの知ってる誰かみたいにけちんぼで、タクシーに乗りたがらないとしたら――」

「おいおい」

「──そいつがブルックリンに戻ってきた頃には、もうけっこう遅い時間になってる。でも、そいつはふと思うのさ、〝グリーン・ウッド墓地まで行って、ヴィク伯父さんが眠ってるところを見てこよう。ほんとにいけすかない伯父貴だったよ、あのヴィクという人は。そうだ、墓石にしょんべんでもひっかけてきてやろう〟なんてな」

「なんだか神経が昂ってるようだね、キーナン」

「そりゃ神経も昂るよ。ほかにおれがどんな気持ちになってると思うんだね？　だけど、頭のいかれた殺人鬼に金以外何も持たずに会いに行くのはあんただ。神経が昂ってるのはおれよりあんたのほうだと思うけど」

「ああ、そうだ。スピードを落としてくれ、あれが入口だ。どうやら開いているようだ」

「そんな感じだな。規則じゃ閉めなきゃいけないんだけど、実際にはいちいちそんなことはしてないのかもしれない」

「かもしれない。とりあえず墓地のまわりを一周してみてくれないか。そうしてから入口の近くに適当な駐車場所を見つけよう」

私たちは無言で墓地のまわりをひとまわりした。人影も車もなく、あたりは森閑としていた。フェンスの内側の墓地の静けさが、まわりにしみ出して、あらゆる音を押し殺しているかのようだった。

最初のところにまた戻ると、ＴＪが言った。「墓地の中にはいるのかい？」

キーナンは横を向いて失笑を隠した。私は言った。「きみは車に残っていてもいい、そのほうがよければ」

「なんのために？」

「そのほうが居心地がよければ」

「冗談は顔だけにしてくれよな、マット」とＴＪは言った。「おれは死んだ人間なんか恐くないよ。そんなふうに思ってんの、おれのこと？　死人を恐がってるだなんて」

「どうやら私のまちがいだったようだ」

「そうだよ、あんたのまちがいだよ（ユア・ミステイク・イズ・ライト）、ドワイト。死んだ人間なんか恐くない」

私も死んだ人間は別に恐くはなかった。恐い人間は生きている人間の中にいる。

三十五丁目の入口で全員落ち合い、あたりの注意を惹きたくなかったのですぐに中にはいった。金はユーリとパヴェルが持っていた。懐中電灯はふたつ、キーナンがひとつを持ち、私がもうひとつを持って七人の先頭を歩いた。

しかし、懐中電灯は、行き先を確かめるのに時々つけるぐらいであまり使わずにすんだ。だいたいは消していればよかった。十三夜ぐらいの月が出ていたのだ。それに通りから街灯の明りもいくらか差していた。墓石の多くは白い大理石で、暗闇に眼が慣れるとそれがはっきりと見えた。私はそうした墓石のあいだを縫って歩き、誰の骨の上を歩いているのだろうと思った。去年のことだったと思うが、誰がどこに埋められているか、ニューヨーク五区の金持ちと有名人の墓の所在が一覧表になって新聞に載ったことがあった。特に注意を払ってその記事を読んだわけではないが、このグリーン・ウッドには、多くの著名なニューヨーカーの墓があったように記憶している。

その記事には、そういった墓を訪ねることを趣味にしている物好きがいるということが書かれていた。墓の写真を撮ったり、墓碑をこすって磨いたりするらしい。そんなことをして何が愉しいのか、私には想像がつかなかったが、と言ってことさら変わった趣味という気もしなかった。私にもおかしな癖がいくつかある。しかし、彼らが彼らの趣味にいそしむのは昼間だろう。真夜中に、みかげ石に蹴つまずかないように注意しながら、こんなところをほっつき歩くとは思えなかった。

私は歩き続けた。通りの丁目表示が見られるようにフェンスに沿って歩いた。そして、二十七丁目まで来たところで立ち止まり、北側に近づかずに横に広がるように、キーナンたちに合図で示した。それから、レイモンド・カランダーが待っていると思われる方角に向けて、懐中電灯を突き出し、取り決めどおりに三回続けて点滅させた。

返ってきたのは闇と静寂だけだった。それがずいぶん長いこと続いたように思われた。が、最後に、思ったより少し右にずれたところで、懐中電灯の光が三回点滅するのが見えた。百ヤード、いや、それ以上あるかもしれない。フットボールを小脇に抱えて人が走るぶんには、百ヤードというのはそう長い距離とも思えない。しかし、今はその百ヤードがはるか彼方に見えた。

「そこにいてくれ」と私は叫んで言った。「もう少しそっちへ近づく」

「近づきすぎるんじゃないぞ！」

「五十ヤードまで近づく」と私は言った。「決めたとおりに」

キーナンとデーニを両翼に配し、残り四人をうしろに従えて、私は相手との距離を半分近く縮めた。「そこでいい」というカランダーの声がした。が、まだ離れすぎていた。取引き現場が後方部隊に見えるところまで近づく必要があった。こっちにはライフルが一丁。それは、州軍に半年服役し、狙撃訓練で好成績をあげたことのあるピーターが持っていた。もちろん、それは彼がアル中およびヤク中として長い年季奉公に明け暮れるよりまえのことだ。が、それでもまだ六人の中では彼が一番まともな射手だった。ライフルは照準器つきのすぐれものだったが、赤外線スコープではないので、ピーターは月明りを頼りに狙いをつけなければならなかった。だから私としては、いざとなったら彼が狙いをしっかりと定められるところまで、距離を縮めておきたかった。

その一方で、それにどれほどの意味があるのかという気持ちもあったが。ピーターのライフルが火を噴くのは、相手が互いの取り決めを反古（ほご）にしたときのことだ。そのときには、試合開始のゴングとともにまずまっさきに私が倒されるだろう。だから、ピーターが撃ち返しても、私にはもう弾丸がどっちから飛んできているのかさえわからないわけだ。

　なんとも愉快な話だ。

　ほぼ距離を半分に縮めたところで、私はピーターに合図を送った。彼は脇に移動し、背の低い大理石の墓標に銃身をのせてライフルを構えた。私は前方に眼を凝らしてレイとレイの相棒の姿を探した。が、ぼんやりとした影しか見えなかった。おそらく月明りの差さないところに身をひそめているのだろう。

　私は言った。「こっちから見えるところまで出てきて、女の子の無事な姿を見せてくれ」

　闇の中からやつらの姿が浮かびあがった。人影はふたつ、いや、よく見ると、そのうちのひとつはふたりの人間がひとつに重なっているのがわかった。犯人のひとりがルシアを自分のまえに立たせ、彼女を楯にしているのだ。背後でユーリがはっと息を呑んだ。彼が冷静さを失わないでいてくれることを私はひたすら祈った。

　カランダーが叫んだ。「今おれは女の子の咽喉にナイフを突きつけてる。もし手がすべったりしたら――」

「そんなヘマはしないほうがいい」

「だったら早いところ金を持ってこい。言っとくが、妙な真似はするんじゃないぜ」

　私は振り向いてスーツケースを取り上げ、我が小隊を点検した。ＴＪの姿が見えなかった。キーナンに訊くと、彼は、車に戻ったんだろうと言った。「〝まあ、せいぜい頑張っちゃってよ〟とか言ってどこかに姿を消した。あんまり墓場は好きじゃないんだろう」

「それは私もだ」

「なあ、マット」とキーナンは言った。「取り決めを少し変えるとやつらに言ってみちゃどうだ？ 金はひとりで持つには重すぎるって。おれがあんたと一緒に行くよ」

「いや、それは駄目だ」

「ヒーローはひとりで充分ってわけかい？」

そんな気分からはほど遠かった。スーツケースがずしりと両手に重たかった。ひとりがルシアを捕まえ、もうひとりが銃を持っている。その銃の銃口は私に向けられているのにちがいない。が、撃たれる危険にさらされているという気はしなかった。我が軍の誰かがパニックに陥り、さきに手出しをして全員が勝手なことをし始めないかぎりは。今撃たれる危険はない。私を殺すつもりであったとしても、少なくともやつらは私が金を持っていくまで待つだろう。やつらは異常者かもしれないが、馬鹿ではない。

「何もするな」とレイが言った。「おまえに見えてるかどうかはわからないが、ナイフは女の子の咽喉のすぐ下にあるんだからな」

「見えてる」

「よし、その辺でいいだろう。スーツケースをおろせ」

女の子を捕まえ、ナイフを待っているのがレイだった。声でわかった。が、声を聞かなくても、ＴＪからの情報だけでもわかっただろう。ＴＪはレイの外見を的確に描写していた。ジャンパーのジッパーが上げられているので、その下に着ているのが、〝ナンパなスポーツ・シャツ〟かどうかはわからなかったが、ＴＪのことばにまずまちがいはないだろう。

もうひとりの男はレイより背が高く、ぼさぼさの髪に、シーツにできたふたつの焼けこげのような眼をした男だった。フランネルのシャツにジーンズという恰好で、上着は着ていなかった。眼の表情はよく見えないのに、その男の視線には激しい怒りが込められていることが肌にはっきりと感じられた。彼は何に挑発されているのだろう？　百万ドルも持ってきてやったというのに、その男は私を殺したくてうずうずしていた。

「スーツケースを開けろ」

「女の子を放すのがさきだ」

「さきに金を見せろ」

私はキーナンがどうしても持っていけといった銃を、スポーツ・ジャケットの下に隠して、腰に差していた。いちいちうしろに手をまわしていたのでは、電光石火の早技で銃を抜くことはできない。しかし、スーツケースをおろして手は自由になった。だから抜こうと思えば抜けなくはなかった。

銃を抜くかわりに私は片膝をつき、スーツケースの留具をはずし、中を開けて金を見せた。そしてまた立ち上がった。銃を持った男がまえに出てきた。私は手をあげてそれを制止した。

「女の子を放してくれ。金の点検はそのあとだ。基本ルールはお互い守ろうじゃないか、レイ」

「ああ、おれのルーシーちゃん」と彼は言った。「残念だが、ここでお別れだ」

彼は彼女を放した。それまでレイの陰に半分隠れてよく見えなかったのだが、彼女の顔が青ざめ、ひきつっているのは暗がりの中でもわかった。彼女は固く組んだ両手を腰のあたりにやり、腕を脇腹に押しつけ、背中をまるめていた。世界に対して可能なかぎり小さな標的になろうとしているかのようだった。

私は言った。「おいで、ルシア」彼女は動かなかった。「きみのお父さんがあそこにいる。お父さんのところへ行きなさい。さあ、早く」

彼女は一歩動いた。が、そこで立ち止まった。足元がふらふらしていた。そして、一方の手でもう一方の手を強く握りしめていた。

「行くんだ」とカランダーが言った。「走れ！」

彼女は彼を見て、私を見た。が、その眼は焦点が合っておらず、うつろで、実際には何を見ているのか判然としなかった。私は彼女を抱え、肩に担ぎ、彼女の父親のところまで走って戻りたかった。

それとも、片手でジャケットの裾を払い、もう一方の手で銃を抜き、眼のまえに立っている二匹の獣を撃ち殺すか。しかし、さきに銃で狙われていては勝ち目がない。カランダーのほうも今は銃を構えていた。片手に大型のナイフ、もう一方の手にそのナイフと揃いの銃。

私は大声でユーリに、娘の名を呼ぶように言った。「ルーシカ！」と彼の叫び声がした。「ルーシカ、パパだ。パパのところに来なさい！」

彼女にはその声がわかった。その声が伝える意味を理解しようと、彼女は眉根を寄せた。私は言った。「ロシア語だ。ユーリ、ロシア語で言うんだ！」

私にには理解できないことばが返ってきた。が、そのことばはルシアには明らかに通じたようだった。彼女は固く組んだ両手を解き、一歩、さらに一歩まえに進んだ。

「彼女の手に何をした？」

「何も」

彼女が私の脇を通るのを待って、私は彼女の手を取ろうとした。すると彼女は弾かれたように私から逃げた。

指が二本なくなっていた。

私はカランダーを睨みつけた。彼はすまなそうな顔をして、弁解がましく言った。「取り決めをしたときにはもうああなってたんだよ」

ユーリのロシア語の叫び声がまた聞こえた。ルシアははっきりと父親の声のするほうに向かっていた。しかし、走ることはできなかった。ぎこちない早足にしかならなかった。今にも倒れそうな歩き方だった。

それでも彼女はなんとか歩き続けた。私はふたつの拳銃の銃口を見続けた。ぼさぼさ頭の男はなおも怒りをたぎらせた眼で私を凝視していた。カランダーのほうはルシアを見ていた。銃を私に向けながらも、彼女から眼が放せないようだった。私には彼が銃の向きを変えたがっているのがわかった。この期に及んでもまだ彼女を殺したがっているのがわかった。

「いい子だった」と彼は言った。「ほんとにいい子だった」

あとはたやすかった。私はもうひとつのスーツケースも開けて見せ、数歩うしろにさがった。もうひとりの男に私を銃で狙わせ、レイがまえに出てきてスーツケースの中身を調べた。が、思ったとおり、さほど丁寧な調べ方ではなかった。札束を五つか六つめくっただけで、札それ自体も束の数も数えようとはしなかった。もちろん贋札にも気づかなかった。しかし、このような状況でそこまで頭がまわる人間などいないだろう。

彼はスーツケースを閉めて留具をかけると、銃を抜いて脇にどいた。もうひとりの男がまえに出てきてスーツケースを取り上げた。そのときうめき声のようなものを漏らした。初めて聞くその男の声だった。

「一度に一個ずつ持っていけ」とカランダーが言った。

「重くねえよ」

「一度に一個ずつだ」

「いちいち指図するなよ、レイ」と男は言ったもののひとつを地面に置いて、ひとつだけ持ち去った。

男が戻ってくるまでいくらもかからなかった。その間、私とレイは黙りこくった。男はもうひとつのスーツケースを持ち上げると、私たちが彼らを騙そうとしていると言わんばかりに、こっちのほうが軽いと言った。「だったら運びやすくていいだろう」とカランダーは男のことばを意に介さずに言った。「さあ、持っていけ」

「このクソ野郎は始末したほうがよかねえか、レイ」

「日を改めてな」

「ヤクの売人のくせしてお巡りみたいな真似しやがって。こんなやつは頭を吹っ飛ばしてやりゃいいんだ」

男がいなくなると、カランダーが言った。「一週間はじっとしてると言ったな。そのことばにまちがいはないな？」

「できればもっと長くしてやるよ」

「指（フィンガー）のことはすまなかった」

「フィンガーズだ」

「そうだ。あいつが言うことを聞かなくてな」

パムにワイアを使ったのはおまえだ、と私は心の中でつぶやいた。

「一週間余裕をくれるというのはありがたい」と彼は続けて言った。「そろそろショバを変える潮時だと思ってたんだ。アルバートはおれと一緒に来ないかもしれないが」

「ニューヨークに置いていくのか？」

「まあな」

「あんな男をどうやって見つけた？」

彼は薄い笑みを浮かべて言った。「おれたちは互いに見つけ合ったんだ。特別な好みを持つ人間にはしばしばそういうことがあるものだ」

奇妙な時間が流れていた。私は、この特殊な状況がきわめてまれな機会を与えてくれているような気がした――普段は素顔を見ることができない仮面の男と話しているような気がした。私は言った。「ひとつ訊いてもいいか？」

「いいよ」

「どうして女なんだ？」

「そのことか。その質問に答えるには、どこかから精神科医を連れてこなきゃならない。ちがうか？　まあ、幼児期に何か問題があったんだろうよ。だいたいそういうことになるんじゃないか？　乳離れが早すぎたとか遅すぎたとか」

「私が訊いたのはそういうことじゃない」

「ええ？」

「あんたの生いたちが知りたいわけじゃない。どうしてこんなことをするのかということだ」

「何もこんなことはしなくてもいいのにってか」

「さあ。どうなんだ?」

「ううん。簡単には答えられないな。興奮、あるいは力とか強さを試したいのか。ことばじゃ説明はできない。わかるだろ?」

「いや」

「ジェット・コースターに乗ったことはあるか? おれはあれが嫌いで、もう何年も乗ってない。気持ち悪くなるんだ。だけど、ジェット・コースターが嫌いじゃなかったら、好きだったら、おれのやってることはジェット・コースターに似てるんじゃないかな」彼は肩をすくめた。「さっき言ったように、ことばじゃ説明できない」

「あんたの話しぶりは普通の人間と変わらない」

「普通じゃ悪いのか?」

「やってることは人間のすることじゃない。なのに話をしてるかぎりあんたは人間だ。いったいどうして――」

「どうして?」

「どうしてこんなことができるんだ?」

「やつらはほんものじゃないのさ」

「ああ」と彼は言った。「やつらはほんものじゃないのさ」

「やつら?」

「やつらはほんものじゃない。女はほんものじゃない。女というのはおもちゃだ。ハンバーガーを食ってるときに、あんたは牛を食ってると思うか? もちろんそんなことはないよな。あんたはただハンバーガーを食ってると思うだけだ」彼は薄い笑みを浮かべた。「通りを歩いてるぶんには、女なんだよ。しかし、いったん車に乗せちまうと、もう女でなくなる。ただの肉の塊になるのさ」

冷たいものが私の背すじを駆け抜けた。こういうとき、死んだペグ伯母さんは、ガチョウがおまえの墓の上を通り過ぎたんだよ、とよく言っていた。可笑(おか)しな言い伝えだ。何に由来しているんだろう?

「おれは何もこんなことはしなくてもいいのかもしれない。ほんとにそう思うよ。満月になるとどうにも抑えが利かなくなるなんて話じゃないからな。そう、おれには選択の余地がないというわけじゃない。やめようと思えばいつでもやめられる。実際、しばらくやらなかったこともある。だけど、ある日また突然やりたくなるんだ。

そんな選択にどういう意味がある? 日を延ばすことはできる。だけど、もうこれ以上延ばしたくないという日が必ず来る。実を言うと、その日を待つのがこたえられないんだ。そのためにやってるようなところがある。成熟とは満足をさき延ばしにできる能力の中にある、なんてなんかで読んだことがあるよ。もちろん、それを書いたやつは、おれがやってるようなことを思い浮かべて書いたわけじゃないだろうが」

彼の告白はいつまでも続きそうに見えた。が、何かの拍子に気が変わったようだった。いっときのぞいた素顔がまた仮面の背後に隠れた。彼の内面のどんな部分が彼に語らせていたにしろ、それはまた肉体の鎧の中に戻った。

「おまえはどうして恐くない？」と彼は急に苛立ったように言った。「銃を向けられながら、おまえはこいつをまるで水鉄砲ぐらいにしか思ってないみたいに見える」

「私のうしろには高性能ライフルを構えた射手がひかえているからだ。そっちも私に手出しはできない」

「ああ。だけど、そんなもんかね？　援護されてりゃ、それだけで恐くなくなるもんかね？　おまえは勇敢な男ってわけか？」

「いや」

「別におれもおまえを撃つつもりはないけど。あとのことは全部アルバートに任せるか。いや、そんなことはしない。お互いもう消えたほうがいい頃合いだ。うしろを向いて仲間のところに戻れ」

「ああ」

「ライフルを持った三人目なんてものはいないよ。いると思ったか？」

「そこのところははっきりしなかった」

「いや、おまえは三人目なんて初めからいないことを知ってた。だけど、もうどうでもいいことだ、そっちには女の子、こっちには金が手にはいったんだから。すべてうまくいった」

「ああ」

「おれたちのあとを尾けようなんて思うんじゃないぜ」

「そんなことはしない」

「ああ、わかってるよ」

彼はもうそれ以上何も言わなかった。彼もうしろにさがったのだろうと思って、私は歩き続けた。すると、十歩ほど歩いたところで彼の声がした。

「指のことはすまなかった。ありゃ事故だったんだよ」

# 22

「さっきからちっともしゃべらないね」とＴＪが言った。

　私はキーナンのビュイックを運転していた。ルシア・ランドーが安全圏にたどり着くや、ユーリが彼女を抱え上げ、肩に担いで自分の車まで運んでいた。デーニとパヴェルもそのあとを追っていた。キーナンの指示だった。「ここでぐずぐずしてることはないってユーリに言ってやったんだ。あの子はすぐに医者に診せる必要があったから。近所にかかりつけの医者がいるってことだったんで、その医者に家まで来てもらえって言ってやったんだ」

　そして残った二台の車のところまで戻ると、キーナンが私にビュイックのキーを放って、自分はピーターの車に乗ると言ったのだった。「とりあえずベイリッジのおれの家に戻ろう。で、ピザの出前か何か取ろう。それからあんたたちふたりを家に送るよ」

　ちっともしゃべらないね、とＴＪが私に言ったのは、車が信号で停まったときだったが、彼の言うとおりだった。私たちは車に乗ってからひとことも口を利いていなかった。私は、カランダーとのやりとりの余韻がまださめていないのだ、と答えた。ただ話をしただけなのに芯から疲れたと言った。

「だけど、なかなか堂々としてたよ。異常者ふたりを相手にしてさ、あんた、なかなかのもんだったよ」

「きみはどこにいたんだ？　車に戻ったものとばかり思ってたけど」

彼は首を振った。「やつらのうしろにまわってやったのさ。ライフルを持った三人目がいたら、そいつを見つけてやろうと思って」

「三人目はいなかった」

「見つからなくて当然だよな。いずれにしろ、おれはやつらのまわりをすごく大まわりして、やつらがはいってきたところまで行ったんだ。そしたらやつらの車があった」

「やつらの車がよくわかったね？」

「そんなのわけないよ。一回見てるもの。おんなじホンダだった。門柱の陰に隠れてそのホンダを見張ってたら、上着を着てない男が墓地から走って出てきて、ホンダのトランクにスーツケースを放り込んだ。放り込むとすぐそいつはまた墓地に戻った」

「もうひとつのスーツケースを取りに戻ったんだ」

「知ってるよ、そんなこと。だから、おれはそいつが二個目のスーツケースを取りに行ってるあいだに、一個目をくすねてやろうかって思ったんだ。トランクには鍵がかかってたけど、そいつがやったのとおんなじ方法で開けられたからね。グラヴ・コンパートメントのところについてるボタンを押すのさ。車のドアはロックされてなかったから」

「そんなことをきみがしなくて私はほっとしてる」

「やろうと思えば、できたんだけどな。だけど、戻ってきてスーツケースがなくなってることがわかったら、そいつはどうするか？　墓地に引き返してあんたを撃つ、なんてこともありえるじゃん。で、それはあんまり賢いことじゃないって思い直したのさ」

「そう、それでよかった」

「でもまたこんなことも思った、これが映画とかだったら、おれはどうするか？　後部座席の床に隠れる。金はトランク、やつらは前部座席、後部座席の床なんか誰が見るもんか。それでやつらが家か、アジトかに着いたら、さっと車から降りてあんたに電話して、今自分がいる場所を教える。だけど、またそこで思い直したんだ。TJ、これは映画じゃないんだぜ、おまえは死ぬにはまだ早すぎるってね」

「よくぞ思いとどまってくれた」

「それにあんたはユーリの家に戻るとはかぎらないわけだろ？　そうなっちまったら、おれはどこに電話をかければいい？　だからおれはじっとしてたんだ。そのうちさっきの男が二個目のスーツケースを持って戻ってきた。そしてトランクにそいつを放り込み、車に乗った。それからしばらくしてもうひとりのほう、コイン・ランドリーで電話をかけてたやつが墓場から出てきて、運転席に坐った。でもって行っちまった。おれのほうはまた墓地に戻って、みんなに追いついたってわけ。でも、墓地ってやっぱ気味悪いね。墓石とか立てるっていうのはおれもわかるけど、そうやっときゃ誰かその下にいるのがわかるからね、だけど、なんか小さな家みたいなのもあるじゃん。そいつが生きてたときの家よか立派くさいのがさ。あんた、あんなの要る？」

「いや、要らない」

「おれも。おれはちっちゃな石でいいよ。ＴＪってだけ書いた石で」

「没年月日も、フル・ネームも書かないのかい？」

彼は首を振った。「ＴＪだけでいい。それと、そうだな、ポケット・ベルの番号だ」

ベイリッジのキーナンの家に着くと、キーナンが電話でピザ屋を何軒かあたった。しかし、この時間ではもうどこも閉まっていた。が、誰も文句は言わなかった。腹をすかしていた者はひとりもいなかった。

「何かお祝いがしたいな」とキーナンは言った。「女の子を無事取り戻すことができたんだから。形だけでも祝わなきゃ」

「ゲームは引き分けだった」とピーターが言った。「タイ・スコアでお祝いするやつはいないよ。おれたちは勝ったわけじゃないんだから、爆竹は鳴らせない。ゲームは引き分け。なんか負けたよりいやな気分だ」

「女の子が死んでたら、もっとずっといやな気分になってたよ」とキーナンは言った。「それはこれがフットボールの試合じゃなくて、現実の出来事だからだ。とにかくお祝いするってわけにはいかないよ、キーナン。悪玉が金を持って逃げちまった以上。それは帽子を放り上げて喝采しなきゃならないようなことじゃない」

「やつらは手の届かないところへ逃げてしまったわけじゃない」と私は言った。「捕まえるには一日か二日かかるかもしれないが、それだけのことだ。やつらはもう逃げられない」

それでも、ピーターと同様、私もあまり祝杯をあげたいような気分ではなかった。どんな引き分け試合についても言えることだが、今度のゲームにもチャンスを逃したという後味の悪さが残った。TJは、ホンダの後部座席に身をひそめていたら、やつらの隠れ家が突き止められたのに、と思っている。ピーターは、私もルシアも危険にさらさず、カランダーを狙撃するチャンスがあったのではないかと思っている。私は私で金を取り返すチャンスはいくらもあったのではないか、と思っている。我々は計画どおりにことを成し遂げた。それでも、もっとやれることがあったのではないかという思いは拭えなかった。

「ユーリに電話してみよう」とキーナンが言った。「おれはあの子をまともに見られなかったよ。あの子は立ってるのがやっとという状態だった。怪我をしてるのは指だけじゃないと思う」

「私もそう思う。可哀そうに」

「彼女にもやつらは獣みたいな真似をしたのにちがいない」彼は電話のボタンを乱暴に叩いた。「そんなことを考えると、どうしてもフランシーンのことを思い出しちまって――」電話がつながったらしく、彼はことばを切って言った。「もしもし、ユーリはいるかい？　いや、失礼。まちがえました。こんな遅い時間にすみません」

彼は電話を切って溜息をついた。「ヒスパニック系の女だった。安眠を妨害しちまったようだった。くそっ、何より嫌いなことを自分がしちまった」

私は言った。「まちがい電話か」

「ああ、まちがい電話はかけられるだけじゃなくて、かけるのもいやなもんだ。今みたいな相手に出くわすと、なんだか自分がどうしようもない阿呆みたいな気分になる」

「フランシーンが誘拐された日、あんたのところにはまちがい電話がかかってきた」

「ああ、不吉な予兆のようにな。もちろんそのときはそんなことは思いもしなくて、ただ迷惑に思っただけだが」

「ユーリも今朝まちがい電話があって迷惑したというようなことを言ってた」

「だから？」彼は眉をひそめるとうなずいて言った。「やつらだったたってわけか？　家に誰かいるかどうか確かめるために、カランダーがまちがい電話のふりをしてかけてきた。だろ？　だけど、だから？」

「そのときにも公衆電話を使うだろうか？」三人全員が怪訝な顔で私を見た。「まちがい電話を装った電話をかけるだけのことだ。何か特別なことを言うわけじゃない。誰も気にもとめないだろう。そんな電話をかけるのにも二十五セントを使って、五、六ブロック離れたところの公衆電話を使うだろうか？　それとも自宅の電話ですませるだろうか？」

「おれなら自宅の電話ですますけど、でも——」

「私もだ」私は手帳を取り出し、手帳にはさんだ紙を探した。キーナンの家にかかってきた電話の相手を、ジミー・ホングがリスト・アップして書いてくれた紙だ。身代金を要求する最初の電話以降のものだけでよかったのだが、彼はその日の午前零時からのものすべてを書き出してくれていた。手帳のどこかにはさんであったはずだ。その日、ＴＪに電話をしようと思って、コイン・ランドリーの公衆電話の番号を私はそのリストで調べていた。しかし、どこだ、どこにある？

ちゃんと手帳にはさまっていた。私はそれを広げた。「これだ、この二回の電話だ。両方とも一分以内。最初は午前九時四十四分。二回目は午後二時三十分。相手の番号は二四三‐七四三六」

「ちょっと待った」とキーナンが言った。「まちがい電話が二度あったことは覚えてるけど、かかってきた時間までは覚えてないよ」

「しかし、この番号になじみはあるか？」

「もう一度読み上げてくれ」彼は首を振った。「少なくともおれの覚えてる番号じゃないね。

かけてみりゃすぐわかることだ」

彼は電話に手を伸ばした。私はその彼の手を押さえて言った。「待った。やつらを警戒させることはない」

「警戒させる?」

「やつらの居場所がこっちにわかってることをやつらに知らせることになる」

「こっちにわかってるのか? わかってるのは電話番号だけだぜ」

TJが言った。「今頃はもうコングズも家に帰ってるはずだ。確かめてみる?」

私は首を横に振って言った。「これぐらいのことは私でも調べられると思う」受話器を取り、私は番号案内に電話し、オペレーターが出ると言った。「警察の者ですが、ご協力願います。自分はオールトン・シマック巡査です。認識番号は二四九一 - 一九〇七。電話番号だけわかってましてね。その電話の持ち主の名前と住所が知りたいんです。ええ、そうです。番号は二四三 - 七四三六。そうです——どうもありがとう」

私は受話器を置いて、忘れないうちに住所をメモした。「電話の持ち主の名はA・H・ウォレンズ。あんたの知り合いにそういう名の人がいるか?」キーナンは首を振った。「Aはアルバートの頭文字にちがいない。カランダーがもうひとりの男のことをそう呼んでたんだ」私は走り書きした住所を読み上げた。「五十一丁目六二二番地」

「サンセット・パークだ」とキーナンが言った。

「サンセット・パーク。あのコイン・ランドリーから二、三ブロックのところだ」
「よし、これからタイ・ブレークといこう」とキーナンが言った。「出撃だ」

そこに建っていたのは、月明りでさえその荒廃ぶりがわかる木造住宅だった。羽目板はすっかりペンキが剝げ落ち、植え込みは伸び放題で、半階分高くなった玄関にあがる木の階段は、真ん中の部分が大きくたわんでいた。家の右手がドライヴウェイになっていて、その奥に車二台は納められるガレージが建っていた。コンクリート敷きのドライヴウェイはところどころアスファルトで補修してあった。玄関のほかに、家の出入口は家の横腹にひとつと裏にもうひとつあった。

私たちはビュイック一台で来て、七番街の角に停めていた。全員銃を持っていた。キーナンがＴＪにも銃を渡すのを見て、私が驚いたような顔をしたのだろう。キーナンは言った。「彼も一緒に来るなら持たせなきゃ。彼なら大丈夫だ、心配ない。どうやって使うのかわかるか、ＴＪ？　狙って撃つ。それだけだ。ジャパ公のカメラみたいなもんだ」

ガレージのシャッターは閉まっていて、頑丈そうな鍵がかかっていた。シャッターの横が木のドアになっていたが、それにも鍵がかかっていた。クレジット・カードではははずせそうにない鍵だった。どうやれば一番静かに窓ガラスが割れるだろうかと考えていると、ピーターが私に懐中電灯を差し出した。一瞬、私はその懐中電灯で窓ガラスを割るように言われたのかと思い、どうして彼がそんなことを考えたのか訝った。が、すぐに気がついて懐中電灯をガレージの窓ガラスに押しあて、スウィッチを入れた。眼のまえにホンダ・シヴィックが見えた。ナンバーもまちがいなかった。その隣の車は、懐中電灯の角度を変えても、シヴィックのようにはっきりと見ることはできなかったが、黒っぽいワゴン車であることだけはわかった。ナンバーは見えず、色も判然としなかったが、これでもう充分だった。ここがやつらの隠れ家だ。

明りは家の窓という窓から洩れていた。が、住んでいるのは一世帯にちがいない――脇の入口に呼び鈴がひとつ、正面の玄関脇の郵便受けもひとつ――ということは、彼らは今この家のどこにいても不思議はないということだ。私たちは裏にまわった。私は手をまえで組んで構え、そこに足を掛けるように言って、キーナンに窓から家の中をのぞかせた。彼は窓敷居をつかんで、そこから少しだけ頭を出し、しばらく中の様子をうかがってから地面に降りて囁いた。

「キッチンにいる。ブロンドの男が金を数えている。帯封を取って一枚一枚数えちゃ、紙になにやら書き込んでいる。暇なやつだ。もう取引きは終わったのに、今さら数えて何になる？」

「もうひとりは？」

「ここにはいない」

私たちはほかの窓も同じやり方でのぞいてみた。そのついでに脇のドアが開かないかどうか試してみた。鍵がかかっていた。が、子供でも蹴破れそうなドアだった。キッチンに通じる裏口のドアもそれと似たり寄ったりだった。

しかし、私としては、もうひとりの所在がわかるまでは突入したくなかった。玄関のほうでは、通りかかった人間の注意を惹くかもしれない危険を冒し、ピーターがポケットナイフで鍵をこじ開けられないか試していた。当然のことながら、玄関のドアには裏口や脇口のドアより頑丈な鍵がついていた。が、そのドアには大きなガラスが一枚はめ殺しになっていて、それを割ればたやすく中にはいれそうだった。ピーターはその窓ガラスを割るかわりにそこから中をのぞき込み、居間には誰もいないことを確かめた。

彼からその報告を受けて私は、アルバートは二階にいるか、ビールでも飲みにどこかへ出かけたかしているのだろうと思った。そして、どうやれば音を立てずにカランダーを取り押さえ、第二ラウンドに備えられるか、その手筈を頭の中で整えていると、TJが指を鳴らして私の注意を惹いた。見ると、彼はしゃがみ込んで地下室の窓をのぞき込んでいた。

私も近づいて中を見た。TJは懐中電灯で広い地下室の中を照らしていた。洗濯用の大きな流しが一隅に設けられていて、その横に洗濯機と乾燥機が置かれているのが見えた。それとは反対側の隅には、万力が備えつけられた作業台があり、壁に釘差し盤が取りつけられて、そこにさまざまな工具がぶら下げてあった。

それにネットをゆるめた卓球台。開かれたスーツケースがひとつその卓球台の上に置かれていた。中はからっぽだった。アルバート・ウォレンズが、墓地にいたときと同じ服装で、卓球台のそばに置かれた梯子形の背の椅子に坐っていた。スーツケースの金を数えていたのかもしれない。ただ、もうそこには金はなく、暗がりの中でそんなことをするのも奇妙なことだが。今、地下室を照らしているのはＴＪの懐中電灯だけだった。

実際には見えなかったが、パム・キャシディの乳房切除に、また、おそらくレイラ・アルヴァレスのときにも使われたにちがいないピアノ線が、アルバートの首に巻きついていることは容易に察しがついた。さきの二件とちがって、アルバートの場合は、柔らかい肉のかわりに骨や軟骨が邪魔をして、あまり手ぎわのいい外科手術とは言えなかったが。それでもそのピアノ線もやるべき仕事はちゃんと果たしていた。鬱血のために彼の顔がグロテスクに膨(ふく)れあがっていた。その丸顔が赤紫に変色し、眼が眼窩(がんか)から飛び出していた。こういう犠牲者を見るのは初めてではなかったから、私には彼の死因が即座に想像できたが、何度見てもこうしたことに慣れるということはない。それはやはり私が今までに見た中で一番おぞましい顔だった。

が、これでやりやすくなった。

キーナンがもう一度キッチンの窓から中をのぞいた。見るかぎり、キッチンに銃はなかった。カランダーはもう銃をどこかにしまい込んでいるような気がした。誘拐に際して彼は一度も銃を使っていない。今夜墓地で使ったのは、ルシアの咽喉に押しつけたナイフを補強するためだ。相棒のアルバートを消すのにも、銃ではなく好みのピアノ線を使っている。

問題は、どのドアから突入するにしろ、カランダーが金を数えているキッチンへたどり着くまでの時間だった。裏口か脇口を選んだ場合は、外からの階段を半階分昇らなければならない。玄関から突入した場合は、奥のキッチンまで居間を抜け、廊下を伝っていかなければならない。

キーナンは、玄関から行くことを主張した。玄関からだと階段が軋む音を気にしなくてもすむ。カランダーがいるところからは一番遠く離れていて、憑かれたように金勘定をしているカランダーの様子を見れば、ガラスを割ったぐらいの音は聞こえないかもしれない。

「テープを貼ればいい」とピーターが言った。「そうすればガラスは割れても飛び散らない。うんと音は小さくなる」

「ヤク中の知恵ってわけだ」とキーナンが言った。

が、テープなどどこにもなかった。そういうものを売っている店が近くにあったとしても、もうとっくに閉まっているだろう。TJが、地下室の作業台のまわりを探せばきっとそういうテープがあるはずだ、と言った。しかし、地下室にはいるにもまず窓ガラスを壊さなければならない。あまり意味がなかった。ピーターがもう一度玄関を見に行って戻ってきた。居間の床には絨毯が敷きつめられているということだった。我々は互いに顔を見合わせた。「一か八か」と誰かが言った。

ピーターが玄関のドアのガラスを割るあいだ、私はキーナンにしたようにTJを持ち上げて、キッチンの中の様子を見張らせた。私たちにガラスの割れた音は聞こえなかった。明らかにカランダーにも聞こえなかったようだった。私たちは全員玄関に集まり、割れたガラスを踏まないように気をつけ、耳をすまし、ゆっくりと家の奥へと向かった。

キーナンを右脇に従え、私が先頭になって進み、キッチンのドアのところまでたどり着いた。私もキーナンも手に銃を持っていた。レイは我々に横顔を向けて、キッチン・テーブルについていた。片手にぶ厚い札束、もう一方の手に鉛筆。有能な会計士の手にかかると、そういったものも凶器に変わるのかもしれないが、銃やナイフに比べればやはりずっとおとなしい凶器だった。

どれぐらいそこで機をうかがっただろう。十五秒か、せいぜい二十秒ぐらいのものだと思うが、それよりもっと長く感じられた。彼の肩が動き、我々の気配を感じたと思われる一瞬を逃さず私は言った。

「警察だ、動くな」

彼は動かなかった。声がしたほうを見ようともしなかった。彼のひとつの人生が終わり、新たな人生が始まったその一瞬、彼はただじっと動かなかった。それからおもむろに私のほうを見た。その顔には、怖れでもなく怒りでもない、深い失望の表情が現われていた。

「一週間」と彼は言った。「おまえはおれにそう約束した」

金は全額そこにあるようだった。私たちはその半分をとりあえずスーツケースひとつに詰めた。もうひとつのスーツケースは地下室にあったが、誰も自分から進んで、それを取ってこようとは言わなかった。「TJに頼んでもいいんだけど」とキーナンが言った。「墓地で彼がおじけづいたのを見たばかりだからな。死体の近くまでひとりで行けなんてとても言えない」

「わかってるんだから。あんたはそう言えばおれが行くと思ってんだろ？」

「そう言うと思ったよ」

TJはあきれたように眼をぐるっとまわしてみせてから、スーツケースを取りに地下室に降りていった。そして戻ってくると言った。「地下室は超くさいね。死人っていつもあんなに臭いまくるのかい？　おれが人殺しをするときは、遠くからやることにするよ」

奇妙な感じだった。私たちはカランダーのまわりを動きまわりながら、彼をまったく無視していた。無視することは容易にできた。彼は身じろぎひとつせずひとことも発さなかったから。そうやっていると小さく見えた。また弱々しく、取るに足りない存在のようにも。実際の彼がそんな人間でないことはよくわかっている。しかし、魂が抜けたような彼の姿にはそんな印象があった。

「さて、終わった」とキーナンがふたつめのスーツケースの留具を閉めて言った。「こいつをユーリのところへすぐに持っていってやろう」

ピーターが言った。「娘を取り戻すこと、それがユーリの唯一の望みだった」

「だったら、今日は彼のラッキー・デイだったんだろうよ。金も取り戻せたんだから」

「金のことなんかどうでもいいって彼は言ってた」とピーターはどことなくうつろな眼で言った。「金なんか問題じゃないって」

「ピート、何か言いたいことがあるのならはっきり言ったらどうだ？」

「彼はおれたちがここに来たことを知らない」

「ああ」

「ただ思っただけだ」

「ああ」

「ここにあるのは大金だ。おまえは最近商売をしくじったんじゃないのか？　ハッシシの取引きはうまくいかなかったんじゃないのか？」

「だから？」

「神様がそれをチャラにしてやろうと言ってくださってるんだよ。そんな神様の眼に唾をひっかけたくはないだろ？」

「なあ、兄貴」とキーナンは言った。「親爺がおれたちによく言ってたことを忘れたのか?」

「親爺が言ってたことなんてみんなクソみたいなたわごとだった。おれたちはいつそれを真面目に聞いてた?」

「親爺はよく言ってた、百万ドル盗めないかぎり盗みなんてするんじゃないってな。覚えてるだろ?」

「だから今がチャンスなんじゃないか」

キーナンは首を振って言った。「いや、ちがう。ここにあるのは八十万で、そのうち二十五万は贋札で、十三万はそもそもおれの金だ。それでいくら残る? 四十万? 四十二万? そんなところだ」

「それでチャラになる。おまえはこのくそったれに四十万払った。それにマットの探偵料が一万、ほかに経費、全部でいくらになる? 四十二万? おい、ぴったりじゃないか」

「おれはチャラになんかしたくない」

「ええ?」

キーナンは自分の兄を睨めつけて言った。「おれはチャラになんかしたくない。フランシーンのために払った血と汗で汚れた金をユーリから盗んで、それで帳尻を合わせればいいって言うのか。ピート、おまえは心の底まで腐りきったヤク中だ。人の財布を盗んでおきながら、そいつと一緒にその財布を探すってやつだ」

「ああ、そのとおりだ」

「いや、ちょっと言いすぎた。ピート――」

「いや、そのとおりだ。おまえの言うとおりだ」

カランダーが口を開いた。「おまえらはおれに贋札をつかませようとしてたのか？」

「この豚野郎」とキーナンは言った。「おまえのことなんかそこにいるのも忘れてたぜ。何を心配してるんだ、この阿呆、贋札をつかって捕まることでも心配してるのか？　そんな心配は要らないよ、おまえがこの金をつかうことはもう金輪際ないんだから」

「おまえがあのアラブ野郎か。あの亭主か」

「だったら？」

「ちょっと思っただけだ」

私は言った。「レイ、クーリー氏から奪った金はどこにある？　彼の四十万ドルはどこだ？」

「おれたちはそいつを山分けした」

「それで？」

「アルバートが取り分をどうしたかは知らないが、それはここにはない」

「おまえのぶんは？」

「貸金庫に預けてある。ニュー・ユートレクト・アヴェニューとフォート・ハミルトン・

パークウェイの角にある、ブルックリン第一商業銀行のな。明日の朝、町を出るときに寄っていこうと思ってる」

「寄っていく？」とキーナンが訊き返した。

「そのときホンダで行くか、ワゴン車で行くかはまだ決めてないが」

「こいつ、頭がいかれちまったのか、マット？　だけど、金のことはほんとのことを言ってるような気もする。貸金庫の金はあきらめるとして、アルバートの取り分のほうはどうしようか？　徹底的にここを家捜ししてもいいけど、まず見つからないんじゃなかろうか？」

「ああ」

「庭に埋めてるかもしれない。あるいはあのくされ墓地にでも。くそったれ、金のことはあきらめたほうがよさそうだ。そんなことは初めから期待してなかったしな。それより早いところやるべきことをやって、こんなところにはさっさとおさらばしよう」

私は言った。「あんたにはまだ選択の余地がある」

「どんな？」

「この男を警察に突き出すというのも悪い考えじゃない。証拠はいっぱいあるんだから。地下室にはこの男の相棒の死体がある。ガレージにはいってるワゴン車からは、服の繊維とか血痕とかそのほかさまざまな物証が出るだろう。パム・キャシディもこの男の顔をもう一度見れば思い出すだろう。レイラ・アルヴァレスとマリー・ゴテスキンドの件についても、探せばいろんな証拠が出てくることだろう。その結果、終身刑が三つに、さらにおまけとして二十年か三十年の刑がつくことになると思う」

「こいつが終身刑になるという保証は？」

「それはない。刑事裁判に関するかぎり、絶対ということはない。マテワンにある犯罪者のための州立精神病院に送られて、生きてそこを出ることはないだろうというのが私の推測だが、裁判では何が起こるかわからない。どう考えてもこの男が無罪放免になるとは思えないが、これと同じような事件で被告が一日も服役しなかった例が、これまでひとつもなかったとは言えない」

彼はしばらく考えてから言った。「おれとあんたの取り決めのことだが、あんたが犯人を警察に突き出すなんて話はお互いしなかった」

「そうだ。だからあんたには選択の余地があると言ってるんだ。しかし、あんたが別な選択をする場合は、まずまっさきに私は消えさせてもらう」

「おれに手を貸す気はないってことか？」

「そうだ」

「それはその選択には反対だからか？」

「私は賛成も反対もしない」

「しかし、そういうことをするのはあんたの柄じゃないってわけだ」

「いや、ちがう」と私は言った。「そういうことじゃない。私自身今までにそういう選択をしたことがあるんだよ。自分自身に死刑執行人の役をあてがったことがね。しかし、それは習慣にしたくなるようなことじゃない」

「ああ」

「それにこの件では、私がそんなことをしなければならない理由がない。この男をブルックリン殺人課に突き出せば、それでもって心安らかに眠れる」

彼は考えてから言った。「おれはそんなふうには眠れないと思う」

「だからあんたが決めることだと言ったんだ」

「ああ。もう決めたよ。おれひとりでやる」

「だったら私はここを出よう」

「ああ、みんな行ってくれ。こうしよう。車二台で来なかったのは失敗だったな。だけど、マット、あんたとTJとピートは三人でユーリのところへ金を届けてやってくれ」

「この金の一部はあんたのだ。それだけはここで分けておこうか?」

「いや、それはユーリのところでやってくれ。贋札を混ぜたりしないように」

「贋札にはみんなチェイス・マンハッタン銀行の帯封がついてるよ」とピーターが言った。

「ああ、だけど、ここにいる低能野郎がよけいな金勘定をしてくれたおかげで混ざっちまってる。ユーリのところで調べてくれ。それからまたここに戻ってきて、おれを拾ってくれ。

時間は、そうだな、ユーリのところへ行くのに二十分、帰るのに二十分、ユーリのところにいる時間が二十分。一時間か。それじゃ今から一時間十五分後にそこの角で拾ってくれ」

「わかった」

キーナンはスーツケースを取り上げて言った。「さあ、兄貴、もうひとつ持ってくれ。マット、こいつを見ててくれ」

ふたりが出ていき、私とＴＪは立ってレイモンド・カランダーを見張った。私もＴＪも銃を持っていた。しかし、それが銃ではなくて蝿叩きであったとしても、彼を見張ることはできただろう。それほどカランダーの存在は希薄になっていた。

私は彼を見つめ、墓地で彼と交わしたやりとりを思い出した。そのやりとりの中で、彼はいっとき素顔をのぞかせた。今話せばどういう答が返ってくるのか、私は興味をそそられて言った。

「アルバートはあのまま放っておくつもりだったのか？」

「アルバート？」アルバートという名前を思い出すにも彼にはいくらか時間がかかった。「いや、ここを出るまえにはきれいに片づけるつもりだった」

「片づけるというと？」

「やつを切り刻んで袋に詰めるのさ。ゴミの袋はいっぱいあるから」

「それから？　それを車のトランクに入れて誰かにプレゼントするつもりだったのか？」

「ああ、そういうこともあったっけ」と彼は思い出して言った。「あれはアラブ野郎への特別サーヴィスだ。始末するのはわけないことさ。あちこちのゴミ置き場に捨ててまわればいいことだ。誰も気づきやしない。レストランから出る生ゴミと一緒にしておきゃ、みんなただの肉だと思う」

「まえにもやったことがあるんだ」

「ああ、やった女はおまえが知ってるよりもっといる」彼はTJを見た。「おまえみたいな黒いのもいたよ。ちょうどおまえとおんなじような黒さだった」彼は深い溜息をついた。

「おれは疲れたよ」

「もうすぐ終わる」

「あの男とおれを置き去りにしようってわけだ」と彼は言った。「でもって、あいつが、あのアラブ野郎がおれを殺すってわけだ」

アラブじゃない、フェニキアだと私は思った。

「おれはおまえとは理解し合えたと思ってる」と彼は言った。「おまえはおれに嘘をついた。おまえは約束を破った。だけど、おまえにしちゃ、それはしかたのないことだった。おれたちはけっこうたくさん話をした。なのにおまえはあいつにおれを殺させる気か？」

哀れな命乞いだった。私はイスラエルで被告席に置かれたアイヒマンを思い出した。どうして我々にこんなことができるのか。

私はまた墓地で私が彼に尋ねた問いを思い出した。そして、そのとき返ってきた彼の見事な答をそのまま彼に返してやった。

「あんたはもう車に乗ってしまったんだよ」

「なんのことだ？」

「いったん車に乗ってしまった以上、あんたはもうただの肉の塊だということだ」

決めたとおり、午前三時十五分まえに私たちは、アルバート・ウォレンズの家の近くの角で、八番街に面した宝石店のまえでキーナンを拾った。彼は私が車を運転しているのを見て、兄貴はどこへ行った、と尋ねた。ピーターはキーナンの家のまえで車を降りていた。トヨタを拾うということでそうしたのだが、途中で彼の気が変わり、家に帰って寝ると言ってピーターはもう自分の家に向かっていた。

「おれはとても眠れそうになんかないね」とキーナンは言った。「トンカチかなんかで頭を殴るとかしてもらわないかぎり、とても眠れない。いや、マット、このままあんたが運転してくれ」彼は車のまわりをまわり、後部座席をのぞき込んだ。後部座席では、ＴＪがぬいぐるみ人形のようにぐったりと横になって熟睡していた。「おねんねの時間はもうとっくに過ぎてるものな」とキーナンは言った。「そのフライト・バッグには見覚えがあるけど、中身は贋札じゃないだろうね？」

「あんたの十三万ドルだ。注意して分けたから、贋札は一枚も混じってないと思う」

「混じっててもどうってことないよ。実によくできた贋札だったもの。ゴワナス・エクスプレスウェイに乗るのが一番早い。ゴワナスに乗ってしまえばあとはわかるだろう？」

「たぶん」

「あとは橋を渡るもよし、トンネルを抜けていくもよし、任せるよ。兄貴はおれの金を持っておれの家に残ると言った。でも、あんたはここまで持ってきたほうがいいと思った。ちがうか？」

「私は個人的に金をあんたに届けるのも自分の仕事の一部と思っただけだ」

「なかなかうまい言い方だ。兄貴に向かって言ったことで後悔してることがある。おれは兄貴のことを心の底まで腐りきったヤク中だなんて言っちまった。あんなこと言うべきじゃなかった」

「彼はそれに同意した」

「そこが一番情けないところだ。おれも兄貴もそれが真実だってわかっちまうんだものな。金を見てユーリは驚いてたか？」

「びっくり仰天してた」

彼は笑った。「だろうな。女の子の具合いは？」

「医者の話じゃ、大丈夫なようだ」

「かなり痛めつけられてたんじゃないのか？」

「肉体的ばかりじゃなく精神的にもね。指を失っただけじゃなく、やつらに何度も犯されて彼女は内臓にも損傷を受けていた。私たちが行ったときには鎮静剤を打たれて眠っていたが。その類いの薬を医者は置いていったようだ」

「おれたちも何かもらってもいいところだ」

「ユーリが、薬じゃなくて、金を私にくれようとした」

「もちろん受け取ったんだろうね？」

「いや」

「どうして？」

「どうしてか自分でもわからない。私もまたずいぶん私らしくないことをしたものだ。それだけは言っておくよ」

「七八分署でお巡りをしてた頃に教わった言いつけを、あんたは守らなかったってわけだ」

「まったくそのとおりだ。気がつくと、報酬はもう充分もらってるなんて言ってた。チャラになんかしたくないというあんたの気持ちに影響されたのかもしれない」

「それとこれとは話がちがう。あんたは今度のことですばらしい活躍をした。やると言うんだから、黙ってもらっておきゃいいのに」

「いや、もうすんだことだ。それに、私のかわりにＴＪにはいくらかやってくれないかとは言ったんだ」

「それで彼はいくらくれた？」

「さあ、大した額じゃないだろう」

「二百ドル」とＴＪの声がした。

「なんだ、起きてたのか、ＴＪ？　寝てるのかと思ったよ」とキーナンは言った。

「ただ眼をつぶってただけさ」

「ここにいるマットと離れるんじゃないぜ。彼にくっついてたら、いい影響を受けるはずだ」

「おれがいなきゃこの人はなんにもできないのさ」

「そうなのかい、マット？　彼がいなきゃなんにもできないのかい？」

「そのとおり。彼がいなきゃ我々は道にも迷う」

　ブルックリン・クウィーンズ・エクスプレスウェイを通って橋を渡り、マンハッタンに戻ったところで、私はＴＪにどこで降ろせばいいのか尋ねた。

「デュースで降ろしてくれ」と彼は言った。

「夜中の三時に？」

「デュースには門はないからさ（エイント・ノー・ゲイト・アラウンド・ザ・デュース）、ブルース。夜中でも閉まったりしない」

「寝るところはあるのか?」

「あのねえ、おれは金持ちなんだぜ。フロンテナック・ホテルにでも泊まろうかな。三回か四回シャワーを浴びて、ルーム・サーヴィスとか頼んでそれから寝るよ。おれのことは心配しなくていいよ」

「世の中の表も裏も知ってるんだものな」

「そんな冗談っぽく言っちゃって。それがほんとうだってことはあんたもよく知ってるくせに」

「おまけにきみは注意深い」

「そういうこと」

私は八番街四十二丁目の角でTJを降ろし、四十四丁目の角で信号にひっかかった。あたりには人影も車も見えなかった。しかしさきを急いでいるわけでもない。私は信号が変わるのを待つことにして言った。

「正直なところ、あんたにやれるとは思わなかった」

「えっ? カランダーのことか?」

私は黙ってうなずいた。

「おれもだよ。おれは今まで人殺しなんかしたことはなかった。そりゃ殺したくなるほど人に腹が立つことはあるけど、怒りなんてものはいずれおさまるものだ」

「ああ」

「やつはもうなんだか抜け殻みたいになってた、だろ？　取るに足りない虫けらみたいになってた。こんなやつをどうやって殺せばいいんだって思ったよ。だけど、これだけは自分でやらなきゃならないって思い直した。そうしたらやるべきことがわかった」

「やるべきことというと？」

「おれはやつにしゃべらせたのさ」と彼は言った。「最初はいくつか質問をしてやつに答えさせたんだけど、それを続けてると、そのうちやつは自分のほうから勝手にしゃべるようになった。ユーリの娘に何をしたのか、その一部始終をしゃべったよ」

「ああ」

「自分たちが何をして、あの子がどれほど怯えたか。いったんしゃべり始めるともう止まらないくらいだった。しゃべることで自分のしたことをもう一回体験してたんだろう。やつらのしたことはハンティングとはちがう。ハンティングなら鹿を射止めたあとで、その首を壁に飾っておくことができる。だけど、やつらの場合はいったん女を殺しちまったら、あとに残るのは思い出だけだ。だから、やつにしてみれば、その思い出を引っぱり出してきて埃を払い、女たちがいかに可愛かったか話せるチャンスというのは、願ってもないことなのさ」

「やつはあんたの奥さんのことも話したのか？」

「ああ。ユーリの娘のときよりも愉しそうにね。女房を切り刻んで送り返してきたのもそのためだったわけだが、おれの傷口に塩を塗り込むのが嬉しくてしようがないみたいだった。とても聞いちゃいられなかったよ。だけど、もうおんなじことだって自分に言い聞かせた。わかるかい？　女房はもういないんだから。おれがこの手で女房を炎にくべたんだから。もうこれ以上女房が傷つくことはない。だから好きなだけ話させてやった。でもって、やるべきことがおれにはできたというわけだ」

「やつを殺したというわけか」

「いや、ちがう」

私は彼を見た。

「おれは誰も殺さなかった。おれは人殺しなんかじゃない。おれはやつを見つめて思った。殺すのはなしだ、この豚野郎を殺すのはやめた、とね」

「それで？」

「どうしておれに人が殺せる？　おれは医者になってたかもしれない男なんだぜ。この話はもうしたよな？」

「それがあんたの親爺さんの希望だった」

「おれは医者、兄貴は建築家。ピートは夢想家だったからね。おれは実務家だったから医者ってわけだ。〝医者ほどいい商売はない〟って親爺はよく言ったもんだ。〝人に善行を施して、自分もいい暮らしができるんだから〟ってね。親爺は何科の医者になればいいのかも決めてたよ。〝外科医になれ。金が集まるのが外科だ。医者のエリートはみんな外科医になる。外科は医学界の花形だ。外科医になるんだ〟ってね」そのあと彼は長いこと黙りこくった。そして最後にやっと口を開いた。「そういうことさ、今夜おれはその外科医になって、手術をしたのさ」

雨が降り始めていた。が、小雨だった。ワイパーのスウィッチを入れるまでもない小雨だった。

「おれはやつを階下に連れていった」とキーナンは言った。「地下室にね、やつの友達がいるところに。TJの言ったとおり、ひどい臭いが立ち込めていた。ああいう死に方をすると、腸の中のものが全部出ちまうんだろうな。おれは吐くかと思った。だけど、吐きはしなかった。そういう臭いに慣れてたんだろうか。

麻酔はなかったけど、そんなものはあってもなくても関係なかった。やつは即、失神しちまったから。おれはやつのナイフを持ってた。刃渡り六インチはあるでかいジャックナイフだ。ほかに必要な道具はなんでもそろってた。作業台のまわりに並んでた」

「キーナン、無理に話さなくてもいい」

「いや」と彼は言った。「それはあんたの考えちがいだ。おれは話さなきゃならない。あんたに聞きたくないと言われりゃ、話は別だが、どうしてもこのことは話さなきゃならない」

「わかった」

「おれはやつの眼をえぐり出した」と彼は言った。「やつにはもう二度と女が見られないようにね。それからやつの手を切断した、もう二度と女に触（さわ）れないように。出血がひどくならないようにワイアで止血して。使ったのは肉切り包丁だ、あの見るもおぞましいやつだ。あいつらもきっとそれを使って――」

彼は何回か深呼吸を繰り返した。

「死体を切り刻んだんだろう」と彼は続けて言った。「それからやつのズボンのチャックを開けて、触りたくもなかったけど、気持ちを奮い立たせて、やつの持ちものをちょん切ってやった。もう二度と使えないように。次は足だ。両足とも切り落とした。やつがどこへ行くっていうんだね、だろ？　そして耳。やつがこれから何を聞かなきゃならない？　それから舌。舌の一部だ。全部は無理だった。釘抜きで引っぱり出して、口から出たぶんだけちょん切ってやった。あんな男のおしゃべりなんか誰が聞きたい？　あんな男のクソ思い出話なんかいったい誰が――停めてくれ！」

私はブレーキを踏んで車を脇に寄せた。彼は車から降りると、排水溝に嘔吐した。私は彼にハンカチを渡してやった。彼はそれで口のまわりを拭くと、道路に捨てて車に戻り、ドアを閉めると言った。「すまん。もう全部吐いちまったと思ってたんだが。胃の中はもうからっぽだと」

「大丈夫か？」

「ああ、大丈夫だ、と思う。要するにおれはやつを殺さなかったってことだ。しかし、まあ、それはほんとうじゃないな。あの家を出たときにはまだ生きてたけど、今頃はもうまちがいなく死んでるだろう。たとえ生きてたとしても、やつの体に何が残ってる？　おれがしたことはこれ以上ないような残虐行為だ。どうしておれにはやつの頭に弾丸を一発撃ち込むってことができなかったんだろう？　バン！　それですんだことなのに」

「どうしてそうしなかったんだ？」

「わからない。だけど、まあ、眼には眼を、歯には歯をってことだったんだろうよ。フランシーンをバラバラにされたから、その仕返しにやつをバラバラに、バラバラ同然にしたかったんだろう。自分でもよくわからない」彼は肩をすくめた。「しかし、もうそんなこともどうでもいい。すべては終わったんだから。あの男がまだ生きていようと、もう死んでいようと、すべては終わったんだから」

私は私のホテルのまえに車を停めた。私たちはふたりとも車を降り、縁石の上にぎこちなく立った。彼はフライト・バッグを指差すと、ボーナスは要らないかと私に尋ねた。私は、私の日当をはるかに超える額をすでにもらっている、と答えた。ほんとにいいんだね？　もちろん、と私は答えた。それは明らかだった。

「そう言うなら」と彼は言った。「近いうちに電話をくれよ。夕食でも一緒に食べよう。いいかい？」

「もちろん」

「じゃあ、おやすみ。少し寝るといい」

## 23

彼にはそう言われたが、私は眠れなかった。

シャワーを浴びてベッドにはいったものの、十秒と同じ姿勢で横たわっていられなかった。眠りということを考えることさえできないくらい神経がざわついていた。

ベッドを出て髭を剃り、新しい服に着替えてテレビをつけ、ケーブル・テレビにチャンネルを合わせた。が、すぐにスウィッチを切った。そして、外に出て、コーヒーが飲めるところが見つかるまで歩きまわった。午前四時すぎ、酒場は閉まっていた。別に飲みたくはなかった。ゆうべから今まで酒を飲みたいなどとはいっときも思わなかった。それでも、酒場が閉まっていてくれて私はほっとした。

コーヒーを飲み終え、さらに歩いた。思うことがいくらもあった。じっとしているより歩いたほうが、頭の中の整理がはかどった。最後にまたホテルに舞い戻り、ダウンタウンに向かうタクシーを捕まえて、ペリー・ストリートで開かれている七時半の集会に出た。そして八時半に集会が終わると、グリニッチ・アヴェニューのギリシア料理店で、朝食を摂り、食べながら、ピーターが言ったようにここの店主も売り上げをごまかしているのだろうか、と思った。それからタクシーでホテルに戻った。こんなに自在にタクシーを操る私を見たら、キーナンはきっと私を誇りに思ってくれたことだろう。

部屋に戻り、エレインに電話した。留守番電話が出たので、メッセージを残し、彼女が折り返し電話してくるのを待った。彼女は十時半にかけてきた。

「あなたの電話を首を長くして待ってたわ。いったいどういうことになってるの？　あの電話のあと——」

「あれこれあってね」と私は言った。「そこのことをきみに話したい。行ってもいいかな？」

「今から？」

「きみに何か予定がなければ」

「何もないわ」

私は階下に降りて、その朝三台目のタクシーに乗った。私を出迎え、私の顔を見た彼女の眼にかすかに困惑の色が浮かんだ。「さあ、はいって。坐ってちょうだい。コーヒーを沸かしてあるから。マット、あなた、大丈夫？」

「ああ、大丈夫だ。ゆうべから一睡もしてないけど、それだけのことだ」

「また徹夜したの？　まさか徹夜を趣味にするつもりじゃないでしょうね？」

「まさか」

彼女がコーヒーを持ってきてくれて、私たちは居間に腰を落ち着けた。彼女はソファに、私は椅子に坐った。私は昨日キーナンと電話で交わした最初のやりとりから、今朝ノースウェスタン・ホテルのまえで交わした最後のやりとりまで、すべて話した。エレインは私の話を一度もさえぎらなかった。ただ一心に聞き入った。私は時間をかけてゆっくりとどんなことも話した。みんなが交わしたことばも覚えているかぎりありのまま話した。彼女はそんな私の一言一句に真剣に耳を傾けた。

そして私の話が終わると言った。「すごい話ね。ただただ圧倒されるばかり」

「ブルックリンではただの一夜だったのだろうが」

「ええ。でも、わたし、あなたが何もかもすべて話してくれたことにも驚いてる」

「私もだよ、ある意味では。今日来たのはこんなふうにしゃべるのが目的じゃなかったんだから」

「えっ？」

「きみにまだ話していないことがあるというのがいやだったんだ」と私は言った。「きみにはなんでも話したい。今日来たのはそのことを言うためだ。私はいつも集会に出て、部屋いっぱいの他人に向かって、きみには話さないことを話してる。思えばそれはなんとも理不尽なことだ」

「お手柔らかにね。何を聞かされるのかと思うと、わたし、恐いわ」

「それはきみだけじゃない」

「コーヒーもっと要る？　なんなら――」

「いや、要らない。今朝、キーナンの車が走り去るのを見送って、部屋にあがり、ベッドにはいった。しかし、そのとき自分に考えられることと言えば、すべてまだきみに話していないことばかりだった。眠れなかったのはキーナンの話のせいときみは思うかもしれない。でも、そうじゃない。彼の話なんか私の心にはいってくる隙はなかった。私の心はきみとのことばのやりとりでいっぱいだったんだ。きみはそこにはいなかったわけだから、完全に一方通行のやりとりではあったけど」

「時にはそのほうが簡単なことがある。相手の人たちの台詞は自分で書けばいいんだから」彼女はそう言って顔をしかめた。「人たち？　どうして人たちなんて言ったのかしら？　相手の人。〝たち〟なんてつけなくてもいいわけよね」

「きみが自分で台詞を書いたらそんなふうになってしまうのなら、きみの場合は誰かにきみの台詞を書いてもらったほうがいい。くそっ、そんなことはどうでもいい。ものを言おうと思ったら、その方法はただひとつ、それを口にすることだ。私はきみが生活のためにしていることが気に入らない」

「そう――」

「そんなことが気になっているなんて自分でもわからなかった」と私は言った。「いや、最初の頃は気にはなってなかったと思う。正直に言えば、むしろそのことから刺激を受けていたように思う、そもそものはじまりの頃に戻って言えば。我々のなれそめの頃に戻って言えば。そして、そのあと、そんなことは少しも気にならないと思っていた時期があった。その次は、気になっていることがわかっていながら、ほんとうは気になっていないんだと一生懸命自分に言い聞かせた。

だいたい、私になんの権利があってそんなことが言える？　これは初めからわかってたことだ。きみの職業は我々の関係の一部だ。きみにこうしろああしろだなんて、そんなことがどうして私に言える？」

私は窓辺に立ってクウィーンズを眺めた。クウィーンズは墓地の区だ。いたるところに墓地がある。一方、ブルックリンにはグリーン・ウッドひとつしかない。

私は振り向き、彼女を見て言った。「それに言うのが恐かったんだ。何かそれが最後通牒みたいなものになりはしないかという気がして。これか、あれか、客を取るのをやめなければ、私は出ていく。で、きみが私を選ばなかったら？

あるいは、きみが私を選んでくれたら？　それは私にどうはね返ってくるのか？　きみのほうも、私の生き方を批判する権利を得ることになるのか？

きみが客と寝ることをやめたら、それは私もほかの女とは寝られないことを意味するのか？　実際には、きみとの関係が再開して以来、私は誰とも寝ちゃいないが、でも、寝る権利はあるとずっと思ってきた。ただたまたまそういうことにはならなかっただけのことだ。いや、正直に言えば、意識的にそういうことを避けたことが一度か二度ある。どうしても避けなきゃならないと思ったわけじゃないけど。まあ、さりげなく避けたといったところかな。いずれにしろ、そのことをきみに知らせようとは思わなかった。ある意味では自分にも。

我々の関係に何が起きているのか？　こんなことを考えるのは、我々は結婚すべきだということなのか？　しかし自分が結婚を望んでいるという気はしない。結婚は一度してるけど、結局、結婚ということそれ自体に私はなじめなかった。結婚生活をするのが私は下手くそだった。

だったら、結婚ではなくて我々はただ一緒に暮らすべきなのか？　それも自分の望んでることとは思えない。アニタと子供たちと別れて以来、私は誰とも一緒に暮らしたことがない。ひとり暮らしがもう何年にもなる。そしてそのひとり暮らしが私は気に入っている。自分が今の暮らしをやめたがっているとは思えない。

なのに、きみがほかの男といると思うと、そのことが私の心を嚙むようになった。きみと客とのあいだに愛があるわけじゃないことはよくわかっている。あるのは貴重でささやかなセックスだけだということはわかってる、愛の行為というよりむしろマッサージに近い行為なのだということもね。でも、こういうことはただ頭でわかってもなんにもならない。

心のハードルを取り除くことはできない。たとえば今朝もきみに電話をしたら、きみはその一時間後に折り返し電話してきた。その間、きみはどこにいたのかなどということを考えてしまう。でも、そのことをきみに訊きはしない。客と一緒だったなんて答が返ってこないともかぎらないから。それとは別の答が返ってきたら返ってきたで、きみが私に知らせまいとしているのはどんなことだろう、なんて考えてしまうのさ」

「美容院に行ってたのよ」と彼女は言った。

「そう言えば、それ、なかなか素敵だ」

「ありがとう」

「髪型が少し変わったよね？　よく似合う。気がつかなかったけど、いや、だいたいこういうことには疎（うと）いほうだけど、気に入ったよ」

「どうも」

「いったい何が言いたいのか自分でもわからなくなってきた」と私は言った。「でも、自分の気持ちをきみに伝えなければ、と思ったんだ。私の心に何が起きているのか。愛している――私たちはこのことばをずっと避けてきた。私の場合、このことばがうまくつかえないひとつの理由は、いったいこのことばは何を意味するのか、私にはわからないからだ。しかし、それが何を意味しようと、私がきみに感じているのはそれだ。きみとの関係は私にとってとても大切なものだ。でも、実際のところ、その大切さがかえって邪魔してたわけだ。私はこの関係を壊したくないと思うあまり、きみに対して自分を抑えすぎていた」私はそこでことばを切った。「言いたいことはそれだけだ。自分がこんなにしゃべるとは思わなかったけど。うまくしゃべれたのかどうかもよくわからないけど。言いたかったのはそれだけだ」

彼女は私を見ていた。私には彼女の眼がまともに見られなかった。

「あなたはとても勇敢な人よ」と彼女は言った。

「やめてくれ」

「〝やめてくれ〟。あなたは怖れなかった。わたしは怖れた。だからわたしは話せなかった」

「私も平気で話せたわけじゃない」

「勇敢とはそういうことよ、怖れていることをあえて行なうことよ。これに比べたら、あなたにとっては墓地で犯人に銃を向けられたことなんて屁でもなかったでしょうね」

「実際、妙なんだけれど」と私は言った。「墓地ではそれほど恐くなかった。けっこう長く生きてきたから、もう若死にする心配はないなんて奇妙な考えが頭に浮かんでね」

「それは心を落ち着けるのにさぞ役に立ったことでしょうよ」

「いや、ほんとに奇妙なんだけど。一番怖れていたのは女の子の身に何か起こることだった。自分が誤った行動を取るか、逆に適切な行動を取らなかったためにそんなことになったら、たまらないと思った。だから、女の子が父親のもとにたどり着いたときには心底ほっとした。もちろん、自分の身には何も起こらないはずだなんて信じてたわけじゃないけど」

「ほんとに何も起こらなくてよかった」

「どうした？」

「ただの涙よ」

「私はそんなつもりで――」

「――話したわけじゃない。泣かそうと思ったわけじゃない。謝らないで」

「わかった」

「マスカラが取れちゃうだけのことよ。だからなんなの」彼女はティシューで涙を拭いた。

「なんだかとても恥ずかしい。わたしって馬鹿みたい」

「泣いたりしたから？」

「いいえ。わたしにはこれからあなたに言わなきゃならないことがあるから。今度はわたしの番よ、いい？」

「もちろん」

「途中で話をさえぎらないで、いい？　あなたにまだ話してないことがあるのよ。でも、そのことについてなんだか馬鹿みたいな気がしてるってわけ。どこから話せばいいのかわからない。いいわ、結論から言うわ、わたしはやめたの」

「ええ？」

「やめたのよ。おまんこすることを、わかった？　いやだわ、なんて顔をしてるの。ほかの男とよ、馬鹿な人ね。もうやめたの」

「そんなふうに決めることはないよ」と私は言った。「私はただ自分の気持ちを伝えたかっただけ――」

「途中で話の邪魔をしない約束よ」

「わかってる。しかし――」

「誰も今やめたなんて言ってないでしょ？　やめたのはもう三カ月まえよ。いいえ、それ以上になるわね。去年のことだから。クリスマスのまえよ。いや、ちがった、クリスマスのあとにひとりいたわね。調べればわかるわ。

　でも、そんなのは大したことじゃない。一周年記念でも祝いたくなったら、調べてみるわ。あなたが禁酒を始めた日を祝うみたいにね。でも、そんなことはしないかな。しないかもしれない」

　黙っているのはむずかしかった。言いたいことはいくらもあった。訊きたいことも。しかし、私は彼女に話し続けさせた。

「こんなことあなたに言うのは初めてだと思うけど、何年かまえ、わたしは売春で命を救われたんだって思ったことがある。真面目に言ってるのよ。頭のいかれた母親と自分のティーンエイジャー時代を思うと、わたしは自殺していても少しも不思議じゃなかった。あるいは誰かに殺されていたとしても。言ってみれば、わたしは死ぬかわりに自分の体を売り始めたのよ。そして、そのことでわたしは人間としての自分の価値に眼覚めたのよ。娼婦に身を落とすことで駄目になる女はいくらもいる。掃いて捨てるほどいる。でも、わたしの場合はそのことで救われたのよ。だってそうでしょ？

　わたしは我ながらいい暮らしをしてるし、お金も貯まって投資までしてる。このアパートメントもわたしのものよ。何もかもうまくいった。

　でも、去年の夏頃からだったと思う。このままではもううまくいかないんじゃないかって、そんな気がし始めた。それはあなたとの新たな関係ができちゃったから。あなたとわたしとのね。でも、そんなのって馬鹿げてる（メッシュガ）って自分には言い聞かせた。あなたとわたしとの関係がひとつの部屋にあるものだとすれば、わたしがお金のためにしてることは、その部屋からずっと離れたところにあるものだって。だけど、その部屋のドアをしっかりと閉めておくことが、だんだんむずかしくなってきたのよ。変なんだけど、わたしはあなたに対して不実なことをしてるような気がしてきた。自分がすごく汚れた人間のように思えてきたのよ。わたしは体を売っていても自分をそんなふうに思ったことは一度もなかった。いいえ、心の底では思っていたとしても、そのことを特に意識したことは一度もなかった。

　で、自分に言って聞かせたわけ。エレイン、あなたはたいていの同業者より長いことこの仕事をしてる、この仕事を続けるにはどっちみちちょっと歳を取りすぎたんじゃない？　ってね。どっちみち例の病気のせいで、ここ何年かは仕事の量も減らしてきたことだし、だいたいあなたが店をたたんだからといって、いったい何人の重役さんたちが窓から身投げするというの？　ってね。

でも、そのことをあなたに言うのは恐かった。そんなふうに決心しても、人間の気持ちなんていつ変わらないともかぎらないでしょ？　まずひとつにそれがあった。だから、自分で自分を縛るのはやめようと思った。でも、常連さんみんなにもう引退したことを知らせて、顧客名簿も売って、電話番号を変える以外のことはすべてやったあとも、あなたに言うのが恐かった。自分のしたことがどんな結果を招くか、わからなかったから。あなたはもうわたしに興味をなくすかもしれない。わたしはあなたにとって面白い対象ではなくなってしまうかもしれない。仕事を離れたら、わたしは大学の夜間講座狂いのただのおばさんよ。でしょ？　あなたはわたしにはめられたように思うかもしれない。結婚することを強制されたように思うかもしれない。逆に、あなたのほうが結婚にしろ同棲にしろしたがっていたとしても。わたしが今まで一度も結婚したことがないというのは、それは今まで一度も結婚したいと思ったことがなかったからよ。母親の家を出て以来、わたしはずっとひとりで生きてきた。ひとりでうまく暮らしてきた。そしてその生き方に今ではすっかり慣れている。だから、もしわたしたちのどちらかが結婚したがり、もう一方がしたがらなかったら、わたしたちはどういうことになっちゃうのか？　それが恐かったのよ。

それがわたしのささやかな汚い秘密ってわけ。そう呼んでくれてもかまわない。そんなことよりどうして涙がとまらないの？　魅力的とまではいかなくても、少なくともしゃんとはしていたいのに。わたし、狸（たぬき）みたい？」

「顔だけのことだ」

「そう、だったらちょうどいいか。あなたは老いぼれ熊さんだから。知ってた、そのこと？」

「きみから聞いて」

「ほんとうよ。あなたはわたしの老いぼれ熊。愛してる」

「愛してる」

「わたしたちって大アマね。まるで『賢者の贈りもの』（夫婦の愛を描いた心温まるO・ヘンリーの名作）ね。誰に話せる、こんなこと？」

「糖尿病の人にはやめておいたほうがいい」

「ショックを受けちゃう？」

「気の毒だけど。きみが謎めいた約束のために出かけたりすると、どこへ行くんだろうってあれこれ考えたものだ。わかるだろ——」

「どこかのホテルの一室で、どこかの男にフェラチオでもしてやってるんじゃないかってね。そう、たまには美容院へ行ったりもしてたけど」

「今朝のように」

「ええ。精神科医のところへ行くこともあったけど——」

「きみが精神科医にかかってるとは知らなかった」

「そうなのよ。この二月の半ばからかかってるの。わたしのアイデンティティってやっぱり長年してきたことに、深くかかわってるはずでしょ？　それを突然やめたわけだから、わたしなりに対処しなければならないことがいっぱいあると思うのよ。女医さんなんだけど、彼女に話を聞いてもらうだけで自分にはプラスになってると思う」彼女は肩をすくめた。「それからAAの集会にも二、三度行ったわ」

「知らなかったな」

「そりゃそうよ、黙ってたんだから。あなたとつき合っていく上で、何かアドヴァイスのようなものが聞けるんじゃないかって思って行ったんだけど、禁酒のプログラムって、結局、全部自分とどうつき合うかということばかりなのね。そんなのってなんだか陰険じゃない？」

「アル中というのはみんな心のねじけた陰険な連中でね」

「いずれにしろ、今はそういうことを秘密にしていた自分が阿呆みたいに思える。でも、わたしは何年も娼婦をしていて、公明正大というのはこの仕事の特徴じゃないものね」

「警察の仕事とちがって」

「ええ。可哀そうな熊さん、異常者を相手に一晩じゅうブルックリンを駆けずりまわってたのね。でも、寝るまでにはまだ何時間もある」

「ええ？」

「そうよ。今はあなたがわたしのただひとりのセックス・パートナーになったわけだけど、それが何を意味するかわかる？　わたしは今までのエネルギーを全部あなたひとりに注ぎ込むことになるわけよ」

「じゃあ、試してみよう」


しばらくあとで彼女が言った。「わたしたちがこうなってから、あなたはほんとうに誰とも寝てないの？」

「ああ」

「でも、これからはきっとそういうこともあるでしょうね。男ってそういう生きものだもの。この話題に関しては、わたしは専門家としての立場から断言できるわ」

「ああ。でも、今日はそんなことは起こらないだろうな」

「ええ、今日はね。でも、いつかそういうことが起きても、それで世界の終わりってわけじゃないわ。自分の居場所のある家に帰ってくればいい」

「きみがそう言うなら」

「〝きみがそう言うなら〟か。もう眠くてしょうがないんでしょ？　でも、ひとつ聞いて。わたしたちは結婚してもいいし、しなくてもいい。一緒に住んでもいいし、住まなくてもいいい。結婚しないで一緒に住むっていうこともできる。結婚して一緒に住まないってこともできる？」

「お互いがそれを望めば」

「そう思う？　なんだか頭の悪いポーランド人を馬鹿にしたジョークみたいになってきちゃったけど、そういうのも案外うまくいくかもね。あなたのあのむさいホテルの部屋はそのままにしておいて、週に幾晩か転送電話に切り換えて、ここに来ればいい。やろうと思えばそういうことも……でも結論は結局これしかないわね」

「何？」

「すべては一日一日こつこつやるしかないってこと」

「いいことばだ」と私は言った。「覚えておこう」

## 24

その一日か二日後、匿名の通報があり、ブルックリン七二分署のパトロール警官数名が、アルバート・ウォレンズの家に向かった。その家はアルバートが三年まえに母親から相続したものだった。警官たちはそこで彼を見つけた。性犯罪と軽い傷害罪で前科のある、二十八歳の失業中の土木作業員、アルバート・ウォレンズの死体を。彼は首にピアノ線を巻きつけられて死んでいた。警官たちは同じ地下室に、もうひとりの男のバラバラ死体と思われるものを見つけていた。しかし、それはバラバラ死体ではなかった。民間雇員として麻薬取締局ニューヨーク支部に七カ月籍を置いたことのある、三十六歳のレイモンド・ジョゼフ・カランダーは、まだ生きていた。彼はマイモニデス医療センターに運ばれ、そこで意識を取り戻したが、鳥の鳴き声のような声をあげただけで話はできず、その二日後には息をひきとった。

ウォレンズの家から出てきたさまざまな物証と、ガレージの二台の車は、最近になってブルックリン殺人課が複数犯による連続殺人と断定した殺人事件と、ふたりの男とのかかわりを強く示唆するものだった。そこでいくつかの仮説が立てられた。そんな中で最も説得力があったのが、犯人は三人組で、その第三の男が仲間ふたりを殺し、ひとり逃亡したのだというものだった。一方、カランダーを実際に見た者や、カランダーのカルテをきちんと読んだ者にはまったく支持されなかったが、こんな仮説もあった。カランダーが完璧にトチ狂い、まずピアノ線で相棒を殺したあと、発作的に自分の体を切り刻んだというのだ。自分の手、足、耳、眼、それに性器を切り取るというのは、とても〝発作〟ということばで説明しきれるものではないが。

ドルー・キャプランの売り込みで、パム・キャシディの手記が全国版タブロイド紙に載った。〝わたしはサンセット・パークの断ち切り魔に乳房を奪われた〟。そして、パムにはキャプランが〝五桁の上のほう〟という額の掲載謝礼が支払われた。彼女の弁護士が同席しないところで、私は、彼女を誘拐したのはレイとアルバートのふたりで、第三の男はいなかった、という話を彼女にした。「だったら、レイは自分であんなことをしたの？」とパムは訝った。わたしたちには知らされてないこともいくつかあるのよ、とエレインが横から彼女に言った。

カランダーが死んで一週間ばかり経って――カランダーが死んだのは墓地の対決のあと一週間近く経った頃のはずだ――キーナン・クーリーが、ホテルのまえに二重駐車していると階下から電話してきた。降りてきてコーヒーでも飲まないか？

私たちは近くのフレイムに行き、窓辺のテーブルについた。

「近くまで来たもんでね」と彼は言った。「で、会って挨拶でもしようかと思って。また会えて嬉しいよ」

私も彼に会えて嬉しかった。彼はずいぶん元気そうに見えた。私はそのことを彼に言った。

「一大決心をしてね」と彼は言った。「ちょっと旅行をしようと思ってる」

「いいね」

「もっと正確に言えば、この国を出ようと思ってる。これまでにやりかけていたことをこの何日かで全部整理して、家も売った」

「そんなに早く？」

「即金で買って即金で売った。大安売りさ。あそこの新しい住人は韓国人だ。そのおっさんは契約の日に息子ふたりを連れて、現金のぎっしり詰まった買物袋をさげてやって来たよ。ピートはユーリに、ギリシア人なら現金はすぐに集められるのに、なんて言ってたけど、そういうことで言えば、韓国人のほうがずっといい。やつらは、小切手もクレジット・カードも賃金台帳も税金も一切関係ないところで商売してるんだから。やつらは何もかもグリーンってわけさ（韓国人に八百屋が多いことと緑色のドル紙幣をかけた洒落）。いずれにしろ、おれは現金を手に入れ、やつらはれっきとしたあの家の主になったわけだ。おれが防犯装置の使い方を説明してやると、あいつら、泣いて喜んだよ。すごく気に入ったみたいだった。なにせ最先端技術を駆使した装置だからな。あいつらに気に入らないわけがない」

「それであんたはどこへ行くんだね？」

「まず中米のベリーズに行って親戚に会ってから、トーゴに行こうと思ってる」

「そこで親戚の仕事を手伝うのか？」

「どうなるかね。まあ、しばらく試してみようとは思ってるけど。両替なんて仕事が気に入るか、アフリカなんかに住むことに耐えられるか、試してみようとは思ってる。だけど、おれはブルックリンの人間だからね、生まれも育ちも。故郷を離れてやっていけるかどうか。ひと月で死ぬほど退屈しちまうかもしれない」

「住めば都ということもある」

「それを確かめるためには試してみるしかない、だろ？　まあ、いつでも帰ってくりゃいいんだから」

「ああ」

「でも、国を出るには今がいい頃合いなのさ。ハッシシの取引きの話はしたっけ？」

「あまりあてにできない取引きだって言ってたね」

「そうだ。だから手を引いた。大損を覚悟で手を引いたんだ。でも、手を引いてなければ、今、あんたとは鉄格子越しに話をしてる破目になってただろう」

「手入れがあったのか？」

「ああ。それでおれの名前も捜査線上にあがった。でも、捕まったやつらがたとえおれを売っても――まあ、まちがいなくやつらはそうするだろうが――このままじゃおれを起訴することはできない。おれには召喚令状が届くのを待ってなきゃならない義理なんてない。おれは逮捕されたことさえないんだから。で、まだヴァージンでいるうちにこの国をおん出ようってわけだ」

「いつ発つんだね?」

「予約した便がケネディ空港を出るのが、今から、そう、六時間後だ。ここからロッカウェイ・ブールヴァードのビュイックのディーラーのところまで車で行って、そいつがいくらの値をつけようとこう言ってやるつもりだ、〝売った。ただひとつ条件がある。ここから空港までこの車で送ってくれ〟ってね。そこから空港までは車で五分もない。あんたが引き取ってくれれば一番いいんだが。中古車相場の半値でいいよ。ディーラーの嬉しそうな顔を見るよりそのほうがずっといい」

「車はあまり使うことがないんでね」

「わかってる。試しに言ってみたまでだ。どうにかしておれはあんたを地下鉄から引き離したいみたいだ。じゃあ、プレゼントということじゃどうだい? 真面目に言ってるんだ。ケネディ空港まで送ってくれたら、あとはあんたのものだ。いいじゃないか、要らなきゃ中古屋に売りゃいいんだから。それでけっこういい金になる」

「そういうことはしたくない。あんたもそれがわかって言ってるんだと思うけど」

「したくなくてもできないことじゃないだろ？　でも、どうしても要らないんだね？　身のまわりを全部整理して、残るのは車だけなのさ。実はこの何日かのあいだにフランシーンの親戚とも会って、何があったのか、およそのことを話した。とても口に出して言えないようなことはもちろん省いてね。だけど、おれにできることと言ったら、ただそれだけのことだ、怖ろしい部分を省略するだけのことだ。省略しようと何しようと、ひとりの美しくて心の優しい女がなんの理由もなく死んじまったという事実は変わらない」彼は片手で頭を押さえた。「もう終わったと思っても、また戻ってきて人の咽喉を絞めつけやがる。いずれにしろ、女房の親戚にも女房が死んだことを知らせたってことを言いたかったんだ。一応テロリストの仕業ってことにしといた。事件はおれたちがベイルートにいたときに起こった。頭のいかれたやつらの政治的な犯行だった——ということにね。親戚の連中はそのおれの話を額面どおり受け取ってくれた。少なくともおれはそう思ってる。殺されたのは一瞬のことだったから苦痛はなかった。犯人のテロリストたちはキリスト教徒の市民軍に殺された。葬儀はごくごく内輪でひっそりと行なった。事件を表沙汰にするわけにはいかなかったから。話したことの中には事実もある。事実であってくれたらと思うこともある。死が一瞬の出来事で苦痛のないものだったというところなんかは特にそう思う」

「実際にそうだったのかもしれない。そうではなかったと決めてかかることはない」

「おれはあの男に最後までつき合ったんだぜ、マット。忘れたのかい？　女房にしたことをあいつにわざとしゃべらせたんだぜ」彼は眼を閉じて深呼吸をした。「話題を変えよう。最近集会で兄貴に会ったかい？　どうした、こういうことは訊いちゃいけないのか？」

「まあ、そういうことになるね。ＡＡは互いに匿名であることが原則だからね。集会でどんなことが話されたかとか、誰が出席していて誰が出席していなかったか、といったようなことは他人に話してはいけないことになってるんだ。みんなで事件にかかわったときには、私もその一線を越えて話してしまったような気もするが、今は原則としてその質問には答えられない」

「おれもほんとに質問したわけじゃない」と彼は言った。

「というと？」

「あんたも知ってるのかどうか、探りを入れたのさ。くそっ、どう言えばいいのかわからない。おとといの晩のことだ。警察から電話があった。ほら、あのトヨタはおれの名義だ。だから警察はおれのところへ連絡してきたんだ」

「何があったんだ？」

「あの車がブルックリン・ブリッジの真ん中に乗り捨てられていたのさ」

「なんてことだ」

「ああ」

「なんて言ったらいいのか、ことばがない」

「そうだよ。こんなクソ悲しいことがあるかよ」

「ああ」

「いい兄貴だった。いい男だった。だけど弱かった。弱点を持ってた。でも、持ってないやつなんていないるか？」

「警察はなんと言って——」

「兄貴が飛び降りるところは誰も見てない。死体も見つかってない。だけど、死体は永久に見つからないかもしれないってことだ。おれにはむしろそのほうがいい。なんでかわかるかい？」

「ああ」

「あんたならわかってくれると思ったよ。兄貴は死んだら海に葬られたいってあんたに言ってたか？」

「はっきりとそう言ったわけじゃないが。星占いの彼のエレメントは水で、自分は焼かれるのも土に埋められるのもいやだと言ってた。でも、そこまで言えば、もう明らかだ。ただ、その言い方がまるで——」

「それを望んでるみたいだった」

「そうだ。そういう死に方に恋い焦がれてるみたいだった」

「ちくしょう。兄貴のほうから電話してきたんだよ。こんなことになるまえの日か、そのまえの日に。自分にもしものことがあったら、海に葬るように手配してほしいって言うのさ。ああ、いいとも、ピートって言ってやったよ。クウィーン・エリザベスくそ二世号の個室を取って、舷窓から海に放り込んでやるって。そう言ってふたりで馬鹿笑いしたのさ。でもって電話を切ったら、おれのほうはもうそんなことはすっかり忘れちまった。そうしたら警察から電話があって、橋の真ん中に車が乗り捨てられてたってわけだ。兄貴は橋が好きだった」

「ああ、そんなことを言ってた」

「あんたにも話してたのか。ガキの頃からそうだった。橋のあるところへ連れていけっていつも親爺にせがんでた。なんべん見ても飽きないみたいだった。橋こそ世界で一番美しいものだって思ってたのさ。兄貴が飛び降りた橋――ブルックリン・ブリッジもそう言えばきれいな橋だ」

「ああ」

「下を流れてる水はどこもおんなじでも。だけど、兄貴も今は心安らかに眠ってることだろう。あの哀れな兄貴も。考えてみれば、それが、心の平和が兄貴の昔からの望みだったんだよ。ただ、生きてたときには、その心の平和はヤクを腕に打ってるときにしか得られなかった。ヘロインというヤクは、打った瞬間の恍惚感もそりゃ悪くないけど、一番いいのはやっぱり自分が死んじまったみたいな、消えちまったみたいな感覚にひたれることだ。でも、それはいっときのことだ。それがヤクのいいところだ。あるいはそれがヤクの悪いところだ。よくも悪くもすべては人の見方で決まる」


その二日後、寝支度をしていると電話が鳴った。ミック・バルーからだった。

「あんたはなかなか早起きなんだね」と私は言った。

「そうかね？」

「そっちはまだ朝の六時だろ？　こっちは夜中の一時だ」

「そうだったか」と彼は言った。「実は時計が止まっちまってな。今何時か教えてもらおうと思って電話したのさ」

「まあ、いずれにしろ、アイルランドから国際電話をかけるのには、今がいい時間帯なのかもしれない。すごくよく聞こえるよ」

「音が澄んでるな」

「まるで隣の部屋の人間と話してるみたいだよ」

「隣の部屋とまではいかなくても、まあ、そうであっても不思議はない。というのもな、おれは今グローガンの店から電話してるのさ。ローゼンスタインが何もかもきれいに処理してくれたってわけだ。飛行機が遅れなきゃ、もっと早く帰れてた」

「でも、よく帰ってきた」

「ああ、ほんとによく帰ってきたよ。アイルランドもそりゃすばらしい国だが、住みたいとは思わんな。あんたのほうはどうしてた？　バークの話じゃ、あんまりうちの店には顔を見せなかったってことだが」

「ああ、あんまりね」

「だったら、これから来ないか？」

「いいとも」

「そうこなくちゃ」と彼は言った。「コーヒーをポットに沸かして、アイリッシュ・ウイスキーのジェイムスンの封を切って待ってる。話したいことが山ほどあるんだ」

「こっちも少しはある」

「いいね、いいね。だったら夜っぴて話そうぜ。でもって、夜が明けたら肉屋のミサに行くと」

「そうなるかもしれない」と私は言った。「そうなったとしても私は別に驚かない」

# 訳者あとがき

本書は一九九三年十一月にハードカヴァーで上梓されたものを文庫化したものだが、加筆訂正するのに改めて読み直し、七年という今のときの流れの早さをつくづく感じさせられた。

その昔、誘拐ものと言えば、警察が誘拐犯からかかってきた電話の逆探知を試みるシーンが定番のように描かれた。本書ではそれを〝コングズ〟という天才少年の二人組が電話会社のコンピューターにはいり込んでおこなうわけだが、七年前、初めて訳したとき、本書に描かれていることのリアリティを確かめたくて、スカダーがあちらの電話会社に尋ねたのと同じことを（ひとつの電話からかけられた相手の記録が残っているのなら、その電話にかかってきた電話の記録も残っているのではないかと）訳者もまたNTTに問い合わせたところ、スカダーが本書で語っているのとまったく同じ答が返ってきたのが、つい昨日のことのように思い出される。それが今や、電話をかけてきた相手の電話番号、さらには名前まで、瞬時にディスプレイに表示される電話が出現し、もはや珍しいものでもなんでもなくなった。警察の逆探知からディスプレイまでの過渡期のなんと短かったことだろう。私立探偵小説には風俗小説という側面もあると思われるが、他人事ながら、このように変化の急激な時代にかかる小説を書くというのは大変なことだろうな、と改めて思った。

シリーズの流れに即して本書を見ると、いわゆる〝倒錯三部作〟――『墓場への切符』『倒錯の舞踏』そして本書――の悼尾を飾る作品で、その結構は『倒錯の舞踏』の姉妹篇といったところだが、次作の『死者との誓い』でスカダーはエレインと同棲を始め、さらに『死者の長い列』でめでたく結婚することを思うと、本書は独身スカダー最後の作品ということになる。『死者の長い列』では、結婚をしてもこれまでと何も変わらない、とふたりはしきりに言い合うが、どうだろう、ふたりの関係は変わらなくても、税金も納め、慈善団体に寄付までしている現在の夫婦円満探偵スカダーと、本書に描かれるよろず相談引き受け独身探偵スカダーでは、やはりどこかちがっている。その変化を是とするか非とするかは、読者によって異なるところだろうが、いずれにしろ、今回本書を読み直し、これまた他人事ながら、自作の模倣という陥穽に陥ることなく、シリーズ・キャラクターを長生きさせることのむずかしさを今さらながら思った。

二〇〇〇年十一月

［訳者追記］

マット・スカダー・シリーズは『過去からの弔鐘』（原著の刊行は一九七六年）から『償いの報酬』（同二〇一一年）まで、三十五年の長きにわたって都合十七冊が書き継がれている長寿シリーズだが、本作のあちらでの刊行は一九九二年、脂が乗り切った時期のスカダー作品の佳作である。

今回、版を新しくするのに際して読み返し、作家ブロックの〝話のうまさ〟に今さらながら感服した。プロットにことさら凝っているわけでもない。思いがけないどんでん返しがあるわけでもない。ディテールのえぐさとは裏腹にストーリーはむしろ淡々と進行する。ただそれだけで読ませる。まさに至高の話芸だ。

新装版上梓の運びとなったのは、本作が本国で昨年映画化され、日本でも『誘拐の掟』のタイトルで公開されることになったおかげだが、映画のストーリーはだいぶ原作とは異なるものの、リーアム・ニーソン演ずるスカダーが実にかっこいい。ニーソンはそもそも達者な役者だが、どんぴしゃりのはまり役である。スカダー・シリーズは『八百万の死にざま』がジェフ・ブリッジス主演で一九八六年に映画化されているが、ブリッジス・スカダーより格段によろしい。はっきり言うと、比べものにならないくらいに。また、ＴＪを演じたブライアン・ブラッドリーもいい〝ストリート味〟を出している。本作の中では最初のクライマックスを迎えたあと、そのＴＪが〝映画だったら自分は～するところだが、これは映画ではないと自分に言い聞かせてやめた〟といった意味のことを口にする場面がある（本書４８３ページ）。実際には～しないわけだが、映画ではそのとおりのことをＴＪが演じていて、にやりとさせられる。監督・脚本のスコット・フランクのちょっとした遊び心といったところだろう。

この新装版では、話しことばの語尾を変えたり、お恥ずかしい誤読を二、三正したり、差別語および不快語の類いを現在の出版のスタンダードに合わせたりといった程度ながら、旧訳に少し手を加えた。すでに旧訳をお読みの読者諸氏にも手に取っていただければ、欲張りな訳者としては嬉しいかぎりである。

二〇一五年三月

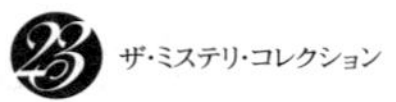


# 獣(けもの)たちの墓(はか)

著者　ローレンス・ブロック
訳者　田口俊樹(たぐちとしき)

発行所　株式会社 二見書房
東京都千代田区三崎町2-18-11
電話 03(3515)2311［営業］
03(3515)2313［編集］
振替 00170-4-2639

印刷　株式会社 堀内印刷所
製本　株式会社 関川製本所

落丁・乱丁本はお取り替えいたします。
定価は、カバーに表示してあります。

ISBN978-4-576-15051-2
http://www.futami.co.jp/

## 過去からの弔鐘
ローレンス・ブロック
田口俊樹［訳］【マット・スカダー シリーズ】

スカダーへの依頼は、ヴィレッジのアパートで殺された娘の過去を探ること。犯人は逮捕後、独房で自殺していた。調査を進めていくうちに意外な真相が…

## 冬を怖れた女
ローレンス・ブロック
田口俊樹［訳］【マット・スカダー シリーズ】

警察内部の腐敗を暴露し同僚たちの憎悪の的となった刑事は、娼婦からも告訴される。身の潔白を主張し調査を依頼するが、娼婦は殺害され刑事に嫌疑が…

## 一ドル銀貨の遺言
ローレンス・ブロック
田口俊樹［訳］【マット・スカダー シリーズ】

タレ込み屋が殺された！残された手紙には、彼がゆすった三人のうちの誰かに命を狙われていると書かれていた。自らも恐喝者を装い犯人に近づくが…

## 慈悲深い死
ローレンス・ブロック
田口俊樹［訳］【マット・スカダー シリーズ】

酒を断ったスカダーは、安ホテルとアル中自主治療の集会とを往復する日々。そんななか、女優志願の娘がニューヨークで失踪し、調査を依頼されるが…

## 倒錯の舞踏
ローレンス・ブロック
田口俊樹［訳］【マット・スカダー シリーズ】

レンタルビデオに猟奇殺人の一部始終が収録されていた！スカダーはビデオに映る犯人らしき男を偶然目撃するが……MWA最優秀長篇賞に輝く傑作！

## 死者との誓い
ローレンス・ブロック
田口俊樹［訳］【マット・スカダー シリーズ】

弁護士ホルツマンがマンハッタンの路上で殺害された。その直後ホームレスの男が逮捕され、事件は解決したかに見えたが意外な真相が…PWA最優秀長編賞受賞作！

## 死者の長い列

ローレンス・ブロック

田口俊樹［訳］【マット・スカダー シリーズ】

年に一度、秘密の会を催す男たち。メンバーの半数が謎の死をとげていた。不審を抱いた会員の依頼を受け、スカダーは意外な事実に直面していく。(解説・法月綸太郎)

## 処刑宣告

ローレンス・ブロック

田口俊樹［訳］【マット・スカダー シリーズ】

法では裁けぬ『悪人』たちを処刑する、と新聞に犯行を予告する姿なき殺人鬼。次の犠牲者は誰だ? NYを震撼させる連続予告殺人の謎にマット・スカダーが挑む!

## 皆殺し

ローレンス・ブロック

田口俊樹［訳］【マット・スカダー シリーズ】

友人ミックの手下が殺され、犯人探しを請け負ったスカダー。ところが抗争に巻き込まれた周囲の人間も次々に殺され、スカダーとミックはしだいに追いつめられて…

## 死への祈り

ローレンス・ブロック

田口俊樹［訳］【マット・スカダー シリーズ】

NYに住む弁護士夫妻が惨殺された数日後、犯人たちも他殺体で発見された。被害者の姪に気がかりな話を聞いたスカダーは、事件の背後に潜む闇に足を踏み入れていく…

## すべては死にゆく【単行本】

ローレンス・ブロック

田口俊樹［訳］【マット・スカダー シリーズ】

4年前、凄惨な連続殺人を起こした〝あの男〟が戻ってきた。完璧な犯行計画を打ち崩したスカダーに復讐の鉄槌をくだすべく…『死への祈り』から連なる、おそるべき完結篇

## 償いの報酬

ローレンス・ブロック

田口俊樹［訳］【マット・スカダー シリーズ】

AAの集会で幼なじみのジャックに会ったスカダー。犯罪常習者のジャックは過去の罪を償う〝埋め合わせ〟を実践しているというが、その矢先、何者かに射殺されてしまう!

## 殺し屋
ローレンス・ブロック
田口俊樹［訳］
【殺し屋ケラー シリーズ】

他人の人生に幕を下ろすため、孤独な男ケラーは今日も旅立つ……。MWA賞受賞作をはじめ、孤独な殺し屋の冒険の数々を絶妙の筆致で描く連作短篇集！

## 殺しのパレード
ローレンス・ブロック
田口俊樹［訳］
【殺し屋ケラー シリーズ】

依頼された標的を始末するため、殺し屋ケラーは新たな旅へ。殺しの計画のずれに揺れる孤独な仕事人の微妙な心理を描く、巨匠ブロックの筆が冴える連作短篇集

## 殺し屋　最後の仕事
ローレンス・ブロック
田口俊樹［訳］
【殺し屋ケラー シリーズ】

引退を考えていたケラーに殺しの依頼が。最後の仕事にしようと引き受けるが、それは彼を陥れるための罠だった…ケラーの必死の逃亡が始まる！（解説・伊坂幸太郎）

## 殺し屋ケラーの帰郷
ローレンス・ブロック
田口俊樹［訳］
【殺し屋ケラー シリーズ】

殺し屋稼業から引退し、結婚し子供にも恵まれ、幸せな日々をニューオリンズで過ごしていたケラーのもとに新たな殺しの依頼が舞い込む…。（解説・杉江松恋）

## マンハッタン物語
ローレンス・ブロック［編著］
田口俊樹／高山真由美［訳］

巨大な街、マンハッタンを舞台に、日常からわずかにはずれた人間模様の織りなす光と闇を、J・ディーヴァーはじめ十五人の作家がそれぞれのスタイルで描く短篇集

## シベリアの孤狼
L・ラムーア
中野圭二［訳］

秘密収容所から脱走した米空軍少佐マカトジ。酷寒のシベリアで武器も食糧もなく、背後には敵が迫る。彼が頼れるものは自らの野性の血とサバイバル・テクニックだけだった！

二見文庫　ザ・ミステリ・コレクション

雪の狼（上・下）
グレン・ミード
戸田裕之［訳］

四十数年の歳月を経て今なお機密扱いされる合衆国の極秘作戦〈スノウ・ウルフ〉とは？ 世界の命運を懸け、孤高の暗殺者スランスキーと薄幸の美女アンナが不可能に挑む！

ブランデンブルクの誓約（上・下）
グレン・ミード
戸田裕之［訳］

南米とヨーロッパを結ぶ非情な死の連鎖。遠い過去が招く恐るべき密謀とは？『雪の狼』で世界の注目を浴びた英国の俊英が史実をもとに織り上げた壮大な冒険サスペンス！

熱砂の絆（上・下）
グレン・ミード
戸田裕之［訳］

大戦が引き裂いた青年たちの友情、愛…。非情な運命に翻弄されて決死の逃亡と追跡を繰り広げる三人を待つものは？ 俊英が放つ興奮と感動の冒険アクション巨編！

亡国のゲーム（上・下）
グレン・ミード
戸田裕之［訳］

致死性ガスが米国の首都に！ 要求は中東からの米軍の撤退と世界各国に囚われている仲間の釈放だった！ 五十万人の死か、犯行の阻止か？ 刻々と迫るデッドライン!!

すべてが罠（上・下）
グレン・ミード
戸田裕之［訳］

アルプスで氷漬けの死体が!? 急遽スイスに飛んだジェファニーを待ち受ける偽りの連鎖！ 事件の背後に隠されている秘密とは？ 冒険小説の旗手が放つ究極のサスペンス！

地獄の使徒（上・下）
グレン・ミード
戸田裕之［訳］

処刑されたはずの男が甦った…!? 約三十人を残虐な手口で殺した犯人の処刑後も相次ぐ連続殺人。模倣犯か、それとも…？ FBI捜査官ケイトは捜査に乗りだすが…